O ASSASSINATO NO TREM

JESSICA FELLOWES

O ASSASSINATO NO TREM:
AS IRMÃS MITFORD INVESTIGAM

Tradução de
Roberto Muggiati

1ª edição

EDITORA RECORD
RIO DE JANEIRO • SÃO PAULO
2020

EDITORA-EXECUTIVA
Renata Pettengill
SUBGERENTE EDITORIAL
Mariana Ferreira
ASSISTENTE EDITORIAL
Pedro de Lima
AUXILIAR EDITORIAL
Clara Alves
COPIDESQUE
João Pedro Dutra Maciel

PREPARAÇÃO DE ORIGINAL
Carolina Simmer
REVISÃO
Renato Carvalho
Vanna Pattueli
DIAGRAMAÇÃO
Juliana Brandt
TÍTULO ORIGINAL
The Mitford Murders

CIP-BRASIL. CATALOGAÇÃO NA PUBLICAÇÃO
SINDICATO NACIONAL DOS EDITORES DE LIVROS, RJ

F37a
Fellowes, Jessica, 1974-
  O assassinato no trem: as irmãs Mitford investigam / Jessica Fellowes; tradução de Roberto Muggiati. – 1ª ed. – Rio de Janeiro: Record, 2020.
  23 cm.

  Tradução de: The Mitford Murders
  ISBN 978-85-01-11374-0

  1. Ficção inglesa. I. Muggiati, Roberto. II. Título.

19-61949
CDD: 823
CDU: 82-3(410.1)

Vanessa Mafra Xavier Salgado – Bibliotecária – CRB-7/6644

Copyright © Little, Brown Book Group Ltd 2017

Publicado originalmente na Grã-Bretanha em 2017, por Sphere, um selo da Little, Brown Book Group

Texto revisado segundo o novo Acordo Ortográfico da Língua Portuguesa.

Todos os direitos reservados. Proibida a reprodução, no todo ou em parte, através de quaisquer meios. Os direitos morais da autora foram assegurados.

Direitos exclusivos de publicação em língua portuguesa somente para o Brasil adquiridos pela
EDITORA RECORD LTDA.
Rua Argentina, 171 – Rio de Janeiro, RJ – 20921-380 – Tel.: (21) 2585-2000, que se reserva a propriedade literária desta tradução.

Impresso no Brasil

ISBN 978-85-01-11374-0

Seja um leitor preferencial Record.
Cadastre-se no site www.record.com.br e receba informações sobre nossos lançamentos e nossas promoções.

Atendimento e venda direta ao leitor:
sac@record.com.br

Para Simon & George
Beatrix & Louis

Je est un autre.

RIMBAUD

PRÓLOGO

12 de janeiro de 1920

Florence Shore chegou à estação Victoria às quinze para as três da tarde, em um táxi. Era uma extravagância chamar um motorista para percorrer todo o trajeto desde Hammersmith, mas ela achava que merecia. O estilo de chegada combinava com seu novo casaco de pele, um presente de aniversário para si mesma que usara pela primeira vez no dia anterior, para impressionar a tia, a baronesa Farina, enquanto tomavam chá e comiam biscoitos de gengibre, com a tia se desculpando por não servir bolo.

Florence estivera naquela estação apenas vinte horas antes, quando voltara da casa da parenta em Tonbridge, e agora seguia quase para a mesma direção, a caminho de St. Leonards-on-Sea. Sua grande amiga Rosa Peal morava lá, em cima de uma casa de chá. Além do aniversário e do casaco de pele — motivo suficiente para pegar um táxi, em vez dos dois ônibus, para atravessar a cidade —, Florence usava seu excesso de bagagem para justificar a escolha do transporte: uma caixa de documentos, uma mala grande, sua frasqueira, um guarda-chuva e uma bolsa de mão. Além do mais, em matéria de gastos fúteis, fazia apenas dois meses desde que ela fora desmobilizada, e por isso só cometera poucas das extravagâncias a que poderia se permitir desde que recebera a herança da irmã, cinco anos antes.

Sem mencionar que ela também tinha suas economias. Então a decisão foi tomada — Florence chamou um carregador. Se o homem levasse suas malas sem se queixar, ela lhe daria uma bela gorjeta.

— Plataforma nove, por favor — informou ela —, na terceira classe.

Suas extravagâncias tinham um limite.

Livre da carga, Florence arrumou seu elegante gorro de pele e sacudiu a saia comprida. A moda de antes da guerra combinava melhor com sua silhueta; às vezes, ela desejava deixar de lado o espartilho, mas não conseguia acostumar-se à ideia. A única vez que se aventurara a sair sem o corpete, sentira como se estivesse desfilando nua pelas ruas. Mantendo o ritual, ela afagou a bolsa de mão, se apoiou no guarda-chuva, como se ele fosse uma bengala, e marchou com o passo decidido para a bilheteria. Não tinha tempo a perder.

Havia uma agência de correio na estação, e ela se perguntou se devia mandar um bilhete à funcionária de sua hospedagem para avisar que tinha viajado, mas decidiu não o fazer. Afinal, podia escrever de St. Leonards. Então seguiu até a bilheteria, aliviada ao ver que a fila não estava muito grande, e postou-se no guichê número seis, atrás de uma bonita jovem. Florence admirou a figura esbelta à sua frente, os cabelos lustrosos puxados para cima e cobertos por um grande chapéu adornado com cetim azul-marinho. A febre dos cabelos curtos ainda não tinha assolado a capital da mesma forma que ela vira em Paris, embora suspeitasse que isso não fosse demorar muito a acontecer. A mulher comprou o bilhete com pressa e, ao completar a transação, abriu um breve sorriso a Florence antes de seguir caminho.

Ela encarou o bilheteiro atrás da vidraça, um homem de barba que usava um quepe. Por um instante, ficou admirada pelo fato de as autoridades ferroviárias permitirem que os funcionários usassem barba, mas então pensou que ele podia ter alguma deformidade facial causada pela guerra e estivesse usando a barba para disfarçá-la. Isso era algo bastante comum, como ela sabia muito bem.

— Pois não, madame? — disse o homem. — Para onde?

— Terceira classe para Warrior Square, St. Leonards, por favor. Voltando daqui a uma semana.

Florence notou que o bilheteiro observava sua medalha de guerra e a encarava como se dissesse: "Você é uma das nossas." Mas o que ele realmente falou foi:

— Plataforma nove. Ainda dá tempo de pegar o das três e vinte. É um trem rápido para Lewes, onde se separa: os vagões da frente vão para Brighton, e os vagões de trás, para Hastings. A senhora deve se sentar nos últimos vagões.

— Sim, eu sei — disse Florence. — De qualquer forma, obrigada.

— Seis xelins, então.

Ela já deixara a bolsa no peitoril à sua frente; o valor da passagem foi rapidamente retirado de seu interior. Ágil, mesmo com a mão enluvada, Florence entregou-lhe o dinheiro e recebeu os pequenos retângulos de papelão. Cuidadosamente, o bilhete da volta foi enfiado na bolsa; o de ida permaneceu na mão, e o fecho foi cerrado com barulho.

De volta ao saguão, Florence olhou para o relógio da estação ferroviária — ainda não estava no horário da partida, mas ela sabia que o carregador devia estar tremendo de frio na plataforma com suas bagagens, então desistiu de dar uma rápida passada na acolhedora confeitaria da estação para tomar uma xícara de chá. O caminho à sua frente parecia vasto e vazio, lembrava mais um hangar de aviões do que uma estação de trem. Havia muito, o frio desanimador de janeiro aplacara a alegria do Natal, sem mencionar a virada para uma nova década. O povo passara tempo demais ansiando por uma vida pós-guerra só para descobrir que nada jamais voltaria a ser como antes. Muita coisa mudara; muito sofrimento fora infligido.

Pelo menos a jornada que tinha pela frente não era longa, e Rosa a receberia com uma ceia farta quando chegasse — generosas fatias de pão com muita manteiga, postas de presunto adoçado com mel e um copo de cerveja, provavelmente seguidos por um pedaço de bolo que sobrara da casa de chá, aquecido com uma colherada de creme caseiro. Depois de uma ou duas semanas na casa da amiga, o espartilho de Florence sempre tinha de ser alargado. Estranhamente, a lembrança do banquete — um marco de todas as visitas a Rosa — não despertou seu apetite. Chá quente e doce era tudo o que queria naquele momento, mas não importava. Ela já passara por privações piores.

Florence continuou a caminhada até o trem. A plataforma número nove era uma espécie de meia plataforma, ocupando a extremidade direita da estação e obrigando os passageiros a caminharem pela plataforma oito para chegar até ela. Ao caminhar, imponente porém segura, como o *Lusitania* partindo de Liverpool, Florence pensou ter visto pelo canto do olho uma pessoa conhecida. Aquilo a surpreendeu. Será que ele sabia que ela estaria na estação Victoria? O homem era pequeno, magrelo e desmazelado — uma jangada de madeira comparada ao seu transatlântico. Ele estava quase de costas, e seu chapéu estava tão enfiado na cabeça que ela não tinha certeza se o sujeito a vira ou não. Florence acelerou o passo, o coração batendo forte. Então viu o carregador mais à frente, esperando pacientemente ao lado de suas malas, e se acalmou. Ela só precisava entrar no trem; em menos de vinte minutos, estaria longe dali.

Florence mirou nos olhos do carregador e permaneceu encarando-o enquanto se aproximava, o que só deixou o sujeito constrangido. Isso fazia com que se sentisse mais segura, embora ele não passasse de um moleque. O rapaz coçou o queixo e tirou o chapéu, nervoso. Algo a incomodou ao perceber aquela impaciência. Estava prestes a ignorar a sensação quando viu alguém aparecer à direita do carregador: Mabel.

O rapaz pigarreou.

— Madame, me desculpe, madame, essa senhora queria levar a sua bagagem, mas eu não sabia se... — E perdeu o fio da meada.

Mabel se adiantou.

— Florence, querida. Ele não quis aceitar minha gorjeta.

Ela não respondeu, mas se dirigiu ao carregador.

— Está tudo bem. Pode ir agora. Obrigada.

Florence lhe entregou um xelim, tomada de determinação, e o rapaz partiu com o rosto aliviado. Então ela se virou para Mabel:

— O que você está fazendo aqui?

— É assim que cumprimenta uma velha amiga? — perguntou a outra mulher, sorrindo. — Eu só queria ajudar. Sei como você é exigente na hora de escolher o assento. E com tanta bagagem, seria impossível se virar sozinha.

— Eu tinha um carregador, como você viu. Consigo me virar muito bem.

— Eu sei. Mas não faz mal aceitar minha ajuda. Agora, fique aqui, vou verificar as cabines.

Enquanto estavam paradas ali, o trem se aproximou. Tendo dispensado o carregador, Florence ficou junto das malas enquanto Mabel abria a porta do primeiro vagão da terceira classe, e depois a do outro. E logo estava de volta.

— Você vai ter de entrar nesse. Não tem mais ninguém, então você pode se sentar onde quiser. Tem uma mulher na outra cabine, sentada de frente para o vagão do motor. E não quer sair de lá.

Florence ficou em silêncio, suas feições suaves, tão difíceis de interpretar quanto uma lápide antiga, com os relevos quase invisíveis depois de séculos de chuva e vento. Mabel pegou a mala grande e a caixa de documentos, de couro vermelho-escuro com cantos claros e desbotados, surrada depois de anos acompanhando a dona pela França. Florence já pegara a frasqueira, pequena e azul-marinho, cuja chave guardava na bolsa. Havia sido um presente da tia, comprada na Asprey da Bond Street, quando a rainha Vitória ainda estava no trono.

De fato, não havia vivalma no vagão que Mabel escolhera, e o local já passara por uma limpeza completa, pois não havia sinal dos costumeiros detritos dos passageiros da viagem anterior. Dois bancos acolchoados se defrontavam, e só havia mais uma porta, do lado oposto. Assim que o trem partisse, ninguém mais poderia entrar. Mabel colocou a mala embaixo do primeiro banco, do lado direito, de frente para o vagão do motor. A caixa de documentos foi posicionada ao lado do espaço onde Florence se sentaria. Florence tirou o chapéu e o colocou sobre a caixa.

— Você trouxe algo para ler? — perguntou Mabel, estendendo a mão para dar uma olhada na bolsa de Florence, mas foi rechaçada com um gesto rápido. — É melhor se sentar. O trem já vai partir.

Florence continuou quieta, mas se sentou no lugar que Mabel indicara. Ficava no canto mais afastado da janela; da plataforma, não poderia mais ser vista facilmente por ninguém que estivesse observando. O sol ainda não começara a se pôr, mas a luz estava fraca, o céu do mesmo tom encardido do piso do saguão. Felizmente, o vapor do encanamento a aqueceria muito em breve. Havia lampiões a gás nos vagões, mas eles só seriam acesos em Lewes. Ler sob aquelas condições não seria impossível, mas era desconfortável para uma mulher da sua idade — 55 anos completados no dia anterior. Quando a guerra terminara, ela decidira se aposentar, e, agora, a única coisa que precisava fazer na vida era esperar a chegada da velhice.

Mabel se empertigou, prestes a dizer alguma coisa, mas se sobressaltou quando sentiu um alvoroço atrás dela. A porta se abriu, e um jovem de 28 anos, talvez 30, entrou. Ele usava um terno de tweed marrom-claro e um chapéu. Florence não viu um sobretudo, algo esperado para uma pessoa viajando para o litoral em janeiro, mas talvez estivesse pendurado no braço dele e ela não tivesse notado. O sujeito não trazia bagagem, nem bengala, nem mesmo um guarda-chuva. Sentou-se à esquerda, à janela, na diagonal de Florence, de costas para o vagão do motor.

O apito do guarda da estação soou — o trem partiria em cinco minutos. Mabel moveu-se em direção à porta, e o homem se levantou.

— Permita-me.

— Não, obrigada — rebateu Mabel. — Posso abrir sozinha.

Ela baixou a janela com a correia de couro, inclinou-se para fora, a fim de girar a maçaneta, e abriu a porta. Florence permaneceu sentada e não deu atenção ao companheiro de viagem; havia um jornal em seu colo, e seus óculos de leitura estavam empoleirados no nariz. Mabel desceu do trem, fechou a porta e ficou na plataforma, olhando para o vagão. Logo depois, o guarda soprou o apito final. O trem partiu, devagar no início, depois ganhando um embalo regular, até chegar ao primeiro túnel e alcançar sua velocidade máxima. Aquela foi a última vez que alguém viu Florence Nightingale Shore com vida.

PARTE UM

1919 — 1920

CAPÍTULO UM

Véspera de Natal, 1919

Costurando caminho por entre a multidão ao longo de King's Road, apertando o casaco fino ao redor do pescoço para se proteger do vento cortante, Louisa Cannon andava com a cabeça baixa, dando passos leves na calçada. Os contornos da rua podiam ter esmaecido com a escuridão opressora, mas as multidões não diminuíam. Duplas de compradores zanzavam diante das belas vitrines, decoradas com luzes elétricas e atraentes guloseimas de Natal: caixas de papelão coloridas cheias de balas de goma, seus vívidos cubos gelatinosos cor-de-rosa e verdes quase incandescentes sob a cobertura de açúcar de confeiteiro; os rostos pálidos e esmaltados de bonecas de porcelana novas em folha, pernas e braços rígidos em vestidos de algodão engomados, anáguas rendadas finíssimas espreitando sob a barra das saias em camadas extravagantes.

Às suas costas, a grande loja de departamentos Peter Jones colocara uma árvore em cada vitrine, com fitas vermelhas e verdes cuidadosamente atadas nos galhos, além de enfeites de madeira pendurados nos pinheiros verde-escuros: minúsculos cavalos de balanço pintados, estrelas de prata que giravam, ovos dourados, bengalas doces listradas. Cada elemento era a representação perfeita de uma fantasia infantil trazida deliciosamente à vida agora que a guerra e o racionamento tinham acabado.

Havia um homem parado diante da loja, com as mãos para trás, entrelaçadas, o rosto banhado pela luz suave das vitrines. Louisa se perguntou se ele estaria distraído o suficiente para não notar a mão de alguém entrando em seu bolso à procura de sua carteira. As palavras de despedida do tio não saíam de sua cabeça desde aquela manhã: "Não volte sem uma boa quantia. É Natal, oportunidades não faltarão." Ele devia estar sofrendo alguma pressão, porque andava especialmente mal-humorado e exigente nos últimos tempos.

Quando Louisa se aproximou, o homem se virou de repente e enfiou as mãos nos bolsos. Ela devia ter ficado irritada, mas só conseguiu se sentir aliviada.

Então baixou ainda mais a cabeça, esquivando-se das botas de cadarços e dos sapatos envernizados na calçada. Além do tio, a mãe também lhe aguardava em casa, de cama, não exatamente doente, mas não exatamente bem — tristeza, trabalho duro e fome contribuíram para sua magra compleição. Perdida em pensamentos, Louisa sentiu o calor da fumaça amarga atingindo seu estômago vazio antes mesmo de ver a barraca de castanhas.

Poucos minutos depois, ela removia a casca quente e assada, uma tirinha de cada vez, usando os dentes da frente para mordiscar a noz doce embaixo. Apenas duas para si, prometeu; levaria o restante para a mãe, torcendo para que não estivessem frias demais quando chegasse à sua casa. Ela se encostou à parede atrás da barraca, desfrutando do calor do fogo. O vendedor era alegre, e o clima ao redor era de festa. Louisa sentiu os ombros relaxarem e se deu conta de que os mantivera encurvados por tanto tempo que deixara de reparar. Então ergueu os olhos e viu uma pessoa conhecida vindo em sua direção: Jennie.

Ela se encolheu e tentou se esconder nas sombras. Enfiou o pacote de castanhas no bolso e puxou o colarinho mais para cima. Jennie chegou mais perto, e Louisa percebeu que estava encurralada — não podia sair dali sem se revelar. Sua respiração acelerou. Em pânico, agachou-se e fingiu amarrar os cadarços.

— Louisa? — Dedos enluvados para se proteger do inverno tocaram-na de leve no ombro. A figura esbelta usava um casaco de veludo elegante de corte solto e bordado com penas de pavão. Se o casaco de feltro verde de Louisa antes tinha o mérito de favorecer seu corpo miúdo, agora ele só parecia algo desmazelado. Mas a voz era amistosa e cheia de simpatia. — É você?

Não havia escapatória. Louisa se empertigou e tentou parecer surpresa.

— Ah, Jennie! — exclamou. O fato de quase ter cometido um furto e a aparição da velha amiga fizeram arder de vergonha suas bochechas. — Olá. Não a reconheci de longe.

— Que alegria encontrá-la — disse a jovem. Sua beleza, que já florescia na última vez que as duas se viram, agora se tornara magnífica e delicada, como um candelabro de vidro lapidado. — Meu Deus, não nos vemos há... quatro anos? Cinco?

— Pois é, creio que sim — respondeu Louisa.

Ela segurou as castanhas no bolso, absorvendo seu calor.

Outra figura subitamente apareceu, uma moça dois ou três anos mais jovem que Louisa, com cabelos escuros caindo em cachos soltos abaixo dos ombros, os olhos verdes espiando por baixo da aba do chapéu. Ela sorria, aparentemente feliz com aquela reunião entre amigas.

Jennie tocou o ombro da jovem.

— Esta é Nancy Mitford. Nancy, essa é minha mais antiga e querida amiga, Louisa Cannon.

Nancy estendeu uma das mãos enluvadas.

— É um prazer.

Louisa apertou-lhe a mão e teve de reprimir uma mesura. A garota exibia um sorriso caloroso no rosto, mas tinha a postura de uma jovem rainha.

— Nancy é filha de grandes amigos dos meus sogros — explicou Jennie. — A babá deles está cansada porque a assistente foi embora, então decidi me oferecer para ajudar.

— Ela fugiu com o filho do açougueiro — interrompeu-a Nancy. — O vilarejo inteiro está em polvorosa. É a história mais engraçada que já ouvi. Papai anda cuspindo fogo desde então.

A garota explodiu em risinhos, que Louisa achou muito contagiantes.

Jennie lançou um falso olhar reprovador a Nancy e continuou a explicar:

— Sim, de qualquer maneira, viemos tomar chá. Nancy nunca tinha comido a torta de carne da Fortnum's, acredita?

Louisa não sabia o que dizer, já que também nunca tivera essa experiência.

— Espero que tenha gostado — falou, por fim.

— Ah, sim — disse Nancy —, estava deliciosa. Não é sempre que me deixam comer pratos de tradição católica.

A garota rodopiou ligeiramente sobre os pés. Louisa não sabia se ela imitava um entusiasmo juvenil ou se o gesto era sincero.

— Como vai você? E seus pais? Você parece... — Jennie hesitou, apenas brevemente, mas o suficiente. — Você parece muito bem. Puxa, como está frio, não acha? E ainda há tanta coisa a fazer... O Natal já é amanhã! — E deu um risinho nervoso.

— Nós estamos ótimos — disse Louisa, alternando o peso entre os pés. — O de costume. Tocando a vida.

Jennie tocou seu braço.

— Querida, estou atrasada. Prometi levar Nancy de volta. Pode caminhar conosco para conversarmos um pouco mais? Só por um minuto?

— Sim — concordou Louisa, cedendo. — É claro. Aceitam uma castanha? Comprei para mamãe, mas não resisti e comi algumas.

— Quer dizer que não são suas? — perguntou Jennie e piscou um olho de forma exagerada, dando uma cotovelada nas costelas da amiga.

Louisa finalmente foi obrigada a sorrir, revelando uma fileira regular de dentes e iluminando seus olhos cor de mel.

Ela descascou uma castanha para cada moça. Jennie segurou a sua com a ponta dos dedos antes de enfiá-la na boca, e Nancy a copiou. Louisa aproveitou o momento para observar a amiga.

— *Você* parece bem. Está bem, não está?

Jennie não riu de novo, mas sorriu.

— Casei com Richard Roper no verão passado. Ele é arquiteto. Vamos nos mudar para Nova York em breve porque ele quer sair da Europa. Diz que a guerra deixou tudo por aqui arrasado. Existem mais oportunidades por lá. Vamos esperar que isso seja verdade, de qualquer forma. E você?

— Bem, eu não me casei — respondeu Louisa. — Não daria para casar a tempo de votar, então desisti de vez.

Para sua satisfação, Nancy riu.

— Sua boba — disse Jennie. — Você não mudou nada.

Louisa deu de ombros. O comentário doeu, embora ela soubesse que essa não fora a intenção de Jennie.

— Não, pouca coisa mudou. Continuo em casa. Correndo atrás de trabalho com mamãe, como sempre.

— Sinto muito. Deve ser difícil para vocês. Posso dar-lhe alguma ajuda? Por favor?

Jennie começou a vasculhar a bolsa, um quadrado delicado que pendia de uma corrente de prata.

— Não. De verdade, não, obrigada. Nós estamos bem. Recebemos ajuda.

— Seu tio?

Uma sombra anuviou o rosto de Louisa, mas ela a afastou e sorriu para Jennie.

— Sim, então ficaremos bem. Nós *estamos* bem. Ande, vamos caminhar mais um pouco. Para onde vocês estão indo?

— Vou deixar Nancy em casa, depois vou me encontrar com Richard. Combinamos de dançar com amigos no 100 Club. Já esteve lá? Você precisa conhecer. O mundo mudou tanto, e Richard é um homem tão ousado. Imagino que foi por isso que tenha se casado comigo. — Ela baixou a voz, num tom deliberadamente conspiratório. — Não sou como as outras esposas...

— Não, não me parece que alguém do nosso grupinho faria parte dessa turba. Mas você sempre foi mais elegante do que nós. Lembro que sempre insistia em engomar sua camisola. Uma vez você não roubou um pouco de goma do armário da minha mãe?

Jennie cobriu a boca com a palma da mão.

— Sim! Eu tinha me esquecido completamente disso! Falei para sua mãe que trabalharia como assistente dela, e ela riu da minha cara.

— Acho que lavadeiras não costumam ter assistentes — disse Louisa —, embora eu a ajude com frequência. Acredite se quiser, sou muito boa em fazer remendos agora.

O tempo todo, Louisa estava ciente dos olhos verdes de Nancy observando as duas, absorvendo a conversa. Ela se perguntou se deveria aludir à origem nada aristocrática de Jennie diante da garota, mas decidiu que, como Jennie era incapaz de qualquer forma de lorota, Nancy já devia saber de tudo. De qualquer modo, a amiga não demonstrava estar envergonhada.

— Então sua mãe ainda está trabalhando? — perguntou Jennie, o olhar cheio de pena. — E seu pai? Ele não continua subindo e descendo daquelas chaminés, continua?

Louisa concordou com a cabeça rapidamente. Não queria explicar que ele havia morrido poucos meses antes.

— Nós costumávamos chamá-los de o Sr. Preto e a Sra. Branca, não era?

As duas jovens riram, os ombros e as cabeças se encostando por um segundo, voltando ao tempo de colegiais, com rabos de cavalo e jardineiras.

Lá em cima, as estrelas começavam a surgir no límpido céu negro, embora perdessem a competição para os lampiões. Automóveis circulavam ruidosamente pela rua; os frequentes toques de buzina não podiam ser interpretados com facilidade, soando iguais, fosse com impaciência para um carro vagaroso ou com um bipe amistoso de reconhecimento para um conhecido na calçada. Pessoas trombavam nelas com suas sacolas cheias, irritadas com as moças que interrompiam o fluxo regular da multidão com aquele aglomerado de três que se movia vagarosamente.

Jennie olhou para o relógio de pulso e se virou com tristeza para Louisa.

— Preciso ir. Mas, por favor, podemos nos encontrar de novo? Não vejo muito minhas velhas amigas...

Então se calou. Não precisava explicar mais.

— Sim — concordou Louisa —, seria ótimo. Você sabe onde me encontrar... no lugar de sempre. Divirta-se essa noite. E aproveite o Natal! Estou feliz por você. De verdade.

Jennie assentiu com a cabeça.

— Sei disso. Obrigada. Feliz Natal para você também.

— Feliz Natal — desejou-lhe Nancy com um aceno rápido, que Louisa retribuiu.

Com a garota ao seu lado, Jennie se virou e seguiu pela King's Road, com homens se afastando enquanto a dupla abria caminho pelo mar de gente, como Moisés.

CAPÍTULO DOIS

Para Louisa, o Natal sempre fora um alegre intervalo nos meses de inverno, mas, naquele ano, sem o pai, ela e a mãe não tinham ânimo para executar suas pequenas tradições. Não havia nenhum enfeite pendurado no apartamento nem árvore escolhida no mercado.

— É apenas um dia como outro qualquer — murmurou a mãe.

Ainda bem que tinham tocado a vida como se fosse uma quinta-feira comum, pensou Louisa. O tio, Stephen Cannon, havia dormido até o meio-dia e mal resmungara saudações festivas para a sobrinha e a cunhada sentadas junto à lareira — Louisa lia *Jane Eyre*, e a mãe tricotava um suéter verde-escuro — antes de se arrastar até a cozinha em busca de cerveja. O cão dele, Socks — um vira-lata preto e branco de pernas compridas e orelhas sedosas — descansava aos pés de Louisa, satisfeito.

Quando Stephen se afundou na poltrona, Winnie pegou um pedaço de linha do chão e se aproximou um pouco mais do fogo.

— Temos pernil para o jantar — anunciou ela, a cabeça virada na diagonal para o cunhado. — E ganhei um pequeno pudim de Natal da Sra. Shovelton.

— Por que ela lhe deu uma coisa dessas? — quis saber Stephen. — Esnobes de uma figa. Dar mais dinheiro eles não querem, não é? Meia coroa extra seria mais útil do que um pudim.

— A Sra. Shovelton é muito generosa comigo. Você sabe que eu tive de tirar duas semanas de folga quando seu irmão... quando Arthur...

Winnie soltou um soluço e olhou para baixo, respirando fundo, controlando o pânico. A preocupação se agravara ultimamente, pois nem todas as freguesas eram tão compreensivas quando sua roupa lavada chegava com um dia de atraso.

— Shhh, mamãe — disse Louisa. — Isso foi muito gentil da parte da Sra. Shovelton. Acho que tenho algumas moedas para decorar o pudim.

Ela lançou um olhar zangado para o tio, que deu de ombros e tomou um gole de sua bebida.

Providencialmente, depois do pernil e das batatas, Stephen anunciou que ia tirar um cochilo em sua poltrona. Louisa e a mãe reuniram o que restava do espírito natalino, se concentrando na sobremesa. Louisa decorara o pudim com três moedas de meio pêni e um pequeno ramo de azevinho. Não havia conhaque para flambar, e por um momento elas se perguntaram se um salpico de cerveja teria o mesmo efeito, mas desistiram da ideia.

— Feliz Natal — desejou Louisa, erguendo a primeira colherada triunfalmente. — Ao papai.

Os olhos de Winnie ficaram marejados, mas ela sorriu para a filha.

— Sim, meu amor. Ao papai.

As duas terminaram o pudim, sem se preocupar em deixar um pedaço para Stephen, e limparam a mesa juntas. Duas figuras quase idênticas movendo-se de forma alternada em um balé bem-ensaiado na cozinha apertada, com Louisa lavando a louça e Winnie secando-a. Stephen acordou apenas para pegar o casaco e dizer que ia ao bar, batendo a porta atrás de si e de Socks, que trotou em seu encalço. Mãe e filha continuaram suas atividades em silêncio e foram para a cama tão cedo quanto o aceitável — nove horas da noite. Através das paredes, ouviam os vizinhos começarem uma cantoria entusiasmada de "O bom rei Venceslau"; elas sabiam que aquela seria a primeira canção de muitas.

Algumas horas depois, Louisa sentiu o tio sacudindo seu ombro, despertando-a de um sono leve.

— O que foi? — sussurrou ela, sem querer acordar a mãe ao seu lado.

A moça vasculhou em sua mente em busca de todas as pessoas importantes que poderiam despertá-la no meio da madrugada com notícias, mas era difícil pensar em alguém. A Sra. Fitch, a vizinha do lado, que cuidara de seu velho gato quando ela e a mãe passaram cinco dias em Weston-super-Mare alguns anos antes? A Sra. Shovelton? Mas, se algo tivesse acontecido a ela, não poderiam esperar para dar a notícia pela manhã? Fazia muito tempo que todos os seus avós haviam morrido — Louisa fora "uma bela surpresa" para os pais, que tinham 40 e 46 anos quando ela nascera. Mas Stephen levou os dedos aos lábios, ligeiramente descentralizados, agarrou com firmeza o ombro dela e a puxou para fora da cama.

— Está bem! Está bem! Estou indo — disse Louisa em um sussurro ligeiramente alto, esfregando o rosto para acordar.

A mãe virou-se de lado e, num suspiro rouco, murmurou:

— Não solte os cabelos.

Ela seguiu para a cozinha, onde o tio a esperava.

— O que foi?

— Tem um homem na sala — disse Stephen. — Para falar com você. Ele vai quitar uma pequena dívida minha em troca desse prazer. Portanto, colabore.

Seu rosto inexpressivo se abriu em um sorriso malicioso diante do próprio comentário.

— Não estou entendendo.

— Você vai entender quando entrar na sala. Ande logo.

O tio a enxotou como um cachorro vadio que pedia comida.

— Não — disse Louisa. Finalmente entendera o que ele queria. — Não. Vou contar para mamãe.

Com um movimento violento, a mão grande e achatada de Stephen golpeou seu rosto, e Louisa, descalça, quase escorregou e caiu no chão. Quando tentou se levantar, estendendo a mão em busca da mesa da cozinha, com a faixa do roupão frouxa em torno da camisola de algodão, foi atingida por um segundo tapa, desta vez com as costas da mão, na mesma bochecha. Ela sentiu a pele ardendo; sua mandíbula começou a latejar. Não havia lágrimas; seus olhos estavam secos, e sua garganta, mais seca ainda.

— Sua mãe não precisa saber. Ela já tem muito com o que se preocupar, você não acha? Agora, pela última vez, vá para a sala.

Louisa olhou para o tio por um longo momento, gélida. Ele sustentou o olhar dela e impulsionou o queixo na direção da porta. A que ponto, pensou ela. A que ponto haviam chegado.

Stephen fora o único que notara que ela havia deixado de ser criança. Uma ou duas vezes, chegara a dizer que a sobrinha "não era apenas um rostinho bonito", e Louisa aceitara o pequeno elogio com prazer. Agora entendia o que ele queria dizer.

Ela tirou a mão da bochecha e amarrou o roupão de novo, dando um nó firme. Então se virou e seguiu para a sala, fechando suavemente a porta para não acordar a mãe.

De pé junto à lareira cujas brasas havia muito tinham se apagado, estava um homem que ela reconheceu do bar no fim da rua, quando fora chamar Stephen para o jantar: Liam Mahoney. Sua garganta fechou.

Os olhos dele eram fendas estreitas, a boca endurecida pela determinação. Louisa ficou junto à saída, com a mão na maçaneta, e pensou: enquanto estiver agarrada à porta, ficarei bem.

Na quase escuridão, era como se todos os outros sentidos ficassem mais aguçados. Ela sentia o bafo de cerveja do homem, o suor que escorria de cada poro; parecia capaz até de sentir o cheiro da sujeira debaixo de suas unhas. Um som arrastado soou atrás da porta: Stephen havia se aproximado para escutar.

— Venha cá, garota — chamou Liam, e suas mãos se moveram até a fivela do cinto, o latão brilhando a meia-luz.

Louisa não se mexeu.

— Você não é uma moça muito educada, hein — comentou ele.

Os nós dos dedos dela ficaram brancos.

O tom do homem suavizou.

— Não precisa ter medo. Só quero dar uma olhada. Seu rosto lhe renderia uma fortuna, sabia?

Ele deu uma risadinha enquanto se aproximava e estendeu uma das mãos. Louisa recuou e cruzou os braços.

— Você não vai dar olhada nenhuma — disse ela. — Seja lá o que quiser, não vai conseguir nada comigo. Se encostar em mim, eu grito.

O homem soltou uma risada.

— Fique quietinha. Não precisa causar alvoroço. Ouça, o negócio é o seguinte... — Liam baixou a voz e curvou a cabeça para falar ao pé do ouvido dela. Louisa fechou os olhos, sentindo o bafo de álcool e o cheiro de suor de novo. — É o seguinte: seu tio me deve dinheiro. Você só tem que fazer um trabalhinho para eu esquecer essa dívida. Venha até Hastings comigo e eu lhe trago de volta num piscar de olhos. Ninguém aqui precisa saber de nada.

Louisa continuava junto à porta. Pensou ter escutado Stephen — um barulho abafado. Imaginou-o com o punho enfiado na boca.

Com uma das mãos, Liam a empurrou contra a parede. O medo a dominou. As mãos dela voaram para cima, tentando afastá-lo, porém ele era mais forte, segurando-a com uma única mão e descendo a outra pela lateral do corpo dela, tateando a curva de sua cintura, o osso do quadril.

Louisa ficou imóvel. Ela olhou além da cabeça dele, para a janela do lado oposto; as cortinas estavam fechadas, mas não estavam enrugadas, encolhidas pelos anos. Através da fresta, uma lamparina emanava um brilho amarelo, tremeluzindo suavemente. A rua estava deserta. Louisa fitou a calçada, os tufos de grama que cresciam entre as fendas. Tentou se enfiar naquelas fendas, se esconder na sua escuridão. Já estivera ali antes, onde se sentia mais segura.

Então veio um som das escadas — mamãe estava chamando.

Abruptamente, Liam se afastou e Louisa desmoronou, puxando o ar com força. Recuando alguns passos, o homem abotoou o paletó e ajeitou a gola.

— Só uma noite em Hastings — disse ele. — Não estou pedindo muito.

Ela perdeu noção de quase tudo depois disso. Os passos de Stephen, pesados e erráticos, subiram a pequena escada. Por fim, silêncio.

Sem pensar no que estava fazendo, Louisa se moveu, seguindo para a cozinha. Colocou água para ferver na chaleira e preparou um chá. Ela aqueceu o bule, despejou leite em um jarro e tirou uma xícara de porcelana e um pires do fundo do guarda-louça. O pai comprara o jogo de peças azuis e brancas para a mãe pouco antes de a filha nascer. Aquilo tornava a xícara e o pires mais velhos que ela — 19 anos pelo menos, e pareciam menos lascados e gastos do que a moça se sentia.

Foi somente ao se sentar à mesa, o chá despejado na xícara à sua frente, que Louisa se permitiu chorar, mas não por muito tempo. Ela enxugou o rosto com as costas das mãos e balançou a cabeça. Havia chegado a hora de fazer alguma coisa. Com um sobressalto, lembrou que Nancy Mitford mencionara que a assistente de babá de sua família tinha ido embora. Havia uma chance de ainda estarem à procura de alguém para o cargo. Jennie provavelmente saberia. Em uma gaveta da cozinha, Louisa encontrou papel e um lápis, e começou a escrever a carta que, com sorte, mudaria tudo.

CAPÍTULO TRÊS

12 de janeiro de 1920

Quando Louisa e a mãe passaram pela porta dos fundos da casa pintada de branco da Sra. Shovelton, em Drayton Gardens, estavam focadas nos embrulhos pesados que carregavam. Querendo poupar a mãe de carregar mais peso do que poderia suportar, Louisa entulhara quase o dobro de roupas no próprio cesto.

Jennie respondera à sua carta e lhe dissera que escrevesse à governanta dos Mitford, a Sra. Windsor. *E, querida,* havia acrescentado, *acho melhor você mencionar algum trabalho que tenha feito com crianças, se possível. Há seis naquela casa.* Fazia quase duas semanas isso. Sem nenhuma palavra da Sra. Windsor e sem saber de que outra maneira poderia se livrar do tio, a cabeça de Louisa carregava outros pesos além do cesto de lavanderia. O vento cortante obrigava mãe e filha a curvarem a cabeça, e o brilho metálico do sol de inverno, ainda baixo no céu, queimava o pescoço delas enquanto caminhavam firmemente para dar cabo do trabalho do dia em casa.

Mais adiante na rua, Louisa viu o tio em seu chapéu Pork Pie, encostado em um poste, fumando. Ele jogou o cigarro fora quando viu a dupla se aproximando. Socks estava junto dele, obedientemente sentado aos pés de Stephen. O cão se levantou para ir até Louisa, mas foi detido por um curto assobio do dono. Stephen lhe deu um petisco que tirou do bolso e afagou sua cabeça sedosa. Então fixou no rosto um sorriso que não transmitia absolutamente nada. Louisa viu tudo isso, mas ficou junto da mãe, encarando a rua principal, cheia de pessoas e carros. Testemunhas.

— Ei, ei — gritou ele às costas delas. — Não vão dar oi?

Winnie se virou. E estreitou os olhos, surpresa.

— Stephen? Hoje não é dia de pagamento — disse ela.

— Eu sei.

— Então por que está aqui?

— Não posso vir cumprimentar minha querida cunhada e minha bela sobrinha? — perguntou ele.

Então ele se aproximou, o rosto inexpressivo, seguido por Socks.

Louisa sentiu um calafrio percorrer seu corpo e se perguntou, brevemente, se iria desmaiar.

— Achei que vocês estariam precisando de ajuda — continuou ele ao pegar o cesto da sobrinha. Ela resistiu por um instante, mas ele o arrancou com facilidade de suas mãos. Então se virou para Winnie com a boca curvada nos cantos, sem exibir qualquer dente agora. — Para voltarem rapidinho para casa.

A cunhada o encarou, impassível, e continuou a seguir seu caminho em silêncio, rumo à sua casa e contra o vento leste. Stephen recuou na calçada, deixando-a passar como se fosse Sir Walter Raleigh jogando sua capa no chão para Elizabeth I. Louisa observou as costas frágeis da mãe, os ombros curvados ajeitando um pouco o cesto, e fez menção de segui-la. Não viu o tio colocar o cesto na calçada às suas costas, esticar a mão e agarrá-la pelo cotovelo.

Em uma voz baixa, ele disse:

— Até *parece*, não acha?

Naquele momento, Winnie dobrou a esquina e perdeu ambos para o barulho do trânsito e dos cascos de um cavalo que puxava uma carroça. Louisa sabia que a mãe não olharia para trás.

Stephen continuou:

— Sei o que você anda aprontando.

— Não ando aprontando nada. Solte meu braço.

Louisa tentou se libertar, mas o aperto do tio ficou mais forte. Ele começou a arrastá-la para longe da rua principal.

— Você não pode deixar as roupas ali! — exclamou ela. — Vão cobrar de mamãe, e não seremos pagas. Se vai me levar daqui, pelo menos me deixe devolver as roupas primeiro.

Stephen pensou no pedido por um momento e então balançou a cabeça.

— Alguém vai encontrá-las. Estão a menos de dez metros da porta da casa — disse ele.

Porém, enquanto o tio encarava o cesto pousado no meio da calçada, soltou um pouco o braço dela.

Louisa se desvencilhou e saiu correndo de volta para a casa. Não sabia o que faria quando chegasse até lá — talvez nem tivesse coragem de bater à porta. O mordomo da Sra. Shovelton provavelmente nem sequer a reconheceria como a filha da lavadeira, embora fizesse seis anos que ela acompanhava a mãe na coleta da roupa suja. E, se a reconhecesse, ficaria tão ultrajado com sua presença diante da casa — tão claramente uma empregada e não uma visita — que bateria a porta em sua cara.

Descartando a ideia tão rapidamente quanto ela surgira, Louisa passou correndo pela casa, afastando-se ainda mais da mãe, rumo a um beco, onde poderia se esconder do tio nas sombras, apesar da dificuldade de pisar nas pedras arredondadas sem escorregar.

Mas sua hesitação diante da casa fora fatal, e Stephen agarrou seus pulsos e os prendeu atrás das costas. Seu rosto se contorceu de dor enquanto ela dobrava cotovelos e joelhos, tentando se soltar. O tio apertou seus pequenos pulsos, que cabiam facilmente em uma de suas grandes mãos, usando a outra para agarrar um punhado de cabelos e sua nuca. Louisa teve um vislumbre das manchas de nicotina amarelo-escuras nas unhas do tio, e seu estômago se revirou.

— Se eu fosse você, não tentaria mais nada. — Ele a encarou com desdém. — Venha comigo.

Louisa desistiu de lutar. O tio era maior e mais forte; ela não conseguiria se desvencilhar dele nunca. Stephen sentiu-a ceder sob suas garras e relaxou a pressão na nuca da sobrinha, mas manteve os braços dela junto às costas. Uma mulher que caminhava elegantemente do outro lado da rua, com os calcanhares estalando como um pônei adestrado, olhou de relance para os dois, mas seguiu em frente.

— Boa menina — disse ele de forma tranquilizadora. — Se você me obedecesse, as coisas seriam mais fáceis.

Como se ele fosse um policial, e ela, uma criminosa, Stephen marchou com Louisa para fora do beco e entrou na Fulham Road, onde chamou um táxi. Mesmo que o motorista tivesse ficado preocupado ao ver um homem com botinas de operário e um casaco de lã remendado forçando uma jovem de roupa simples e chapéu barato a entrar em seu carro, junto com um cachorro, não o demonstrou.

— Estação Victoria — ordenou Stephen ao motorista. — E rápido.

CAPÍTULO QUATRO

12 de janeiro de 1920

O corpo comprido de Guy Sullivan estava quase dobrado ao meio de tanto rir. Seu chapéu ameaçava cair, e ele sentia a costura do paletó esticada a ponto de romper.

— Harry, pare! Não aguento mais.

Harry Conlon parecia estar tentando decidir se pararia ou se continuaria com aquele delicioso tormento para cima do amigo. Os dois haviam feito uma rápida pausa para o chá na sala do chefe de estação em Lewes, onde deveriam investigar o desaparecimento de um relógio de bolso. O chefe de estação, o Sr. Marchant, era bastante conhecido por convocar a polícia ferroviária de Londres, Brighton e Costa Sul quase toda semana para elucidar crimes inexistentes.

— Mesmo assim, rapazes — lembrara o superintendente Jarvis aos dois em um tom solene —, isso não quer dizer que, dessa vez, o homem esteja errado. Policiais competentes *nunca fazem pressuposições*. Vocês se lembram do peru que acreditava que a visita da mulher do fazendeiro toda manhã significava que ia ganhar sua ração, e, um dia, acabou descobrindo que estava errado...

— Na véspera do Natal. Sim, senhor — interrompera-o Harry.

— Hum, sim. Pois é. Na véspera do Natal. Muito bem, Conlon — resmungara Jarvis, pigarreando. — Por que estão parados aí então?

Harry e Guy haviam saído rapidamente do gabinete do superintendente, uma sala estreita onde mal cabia sua mesa forrada de couro e a cadeira de madeira, mas que, apesar disso, parecia o principal tribunal de Old Bailey para qualquer um que fosse convocado a adentrar suas paredes manchadas de fumaça. A sala dava diretamente para a plataforma 12 da estação Victoria.

— O que você fez para o chefe ficar de tão bom humor, Harry? — perguntara Guy.

— Não sei do que você está falando — respondera ele, com um sorriso malicioso.

— Você sabe, sim. Bob e Lance geralmente pegam esses casos. Não é uma investigação, só um passeio num dia bonito. Eu estava pronto para passar outra manhã reinicializando o semáforo.

— Não fique muito animado. É um dia de janeiro frio pra caramba, e não exatamente um passeio de barco no meio de junho. — Harry tinha rido. — Mas eu *posso* ter garantido que o superintendente ganhasse uma bela caixa dos seus charutos favoritos no Natal...

Harry e Guy se tornaram parceiros logo após serem recrutados, quatro anos antes, durante o treinamento para a força policial ferroviária, embora, a princípio, não parecessem combinar. Harry tinha a altura de um garoto de 12 anos e, no entanto, ostentava o tipo de beleza loura que poderia fazê-lo se passar por um ídolo de matinê de boate. Na verdade, ele havia tentado esse truque várias vezes, com certo sucesso. Guy era alto — "Magricela", dizia sua mãe — com maçãs do rosto salientes, um chumaço de cabelo castanho-claro e dentes da frente separados. Óculos redondos de lente grossa sempre escorregando do nariz. No entanto, os dois tinham o mesmo senso de humor tranquilo e forjaram uma amizade como dois homens que haviam sido excluídos da guerra — Harry, por causa da asma; Guy, por sua miopia extrema.

A manhã em que havia voltado para casa com uma carta de dispensa em vez de suas ordens passava pela cabeça de Guy com regularidade. Em

1916, um irmão já estava morto, abatido no início da guerra, na Batalha de Mons. Outros dois irmãos se encontravam na França, atolados nas trincheiras, suas pacientes cartas para casa traídas pela caligrafia trêmula. O pai trabalhava por longos turnos na fábrica, e a mãe havia se transformado em um fantasma, desaparecendo nas sombras do próprio lar, mal emitindo qualquer som, que dirá falando. Guy fora reprovado no exame de vista; desesperado para não errar, ele adivinhava as respostas, mas as letras haviam se embaralhado e borrado diante de seus olhos, e ele sabia que não havia esperança. Enquanto voltava para o número oito da Tooley Street, onde a mãe o aguardava, um aguaceiro havia desabado, a chuva escorrendo pelas costas de sua camisa, encharcando-o até os ossos. Aquilo não bastava. Ele queria sentir uma dor física, alguma coisa — qualquer coisa — que lhe permitisse se equiparar aos irmãos e sua coragem. Parado diante da porta da casa, tentando encontrar forças para abri-la, ele estava coberto de humilhação. Nem as lágrimas da mãe, soluçando aliviada contra seu peito, foram o bastante para demovê-lo do desejo de fazer as malas e partir para a guerra.

O alistamento na polícia ferroviária lhe dera um propósito, certo orgulho, ainda que não afastasse de todo os sorrisos maliciosos de alguns. Quando a Sra. Curtis do número dez o congratulara por passar no treinamento policial, não se fizera de rogada ao comentar: "A polícia ferroviária, não a polícia *de verdade*, não é?" No ano passado, seus três irmãos voltaram para casa — Bertie, o caçula, havia se alistado seis meses antes do fim da guerra —, e todos arrumaram empregos como pedreiros ou ajudantes de obra. Guy ficara feliz em ver todos de volta sãos e salvos e achara que seu uniforme vistoso e o capacete de policial lhe garantiriam um pouco de respeito dos irmãos, mas, quando fora forçado a admitir que entre suas obrigações constava irrigar os cestos de flores suspensos da estação e reinicializar os sinais, as zombarias recomeçaram e nunca mais pararam.

Quando Guy e Harry entraram no escritório do Sr. Marchant naquela manhã, encontraram o chefe de estação andando de um lado para o outro com um relógio de bolso na mão.

— Aqui estão vocês! — falou o homem, seu rosto de esquilo retorcido de preocupação. — Chegaram tarde demais de novo. Abri minha gaveta cinco minutos atrás e encontrei o relógio lá dentro.

Harry ameaçou explodir em gargalhadas, e Guy lhe deu um olhar tão severo quanto possível por trás das lentes grossas.

— Compreendo, senhor — disse Guy. — Acha que o ladrão o devolveu quando soube que o roubo foi denunciado?

O Sr. Marchant parou de caminhar e ficou completamente imóvel, encarando Guy como se ele tivesse lhe revelado o significado da vida.

— Quer saber? Eu acho que sim! Acho que foi exatamente o que aconteceu.

Harry teve de fingir que estava ocupado procurando seu bloco de anotações, escondendo o rosto e se esforçando para abafar as risadas que ameaçavam escapar. Guy conseguiu se controlar tomando notas do depoimento do Sr. Marchant e assentindo com a cabeça, tão sério quanto possível; porém, quando o telefone tocou, ele finalmente se permitiu trocar um olhar com o parceiro e sorrir.

— Desculpem, rapazes — continuou o Sr. Marchant —, houve um atraso no trem de Bexhill. Preciso resolver isso. Sirvam-se de uma xícara de chá.

Assim que a porta se fechou, Guy e Harry explodiram.

— Ele está completamente doido? — perguntou Harry. — Uma medalha de guerra, uma nota de cinco libras, uma caneta-tinteiro e, agora, um relógio de bolso, todos encontrados misteriosamente na sua gaveta horas depois de dar parte dos roubos?

— Por favor, já chega — disse Guy, o corpo dobrado, os olhos fechados. — Minha barriga está doendo.

Harry se empertigou e começou a contorcer o rosto em uma imitação do chefe de estação.

— É da polícia? — começou ele, como se berrasse ao telefone. — Tenho que dar parte de um crime muito sério...

E foi por isso que nenhum dos dois ouviu a porta da sala se escancarar.

CAPÍTULO CINCO

12 de janeiro de 1920

No táxi, Stephen segurava Louisa pelo pulso, o braço da sobrinha retorcido atrás das costas, embora com menos firmeza. Quando o automóvel desacelerou em um cruzamento, ela pensou em pular dele, mas foi intimidada pela cacofonia geral das ruas. Bondes passavam de um lado para o outro em seus trilhos metálicos, fagulhas saltando dos fios acima; ônibus se inclinavam ligeiramente ao dobrarem esquinas, com o anúncio do sabonete Pears grudado abaixo de dois ou três passageiros morrendo de frio no andar superior aberto. Meninos, que deviam estar na escola, marchavam pelas calçadas com cartazes proclamando as notícias: LLOYD GEORGE AUMENTA IMPOSTOS DE NOVO e BEBÊ ABANDONADO NOS DEGRAUS DA IGREJA. Uma relíquia pré-guerra — o cavalo e a carroça — postava-se no acostamento como uma estátua, um monte fresco de estrume sendo a única prova da força vital do animal. Rapazes e solteironas de meia-idade bamboleando em bicicletas surgiam ao lado do táxi, ocasionalmente olhando através da janela para ver um homem emburrado que encarava a rua à frente, com um chapéu enterrado sobre a cabeça, e uma mulher séria ao seu lado.

O coração de Louisa martelava no peito. Socks estava deitado no chão do carro, parecendo relaxado, mas com as orelhas levantadas.

Ela conhecia bem demais o tio para não se preocupar com seu destino. Seu pai fora o caçula de seis filhos, e Stephen era a ovelha negra da família. Saiu de casa na primeira oportunidade e só voltava quando havia um enterro. "Mas não para prestar condolências ou nada disso, só para ver se ganharia algum dinheiro com o testamento, ou se havia chance de arrancar uns trocados de uma tia", dizia o pai.

Quando Louisa era criança, Stephen aparecera várias vezes, sempre prolongando a estada, porque os pais dela não eram firmes o bastante ou ficavam sem jeito de pedir que fosse embora. Além do mais, os dois trabalhavam o tempo todo e, quando Stephen se oferecia para levar a sobrinha à escola de manhã, eles encaravam aquilo como um agradecimento por sua receptividade. Eles nunca descobriram que o tio, na verdade, a levava para estações de trem, ensinando-a sobre "a escola da vida", como dizia, batendo carteiras dos ricos — ou pelo menos de qualquer um que usasse um casaco decente. Ela aprendera algumas coisas, mas nada que estivesse disposta a contar à mãe. Stephen a mantinha quieta com um suprimento de açúcar de malte e a sensação grudenta de culpa. Os pais de Louisa já tinham o bastante com que se preocupar, não? Amargurada, ela se lembrava de que gostava da atenção do tio, já que quase nunca a recebia em casa. Não gostava de fazer as coisas que arrancavam um sorriso dele, mas as fazia de qualquer maneira. Às vezes, ele lhe dava um xelim — "uma participação nos lucros", como dizia, com um sorriso malicioso —, e ela começara a guardar as moedas em um pote que escondia debaixo da cama. Um dia, teria o suficiente para sair de casa, pensava.

Por isso, não fora exatamente uma surpresa quando Stephen aparecera no enterro do pai e, depois, no pequeno velório no bar Cross Keys. Socks o acompanhara daquela vez, um filhote, mas já bem-adestrado, e o tio conquistara a simpatia de Louisa quando lhe contara que ele era igual ao cão que tinha quando menino. Ela conhecia a história, tendo-a ouvido muitas vezes, geralmente depois que Stephen tinha tomado umas e outras e se sentia melancólico. Quando criança, ele encontrara um cão abandonado na rua e o levara para casa. Só que, embora a família inteira tivesse se apegado ao animal, era somente Stephen que ele seguia, dormindo ao seu lado toda noite, mantendo-o aquecido no chão do quarto que era compartilhado por todos os seis irmãos. Quando seu pai o expulsara por roubar preciosas sobras de uma carne ensopada, o coração de Stephen se partira. Socks era igualzinho àquele cão, dizia o tio, e os dois costumavam sorrir para o vira-lata que batia o rabo no chão do bar.

Depois do funeral, Winnie ficara arrasada e, quando Stephen se oferecera para ajuda Louisa a levar a mãe de volta para casa, a jovem se esquecera de suas ressalvas, agradecida pelo apoio. Era tarde, e a cerveja fora servida com generosidade, então seria uma grosseria não lhe oferecer sua cama — ela poderia dormir com a mãe.

Como de costume, nos dias que se seguiram, as palavras ou o momento certo para pedir a Stephen que fosse embora nunca surgiam. Winnie e Louisa evitavam tocar no assunto entre si, como se discutir a questão em voz alta tornasse a presença dele uma realidade constrangedora demais. Stephen nunca lhes dava dinheiro, mas, às vezes, trazia de volta do bar algo que havia comprado, ou possivelmente ganhado — um pedaço de carne de boi ou de carneiro —, de modo que elas não pudessem se queixar de que ele não contribuía com nada para os parcos jantares que Winnie preparava. E sempre cortava uma porção para Socks antes de comer. Stephen nunca fizera nenhuma menção sobre onde vivia ou o que fazia antes de aparecer no funeral — já fazia dois ou três anos desde sua última visita —, e elas preferiam não perguntar.

Ao longo das semanas, mãe e filha aprenderam a tolerar sua presença e se acostumaram a ela da mesma forma que alguém se acostuma com uma dor no joelho: no início, todo movimento é um suplício, mas, depois, a dor começa a não ser mais notada. Além do fato de que tinha se apossado do quarto de Louisa e de que voltava bêbado na maioria das noites, a grande contribuição de sua personalidade à vida doméstica consistia principalmente em grunhidos rabugentos e em uma marca mais funda na poltrona em que Arthur costumava se sentar e na qual Stephen agora curtia suas piores ressacas depois do almoço, com Socks a seus pés.

No táxi, Louisa pensou na mãe — ela estaria preocupada. Ao mesmo tempo, sabia que Winnie não faria muita coisa a respeito. A roupa precisava ser lavada, e o cesto desaparecido a deixaria mais nervosa do que qualquer coisa. Talvez ela voltasse à casa da Sra. Shovelton para ver se o encontrava. Era mais provável que entregasse a única trouxa lavada e humildemente aceitasse a perda do trabalho, desculpando-se por sua desatenção quando foi embora, apesar dos incontáveis anos de serviço sem perder nem ao menos um simples lenço. Louisa amava a mãe, mas, às vezes, ela lhe parecia uma das fronhas que lavava e passava com tanta dedicação: limpa, branca, cheirando a sabão em pó Lux e existindo apenas para proporcionar conforto para os outros.

Quanto à sua situação, ninguém sabia que Louisa estava em um táxi com o tio, a caminho da estação Victoria. Sua única certeza era que os trens partiam dali para o sul. Mesmo vazio, o estômago dela se revirou. Louisa olhou de soslaio para Stephen, mas seu rosto permanecia pétreo.

— Para onde estamos indo? — perguntou ela com mais firmeza do que sentia.

— Não interessa — respondeu Stephen. — Você vai descobrir daqui a pouco.

— Pelo menos largue meu braço. Está doendo.

— Para deixar você pular para fora do carro? — Como se quisesse deixar bem clara sua determinação, ele apertou o pulso da sobrinha de novo, fazendo uma onda de dor subir até o ombro dela. — De qualquer maneira, já chegamos — continuou ele, enquanto o táxi parava na entrada da estação, abrindo a porta com uma das mãos e segurando Louisa com a outra.

Ela foi puxada para fora e ficou ao seu lado enquanto Stephen procurava por moedas no bolso para pagar ao motorista. Ele se inclinou através da janela, entregou o dinheiro e arrastou Louisa para longe enquanto o carro se afastava.

— Agora você me deve três xelins e seis centavos — disse ele à sobrinha.

Devia ser um talento a capacidade de persuadir a si mesmo de que nenhum de seus gastos eram em benefício próprio, que a dívida era sempre dos outros; como se ele fosse um santo que só prestava favores. Uma vez, tinham mostrado a Louisa o negativo de uma fotografia, e ela ficara maravilhada com a perfeita inversão de luz e sombra da imagem sob o vidro; Stephen era exatamente assim.

A lembrança de como o tio era irracional afugentou seu medo. Não havia como argumentar com um homem como ele. Louisa não conseguiria convencê-lo a soltá-la e não tinha força física suficiente para escapar. Seria melhor seguir com ele por enquanto e ficar alerta para a primeira chance que encontrasse de ludibriá-lo. O homem não era muito esperto; não demoraria até que uma oportunidade surgisse.

— Tio — chamou Louisa, e ele se virou para ela sem diminuir o passo. — Será que pode, pelo menos, segurar o outro braço? Esse está começando a doer.

Stephen parou, tentando entender se aquilo não seria um truque. Então concordou com um grunhido e trocou as mãos, segurando o outro braço da sobrinha e colocando-se do lado direito dela sem jamais soltá-la completamente. Louisa sacudiu o braço esquerdo, recuperando a sensação dos dedos enquanto o sangue voltava a fluir. Enquanto o tio mudava de posição, ela notou um pedaço de papel saindo do bolso de seu paletó. Não conseguia ver muito, apenas um pedaço, mas reparou na cor creme e na textura espessa. Um envelope. Stephen não era homem de receber cartas, certamente não de boa qualidade como aquela. Louisa se empertigou antes que ele se desse conta do que ela havia visto. Ela sabia, tinha certeza *absoluta* do conteúdo do envelope, e precisava se apossar dele.

Ao redor da dupla, os costumeiros viajantes afobados em uma estação importante passavam de um lado para o outro. Passageiros da primeira e da terceira classes iam e vinham pela grande entrada, como abelhas em torno de uma colmeia: interioranos ingênuos chegando à procura de emprego na cidade, onde as ruas eram calçadas de ouro — ou pelo menos assim esperavam; homens de cartola partindo para inspecionar fábricas no norte, com assistentes de chapéu-coco seguindo seu rastro, maletas de couro batendo contra as pernas magras.

Em qualquer outra ocasião, Louisa teria desfrutado aquela cena: os quiosques de flores, as bancas de jornais, os carregadores levando pilhas de bagagem em seus carrinhos. Havia quanto tempo ela ansiava por ser uma daquelas pessoas? Por comprar um bilhete e embarcar em um trem que a levasse pelo país, atravessando velozmente campos e vales para chegar a algum lugar onde ninguém a conheceria e tudo era possível.

Em vez disso, foi arrastada pelo tio para comprar dois bilhetes — "Apenas ida, terceira classe" — para Hastings. Ela acabou ouvindo o bilheteiro avisar que havia uma pequena plataforma em Lewes, a primeira parada, onde o trem se dividia.

— Hastings? — perguntou Louisa enquanto seguiam em frente.

Liam Mahoney lhe veio à cabeça.

— Vamos ficar lá por um tempo, com uns amigos meus. Agora, cale a boca.

Louisa ficou quieta; ela precisava focar na carta, tirá-la do bolso dele. Se aquela correspondência contivesse uma oferta de entrevista para o trabalho de assistente de babá, seria sua salvação. Louisa tinha de se apoderar dela.

A moça ficou quieta enquanto o tio a conduzia à plataforma nove, onde já havia um trem à espera. Stephen escolheu um vagão na parte de trás, no qual havia apenas mais um passageiro — uma velha senhora que chorava baixinho em seu lenço e mal pareceu notá-los. Com um apito, um chiado e um solavanco, o trem partiu, e só então Stephen relaxou o aperto no braço da sobrinha. Os dois estavam sentados lado a lado, Louisa empertigada e rígida, dizendo a si mesma que não olhasse para o bolso de seu tio, que puxou o chapéu mais para baixo, cruzou os braços e se virou para a janela.

Enquanto o trem seguia viagem, Louisa observava a silhueta de Londres, as cortinas cinzentas de malha nas janelas e os tijolos enegrecidos das casas ao sul do rio. Não demorou para que a paisagem se transformasse nos campos planos de Sussex, com sua terra marrom cheia de restos de palha, separados do céu claro por fileiras retas de cercas vivas. A paisagem era salpicada de fazendas, próximas e distantes da linha do trem, às vezes permitindo aos passageiros a vista de tonéis de leite junto à porta de um celeiro, à espera para serem embarcados em uma carroça, às vezes revelando apenas um borrão de fumaça de chaminé. Ao saírem do primeiro túnel,

Louisa admirou um grupo de vacas brancas e amarronzadas deitadas juntas no canto de um campo, com apenas um touro de pé diante delas, como um parlamento preguiçoso e seu primeiro-ministro. O trem passou por mais dois túneis, ambos lançando-o na semiescuridão, tornando o som de suas rodas opressivamente alto para os ouvidos de Louisa.

Agora, pensou ela. Pegue a carta *agora*.

Sua mão esquerda se ergueu lentamente, e, com a ponta dos dedos, a moça sentiu de leve a lã espessa do paletó do tio. Os dedos subiram até a beirada do bolso, e ela manteve o cotovelo grudado à cintura. Seu coração batia tão forte que ela estava ficando enjoada. No entanto, assim que o indicador e o polegar se juntaram para pinçar a ponta, o vagão foi jogado na luz de novo, e ela abaixou a mão.

Stephen sentiu o movimento e a encarou, mas Louisa manteve o rosto impassível, olhando para a frente. Ela o viu apalpando os bolsos como se estivesse à procura de algo, furtivamente se certificando de que a carta continuava ali antes de sacar sua bolsinha de tabaco e começar a enrolar um cigarro. Em poucos instantes, nuvens cinzentas de fumaça tomaram a cabine. A senhora tossiu discretamente, mas não interrompeu o ritmo de seu choro. Quando Stephen chegou quase ao toco, a brasa vermelha ameaçando queimar a ponta de seu polegar, Louisa percebeu que a velocidade do trem diminuía. À medida que as rodas giravam mais devagar, seu coração acelerava, reverberando no peito até que parecia que ele estava pulsando em sua garganta. O trem parou, e Louisa ficou de pé de repente.

— Francamente, tio — disse ela, toda cheia de sorrisos —, o senhor está sendo muito grosseiro. A pobre senhora mal consegue respirar.

A mulher olhou para Louisa. Stephen estendeu um braço, mas a sobrinha fingiu não notar e abriu a janela, sorrindo para sua companheira de viagem, cheia de compaixão. Ela sentia a batida de portas, sendo abertas e fechadas ao longo do trem, enquanto vários passageiros saltavam e subiam, e então o guarda na plataforma gritou o nome da estação: Lewes. Louisa abriu a janela até o fim e, virando-se de lado, passou o braço direito para fora a fim de agarrar a maçaneta.

— Sente-se! — gritou Stephen, se levantando, como Louisa sabia que ele faria, vindo para cima dela enquanto jogava o cigarro no chão.

Socks também se levantou. O apito do guarda soou, demorado e alto. O trem apitou em resposta, e ela sentiu o movimento das rodas recomeçar lentamente.

Não havia tempo para pensar. Quando o tio chegou mais perto, Louisa surrupiou a carta de seu bolso, exatamente como ele lhe ensinara, antes de empurrar a porta e saltar para os trilhos, rolando no chão enquanto o trem ganhava velocidade, observando a porta do vagão oscilando, livre no ar, e Stephen de pé diante do vão escancarado, o rosto distorcido pela raiva, a boca abrindo e fechando inutilmente enquanto o assobio do vapor abafava qualquer som.

CAPÍTULO SEIS

12 de janeiro de 1920

Em meio às risadas, Harry e Guy não notaram um guarda entrar correndo pela porta da sala do chefe de estação.

— Senhor, desculpe, senhor, há uma garota nos trilhos — balbuciou ele, e então se empertigou quando viu que os dois homens estavam fardados. — Desculpe, sargento — disse o homem a Harry —, pensei que o Sr. Marchant estivesse aqui. Será que podem vir comigo? Precisamos de ajuda.

Harry e Guy rapidamente ajeitaram seus capacetes, e Guy fechou o primeiro botão da jaqueta. Os dois tentavam mascarar seu desalinho com um tom exageradamente sério.

— Qual é o problema, meu jovem? — perguntou Harry, embora o guarda parecesse ser, no máximo, apenas dois anos mais moço que ele, além de 15 centímetros mais alto.

— É uma moça, senhor — explicou o rapaz, voltando para a porta. — Ela está caída nos trilhos. Achamos que ela saltou quando o trem já estava em movimento e acabou se machucando. Precisamos tirá-la de lá o mais rápido possível.

Os dois policiais começaram a correr, e o guarda passou na frente deles, ansioso para mostrar o caminho. Não demoraram a chegar ao fim da plataforma, onde viram a jovem caída — estava a cerca de cem metros de distância, no chão, com uma perna esticada, a outra dobrada para dentro. Ela apertava a panturrilha, seu rosto contorcido de dor, embora não emitisse nenhum som. O chapéu estava enviesado na cabeça, e Guy viu mechas de cabelos castanho escuros caindo sobre a nuca. Suas botas estavam arranhadas, e ela não usava luvas. A moça parecia miserável, pensou Guy, mas também, sendo ele um rapaz e incapaz de não notar esse tipo de coisa, era bonita.

Não levou muito tempo para que os homens a erguessem, leve como ela era.

— Peço desculpas — disse ela, trêmula com o susto da queda. — Não me dei conta da velocidade do trem.

Pouco tempo depois, a jovem estava na plataforma, sentada na cafeteria da estação com uma xícara de chá quente e adocicado. Enquanto o guarda foi buscar a enfermeira, Harry se postou diante da porta — de vigia, segundo o próprio —, e Guy puxou uma cadeira para perto dela.

— Certo, senhorita — começou ele. — É melhor esclarecermos alguns detalhes.

— Por quê? Eu não fiz nada de errado, fiz?

— Em teoria, não, senhorita. Mas foi uma atitude perigosa. E precisamos fazer um relatório — explicou Guy, ruborizando de leve. — Poderia me dizer seu nome, por favor?

— Louisa Cannon.

— Endereço?

— Apartamento 43, bloco C, Peabody Estate, Lawrence Street, Londres.

— Ocupação?

Louisa apertou a carta na mão — ainda não tivera a oportunidade de lê-la.

— Lavadeira. Quer dizer, eu ajudo minha mãe. Mas não é o que vou fazer para sempre.

Guy sorriu.

— Claro, Srta. Cannon. — E fez uma pausa. — É senhorita, não?

— Sim.

O rubor ficou um pouco mais intenso.

— Estava viajando para onde?

— Hastings, mas eu...

— O quê?

— Nada. Eu estava indo para Hastings.

— Então por que pulou do trem? Resolveu saltar em Lewes? Às vezes, as pessoas não notam que a plataforma é mais curta do que o trem. Isso já aconteceu antes.

— Ah, sim, quero dizer... Sim, eu ia para Lewes... — A voz de Louisa ficou fraca de novo.

Guy olhou para ela com bondade.

— E quase perdeu sua parada? Foi isso?

Harry lançou ao parceiro um olhar severo.

— Sim, foi isso. Ai. — Ela fez uma careta e apertou a perna.

— A enfermeira já está a caminho, senhorita — falou Harry. — Tente não se mexer muito.

— Não preciso de enfermeira — rebateu Louisa. — Preciso ir embora.

— Só mais algumas perguntas, Srta. Cannon — disse Guy. — Estava viajando sozinha?

Louisa o encarou.

— O senhor precisa mesmo saber tudo isso? Eu preciso ir.

Guy baixou o bloco de anotações e o lápis.

— Harry, você pode tentar descobrir onde está a enfermeira?

O colega entendeu. E saiu.

— Conte-me o que aconteceu — pediu Guy. — A senhorita não está em apuros, só precisamos nos certificar de que não há nada errado.

O tom reconfortante foi quase demais para Louisa. Parecia fazer meses, talvez anos, desde que alguém falara com ela com tanta gentileza. Suas mãos ainda agarravam o envelope, que exibia seu nome na frente.

— Preciso ler isso.

— Leia, então — disse Guy. — Não há pressa.

Lentamente, ela tirou a folha de papel do envelope e começou a ler a caligrafia rebuscada em tinta preta. E deu um pulo na cadeira.

— Que dia é hoje? Segunda-feira, não é? Que horas são?

Guy olhou para o relógio na parede do café.

— São três horas, quase em ponto. Por quê?

Louisa perdeu totalmente a compostura.

— Não vou conseguir chegar! — gritou. — Minha única chance de escapar, de fazer alguma coisa... e não posso aproveitá-la. Não posso. *Ai.* — Ela apertou a perna e respirou fundo. — Veja — disse, entregando a carta a Guy.

Ele leu.

— Acho que é possível, sim.

— Mas estou péssima... Olhe para mim!

Guy olhou para Louisa. Viu a figura delgada, a pele bonita e pálida, o brilho nas maçãs do rosto e os grandes olhos castanhos marejados de lágrimas. Porém também era policial: e viu o chapéu puído, com metade da aba se desfazendo, o casaco barato e as botas que precisavam de cadarços novos e de um pouco de graxa.

— A senhorita realmente quer esse emprego? — perguntou ele.

— Sim — respondeu ela, encarando-o. — Muito.

— Certo. Nesse caso, é melhor tomarmos uma providência. Espere aqui.

— Não é como se eu fosse conseguir sair andando, não é?

Louisa fez uma careta, mas havia um brilho em seus olhos.

No instante que ele saiu, Harry voltou, agora com a enfermeira a reboque. Enquanto Louisa era examinada, Guy foi à sala do chefe de estação para fazer algumas averiguações. O tornozelo da moça estava sendo enfaixado quando o policial voltou, acenando com um pequeno pedaço de papel.

— Anotei os horários dos trens; a senhorita conseguirá chegar a tempo — informou ele.

— Chegar a tempo para o quê? — perguntou Harry.

— Para a entrevista de emprego dela — respondeu Guy, subitamente se dando conta de que sabia muito mais sobre a jovem do que seu dever de policial requeria.

A enfermeira se levantou, colocou seus últimos pertences na maleta, deu a Louisa algumas breves instruções sobre como cuidar do tornozelo e foi embora.

— O que está acontecendo? — perguntou Harry, notando o rubor no rosto do amigo. Então abriu um sorriso enorme, que Guy não retribuiu.

— Srta. Cannon — começou Guy —, não quero ofendê-la, mas acho que talvez devesse... bem, seu eu pudesse sugerir que a senhorita...

— O quê? — perguntou Louisa.

— Sim, *o quê?* — Harry estava se divertindo muito.

— Acho que suas botas precisam ser engraxadas, senhorita — desembuchou Guy. — Posso fazer isso na estação Victoria; meu estojo completo está lá. E Harry e eu... quer dizer, o sargento Conlon e eu já estávamos voltando. Não é, Harry?

Louisa abafou uma risadinha. Guy notou e tentou não parecer ofendido. Sabia que a maioria dos homens da sua idade tinha namorada, e Harry havia tentado apresentá-lo a uma ou outra dançarina do 100 Club, mas ele nunca fizera nada lá além de tomar um whisky sour e depois voltar para casa.

— Por que o senhor faria isso por mim? — quis saber Louisa.

As bochechas de Guy coraram de novo. Ele pigarreou.

— Hum, bem, digamos que é meu dever cívico. Mas é melhor irmos andando se a senhorita quiser pegar o trem. Sabe, precisa ser o...

Ele tagarelou sobre os trens para Londres e que atravessavam Londres até Paddington, e dali para Oxfordshire, a tempo de pegar a locomotiva das cinco e meia, mas Louisa não estava prestando atenção. A possibilidade de conseguir fazer aquilo, de ter uma oportunidade de mudar de vida, era avassaladora em sua riqueza de possibilidades. Era como tentar comer um bolo de chocolate inteiro de uma vez — a ideia era gloriosa, mas talvez estivesse além de sua capacidade.

— Pare, sargento...?

— Sullivan.

— Sargento Sullivan. Obrigada por tudo. De verdade. — Ela abriu um pequeno sorriso. — Não há necessidade de me levar a lugar nenhum. Consigo chegar ao endereço sozinha. Fico muito agradecida. Adeus.

Louisa se levantou, fazendo uma careta rápida de dor, e começou a se afastar.

Guy fez um movimento, como se quisesse impedi-la, mas Harry lhe lançou um olhar, e os dois homens a deixaram seguir seu caminho.

— Se prefere assim, Srta. Cannon. Aqui, leve isso — disse Guy, lhe entregando o horário dos trens.

Louisa pegou o papel com um aceno de cabeça e o colocou no bolso, junto com a carta. O único outro pertence que carregava consigo era um lenço, e ela sabia que não tinha muito tempo — tio Stephen viria buscá-la no primeiro trem de volta de Lewes.

Poucos minutos depois, Louisa esperava o próximo trem para Londres. Olhando ao longo da plataforma, viu um cavalheiro de meia-idade bem-vestido, obviamente a caminho do centro financeiro. Seus trajes eram típicos de um bancário: chapéu-coco, guarda-chuva firmemente enrolado, pasta de couro, polainas. Ela esperou pelo sinal do qual precisava — sim, lá estava. Todos os homens faziam aquilo enquanto esperavam o trem: uma apalpada no bolso do casaco para verificar se a carteira ainda estava lá. Louisa caminhou na direção de seu alvo, o coração batendo rápido, tentando não manquejar. Não se orgulhava do que teria de fazer, mas era sua única opção se quisesse comer uma fatia do tal bolo.

— Ah, mil desculpas, senhor! Eu não estava prestando atenção por onde andava! — balbuciou ela enquanto o cavalheiro a encarava com irritação, sua pasta caída no chão e os documentos espalhados ao redor.

A moça se ajoelhou para apanhar os papéis, notando que o homem se agachava com muito mais dificuldade do que ela ao seu lado.

— Tudo bem — disse ele, ríspido. — Eu pego.

— Sim, senhor — respondeu Louisa. — Mil desculpas de novo, senhor.

No meio da confusão e do seu falatório, ela enfiou a mão no bolso do sujeito. Havia acabado de agarrar a carteira quando sentiu um leve toque em seu braço.

— Srta. Cannon? — Era o sargento Sullivan, encarando-a, parecendo confuso. — Está tudo bem?

Rapidamente, ela tirou a mão do bolso do homem, sem a carteira, e se levantou. Então olhou do alto para sua vítima, ainda juntando os papéis, e, em um impulso, exclamou, categórica:

— Ora, senhor! Eu me recuso!

O homem ergueu o olhar para ela, confuso, mas permaneceu calado.

Guy lançou um olhar severo ao homem antes de afastar Louisa dali, conduzindo-a pelo ombro. Harry vinha alguns passos atrás.

— O que houve? — perguntou Guy com ternura. — Ele lhe fez alguma proposta grosseira?

Consternada com a mentira e se perguntando por que havia feito aquilo, Louisa balançou a cabeça.

— Foi uma bobagem — respondeu ela. — Nada que eu não pudesse resolver.

Mas sentia a culpa aumentando dentro de si.

Guy olhou para Harry e se virou para Louisa, com o chapéu fora do lugar, a perna enfaixada. A moça parecia um passarinho com a asa quebrada.

— A senhorita precisa de ajuda?

Louisa virou o rosto. Pediria a qualquer um, menos a ele. O sujeito era policial, afinal de contas.

— Não sei por que acho que isso seja uma boa ideia, mas quer que eu lhe empreste algum dinheiro? — ofereceu Guy. — Posso emitir um passe para os trens, a senhorita não precisa comprar um bilhete. E tenho algumas moedas no bolso. A senhorita pode comprar um sanduíche para a viagem. E, talvez, engraxar as botas também.

Ele sorriu

Louisa cedeu. Se aquilo a fizesse conseguir o emprego...

— Eu lhe pago depois — garantiu-lhe ela. — Estou falando sério...

— Não precisa — disse Guy. — Contanto que consiga chegar a tempo para a entrevista. Espere aqui, vou pegar o passe.

Os três haviam chegado à sala do chefe de estação, onde Guy deixou Louisa sentada no banco do lado de fora, com Harry de pé ao seu lado. O constrangimento dominava seu corpo; ela mal conseguia encará-lo. Guy saiu correndo da sala 15 minutos depois, embora muito mais tempo parecesse ter se passado. Então colocou o passe e alguns xelins na mão dela, rejeitando seus fracos protestos.

— Precisamos ir — disse ele a Harry. — O superintendente ligou, houve um incidente na estação de Hastings. Ele quer que a gente vá verificar o que aconteceu. Não sei de mais nada. — Então virou-se para Louisa, e ela notou que a agitação o distraíra. — Lamento — disse ele. — Espero que chegue a tempo para a entrevista. Espero que consiga o emprego. Talvez...

— Sim, eu lhe dou notícias — falou ela, sorrindo. — Posso escrever para a estação Victoria, imagino? Sargento Sullivan, não é?

Ele assentiu com a cabeça.

— Obrigado. Adeus... e boa sorte.

Guy virou-se para Harry, e os dois saíram correndo, o alto e o baixo, atendendo ao chamado do dever.

CAPÍTULO SETE

12 de janeiro de 1920

Harry e Guy foram recebidos por uma cena desanimadora naquela tarde. O sol tinha sumido do céu, e a friagem do começo da noite havia caído com o crepúsculo nos vinte minutos que o trem deles levara até Hastings. Os dois correram até a plataforma seguinte — foram informados de que o incidente ocorrera na plataforma um — e viram o trem das três e vinte da estação Victoria, que agora não alcançaria seu destino final. Passageiros enfurecidos haviam sido encaminhados para outra locomotiva, distraídos do drama que acontecera debaixo do próprio nariz por preocupações com compromissos perdidos e jantares que esfriavam.

Um grupo de homens estava parado à altura do último vagão, sua porta mantida aberta por um jovem carregador de malas. A maioria da multidão era formada por curiosos desavergonhados, mas Guy identificou o chefe de estação, o Sr. Manning, com sua inconfundível libré verde-escura e o brilhante distintivo de latão. Ele estava conversando com outro homem de chapéu, um policial. Perto deles havia três ferroviários em roupas poeirentas, quepes na cabeça, as mãos enfiadas no bolso, sussurrando entre si.

Guy apertou o passo e interrompeu a conversa com o que esperava ser um tom autoritário:

— Sr. Manning, somos o sargento Sullivan e o sargento Conlon, da polícia ferroviária de Londres, Brighton e Costa Sul. O superintendente Jarvis nos enviou. O que houve?

O Sr. Manning encarou Guy com uma expressão séria que traía sua preocupação. Ele abriu a boca para falar, mas foi interrompido pelo homem da força policial de East Sussex, o detetive-inspetor Vine, que não perdeu tempo em se apresentar.

— Obrigado, *sargento*, mas temos tudo sob controle. A ambulância já chegou, e a vítima já está sendo removida.

O homem passou um indicador pelo bigode e acenou com a cabeça para Guy, determinado.

— É claro, senhor. Mas precisamos fazer um relatório para o superintendente — disse Guy, resoluto.

Ele seguiu em direção à porta aberta do vagão, onde um guarda da estação estava plantado, mantendo a multidão afastada. O bigode do detetive-inspetor Vine pareceu se encrespar ainda mais quando ele deu um passo para trás a fim de deixá-los passar.

Os amigos espiaram dentro do vagão estreito, onde os lampiões a gás emitiam um clarão intenso, iluminando a cena como perfeitos refletores, dando a Guy a sensação de um palco montado. Seus olhos levaram alguns instantes para se ajustarem aos contornos ofuscados. Dois homens fardados colocavam uma mulher em uma maca. Ela ainda estava usando seu casaco de pele, que se abrira para revelar um antiquado vestido preto de crepe e botas de verniz com cadarços. Sua cabeça estava tombada para o lado, mostrando uma larga faixa de sangue escuro ressecado, a boca ligeiramente aberta, os cabelos desalinhados.

Mulheres em perigo eram uma constante naquele dia, pensou Guy.

— Ela está viva? — cochichou ele para Harry.

— Acho que deve estar — sussurrou o parceiro em resposta. — Veja.

Os dois observaram enquanto a mulher erguia uma das mãos, mexendo os dedos, como uma galinha zanzando pelo quintal depois de ter a cabeça cortada. Os homens passaram com a maca através da porta do vagão, firmando os braços antes de chegarem à multidão do lado de fora.

Assim que a equipe da ambulância saiu, Guy e Harry entraram no vagão.

— Há sangue no chão — observou Guy, chocado.

Harry encarou o sangue, uma mancha vermelho-escura, e depois o lugar vazio onde a mulher estivera sentada. Havia uma caixa de couro surrada do lado, um chapéu largado displicentemente sobre ela, e uma bolsa preta. O *Illustrated London News* estava caído sobre o assento, manchado de sangue no lado dobrado, como se a vítima o tivesse comprimido sobre a cabeça, talvez para conter o jorro de sangue. Havia outra mala debaixo do assento. E também uma frasqueira azul-marinho, aberta, um vislumbre de roupa branca em seu interior. No chão, via-se um par de óculos quebrados, dois pedaços de um pente partido e uma página de jornal. Guy anotou cada item em uma lista. Parecia um resumo um tanto patético da vida de uma mulher. Ele notou outra grande mancha de sangue na parede onde a cabeça dela devia ter encostado.

— Dê uma olhada na bolsa — sugeriu Harry. — Talvez exista algum documento que revele quem ela era. Quer dizer, quem *é*.

Guy olhou: havia uma bolsinha sem nenhum dinheiro dentro, um caderno com algumas anotações feitas a lápis, impossíveis de serem lidas no lusco-fusco, o bilhete da viagem de volta e uma carteira de identidade com o nome da dona, Florence Nightingale Shore, enfermeira da equipe da rainha, domiciliada na hospedagem Carnforth, Queen Street, Hammersmith.

Embasbacado, Guy arregalou os olhos por trás de seus óculos.

— É uma investigação de assassinato — constatou.

— Ainda não — disse Harry. — Ela ainda está viva. Tomara que sobreviva. Vamos lá, é melhor conversarmos com os outros.

Do lado de fora, havia uma comoção. Os passageiros tinham visto o corpo sendo levado, causando uma onda de rumores agitados; uma mulher desmaiara. O Sr. Manning se viu cercado pelo detetive-inspetor Vine e pelos dois guardas do trem — apresentados como Henry Duck e George Walters —, bem como por Guy e Harry. Havia uma discussão acalorada sobre os próximos passos a seguir, mas ninguém parecia dar ouvidos a ninguém.

O Sr. Manning virou-se para o detetive-inspetor Vine.

— Sr. Vine, pode recolher os pertences da mulher? Precisamos colocar esse trem para circular, senão haverá atrasos na linha a noite toda.

— É *detetive-inspetor* Vine, na verdade, Sr. Manning — replicou o outro homem. — Lamento desapontá-lo, mas o trem agora faz parte da investigação. Não vamos liberar nada por aqui.

Guy sentiu uma agitação estranha. O ataque havia acontecido contra outra pessoa, mas infectara o ar com algo amargurado e rançoso. Os três ferroviários tinham se distanciado do grupo, não conversavam mais entre si; eles fumavam e olhavam para os próprios pés.

O detetive-inspetor gesticulou para que Guy e Harry se aproximassem.

— Preciso levar aqueles três para a delegacia. Eles embarcaram no trem em Polegate Junction, mas só avisaram que havia algo errado em Bexhill. Alegam que ela parecia estar dormindo no início, e, então, só quando chegaram à parada seguinte foi que viram o sangue no rosto dela. Cada um de nós vai interrogar um deles. A delegacia fica a alguns minutos a pé daqui. Mas tomem cuidado, rapazes: eles podem se revelar nossos suspeitos de assassinato.

CAPÍTULO OITO

12 de janeiro de 1920

Louisa chegou a Londres depois que escureceu, quando a geada baixava para outra longa noite. Ela agarrou a carta no bolso. Sabia que havia perdido o horário da entrevista — cinco e meia, uma hora atrás —, mas iria de qualquer forma. Não tinha nada, literalmente nada, a perder.

Usando os xelins que Guy lhe dera, comprou um bilhete de metrô para Paddington — a carta a instruía a pegar um trem para Shipton —, um chá e uma fatia de pão com manteiga. Ela só se deu conta de como seus dedos estavam gelados ao segurar a caneca. No banheiro público da estação, jogou água no rosto e tentou arrumar os cabelos. Uma dama elegante ao seu lado, ajustando o chapéu, lançou-lhe um olhar de desdém.

Na plataforma, o peito de Louisa se apertou ao apresentar o passe que o sargento Sullivan lhe dera, mas o guarda acenou para que ela passasse e seguisse seu caminho. Só havia escuridão além das janelas, nenhuma vista que mostrasse o horizonte de Londres se perdendo ao longe. Exausta, Louisa fechou os olhos e tentou dormir.

Quando lhe pareceu que tinha cochilado apenas um minuto, ouviu o guarda se aproximando para anunciar a próxima parada como Shipton. Eram apenas sete horas da noite quando ela saiu para a plataforma, mas o cenário desolador e o frio faziam parecer muito mais tarde. Havia um bar à vista, e Louisa foi até lá pedir orientações para chegar à mansão Asthall. Os velhos no bar a encararam, intrigados.

— O que você vai fazer lá? — perguntou o dono do estabelecimento.

— É a respeito de um emprego — explicou Louisa, sem conseguir pensar em uma resposta melhor. — Por favor, pode me dizer onde fica a mansão?

— Que hora estranha para uma entrevista.

— Por favor — insistiu Louisa. — Só me diga que caminho devo seguir.

Um velho fazendeiro tomou o último gole de sua cerveja e disse que lhe daria uma carona pela maior parte do caminho — já estava na hora de ir para casa, para jantar. Mas avisou que ela ainda teria de caminhar meia hora pela estrada escura. Louisa ficou tão grata que quase caiu de joelhos, mas se contentou em murmurar apenas um "obrigada".

Quando o fazendeiro a deixou, várias nuvens haviam se acumulado no céu, e ela sentiu os primeiros pingos de chuva. Pensou em abrigar-se debaixo de uma árvore até a chuva passar, mas sabia que já estava muito atrasada. Se pudesse, teria dormido ali até amanhecer, mas fazia muito frio. Pelo menos a temperatura a distraía da dor no tornozelo. Ela baforou nos dedos para aquecê-los e caminhou o mais rápido possível, permanecendo no meio da estrada, mantendo-se afastada das formas estranhas que pareciam espreitar das cercas vivas, assustando-a nas esquinas. Alguns carros passaram por ela, buzinando para que a jovem saísse do meio do caminho, os faróis varrendo sua figura e iluminando a chuva que caía.

Finalmente — só Deus sabia que horas eram —, Louisa viu o longo muro de pedra com a arcada e o portão de ferro que o fazendeiro descrevera. O homem lhe explicara que aquela era a entrada pelo vilarejo de Asthall, que daria nos fundos da mansão. Estava claro para ele que a jovem não bateria na porta da frente.

Após sua tímida batida, a porta dos fundos foi aberta por uma jovem criada, em um uniforme azul e branco com estampa *toile de Jouy*, um avental de linho branco e uma touca de organdi decorada com uma fita preta de veludo que mal continha os cachos debaixo dela. Louisa sabia que o que a moça via era uma garota esfarrapada e toda molhada, com o chapéu rasgado, as botas gastas, uma atadura que se desfazia e com o rosto avermelhado do frio do inverno. Ela tremia, incapaz de falar de imediato. A criada continuou a encará-la, embora não de maneira indelicada.

— Boa noite — disse Louisa, por fim. — Sei que é tarde, mas estavam esperando por mim... Recebi uma carta de uma Sra. Windsor para vir até aqui para o emprego de assistente de babá.

Ela enfiou a mão no bolso e tirou a correspondência amassada para mostrar à criada o inconfundível timbre que ornava o alto da página.

— Puxa vida! — exclamou a outra. — Não sei o que a Sra. Windsor vai dizer. É melhor entrar logo, está horrível aí fora.

Louisa reprimiu um soluço ao entrar na cozinha e foi acomodada em uma cadeira perto do fogão a lenha enquanto a criada ia chamar a Sra. Windsor. Uma cozinheira lançou-lhe um olhar preocupado, mas estava ocupada demais terminando o jantar da família. Era nítido que a refeição seria servida dentro de alguns poucos minutos.

A Sra. Windsor apareceu logo depois, no mesmo uniforme, com uma bela cabeça de cabelos escuros exibindo algumas mechas grisalhas debaixo da touca. Ela pareceu severa ao aproximar-se de Louisa, que se pôs de pé imediatamente, e então cambaleou, pois sentiu-se tonta.

— Louisa Cannon? — perguntou a Sra. Windsor.

E não lhe ofereceu a mão.

— Sim, senhora — respondeu Louisa. — Sei que devo estar parecendo...

Ela foi interrompida.

— Lamento, mas independentemente do que tenha acontecido, não posso permitir que se encontre com vossa senhoria. Terá de voltar para casa. Sinto muito, Srta. Cannon, mas tenho certeza de que compreende.

A pele de Louisa ficou arrepiada de vergonha. Ela assentiu com a cabeça, silenciosamente. Não parecia haver muito sentido em discutir. A Sra. Windsor deixou o aposento, avisando à cozinheira que pediria à família que descesse para a sala de jantar.

Louisa observou-a partir e descobriu que não conseguia se mexer. Tinha noção da chuva martelando a vidraça, muito mais pesada agora, e da cozinheira atarefando-se na cozinha, colocando pratos na mesa e mexendo uma imensa panela com algo que tinha um cheiro delicioso. Louisa sentiu o vazio do próprio estômago, a secura da garganta.

— Venha sentar-se aqui — chamou-lhe a criada —, fora do caminho da Sra. Stobie. Eu me chamo Ada. Você não precisa ir embora agora. Vamos cuidar do jantar e depois veremos o que fazer.

Entorpecida, Louisa se deixou levar até um banco no canto da cozinha. Ela se encolheu, tentando passar despercebida, e observou a criada e a cozinheira servindo o jantar. A Sra. Windsor voltou outra vez para apanhar alguma coisa e a viu, mas não disse nada.

Quando acabou de servir a comida, a Sra. Stobie deu à jovem uma tigela do ensopado e a convidou para se sentar à mesa e comer. Ninguém foi indelicado com ela, mas Louisa se sentia como um gato vadio recebendo leite antes de ser enxotado. Mesmo assim, começou a se sentir melhor — voltava a sentir os dedos dos pés, e suas roupas estavam secando. Mas nada mudava o fato de que ela não sabia o que fazer agora.

Enquanto a moça se sentava à mesa, tentando não fazer muito barulho ao raspar a colher no fundo da tigela, uma garota com cabelos escuros e compridos e belos olhos verdes entrou na cozinha. Nancy.

— Sra. Stobie, a babá perguntou se, por favor, podemos tomar chocolate quente... — A garota se interrompeu ao ver Louisa. — Você veio.

Louisa ficou de pé no mesmo instante, a cadeira se arrastando no chão.

— Sim, eu vim.

Para sua surpresa, Nancy começou a rir.

— Céus, você causou uma grande confusão. O velho Hooper foi até a estação e não encontrou você lá! O que aconteceu? Fiquei com vergonha — continuou ela, falando rápido —, considerando que fui eu quem a recomendou. Então estou feliz por você ter aparecido. Conte tudo.

— Bem, eu... — começou Louisa, embora não soubesse o que dizer.

Ao saber que havia causado constrangimento a Nancy, Louisa quis se jogar debaixo da mesa e ficar lá até todo mundo sumir. Quando começou a se explicar, foi interrompida pela cozinheira, que mandou dona Nancy ir cuidar de sua vida e gesticulou para que Louisa se sentasse. Nancy revirou os olhos quando a mulher lhe deu as costas, mas não insistiu na pergunta. Havia vitalidade naquele rosto, pensou Louisa, fome por algo mais... Ela não sabia pelo quê, porém sabia que era *mais*. Reconhecia aquilo em si mesma.

— Você já conversou com mamãe? Quer dizer, com lady Redesdale, minha mãe. Ela está jantando agora, então imagino que não. Depois vai ficar tarde. Talvez amanhã? Você tem lugar para ficar?

Nancy havia puxado uma cadeira e estava sentada diante de Louisa, os cotovelos na mesa, um olhar ansioso no rosto. A Sra. Stobie tossiu em sinal de reprovação, mas continuou atenta ao leite que estava fervendo.

Louisa subitamente se deu conta de que havia uma imensa casa além da porta da cozinha. A maior casa em que já estivera na vida, com uma família inteira, feliz e saudável. Então se lembrou do que Jennie lhe contara na carta em que passara o endereço onde ficava a mansão — cinco meninas e um menino, e havia mais um bebê a caminho. Os pais eram aristocratas, havia uma babá na ala das crianças. Uma ala inteira com quartos infantis! Quando Louisa e a mãe coletavam a roupa para lavar da Sra. Shovelton, raramente passavam da porta dos fundos. Então ela só tinha visto aquelas casas em ilustrações: belas pinturas nas paredes, sofás forrados com seda, almofadas redondas, tapetes grossos e lareiras fulgurantes. Haveria um espelho com moldura dourada pendurado no saguão e vasos com flores recém-colhidas no jardim. E, agora, aquela garota sentada à sua frente, com os cabelos escovados e um vestido com colarinho de veludo, um cardigã de tricô por cima. A ideia de que Louisa poderia fazer parte daquela casa, mesmo que por um minuto sequer, era completamente absurda. Ela estava tão habilitada para trabalhar ali quanto para ser assistente de babá na ala infantil do Palácio de Buckingham. Era melhor ir embora, e logo.

Louisa se levantou abruptamente e pegou o chapéu que estava em cima da mesa, tentando esconder o fato de que a aba pendia da copa.

— Desculpe, senhorita — disse ela —, eu preciso ir.

Então se afastou e agradeceu à cozinheira. Antes que alguém reagisse, ela abriu a porta dos fundos e saiu. O frio a golpeou de novo, e a chuva continuava. Louisa ainda não sabia aonde iria, mas pensou em seguir a estrada de volta à estação, onde poderia se abrigar. De manhã, talvez tivesse de roubar algumas moedas para a viagem de volta para casa. Ao pensar em sua casa e em quem estaria lá à sua espera, quase vomitou, mas seguiu em frente, a cabeça baixa para se proteger do tempo. Lágrimas escorriam por seu rosto. Se não fosse por sua mãe, ela se jogaria em uma vala e aguardaria ser levada pela morte.

Estava caminhando havia apenas alguns segundos, ainda fazendo a curva do muro, quando ouviu alguém gritando seu nome. Louisa se virou e viu Nancy correndo pela estrada, o cardigã sobre a cabeça em uma tentativa inútil de se proteger da chuva. A jovem parou, incapaz de acreditar no que estava acontecendo, até a garota alcançá-la.

— Por que não parou antes? Eu estava chamando você! — disse Nancy, ofegante.

— Desculpe — respondeu Louisa, atônita.

— Vamos voltar — insistiu a garota. — Você pode passar a noite lá em casa. Convenci a Sra. Windsor de que você ficará com uma aparência bem melhor depois de tomar um banho e dormir um pouco. Então poderá conversar com lady Redesdale pela manhã. *Vamos*. Está chovendo muito, e estou congelando de frio.

Incapaz de acreditar no que estava acontecendo, Louisa caminhou de volta com Nancy enquanto a menina tagarelava, dizendo que era uma tolice enorme mandá-la embora em uma noite tão terrível quanto aquela. Era difícil encontrar alguma moradora local disposta a aceitar o emprego, e a família estava desesperada atrás de uma assistente de babá.

— Eu não preciso de uma, é claro, já tenho 16 anos — acrescentou ela, com a velocidade de um brinquedo de corda. — Mas Pam tem 13 e está sempre brincando de casinha; Deerling tem 10; Bobo tem 5; Decca está com 3; e Tom tem 11, mas está na escola. E lady Redesdale está em estado interessante de novo. Ela tem certeza de que vai ser um menino. Vai se chamar Paul. É por isso que precisamos de uma assistente; a coitada da babá Blor não dá conta de fazer tudo sozinha.

— Que nomes engraçados — exclamou Louisa, e então ficou quieta.

Não pretendia dizer aquilo em voz alta. Mas queria rir de tudo, tamanho era seu alívio.

Nancy deu uma risadinha.

— Ah, alguns não são nomes de verdade. Ninguém aqui é chamado pelo nome de verdade. Mamãe e papai, isso é, lorde e lady Redesdale, *me* chamam de Koko porque, quando eu nasci, meus cabelos eram tão escuros que fizeram com que eles se lembrassem do Alto Lorde Executor em Mikado. Você vai se acostumar rapidinho.

— Espero que sim — disse Louisa.

— Quantos anos você tem? — perguntou Nancy quando chegaram ao caminho da entrada.

— Dezoito.

— Então vamos ser amigas — constatou a garota ao chegarem à porta dos fundos. — Você poderá começar imediatamente? Ah, aí vem a Sra. Windsor. É melhor eu ir logo. Vejo você depois!

Nancy deu uma piscada para Louisa e saiu apressada.

Na manhã seguinte, depois de tomar um banho, escovar os cabelos e de ter dormido em um quarto desocupado na ala dos criados, encontrando suas roupas miraculosamente lavadas e secas ao acordar, Louisa foi encaminhada ao salão matinal para conversar com lady Redesdale, que estava sentada em um sofá cor-de-rosa claro. A jovem tremia, tamanho nervosismo, mas sabia que a hora havia chegado, que aquela era sua única chance. Tinha de fazer tudo dar certo.

Houve algumas perguntas diretas — nome, idade, formação, detalhes de sua experiência com a família Shovelton, que Louisa citara na carta que escrevera demonstrando interesse no emprego. Ela conseguiu responder com sinceridade sobre os nomes e as idades das filhas, tendo ouvido conversas na cozinha, mas foi menos honesta ao contar que costumava levá-las ao Kensington Gardens para uma caminhada diária e consertar seus vestidos.

— Eu deveria escrever à Sra. Shovelton pedindo referências — disse lady Redesdale, e sinos de alerta soaram na cabeça de Louisa. — Mas Jennie, a nora da Sra. Roper, me assegurou do seu caráter, então isso basta por enquanto. Estamos com um pouco de pressa, como você sabe.

Louisa apenas assentiu com a cabeça, com medo de não conseguir emitir qualquer outro som que não fosse um gritinho de alegria.

— Falando nisso, quando poderia começar? — prosseguiu lady Redesdale.

— Hoje, milady.

— Hoje? — A mulher a encarou com severidade. — Você trouxe uma mala? Isso me parece um tanto presunçoso.

— Não, milady, não trouxe mala.

— Então não está com nenhum de seus pertences?

— Não. Quero dizer, não preciso de nada.

— Todo mundo precisa de uma coisa ou outra — retorquiu lady Redesdale.

— Talvez eu possa ir à minha casa buscá-las daqui a uma ou duas semanas — disse Louisa.

Ela não queria que a nova patroa suspeitasse de que estava fugindo. Embora provavelmente fosse tarde demais.

— Sim, está bem. Não posso negar que seria útil. — A dama apontou para sua grande barriga, disfarçada pelo vestido simples. — Vamos fazer um teste de uma semana. Se a babá Blor e a Sra. Windsor ficarem satisfeitas com seu trabalho, então você terá folga toda quarta-feira, a partir das quatro da tarde, e em domingos alternados, no mesmo horário. E deve estar de volta antes das dez da noite, ou a Sra. Windsor terá um chilique. Vou lhe pagar no dia primeiro de cada mês. Uma libra.

— Obrigada, senhora — agradeceu-lhe Louisa, tentando não abrir um sorriso tão grande.

Ela fez uma mesura rápida.

— Não há necessidade de prestar reverência — observou lady Redesdale, puxando a campainha. — Não sou a rainha. A Sra. Windsor vai levá-la à babá Blor, que lhe mostrará a casa. Espero vê-la às cinco horas, quando as crianças vierem para o chá.

E com um pequeno aceno de cabeça, Louisa foi dispensada.

Então está resolvido, pensou. Tudo mudou agora.

CAPÍTULO NOVE

O tribunal legista do hospital de East Sussex era um local frio e formal, com paredes brancas e janelas pequenas e altas, muito parecidas com as de uma cela de prisão. O magistrado da investigação, o Sr. Glenister, estava sentado sobre uma plataforma alta, atrás de uma mesa comprida, ladeado por seu suplente e seu assessor. Onze homens prestaram juramento como jurados e ocupavam bancos ao longo de uma parede, de frente para as testemunhas. Eles haviam acabado de inspecionar o corpo de Florence Shore no necrotério ao lado, e seus rostos pálidos sinalizavam a gravidade dos ferimentos que a mulher sofrera.

O Sr. Glenister, um homem baixo e sério, pediu a atenção de todo mundo. Notícias do fim prematuro e chocante da corajosa enfermeira haviam mobilizado a imaginação pública, e as galerias estavam cheias de repórteres e curiosos.

Primeiro, houve um pedido de desculpas do advogado da empresa ferroviária; segundo ele, a empresa expressava seu profundo pesar e suas sinceras condolências a parentes e amigos pelo desafortunado fim da senhora.

O magistrado embarcou então em um longo discurso de abertura sobre a carreira da Srta. Shore:

— Era uma mulher de disposição filantrópica, uma enfermeira com muitos anos de experiência, que se dedicou ao tratamento de doentes e de soldados feridos na guerra...

Aprumado entre o superintendente Jarvis e Harry, com o detetive-
-inspetor Vine no mesmo banco, Guy tentava ouvir a longa lista de
nobres atributos da pobre senhora assassinada, mas seu olhar foi atraído
para uma mulher pequena e pálida sentada no banco da frente — junto
a uma enfermeira de uniforme branco engomado. Do outro lado, estava
um homem carrancudo e esquelético, usando um terno que já vira dias
melhores. Ele não tocava na mulher, mas a fitava com frequência, como
se quisesse verificar se ela continuava ali.

Mechas de cabelo fino e grisalho caíam pelo chapéu preto simplório da
dama, que segurava um lenço, mas seus olhos estavam secos; permaneciam
abertos, porém desfocados. Ela nem sequer reagia ao discurso, nem mesmo
quando o Sr. Glenister apontou em sua direção e pediu aos jurados que
não fizessem perguntas a "essa pobre mulher" até que ela testemunhasse
em uma segunda audiência. Após a conclusão do discurso, a Srta. Mabel
Rogers prestou juramento. Guy observou-a caminhar lentamente, com
uma enfermeira segurando seu cotovelo o tempo todo.

O magistrado confirmou sua residência, sua posição como matrona do
lar das enfermeiras e o fato de que ela conhecia a falecida havia 26 anos.
Mabel explicou que fazia apenas dois meses que a amiga se mudara para
a hospedagem Carnforth, após sua desmobilização do serviço ativo. Em
uma voz que não hesitava nem ressoava, contou que a falecida tinha um
irmão na Califórnia e uma tia e primos na Inglaterra.

— Como era seu temperamento? Ela era uma mulher reservada? —
perguntou o Sr. Glenister.

— Era muito reservada e bastante calada, mas alegre.

— Até onde se sabe, ela não tinha inimigos?

— Não, nenhum inimigo.

— Quanto à sua constituição física... era forte?

— Não, eu não diria que ela era forte, mas, nos últimos anos, vinha se
mostrando mais vigorosa.

O Sr. Glenister continuou a confirmar outros fatos do caso:

— Ela passou o domingo, dia 11, com a senhorita?

— Esteve comigo, mas foi passar o dia em Tonbridge, voltando na mesma noite.

Sim, disse a Srta. Rogers, ela sabia que a Srta. Shore viajaria para a casa de conhecidos em St. Leonards e fora à estação Victoria com a amiga, que pegara o trem das três e vinte para Warrior Square. Houve perguntas detalhadas sobre o vagão escolhido, a posição do assento e a bagagem que a falecida levava consigo. A Srta. Rogers confirmou que tinha escolhido o vagão, que estava vazio até pouco antes da partida do trem, quando um homem em um terno de tweed marrom entrara.

— A senhorita também entrou no vagão? — perguntou o magistrado.

— Sim.

— E se sentou e conversou com ela por algum tempo?

— Não tenho certeza se eu me sentei ou se fiquei de pé, mas entrei no vagão.

A luz do sol subitamente irrompeu através da fileira de janelas altas, revelando uma nuvem de fumaça de charuto acima da cabeça deles; o detetive-inspetor Haigh, da Scotland Yard, havia apagado o dele um pouco antes do início da sessão. Guy ergueu o olhar e tossiu involuntariamente. Tentou reprimir outro acesso de tosse, e seus olhos começaram a lacrimejar.

— Quando o trem partiu, não havia mais ninguém no vagão além da Srta. Shore e do homem?

— Não.

— Sua amiga estava bem de saúde?

— Ela estava muito bem.

O magistrado então pediu a Srta. Rogers que confirmasse suas ações ao receber o telegrama sobre a morte da amiga; ela fora ao teatro, por isso recebera a notícia tarde e pegara o trem das onze e vinte da noite para Tonbridge, seguindo o restante do caminho de carro. A mulher baixou o olhar para o colo e soltou um suspiro trêmulo.

— A senhorita viu a falecida quando chegou? — continuou o magistrado.

— Sim.

— Suponho que ela estivesse na cama, não?

— Sim.

— A senhorita ficou no hospital até a hora do falecimento?

— Sim — confirmou Mabel.

A cada resposta, sua voz se tornava mais fraca.

— Ela recuperou a consciência nesse período?

— Não.

— Quando ela faleceu?

— Na sexta-feira, às cinco para as oito da noite.

— A senhorita conhecia o homem que entrou no vagão?

— Não.

— A falecida o conhecia?

— Não.

— Até onde se sabe, a senhorita nunca o tinha visto antes?

— Não.

O Sr. Glenister lançou à Srta. Rogers um sorriso solidário e disse que, por ora, o interrogatório havia acabado. O primeiro jurado falou que o júri não tinha perguntas a fazer. Um jornalista parecia prestes a questionar algo, mas claramente desistiu e rabiscou suas últimas anotações. A audiência seguinte foi marcada para o dia quatro de fevereiro, às três da tarde, na sede da prefeitura de Hastings. O magistrado concluiu a sessão, definindo o ataque como "um ato covarde e vil" antes de dispensar o tribunal.

Juntos, os policiais saíram em fila, depois de todo mundo. Guy e Harry trocaram um olhar empolgado; aquele tinha sido o primeiro inquérito de assassinato dos dois, e eles sentiam uma animação infantil por terem estado lá. Do lado de fora, no saguão, os policiais permaneceram à espera de Mabel Rogers, que surgiu amparada pelo homem magro.

Haigh assumiu o comando.

— Vine, vamos voltar à sua delegacia. Precisamos coordenar nosso plano antes do próximo inquérito.

Vine afagou o bigode e fez uma pequena pausa antes de replicar; Haigh não era seu chefe, e ele sabia bem que a força policial local estava encarregada do caso. Por outro lado, Haigh era seu superior, e seu comandante havia solicitado os serviços da Scotland Yard.

— Sim, é claro. Podemos usar minha sala.

Na delegacia de Bexhill, os homens se sentaram em uma variedade de cadeiras de madeira trazidas ao cubículo vazio que era a sala de Vine. Haigh, fazendo jus ao seu cargo como detetive-inspetor da Scotland Yard, continuou a assumir o controle da situação.

— Estamos diante de um caso complicado, senhores. Não temos a arma do crime nem testemunhas propriamente ditas. Falei com o chefe da ferrovia de Brighton por telefone hoje de manhã. Eles querem que o culpado seja encontrado logo. — O homem girava outro charuto entre os dedos enquanto falava. — Parece que a matéria do *Mail* de hoje, sobre crimes famosos em locomotivas, não colaborou com a paz de espírito dos passageiros.

Ele decidiu acender seu Havana e o ergueu, procurando fósforos na mesa de Vine. Não encontrou nenhum.

Guy não tinha coragem de falar; em vez disso, tirou os óculos e começou a limpá-los com a barra da sua jaqueta. Harry tossiu e tentou atrair o olhar do amigo. Os dois tinham conversado sobre o caso no fim de semana, quando se encontraram na noite de sábado com a desculpa de tomar um ou dois drinques na boate que Harry costumava frequentar. A verdade era que ambos estavam chocados com a notícia da morte da Srta. Shore. O que havia começado como a investigação de uma agressão brutal — já desagradável o bastante e certamente algo que destoava de sua rotina — agora era um assassinato. Não havia mais ninguém capaz de compreender os sentimentos conflitantes de ambos: choque, curiosidade e *virilidade*. Sim, aquele caso finalmente os transformaria em homens, como seus amigos e irmãos que tinham ido para a guerra.

Os dois discutiram a cena do crime, a ausência de uma arma, apesar de um exército de policiais ter esquadrinhado os 120 quilômetros de linha férrea entre Victoria e Bexhill. A única coisa que chamara atenção fora um lenço bege manchado de sangue, mas milhares de ex-soldados portavam objetos assim. As parcas pistas restantes eram insignificantes: o sangue nas paredes; os óculos quebrados; uma bolsa vazia; joias que haviam sido roubadas. Guy se perguntava o tempo todo se havia algo que deixara passar despercebido. Afinal, o trem da Srta. Shore parara em Lewes. Seu agressor provavelmente abandonou o vagão naquela primeira parada. Será que ele não vira alguém de aparência suspeita saltando da locomotiva?

É claro, na ocasião, estava distraído com a Srta. Cannon... Enquanto tomavam um brandy alexander, Guy confessara a Harry que queria ser promovido, ou então transferido para a Scotland Yard, e sabia que aquele caso era sua chance. Harry, geralmente mais interessado em criar composições de jazz, desejava que o amigo se desse bem. Aquele silêncio não iria ajudar.

Ele tossiu de novo, e, desta vez, Guy ergueu o olhar.

— Diga alguma coisa — articulou Harry com a boca, sem emitir som.

Guy ergueu as sobrancelhas, mas sabia que o amigo tinha razão.

— Senhor? Talvez pudéssemos perguntar em lojas de penhores ou brechós se alguém tentou vender um terno marrom como o que o homem usava, segundo a Srta. Rogers. Ou se tentaram vender as joias roubadas da Srta. Shore.

— O quê? Em todas as lojas de penhores de Sussex? — Haigh mastigou seu charuto apagado. — Mas talvez você esteja certo, não é má ideia. Se encontrarmos um terno que corresponda à descrição, podemos procurar manchas de sangue. Sem a arma do crime, essa pode ser nossa única pista.

Guy assentiu com a cabeça, corando um pouco. E empurrou os óculos mais para cima sobre o nariz.

— Senhor, também acho que poderíamos conduzir mais interrogatórios. Pensei no guarda do trem, o Sr. Duck. Ele deve ter visto alguma coisa. E a Srta. Rogers. Talvez ela possa nos contar mais alguma coisa sobre o homem que entrou no vagão. Não seria melhor falarmos com ela antes do próximo inquérito? Até lá, ela pode esquecer alguns detalhes.

— Calma, Sullivan, já chega — disse o superintendente Jarvis. — Acho que você está esquecendo sua posição. Nós temos tudo sob controle, não é, Haigh?

Os dois superiores trocaram um aceno de cabeça em entendimento mútuo, deixando os outros homens se sentindo como um bando de encalhados ao lado de um casal que acabara de noivar.

— É claro, senhor — gaguejou Guy. — Peço desculpas, senhor.

— Você e o sargento Conlon podem começar nas lojas de penhores em Lewes. Manning vai levá-los até lá. Voltem com um relatório, então partiremos daí. Vocês tiveram sorte de estar na cena do crime na hora certa, rapazes. Aproveitem ao máximo essa oportunidade — disse Jarvis.

Haigh parecia ligeiramente incomodado por não ter dado as ordens, mas assentiu com a cabeça, resmungando.

— Então nos encontramos aqui na sexta-feira para discutir as novas descobertas, se houver alguma. Podem ir. Vine, há algum restaurante decente por aqui?

E, assim, Guy e Harry seguiram seu caminho, oficialmente se tornando investigadores de um famigerado assassinato.

CAPÍTULO DEZ

Em sua segunda noite na mansão Asthall, após conseguir o emprego, Louisa caminhava pela casa com Nancy, que lhe mostrava tudo. A garota havia começado pelo saguão de entrada, que exibia duas lareiras e era forrado por painéis de madeira escura.

— Parece majestoso — explicou ela —, mas tudo foi reformado pelo papai.

Havia uma grande escadaria central, que atravessava a casa até o sótão, onde ficava a despensa com roupas de cama e toalhas de mesa. No último lance, Louisa viu uma fileira de armários, todos pintados em índigo.

— É a libré dos Mitford — disse Nancy, como se a outra soubesse o que isso significava.

A ala das crianças consistia em um único andar com a sala de estar da babá Blor, o espaço de recreação dos pequenos e seus quartos. Enquanto o restante da casa era grandiosamente intimidante aos olhos de Louisa, seu novo domínio era aconchegante e quase isolado em sua posição sobre a biblioteca, que Nancy lhe contara ser um antigo celeiro convertido por lorde Redesdale. Um caminho, também construído por ele e batizado de Os Claustros, ligava o cômodo à porta da frente da mansão.

— Vovô colecionava livros, até escreveu alguns — acrescentou Nancy, dizendo que passava a maior parte do tempo na biblioteca e que Tom tocava o piano de cauda que ficava lá quando estava na residência.

Enquanto a casa principal tinha mais de uma dúzia de quartos, a ala das crianças contava com apenas quatro, cada qual com o próprio banheiro e suprimento de água quente. Um deles era ocupado pela babá Blor e as crianças menores, contíguo ao quarto onde a nova assistente dormiria com Pamela e Diana. Mais um rebento chegaria dali a dois meses, e Louisa aderira à pressuposição de todo mundo de que o sétimo e último filho seria um menino chamado Paul. Blusinhas e sapatinhos de tricô azuis já enchiam uma gaveta.

Nancy a levou ao próprio quarto, que exibia seu nome, *Lintrathen*, pintado acima da porta. Tom, que estava no internato, também tinha os próprios aposentos.

— Porque ele é menino, embora só tenha 11 anos — explicou a garota. Então mostrou sua janela à jovem. — Veja — disse ela, e Louisa observou as lápides do cemitério da igreja ao lado. — Na lua cheia, é fácil assustar os outros falando de fantasmas na casa — zombou ela.

Nancy fechou a porta e sentou-se de pernas cruzadas sobre a cama. Louisa tinha a impressão de que passaria por uma segunda entrevista, mais aprofundada do que a que teve com lady Redesdale. Mas, talvez, a garota quisesse apenas conversar com alguém. Louisa suspeitava de que Tom fosse o melhor aliado de todo mundo quando estava em casa; todos pareciam sentir muito a falta dele, o tempo todo especulando sobre o que estaria fazendo ou comendo na escola. ("Salsichas", arriscou Nancy, com a voz carregada de inveja.) Louisa concluiu que devia ser um alívio para o garoto escapar do bando de irmãs e da constante barulheira de tagarelice, das provocações e das lamúrias. Ela certamente levaria algum tempo até se acostumar àquilo.

Apesar do pedido de Nancy, Louisa permaneceu junto à porta, sem saber se sentar na cama seria a atitude correta a tomar. A lorota que contara sobre cuidar das meninas Shovelton parecera quase inofensiva na ocasião, mas aquelas primeiras horas de trabalho já deixavam claro quão pouco ela sabia sobre suas atribuições.

— Venha — disse Nancy —, sente-se aqui. Quero saber tudo sobre você. Louisa empalideceu.

— Acho que é melhor eu procurar a babá Dicks para ver se ela precisa de mim.

— Chame-a de babá Blor — corrigiu-a Nancy. — Todo mundo a chama assim, até a mamãe.

— Vou atrás da babá Blor, então.

— Só uns minutinhos, por favor. Pelo menos me conte onde você cresceu. Quero tanto saber sobre você. Podemos ser amigas, e amigas sabem tudo uma da outra, não? — insistiu Nancy. — Você não faz ideia de como é a minha vida aqui. Tenho chorado de tédio, presa nesse sótão com essas meninas bobas.

Louisa olhou ao redor, sentindo-se encurralada.

— Não tenho muito a contar — respondeu ela. — Cresci em Londres com minha mãe e meu pai.

Então hesitou. Aquela parecia uma resposta um tanto superficial, e ela também gostaria de ter uma amiga. Mas será que poderia ser amiga de alguém tão diferente dela? Nancy tinha um certo porte e uma confiança que nenhuma de suas colegas apresentava na época da escola. Nem mesmo Jennie.

— Sim, mas por que você quis sair de Londres? Nem imagino *abandonar* aquele lugar... Tudo parece tão divertido lá. Minha tia me contou que existem mulheres solteiras que moram sozinhas, que saem para boates e tomam champanhe.

Louisa não sabia ao certo o que responder.

— Talvez, mas eu não era uma delas. — Então foi até a janela. — É bonito aqui. Nunca mais vou querer sair do interior.

Ela ficara impressionada com a beleza da geada no jardim naquela manhã, com a grama prateada e uma teia de aranha que parecia um gigantesco floco de neve.

— Quando você vai para casa buscar suas coisas? — perguntou Nancy de repente.

— Não sei, dentro de uma ou duas semanas. Não preciso de muito — respondeu Louisa, hesitante.

— Não, imagino que não precise mesmo. Você chegou sem absolutamente nada! — Nancy riu e, embora seu tom fosse levemente zombeteiro, Louisa sabia que a garota não tinha a intenção de ofendê-la.

Na verdade, Ada se oferecera para lhe emprestar algumas coisas até seu primeiro pagamento, quando ela compraria o que precisasse. Mas seria melhor não levar adiante aquela conversa, e Louisa pediu licença, deixando o quarto para procurar a babá Blor.

Não demorou muito para que Louisa e a babá estabelecessem uma rotina assim que as crianças menores iam para a cama, sentando-se juntas no cômodo que dava de frente para a escadaria — um misto de sala de recreação, sala de jantar e sala de estar que pertencia mais à babá Blor do que a qualquer outra pessoa, com seu próprio relógio de mesa sobre a cornija da lareira. Nas poltronas junto ao fogo, elas ouviam o tique-taque e faziam as palavras cruzadas do *Daily Mirror*. Havia um cavalinho de balanço em um canto e, no outro, a mesa redonda em torno da qual tomavam o café da manhã, almoçavam ou bebiam chá. Um aparador de mogno abrigava a prataria e a porcelana com estampa de rosas vermelhas da ala das crianças — lorde Redesdale não via motivo nenhum para que os filhos "comessem como selvagens" só por estarem longe da sala de jantar.

Além de seus deveres de limpar, acender a lareira e trazer coisas da cozinha, Louisa achava que a divisão de trabalho entre as duas se resolvera com muita naturalidade. Ela se ocupava mais das crianças maiores, enquanto a babá Blor era muito possessiva em relação às menores. A mulher gostava de se sentar com Unity e Decca na sala de recreação, lendo livros para elas ou pacientemente erguendo torres de blocos para que as meninas as derrubassem. Quando se unia às três, Louisa achava impossível não beijar aquelas bochechas macias, e os balbucios infantis logo conquistaram seu afeto. Diana e Pamela, por sua vez, passavam horas brincando de "casinha" com suas bonecas quando não estavam na sala de aula.

Duas vezes por dia, a babá insistia em uma caminhada revigorante pelo jardim, sobre a qual todas as crianças se queixavam em várias ocasiões, exceto Pamela. Mesmo quando o clima estava horrível, a menina adorava passar tempo ao ar livre e sempre desfrutava de sua cavalgada diária. Ela era estritamente proibida de montar a adorada égua da irmã mais velha, Rachel, na qual Nancy saía para caçar — para o pavor da babá Blor. Quando não estava cavalgando, Nancy sempre podia ser encontrada na biblioteca, mergulhada em algum livro.

Naquele primeiro dia, depois de sua entrevista com Nancy, Louisa encontrou a babá Blor na despensa com as roupas de cama. Embora chamado de despensa, o cômodo era espaçoso, com uma janelinha alta que estava sempre hermeticamente fechada, e estantes de madeira que iam do chão ao teto. Ao entrar, ela foi golpeada pelo bafo de ar quente e úmido, um acentuado contraste com a ala das crianças, onde lady Redesdale havia decretado que todas as janelas deveriam ficar pelo menos 15 centímetros abertas, o ano inteiro.

— Ah, aí está você! Eu queria lhe mostrar isso — disse a babá. — Aqui é quente demais para mim, não aguento, sempre acho que vou desmaiar. Quero que fique encarregada da despensa. Todos os nossos lençóis e as nossas toalhas estão aqui, bem como as anáguas e os espartilhos das meninas... — A babá seguiu em frente, explicando que a roupa precisava ser alternada para evitar que um lençol ou uma toalha se desgastasse. — Não há guardanapos — continuou. — Lady Redesdale considerava o custo de lavanderia muito alto quando moravam em Londres, e tudo tinha que ser lavado fora. E manteve o hábito. — Ela assumiu um breve olhar de reprovação. — Você vai precisar consertar as roupas também, mas sabe fazer isso, não sabe?

Louisa assentiu com a cabeça. Se pudesse, ficaria sentada ali enquanto remendava rasgos, inalando o cheiro de flocos de sabão para se sentir um pouco mais perto de casa, embora não quisesse voltar. Ela se sentia segura na mansão. Naquela casa, estava a salvo das realidades cruéis do que presumia ser sua vida de verdade em Londres. Aqui, ninguém a machucaria.

CAPÍTULO ONZE

— "Rico, porém sobriamente vestido em um terno matutino de tweed cinza, com um garboso alfinete de pérola espetado em sua gravata cor de chocolate, o homem apresentava uma imagem fascinante..."

— Nenhum homem decente usaria um alfinete de pérola! E o que é uma gravata cor de chocolate? Que asneira rematada — gritou lorde Redesdale do outro lado da biblioteca, ao se levantar da poltrona.

A cena seria estranha a qualquer um que passasse, pois não parecia haver mais ninguém no aposento. Porém, debaixo de uma mesa, escondidas por uma toalha de mesa branca engomada, acocoravam-se as cinco meninas Mitford e sua nova assistente de babá. Nancy lia a última edição de *The Boiler* em voz alta para sua audiência admirada. No começo daquela manhã, ela havia sussurrado para Louisa que as histórias ali assinadas por W. R. Grue eram, na verdade, escritas por ela. A especialidade de Grue eram contos de terror.

— É mais assustador assim — dissera a garota, abafando o riso.

O pai dela talvez não fosse um ouvinte tão elogioso, mas Louisa logo descobrira que lorde Redesdale não era tão rígido quanto parecia.

Nancy mostrou sua língua rosada para ele, segura por saber que a malcriação não seria vista.

— E não me deixem pegá-las fazendo careta para mim. Mas são mesmo um bando de mexeriqueiras, essas meninas. — Lorde Redesdale deu uma risadinha e saiu da sala.

Estava quase na hora do almoço, e Louisa achava que deveria levar todo mundo de volta para a ala das crianças, mas Nancy estava quase no fim da história. Ela descera para a biblioteca a fim de ficar de olho nas meninas e dar um descanso para a babá Blor.

Os primeiros dias na mansão Asthall não tinham sido fáceis. Louisa sentia-se deslocada em uma casa tão grande e ficava acanhada ao lado das crianças, especialmente quando estavam todas juntas, em bando. No entanto, debaixo da mesa, escondida do mundo, sentia-se uma delas enquanto ouviam Nancy ler em uma voz carregada de drama.

De vez em quando, depois de um trecho especialmente assustador, Diana deixava escapar um gritinho, mas, fora isso, a menina parecia bastante feliz em se deixar assustar. Seu rosto já dava sinais da beleza que seguramente viria a deslumbrar as pessoas no futuro. Pamela — "a mais sentimental de nós", como dizia Nancy — parecia estar sempre prendendo o fôlego, à espera da próxima cena cruel, que a irmã mais velha não demorava a oferecer. Nancy dissera a Louisa que seus três anos mais felizes na vida foram aqueles nos quais era a única filha da casa, até que Pamela chegara e estragara tudo, para nunca ser perdoada.

As irmãs estavam ficando inquietas, os estômagos começando a roncar de fome. Unity já havia se queixado de uma sensação de formigamento. Decca puxava os botões de Louisa. Nancy acenou com a lanterna que furtara do paletó do pai.

— Querem fazer o favor de *ouvir*? — ordenou ela, e então continuou em uma voz baixa e lenta: — "Subitamente, sua aparência de nobre langor desvaneceu, e ele sentou-se empertigado, o garfo na mão com todo o ar de alguém que sente seu fim se aproximando. Um indivíduo de aparência estrangeira e semblante desagradável, com mãos parecendo garras, se aproximou..."

— Já basta, dona Nancy! — A toalha da mesa foi levantada, revelando as botas superpolidas e as meias de lã da babá Blor. — Saiam daí, todas vocês, e vão lá para cima. Quero mãos e rostos limpos para o almoço. E se eu encontrar uma unha suja que seja, não vou deixar a Sra. Stobie servir pudim para ninguém.

Louisa foi a primeira a sair, pedindo desculpas à babá, que a silenciou com um aceno de mão.

— Não precisa se desculpar. Dona Nancy sabe muito bem que é a ela que cabe fazer isso. Vá buscar nossa bandeja com a Sra. Stobie.

Agradecida, Louisa assentiu com a cabeça e correu até a cozinha, tendo a sensação desamparada de que escapara por pouco. A semana de experiência ainda não havia acabado, e ela precisava garantir o emprego. Stephen ainda não dera sinal de vida, e ela começava a se sentir aliviada, permitindo-se acreditar que o tio não conseguiria encontrá-la.

Às suas costas, as crianças saíram de baixo da mesa na ordem inversa de idade: Decca, com suas pernas gorduchas bamboleantes, agarrando-se a Unity, então Diana, seguida por uma Pamela de rosto corado, e finalmente Nancy, relutante, fazendo cara de quem já pretendia sair dali de qualquer forma.

Assim que voltou à ala das crianças com uma travessa quente de cordeiro assado e batatas, Louisa começou a fazer seu prato e o da babá; as duas comeriam sozinhas. Como não havia convidados naquele dia, as crianças *almoçariam* com os pais. A palavra girava em sua cabeça. Antes de ir trabalhar para os Mitford, ela apenas *jantava* no meio do dia. Mas seus patrões jantavam no começo da noite. Parecia haver uma lista interminável de palavras e hábitos diferentes do que ela sempre tivera em casa.

Louisa ouviu os passos rápidos das meninas subindo a escada, ao mesmo tempo que notava que Ada tivera o cuidado de colocar o *Daily Mirror* na bandeja. O do dia anterior, é claro, passado para a ala das crianças depois de lady Redesdale e de a Sra. Windsor terem dado cabo dele.

— Leve as meninas para lavar as mãos, Louisa — ordenou a babá, indo observar os pratos. — Hum, não temos pão hoje. E como é que vamos comer o molho? A Sra. Stobie espera que a gente tome o caldo de carne com uma *colher*?

Em uma fila que unia punhos atarracados e mãos pequenas e secas, Louisa puxou as três meninas menores até o banheiro. A babá foi ao quarto para pegar a escova de cabelos Mason Pearson; as grossas tranças de Pamela e Unity estavam se soltando das fitas de seda que as atavam.

Nancy se aproximou do aparador e pegou o jornal, abrindo nas páginas de avisos. Quando Louisa voltou à sala, ela começou a ler em voz alta:

— "Foi anunciado o noivado entre Rupert, filho de lorde e lady Pawsey, de Shimpling Park, Suffolk, e Lucy, filha do Sr. Anthony O'Malley e da falecida Sra. O'Malley, de North Kensington, Londres." Puxa vida. — Ela deu uma risadinha. — Isso deve ter criado falatório em Shimpling.

— Essas pessoas são conhecidas suas? — perguntou Louisa.

— Não — respondeu Nancy —, mas é fácil perceber que os dois vêm de classes sociais diferentes. Não creio que a Srta. Lucy O'Malley tenha conhecido seu Rupert ao ser apresentada à corte.

— Ao ser o quê?

— Apresentada à corte — repetiu Nancy. — Você sabe, quando as debutantes são apresentadas ao rei. Veja bem, faz alguns anos que isso não acontece, por causa da guerra... Esse ano será o primeiro em muito tempo e acontecerá agora no verão. Gostaria que fosse o meu verão!

— Quando vai ser o seu? — perguntou Louisa.

— Quando eu completar 18 anos. Daqui a uma eternidade. — Ela voltou ao jornal, e Louisa se ocupou das meninas, ajeitando seus vestidos e escovando seus cabelos. Nancy ergueu o olhar de novo. — Sabe de uma coisa? Mamãe disse que talvez a gente possa ir a Londres esse ano, depois que o bebê nascer. Talvez papai me deixe ir a algum baile. Afinal, eu *tenho* 16 anos, e acho que, se prender os cabelos no alto, poderia parecer mais velha.

A babá ouviu este último comentário quando voltava com a escova de cabelos.

— Lorde Redesdale jamais cogitaria tal coisa — afirmou ela com convicção, e puxou Pamela para si, desamarrando a fita rosada que prendia seus cachos.

Nancy fez beicinho e fechou o jornal, lendo as manchetes da primeira página.

— Há uma reportagem terrível aqui — anunciou a garota.

— Quanto na Escala dos Horrores? — perguntou Pamela, virando a cabeça e fazendo com que a babá puxasse seu rabo de cavalo com mais firmeza. — Ai!

— Eu diria que dez — respondeu Nancy. — O Horror Máximo. Uma enfermeira foi brutalmente assassinada na linha de Brighton na última segunda-feira, em algum lugar entre Londres e Lewes...

— Na linha de Brighton? Mas nós já pegamos esse trem. Babá Blor! Escute só! — Pamela estava com os olhos arregalados.

Feliz por ter público, Nancy continuou:

— "A vítima foi encontrada inconsciente por três ferroviários na segunda-feira e faleceu na noite passada. A polícia está à procura de um homem que usava um terno marrom."

— Pare com isso, dona Nancy — disse a babá. — Não é adequado para ouvidos pequeninos. As meninas já escutaram mais do que o necessário hoje de manhã.

Mas Pamela havia se agarrado à história como um cão de caça.

— Babá Blor, é o trem que pegamos para visitar sua irmã. E faz tão pouco tempo. Foi só no verão passado! O jornal diz em que vagão isso aconteceu? Será que foi no que viajamos?

Louisa captou o olhar de Nancy, e a garota compreendeu sua mensagem, mas, mesmo assim, continuou; a excitação era grande demais para que resistisse:

— "Uma investigação mais detalhada comprovou que a vítima sofreu um ferimento grave no lado esquerdo da cabeça... Um profundo corte foi encontrado em sua cabeça, e sua roupa estava manchada de sangue..."

— Dona Nancy Mitford! A senhorita ainda é jovem o suficiente para levar umas palmadas com a escova de cabelos se não parar *imediatamente* — ameaçou a babá, ficando vermelha de irritação.

— Mas, babá Blor, a história é tão triste — disse Nancy, tentando assumir um tom de preocupação e pesar. — Ela era enfermeira... a Srta. Florence Nightingale Shore. Será que era parente daquela famosa? Sim, está escrito aqui, o pai dela era um primo. Ela havia acabado de voltar de cinco anos de serviço na França, trabalhara no Serviço de Enfermagem Militar Imperial da Rainha Alexandra...

— Você disse Florence Shore? — perguntou a babá em voz baixa.

— Sim. Nightingale Shore. Por quê?

— Ela era amiga de Rosa. Puxa vida.

A babá estendeu uma das mãos para se equilibrar. Louisa correu até ela, guiando-a até a poltrona.

— Quem é Rosa? — perguntou Louisa.

— É a irmã gêmea da babá Blor — respondeu Pamela. — Ela e o marido têm uma casa de chá em St. Leonards-on-Sea. Nós a visitamos. É um paraíso. Ela vende uns bolinhos com recheio de creme que, se você não comer com cuidado, escorre pelo queixo...

— Sim, sim, querida — disse a babá, silenciando-a. — Ah, coitada da Rosa. Suponho que Florence estivesse indo visitá-la. Vocês sabem, ela era enfermeira em Ypres quando lorde Redesdale estava lá, e foram as cartas dela para Rosa que nos informavam que ele estava são e salvo. Ela sabia que eu trabalhava para a família. Foi um grande alívio para milady, na ocasião. E, agora, ela foi assassinada! Ah, que coisa horrível. Florence era uma boa mulher. E todos aqueles soldados dos quais ela cuidou... Que fim. Não sei o que está acontecendo com o mundo, não sei mesmo.

A babá Blor afundou na poltrona e começou a procurar um lenço.

Louisa, que não estava prestando muita atenção no começo, teve um sobressalto.

— Em que estação ela foi encontrada?

Nancy lançou-lhe um olhar intrigado, mas voltou ao jornal.

— Aqui diz que os homens a encontraram em Bexhill, e que ela foi retirada do trem em Hastings, mas acham que o ataque deve ter acontecido entre Londres e Lewes. Por quê?

— Não, por nada — disse Louisa. — Só fiquei curiosa.

Mas um milhão de pensamentos passavam por sua cabeça. Ela deixara o trem em Lewes, e Guy Sullivan fora chamado de repente para ajudar a resolver um problema em uma estação — teria sido em Hastings? Ela não conseguia lembrar direito, mas achava que sim.

Nancy dobrou o jornal e colocou-o de volta no aparador.

— Acho que, se formos a Londres no verão, vou pedir um vestido novo para mamãe. Se eu for a um baile, preciso causar a impressão certa — tagarelou ela, mas ninguém respondeu.

A babá encarava a lareira, e Louisa escovava os cabelos de Diana.

— Eu disse que talvez peça um vestido novo. Quem sabe algo para ser usado na minha temporada? Não devo crescer muito até completar 18 anos, não acham? — insistiu Nancy, em uma voz um pouco mais alta do que antes.

Ainda assim, ninguém respondeu.

— Coitadinha — murmurou a babá. — Ela não merecia isso. Preciso escrever para Rosa. Louisa, minha cara, pode buscar papel de carta para mim?

— Sim, babá Blor — respondeu a moça, se perguntando se aguentaria ler a reportagem quando as crianças fossem almoçar. Não sabia o que aquilo poderia significar, mas tinha certeza de que significava alguma coisa. — Dona Nancy, pode levar as crianças lá para baixo, por favor?

A garota parecia emburrada, mas estendeu a mão para Decca, que cambaleou para agarrá-la, e, lentamente, as duas guiaram as irmãs escada abaixo para almoçar cordeiro assado com os adultos.

Ypres, 3 de maio de 1917

Amor da minha vida,

Desculpe-me por não escrever nestas duas últimas semanas, mas não tive um momento sequer sozinha — nem um, pelo menos, em que pudesse fazer algo que não fosse comer ou dormir após ser liberada do trabalho. Logo depois de minha última carta, fomos informados de que iríamos para Ypres, onde estou agora. Fica poucas horas ao norte de Somme, e, no entanto, sob muitos aspectos, para mim e minhas enfermeiras, é como se não tivéssemos mudado de lugar. Passamos quase todas as horas em que nos encontramos acordadas confinadas no Hospital de Feridos em Combate, trabalhando. Na curta distância entre o toldo do hospital e nosso dormitório, apenas uns poucos metros, não existe muito para ver que já não tenhamos visto.

A terra é castigada pelas botas do exército, nenhuma flor brota, e a luz do sol serve apenas para tornar os hospitais quentes e desconfortáveis para nós e para os homens. E, é claro, o som dos tiros é constante, explodindo com uma ferocidade que sempre nos faz pular de susto. Há um trovejar em nossa cabeça que jamais cessa. É tudo tão diferente da nossa experiência na Guerra dos Bôeres que fico envergonhada quando as enfermeiras mais jovens recorrem a mim, esperando palavras tranquilizadoras ou uma explicação sobre como as coisas vão acontecer... Sinto-me tão ingênua quanto elas.

De certo modo, comparado a tudo que já vi na guerra, Ypres tem sido especialmente preocupante. Eu cheguei com outras oito enfermeiras experientes do nosso acampamento, como parte de um esforço para arregimentar o máximo possível de pessoal capacitado. Somos nove trabalhando em um hospital com setecentos leitos. Todo dia, damos alta a homens que foram remendados da melhor maneira possível, mas recebemos um influxo constante de soldados feridos e precisamos dar um jeito de acomodá-los no chão, pois falta camas.

Pelo menos não temos de lidar com muitas tragédias angustiantes de amputações de membros, que são sempre mais angustiantes para as recrutas mais jovens. Elas ainda ocorrem, é claro, mas a maioria dos nossos feridos é vítima de ataques súbitos e aterrorizantes de gás venenoso. Os homens falam que o gás infesta as trincheiras como uma nuvem amarela tóxica e que, quando eles se dão conta do que está acontecendo, já estão com as peles queimadas e inalando o veneno para dentro dos pulmões.

Pobres homens! Quando paramos para pensar neles, nossos corações se partem. Então, ainda bem que não temos tempo para isso. Passamos dias e noites inteiros no hospital, deixando de distinguir trabalho, fome e rotina. Dormimos apenas quando surge uma oportunidade, mas é um sono inquieto.

Os médicos têm feito pequenos milagres nesta guerra, mas ficam quase inertes de frustração quando defrontados com esse gás terrível. Não há nada que possam fazer. Mal conseguem aliviar a dor dos homens, e somos forçados a vê-los morrer lentamente, cada respiração como um corte de navalha dentro do peito. O pior de tudo, de certo modo, foi a descoberta de que nem todo caso é fatal, porém é impossível prever os efeitos. Até mesmo os que parecem mais feridos podem se recuperar. Mas para quê? Para serem mandados de volta às frentes de combate? Ninguém desejaria esse destino.

As histórias nos dão força nesses tempos difíceis, seja de homens contando sobre suas vidas em casa ou os relatos extraordinários de coragem advindos dessa guerra terrível. Por isso, você pode imaginar como fiquei especialmente emocionada ao ter notícias de alguém que não conheço, mas com quem tenho uma conexão: o Sr. David Mitford. Tenho certeza de que você lembra que a irmã gêmea de Rosa, Laura, é babá dos filhos dele.

Toda a família deve estar louca de ansiedade, já que o irmão mais velho de DM foi morto em Loos muito recentemente, deixando uma esposa grávida. Se ela tiver um menino, então o bebê será o herdeiro do título da família. Mas, se for menina, o título caberá a DM (que se tornará lorde Redesdale). Enquanto isso, DM insistiu em voltar à guerra, apesar de só ter um pulmão — ele já foi considerado inválido uma vez —, e, meu amor, você nem imagina como eu me senti ao me dar conta de que ele foi alocado na base de Ypres!

Isso não é nem metade da história. Ele chegou em abril, pouco depois de a batalha irromper, e recebeu a atribuição aparentemente simples de atuar como oficial de transportes, mantendo o suprimento de munição do batalhão. Mas a batalha está sendo mais intensa do que o normal, com uma demanda excepcionalmente elevada de munição e cercada de grande perigo. Alguém do batalhão dele contou a um dos homens no hospital sobre sua coragem, e a história tem sido comentada entre nós durante dias.

Pelo que ouvimos, DM concluiu que a munição teria de ser transportada à noite, aproveitando-se do disfarce da escuridão, mas o conflito nunca dá trégua, e a carga precisa ser transportada pela cidade na linha de fogo. É a rota mais rápida. A necessidade constante de munição significa que não apenas a viagem precisa ser feita todas as noites, mas duas vezes por noite. DM decidiu que a melhor maneira seria colocar a carga nos cavalos e montar neles para atravessar a cidade em alta velocidade — na escuridão, pelas ruas, enquanto bombas e tiros são disparados.

Tem mais.

Toda noite, para dividir o risco, DM decretou que um soldado diferente levará uma carga. Mas ele próprio — pai de cinco crianças, possível herdeiro de um baronato, com um irmão mais velho já morto e sem um pulmão — irá sempre. Fico arrepiada só de pensar nisso. Toda noite, duas vezes, ele e seus homens cavalgam através da cidade. Até agora, seu plano tem sido bem-sucedido e ninguém morreu. Mas quanto tempo a batalha vai durar? Não sabemos, e receio por sua segurança todas as noites, assim como o hospital inteiro. Os homens contam que ele é uma boa pessoa.

Dito isso, quase todos aqui são boas pessoas. Ninguém parece merecer o terrível destino que recai sobre si.

Preciso parar por aqui. Tenho apenas algumas horas de folga e estou planejando dar uma caminhada pelo bosque de jacintos aqui perto. Irei sozinha e vou aproveitar que estarei em um lugar cercado de beleza para me sentar e pensar em você. Lembra-se do nosso piquenique no parque de jacintos, três anos atrás? Faço votos por sua segurança, tanto quanto possível nesses tempos. Sei que minhas histórias dolorosas nada são quando comparadas às suas, e que você é a pessoa mais corajosa que eu já conheci.

Com amor e ternura,

Flo

CAPÍTULO DOZE

Guy e Harry começaram sua busca pelo terno marrom e pelas joias roubadas nas lojas de penhores e nos brechós de Lewes. Guy estava empolgado; finalmente se sentia um policial de verdade. Na segunda loja, o homem desleixado atrás do balcão, que parecia não se dar ao trabalho de lavar a camisa desde o Natal, a julgar pelas manchas nas axilas, riu da cara deles.

— Ora — chiou o sujeito —, por que alguém que fugiu com diamantes e dinheiro se daria ao trabalho de penhorar um terno? Se viesse aqui, não conseguiria nem dois xelins.

Guy insistiu na teoria de que seria uma maneira de o suspeito se livrar das provas, mas o homem continuou resfolegando e rindo, dando tapas no peito, e os dois policiais trataram de ir logo embora. Em um brechó, foram levados a uma imensa pilha de roupas masculinas que haviam sido doadas depois da data do assassinato e, apertando o nariz, reviraram o que sem dúvida era o guarda-roupa de um homem morto — incluindo, pelo visto, o pijama que ele estava usando quando partira —, que ainda não havia sido lavado, apesar dos indícios de um vício intenso em cigarros Woodbine.

Ainda assim, Guy encorajou Harry a continuar as buscas. Quando não havia mais locais a serem examinados em Lewes, a dupla decidiu encerrar o dia de investigação. Eles pegariam o trem de volta para Londres e voltariam de manhã para tentar outros estabelecimentos em Bexhill e Polegate.

— É pouco provável que o homem tenha descido em Polegate, já que os ferroviários embarcaram lá — constatou Guy —, mas precisamos tentar.

Harry estava menos entusiasmado, porém encarava a tarefa como uma fuga da rotina.

Guy se esforçou para animá-lo.

— Se resolvermos o caso — lembrou ele —, seremos promovidos. Talvez até para a Scotland Yard.

Ainda assim, apesar de seus esforços, os dias seguintes se mostraram igualmente desesperançosos. Nem ternos nem joias que combinassem com as descrições foram encontrados. O detetive-inspetor Vine decidiu fazer uma ronda pelas pensões do litoral e encontrou um terno marrom abandonado, mas a análise do patologista da investigação não detectou manchas de sangue. Houve uma comoção quando um soldado se entregou e confessou que havia assassinado uma mulher em um trem, mas um breve interrogatório na Scotland Yard foi suficiente para provar que o sujeito não estava envolvido no caso. Ele foi mandado de volta ao Exército como desertor.

Pelo menos a segunda audiência do inquérito não demorou muito. Todo mundo estava presente, como da vez anterior: o magistrado; seu suplente; policiais de todas as três forças; os advogados e os 11 jurados. Agora, mais testemunhas seriam interrogadas, bem como o Dr. Spilsbury, o que era empolgante para Guy.

— Foi ele quem identificou o corpo em decomposição no porão do Dr. Crippen como sendo da esposa dele — explicou Guy a Harry, que, em resposta, pediu que o parceiro se acalmasse.

A primeira a ser interrogada foi Mabel Rogers, ainda toda vestida de preto. Guy reparou que, daquela vez, ela não fora acompanhada pela enfermeira, embora o homem estivesse ao seu lado de novo, com a mesma aparência maltrapilha. A mulher não usava aliança, portanto ele não era seu marido, mas nitidamente lhe oferecia consolo. Os dois trocavam olhares com frequência, e, quando ela vacilou no banco de testemunhas, sua voz pareceu recuperar a confiança após um tranquilizador aceno de cabeça dele. O magistrado pediu a ela que repetisse alguns dos detalhes que contara da última vez a respeito do homem que entrara no vagão.

— Já contei tudo de que me lembro — disse a Srta. Rogers. — Ele vestia um terno de tweed amarronzado, de tecido misto e leve. Não reparei no tipo de chapéu que usava, mas ele não carregava um sobretudo. Creio que não tinha bagagem, mas talvez levasse uma maleta pequena. Devia ter cerca de 28 ou 30 anos, e não tinha barba.

— A que classe a senhorita acha que ele pertencia?

— Um caixeiro ou algo do tipo — respondeu ela.

— Quanto dinheiro acha que a Srta. Shore levava consigo na viagem? — perguntou o magistrado.

— Cerca de três libras, creio. Fizemos compras juntas naquela manhã, e ela comentou que não devia gastar mais senão não teria o suficiente para a viagem.

— Pode nos contar mais sobre a aparência dela? Que joias estava usando?

— Ela vestia um casaco de pele novo e parecia muito elegante. Imagino que o assaltante a julgou rica. E geralmente usava dois anéis com diamantes incrustados e um pequeno relógio de pulso de ouro.

Guy se sentia extasiado. Ele já havia assistido a dois ou três inquéritos de casos em que alguém pulara na frente de um trem, mas nunca estivera presente em um que tivesse como objetivo solucionar um assassinato. E não se tratava de um assassinato qualquer. Aquele caso era sensacional: uma mulher em um trem, nenhuma arma encontrada, nenhum suspeito detido. Mais uma vez, o tribunal estava abarrotado de repórteres, rabiscando sem parar em seus blocos.

Depois que a Srta. Rogers foi dispensada, um maquinista foi chamado para mostrar as plantas da estação de Lewes, explicando por que os passageiros sentados nos dois últimos vagões teriam de esperar que o trem se deslocasse para desembarcar ou então descer nos trilhos, como costumavam fazer aqueles que não se davam ao trabalho de pedir informações ao guarda ou que eram impacientes demais para esperar.

Então Harry deu uma cotovelada nas costelas de Guy. O magistrado acabara de convocar George Clout, o primeiro dos ferroviários que encontraram Florence Shore e alertaram sobre a caso na estação em Bexhill. Harry e Guy estiveram presentes durante o interrogatório dos homens imediatamente após a descoberta do corpo, mas talvez o magistrado conseguisse arrancar uma confissão. Isso acontecia com frequência: a presença de um representante da lei e a severidade do tribunal eram capazes de assustar qualquer sujeito, levando-o a confessar. No momento, aqueles homens eram os únicos suspeitos.

Clout confirmou que, no dia em questão, estivera trabalhando na ferrovia de Hampden Park. Em Polegate Junction, juntara-se a dois homens que conhecia, William Ransom e Ernest Thomas, para pegar o trem das cinco da tarde até Bexhill. Os três tinham embarcado no último vagão, ele e Thomas sentados de costas para o vagão do motor, enquanto Ransom se acomodara do mesmo lado que a Srta. Shore.

O magistrado começou o interrogatório:

— O senhor reparou na presença de uma mulher no vagão?

— Vi alguém no canto direito, de frente para o motor — respondeu Clout, tirando as mãos dos bolsos quando começou a falar.

— Já era noite quando o senhor entrou no vagão?

— Quase.

— E o ambiente estava iluminado?

— Parcamente.

— Lamparinas a gás, suponho?

— Sim.

— Depois de se sentar, o senhor viu alguém?

— Após dez minutos no trem e de termos percorrido um quilômetro e meio, notei que era uma mulher.

— Como ela estava sentada?

— Recostada para trás, com a cabeça no apoio da poltrona.

— O senhor notou as mãos dela?

— Não, elas estavam debaixo do casaco.

— Os pés dela estavam no chão?

— Sim.

— E quando o senhor olhou de novo para ela?

— Mais ou menos na metade do caminho entre Polegate e Pevensey.

— O que foi que o senhor viu?

— Notei que havia algo errado.

— Por quê?

— Pela posição em que ela estava.

— E o que aconteceu depois?

— Vi sangue em seu rosto.

— Sangue fresco?

— Eu não saberia dizer.

— Muito sangue?

— Sim, bastante.

— Estava escorrendo?

— Não saberia dizer.

— O que o senhor fez?

— Avisei a Ransom que havia algo errado com a mulher no canto. Acho que disse: "Ela deve ter batido com a cabeça." Ele não pareceu me ouvir. Estava com um resfriado muito forte.

— O senhor falou com Thomas?

— Não.

Clout mexeu os pés. Ele não parecia nem um pouco à vontade em um ambiente tão formal.

— Por que não?

— Não toquei mais no assunto até chegarmos a Bexhill.

— O senhor tomou alguma atitude?

— Não, senhor. Não até chegarmos a Bexhill.

— Por que não?

— Não achei que fosse tão sério.

— O senhor notou se a mulher estava respirando?

— Sim, ela estava, e parecia estar lendo.

— Seus olhos estavam abertos?

— Ficavam abrindo e fechando.

— Em espasmos?

— Sim.

Guy notou que a Srta. Rogers parecia perturbada com o interrogatório, baixando a cabeça, impaciente com a bolsa no colo e puxando fios soltos do casaco. Ela podia ser uma enfermeira experiente, mas não devia ser agradável ouvir detalhes sobre os ferimentos de sua amiga e saber que ela tentara pedir ajuda, mas fracassara. Também parecia extraordinário que aqueles homens não tivessem se mostrado mais preocupados na ocasião. Clout argumentou que não notara sangue no vagão nem mencionou quaisquer outros indícios de desordem. Os outros dois ferroviários simplesmente corroboraram seu depoimento.

Os guardas do trem foram chamados a depor, e George Walters prestou juramento. Se o testemunho de Clout fora perturbador, o de Walters seria ainda pior.

— Ela estava enviesada na poltrona, encarando o vagão do motor — começou ele. — A cabeça dela estava encostada no apoio, e suas pernas estavam esticadas, expostas até o joelho, parecendo ter escorregado. Suas mãos estavam no colo, e os dedos se mexiam sem parar. Ela levantou uma das mãos várias vezes, agitando os dedos, e parecia estar olhando para as próprias mãos.

Um segundo guarda do trem, Henry Duck, também prestou depoimento. Ele entrara no trem em Victoria e fora alertado sobre a situação por Clout, em Bexhill. Fora Duck quem decidira que ela precisava ser levada para o hospital mais próximo, em Hastings. Um telefonema fora dado em Bexhill para chamar uma ambulância para a estação seguinte. O Sr. Duck também se lembrou de ter visto um homem pulando do último vagão em Lewes naquela fatídica tarde de segunda-feira e caminhando pela plataforma, mas já havia anoitecido, e ele não conseguiu ver muito mais do que isso. Como a noite estava escura e não havia luzes na estação, ele só o vira à luz da lamparina.

Poderia ter sido o assassino? Havia dois vagões no final do trem, num dos quais estava a quase morta Srta. Shore, e o homem poderia ter saltado de qualquer um dos dois. Para onde ele fora? Nenhum funcionário da estação o notara, mas não havia razão para isso, sobretudo se o homem portasse um bilhete e tivesse a liberdade de sair do local normalmente.

Guy sentiu Harry se remexer ao seu lado, impaciente; estava quase na hora do chá. O amigo era governado por seu estômago e ansiava por sua fatia de bolo diária. Guy não sentia nem um pingo de fome, especialmente por saber que o Dr. Spilsbury seria a próxima testemunha.

O magistrado chamou o médico ao banco das testemunhas. Ele era um homem bonito, tinha olhos claros e brilhantes. Usava um terno bem--cortado com uma flor na lapela, os cabelos cuidadosamente repartidos e penteados rentes à cabeça. Em termos precisos, Spilsbury descreveu os ferimentos da Srta. Shore, examinados no dia seguinte ao de sua morte. Guy não entendeu os detalhes biológicos, mas sabia o bastante para depreender que havia três ferimentos na cabeça da vítima, causando um sangramento extenso em todo o cérebro.

— Causa da morte? — perguntou o magistrado.

— Coma devido ao traumatismo craniano e hematomas no cérebro — respondeu o Dr. Spilsbury.

— Qual parece ter sido a origem dos ferimentos?

— Eles foram causados por golpes muitos fortes de um instrumento pesado, dotado de uma superfície bastante ampla.

— Um revólver causaria esse tipo de ferimentos?

— Sim, a extremidade da coronha de um revólver de tamanho comum.

— O senhor tem alguma ideia de quantos golpes foram desferidos?

— Pelo menos três, mas poderia ter sido mais.

— Algum deles causaria a perda de consciência?

— Sim.

— O senhor acha que, depois de um desses golpes, a vítima poderia ter se sentado na posição em que foi encontrada?

— Não. Ela deve ter sido golpeada enquanto estava sentada ou colocada naquela posição por seu agressor. Se estivesse em pé, não poderia se posicionar daquela forma.

Que interessante, pensou Guy: o assassino a posicionara no assento e ajeitara o jornal em seu colo, embora tenha esquecido os óculos quebrados no chão, a não ser que eles tivessem escorregado quando o trem andou. Por algum motivo, o culpado queria que o ataque contra a Srta. Shore não fosse percebido imediatamente pelos próximos ocupantes do vagão. Por quê? Guy queria refletir sobre aquilo, mas se obrigou a prestar atenção no depoimento.

O Dr. Spilsbury continuou respondendo outras perguntas em sua voz calma e metódica. Ele confirmou que a arma havia penetrado o cérebro e que não poderia ter sido uma bengala comum, assim como a vítima não poderia ter sido ferida colocando a cabeça para fora da janela. Em sua opinião, ela fora atacada enquanto estava sentada. Pelo que vira, não havia sinais de luta além de um machucado na ponta da língua da Srta. Shore. Houve uma pergunta final.

— O senhor encontrou algum indício de tentativa de violação à falecida? — perguntou o magistrado, ainda mais sério do que antes.

— Não, senhor — respondeu o Dr. Spilsbury.

A Srta. Rogers deve ter ficado aliviada ao ouvir isso. O inquérito estava quase no final, sendo concluído após alguns breves interrogatórios de médicos locais. O magistrado fez um resumo do caso, e o júri entregou o veredito poucos minutos depois. Apesar de todos os esforços da polícia para encontrar o culpado, Florence Nightingale Shore havia sido assassinada por uma pessoa desconhecida.

Mais tarde, em um bar próximo ao tribunal, Jarvis, Haigh e Vine afogavam sua decepção em alguns copos de cerveja. Guy e Harry, cientes de que ainda estavam em serviço e acompanhados de seus superiores, bebericavam refrigerante de gengibre. Os dois quase não falavam, mas prestavam atenção na conversa que pouco tratava do caso, para decepção de Guy. A certa altura, Vine resmungou algo sobre o assassinato ter sido um assalto aleatório, que a vítima estava no lugar errado na hora errada, e que o culpado devia ser um ex-soldado desesperado. Haigh e Jarvis concordaram com a cabeça, pedindo mais uma caneca grande.

O joelho de Guy se balançava para cima e para baixo em frustração. Ele esperou um minuto, mas não conseguiu se controlar e falou:

— Se foi um roubo, por que o culpado a atacou com tanta força? Ela era uma idosa, ou quase. O sujeito podia ter pegado as joias, o dinheiro, e fugido.

Os três policiais mais experientes trocaram olhares cheios de sabedoria e sorrisos dissimulados, e Vine rebateu em um tom que fez Guy ter vontade de arrancar seu bigode:

— A intenção pode não ter sido matá-la, apenas fazê-la desmaiar. Alguns desses soldados esquecem a força que têm, não é? Ele a deixou viva, não deixou? Não fez questão de terminar o serviço. Não, não foi um assassinato planejado. Lamento desapontá-lo.

Guy ficou quieto. Aquilo ainda não lhe parecia correto, mas ele não tinha coragem de questionar um detetive-inspetor.

Logo depois, Haigh se levantou e vestiu o sobretudo.

— Vou andando, rapazes. Boa sorte para vocês. Acho que não vamos nos encontrar muito agora.

— Como assim? Quais são os próximos passos? — perguntou Guy, ignorando um olhar severo de Jarvis.

Haigh bateu na aba do chapéu.

— Não há mais nada a fazer, rapaz. A menos que alguém se entregue, nós fizemos tudo que era possível. Você não tem mais nada a ver com esse caso. Acho melhor procurar outra coisa para fazer.

Dito isso, ele deu uma risadinha, abriu a porta e foi embora.

CAPÍTULO TREZE

Nancy saltou de um táxi e seguiu na direção da entrada da estação Victoria. Louisa desceu logo depois, carregando Decca, que apertava os bracinhos gordos ao redor de seu pescoço. Ela tentou esticar a cabeça para fora do abraço.

— Dona Nancy! Espere!

Nancy parou e jogou as mãos para o alto.

— Vamos perder o trem!

Louisa não disse nada e estendeu uma das mãos para Unity, que foi a próxima a sair do táxi, com o rosto sério. Diana, com os cabelos louros brilhando ao sol do meio-dia, foi a última, o que só fez aumentar a irritação da irmã mais velha, que lhe perguntou se ela era uma tartaruga, imitando uma cabecinha entrando na carapaça. A menina simplesmente a ignorou.

Um segundo táxi havia encostado bem atrás delas e logo expelia a babá Blor com Pamela e Tom. Embora tivessem deixado para trás os emocionantes sinais da primavera no campo — carneiros saltitando pela grama, narcisos silvestres juntando-se pelos acostamentos, como gemas de ovos quebrados —, havia certo frescor no ar do centro de Londres. Folhas verdes brotavam nas árvores, e o céu se mostrava azul como o uniforme de um marinheiro. Uma rajada de vento soprou de repente, quase levando o chapéu de Louisa.

Aquela não era uma viagem que ela queria fazer, retornando a Londres, à estação Victoria e à linha de Brighton. Na última semana, quase não conseguira dormir, sua mente fora constantemente povoada por sonhos nos quais era perseguida, sentindo o bafo quente de Stephen em seu encalço, mas, quando acordava, descobria que era apenas Unity, que tinha ido para sua cama e estava aninhada em suas costas, respirando pesado.

Fora isso, acostumara-se muito bem à rotina dos Mitford. Não houvera qualquer tentativa do tio de encontrá-la, e, até recentemente, Louisa conseguira não pensar nele durante grande parte do tempo, concentrando-se em dobrar a roupa de cama e mesa, passeando com Decca pelo jardim, contando galantos.

Porém, com lady Redesdale em repouso completo pelas próximas semanas, assim como fizera durante o último mês — o bebê poderia nascer a qualquer momento —, e as crianças irritadas com seus sacrifícios da Quaresma, ficara combinado que alguns dias à beira-mar, na casa de Rosa, a irmã gêmea da babá, seria o ideal. Louisa perguntara se não poderia ficar em Asthall, cuidando de lady Redesdale e do esperado recém-nascido, mas a babá Blor dissera que precisaria de sua ajuda. A enfermeira da maternidade daria conta de lady Redesdale, que, afinal, tinha muita experiência com partos.

A viagem era inevitável, independentemente da opinião de Louisa. A partir do momento em que a ideia surgira, Nancy começara a fazer campanha a seu favor. As outras crianças também ficaram encantadas só de pensar na casa de chá de Rosa, com seus bolinhos e suas janelas embaçadas de vapor, o mar que era frio demais para nadar, mas tolerável para remar, o gralhar das gaivotas e o aroma exótico de sal no ar.

Nancy estava obcecada com a ideia de brincar de detetive no trem. Ela logo se dera conta de que refariam a fatídica viagem da enfermeira Shore, talvez no mesmo trem. Lorde Redesdale, acreditando que a filha fora acometida por um súbito e surpreendente interesse por economia doméstica, concordara de imediato com a viagem na terceira classe.

Junto com recortes das reportagens sobre o ataque e os inquéritos subsequentes, Nancy colocara um bloco de anotações e um lápis no bolso, bem como uma lupa que havia surrupiado da mesa do escritório do pai. A peça exibia um cabo de marfim, delicadamente entalhado, com um aro de prata pesado emoldurando a lente. A garota sabia que lorde Redesdale ficaria furioso quando se desse conta do desaparecimento da lupa, mas havia avisado a Ada que o objeto seria devolvido. Não queria que a criada se metesse em encrenca.

Tom, levando a sério a instrução do pai de que, como o único homem do grupo, precisava ficar de olho nas coisas, saiu correndo para alcançar Nancy. Ela entrelaçou seu braço no dele — apesar dos cinco anos que os separavam, Tom era apenas um pouco menor que a irmã —, e os dois guiaram o empolgado grupo, passando pelo enorme relógio da estação, até a plataforma nove, onde um trem os esperava, polido e lustroso como uma foca adormecida.

A babá Blor ofegava atrás das crianças, fazendo sinais para Louisa, que lutava com o peso de Decca e os passos barulhentos de Unity.

— Preciso dar um pulinho no banheiro — sussurrou a babá. — Deixe dona Decca comigo. Você pode acomodar todo mundo no trem.

Louisa entregou a criança à babá e, encontrando o olhar do jovem carregador que trazia as bagagens do grupo em um carrinho, apressou-se para alcançar Nancy e o irmão. Fazia poucos dias que ela conhecia Tom, desde que ele voltara para casa a fim de passar as férias com a família, e fora instantaneamente cativada por seu jeito tranquilo e seus bons modos. Embora só tivesse 11 anos, o fato de estudar no internato lhe dava uma independência que as irmãs nunca teriam, e estava claro que elas consideravam sua vida tão exótica quanto a de um homem nascido no Tombuctu. Ele aceitava as provocações das meninas com espírito esportivo e raramente revidava, embora Louisa tivesse encontrado no quarto do garoto uma insígnia improvisada que dizia: "Liga de Defesa contra Nancy, Tom no comando."

Nancy contava ao irmão a triste história da enfermeira Shore. Era uma história com a qual ele já estava familiarizado, porém, a cada relato, a versão se tornava mais elaborada. A garota repassava as informações como se apresentasse um diamante de corte excepcional, analisando-o sob diferentes ângulos para ver qual captava melhor a luz.

— Mais devagar, por favor, dona Nancy — pediu Louisa, puxando Unity, ciente de que Diana a seguia e de que Pamela, propensa a se distrair pela visão de uma pessoa com um cachorro ou até mesmo por um pombo bicando migalhas na plataforma, poderia facilmente ser deixada para trás.

— Temos de pegar o último vagão, não quero mais ninguém sentado lá.

— Então corra e guarde nossos assentos — sugeriu Louisa, permitindo-se andar mais devagar. Esperava que a babá não demorasse muito.

Quando chegou ao vagão, poucos minutos depois, encontrou apenas Nancy e Tom, para a alegria da menina.

— Pode ter acontecido bem aqui, Louisa! — exclamou Nancy, radiante. — O vagão que testemunhou os momentos finais da enfermeira Florence Nightingale Shore.

Louisa empalideceu ligeiramente e olhou ao redor. Felizmente, não havia quaisquer indícios dos *momentos finais* da enfermeira. Nancy tirara a lupa do bolso e inspecionava os assentos com certo floreio teatral.

— Hum, nem sinal de sangue — falou ela. — O jornal dizia que ela recebeu três golpes brutais no lado esquerdo da cabeça — continuou, sem se preocupar com a ausência de comentários de Tom. Ele parecia, na verdade, bastante enojado. — Então deve ter espirrado sangue em algum lugar. Ah... o que é aquilo? — A garota pulou para pegar algo pequeno e reluzente embaixo do assento. Um papel de bala. — Ora, nunca se sabe, essa pode ter sido a última coisa que ela comeu — comentou, guardando o quadrado de papel encerado no bolso. — Acho que foi aqui que ela se sentou — continuou, escolhendo um assento no canto, o mais distante da porta aberta, de frente para o vagão do motor. — Então essa foi a última vez que viu a estação Victoria...

— Dona Nancy! — interrompeu-a Louisa. — Não na frente das crianças, por favor.

Ela subiu a bordo com Decca e Diana; Pamela recebera instruções para esperar na plataforma para que a babá Blor os encontrasse. Com as crianças acomodadas, o carregador trouxe a bagagem e passou alguns minutos ocupado, distribuindo as malas pelos compartimentos ou colocando-as embaixo dos assentos.

Nancy subitamente falou:

— Diga-me, carregador.

O jovem, erguendo uma mala pesada com os braços magros, foi apanhado no meio do movimento. E olhou para Nancy.

— Você carregou as malas da enfermeira Shore? Sabe, aquela que foi assassinada no trem?

— Não, senhorita — respondeu ele.

O rapaz acenou com a cabeça para Louisa e foi embora sem esperar por uma gorjeta.

Nancy ficou olhando pela janela.

— Que pena — disse ela. — Mas aposto que ele *conheceu* a enfermeira Shore.

Louisa sabia que aquele momento agora figuraria na versão da garota sobre a viagem de trem.

A babá Blor apareceu na porta e olhou nervosa para dentro do vagão. Quando dona Nancy sugerira que viajassem de terceira classe, ela gostara da ideia. Dissera a Louisa que a tarefa de manter as crianças quietas na primeira classe significava que nunca tinha um momento de paz; porém, agora, não se sentia à vontade ocupando o vagão onde uma mulher fora assassinada. Ela não chegara a conhecer Florence Shore, mas sabia muito a respeito dela por meio de Rosa. E até escrevera uma carta à mulher agradecendo-lhe as notícias de lorde Redesdale durante a guerra, tão tranquilizadoras para a família e os empregados da casa.

Não havia tempo para hesitar. O apito do guarda soou, e a babá subiu às pressas para se sentar antes que o tranco do trem a pegasse desprevenida. Unity entrou na frente, inspecionando todos os lugares disponíveis e escolhendo um junto à janela, ficando sozinha.

Louisa observou Nancy fazendo anotações em seu pequeno bloco e a achou bastante engraçada — o nariz enrugado enquanto se concentrava, seus cabelos escuros presos em um rabo de cavalo que traía sua infantilidade: a garota estava, afinal, tentando encontrar pistas de um assassinato real. No entanto, a possibilidade de serem atacados por um estranho, mesmo um que já tivesse matado antes, não parecia assustadora. A ideia de encontrar Stephen era muito pior. Se ele estivesse morando no litoral, tudo estaria acabado para ela.

CAPÍTULO QUATORZE

Enquanto Nancy e Tom mantinham as cabeças baixas, um ao lado do outro, com lápis e bloco de anotações à sua frente, Pamela e Diane estavam do lado oposto, olhando pela janela, na posição perfeita para ouvir as reclamações de Nancy com o irmão. Louisa estava sentada ao lado delas, com Decca; ela sabia que parecia pálida e ansiosa, mas tentou parar de pensar na última vez que fizera aquela viagem, cantarolando uma cantiga de ninar no ouvido da bebê e balançando-a em seu joelho. A babá Blor estava sentada à janela oposta, ajeitando as saias e recuperando o fôlego; não demorou muito a começar a remexer sua bolsa procurando balas de hortelã.

Na hora que se seguiu, as crianças, a babá e a assistente ficaram incomumente quietas. Decca logo foi acalmada pelo movimento do trem e recostou-se em Louisa, dormindo. Unity observava cada árvore e edifício pelos quais passavam, parecendo hipnotizada com o fato de que cada giro das rodas a afastava ainda mais de casa. Diana lia seu livro, às vezes cochilando e se apoiando em Pamela, que apontava para cavalos em galope por entre as colinas ou vacas ruminando. Tom chupava balas de caramelo que encontrara no bolso. Louisa encontrou seu olhar e, quando notou que o garoto tentava esconder o volume nas bochechas, deduziu que ele não tinha nenhum desejo de compartilhar o doce — a tirania das crianças que têm irmãos — e ficou em silêncio.

Nesse meio-tempo, Nancy fazia anotações detalhadas sobre os três túneis que atravessaram, registrando quando surgiram, adivinhando o intervalo de tempo entre eles e a duração da travessia, mesmo sem ter um relógio (ela contava os segundos). A garota olhou para as casas e se perguntou em voz alta se alguém ali poderia ter visto o que teria acontecido dentro do vagão em movimento; perguntou-se onde seria possível se livrar de uma arma. Ela estava tão absorta em seu trabalho de detetive que não viu as lágrimas que escorriam pelo rosto de Louisa; ou, pelo menos, não fez qualquer comentário. A babá Blor roncava suavemente, com o queixo apoiado no peito.

Louisa esfregou o rosto e procurou nos bolsos um biscoito para Decca. Já havia passado quase uma hora, e ela queria olhar pela janela na estação de Lewes, para ver se encontrava Guy.

A ideia de escrever para ele sempre passava por sua cabeça, mas, a não ser enviar o dinheiro que pegara emprestado — junto com uma breve nota de agradecimento, sem acrescentar um endereço onde ele pudesse encontrá-la —, não ousara ter mais contato com o policial. Guy não tinha motivo nenhum para querer falar com ela. E se ele suspeitasse que ela tentara roubar a carteira daquele homem? A lembrança a inundou, como ondas que ameaçavam afogá-la.

— Lou-Lou? — Nancy a encarou. — O que houve?

— Nada. — Ela abriu um sorriso choroso. — Eu me lembrei de uma coisa, só isso. Estou bem.

As duas tinham começado a estabelecer uma espécie de tentativa de amizade por serem do mesmo sexo e terem idades parecidas, mas que ignorava o fato de Louisa ser uma criada, e Nancy, quase sua patroa. Louisa sentia que suas mãos tentavam se encontrar, mas eram incapazes de se alcançar, como a pintura de Deus e o Homem no teto da Capela Sistina, que vira em um livro.

— Você parece assustada — observou Nancy. — Já esteve aqui antes?

Ela não havia contado a ninguém que estivera na estação de Lewes no dia em que a enfermeira Shore fora atacada. Afinal, aquele fora o mesmo dia em que seu tio tentara forçá-la a ir para Hastings; não queria que os patrões soubessem que estava fugindo de alguma coisa, que dirá de alguém como Stephen. Quanto menos falasse sobre sua vida antes dos Mitford, melhor.

— Não — respondeu ela. — Na verdade, não.

Nancy a encarou com um olhar desconfiado, mas Louisa começou a se ocupar de Decca, e a garota se viu forçada a encarar a janela de novo. O trem estava chegando à estação, e, como o guarda havia avisado, diante dos dois últimos vagões, incluindo o deles, não havia plataforma. Nancy caminhou até a janela e a abriu, fazendo entrar o ar frio da primavera e inclinando a cabeça para fora.

— Cuidado, dona Nancy — disse a babá, despertando com a brisa.

— Só quero ver se é muito alto — explicou a garota. — É bastante Seria preciso dar um bom pulo, creio eu. E então escalar até a plataforma.

— Por que a senhorita ainda está remoendo esse assunto? — perguntou a babá, embora seu tom fosse mais o de uma declaração do que o de uma pergunta, destinado a encerrar a questão. — Feche a janela, por favor, está muito frio.

Com relutância, Nancy fechou a janela e sentou-se de novo com um baque abafado, em tempo de revelar a vista para Louisa assim que o trem voltava a se movimentar. A locomotiva passou lentamente pela estação, e a moça olhou com atenção, mas não viu a silhueta alta e azul-marinho de Guy Sullivan. Não sabia se estava aliviada ou decepcionada.

— Que engraçado — recomeçou Nancy de repente.

As meninas e Tom, imunes a seus comentários e a suas provocações, continuaram absortos em seus livros ou em suas divagações pessoais. Como ninguém reagiu, Louisa se sentiu na obrigação.

— O que é engraçado?

— Bem, ocorreu-me que não é possível abrir as portas pelo lado de dentro — disse Nancy. — É preciso abrir a janela, inclinar-se para fora e girar a maçaneta. Você não acha estranho que, se o homem de terno marrom tivesse atacado a enfermeira e depois fugido da cena do crime na estação de Lewes, saltando nos trilhos, ele tenha voltado para fechar a janela? Quer dizer, não tem nenhuma razão para ele ter feito isso.

— Como a senhorita sabe que foi assim? — perguntou Louisa, interessada, mesmo a contragosto.

— A reportagem no jornal sobre o inquérito dizia que, quando os ferroviários entraram no trem, as duas janelas estavam fechadas.

— Ah.

Louisa não sabia o que pensar. Nancy deu de ombros e voltou para seu caderno. Os campos e as cercas vivas passavam rápido por sua janela.

— Já estamos chegando? — perguntou Pamela, cansada de contar animais.

— Falta pouco agora — respondeu a babá Blor. — Polegate é a próxima estação, depois Bexhill, Hastings e finalmente St. Leonards, nossa parada. Se vocês todos continuarem quietos e se comportarem até lá, vou pedir a Rosa que separe um bolinho recheado de creme para cada um.

CAPÍTULO QUINZE

Nos dias seguintes, a babá Blor e Louisa cuidaram de seus pupilos à beira-mar. Em casacos de lã e roupas de algodão, as crianças caminhavam pela praia todas as manhãs, Decca e Unity parando o tempo todo para inspecionar o que havia debaixo das pedras, Diana e Tom marchando à frente como soldados. Pamela passava vários sofridos minutos observando criaturas misteriosas escaparem da rede de Nancy, enquanto a irmã mais velha pescava sem sucesso em piscinas naturais formadas por pedras.

Louisa viu o próprio rosto magro e pálido ganhar uma cor saudável com o vento e o sol, sem falar dos biscoitos de gengibre que Rosa tinha grande prazer em distribuir. A babá e a irmã eram obviamente gêmeas, com seus longos cabelos grisalhos e grossos presos em coque, e a figura reconfortante de Rosa era equiparável à cintura robusta da babá.

Enquanto a responsável pelos Mitford executava seu dever com mão firme porém justa, Rosa deliciava-se em oferecer carinho, beijando cada criança à medida que chegavam, seus casacos úmidos soltando vapor dentro do calor da casa de chá, que vivia lotada. Ainda assim, sempre havia uma mesa para elas, e um bule de chá escaldante surgia imediatamente. Era nítido que Rosa sentia falta de suas filhas, Elsie e Doris, apenas um pouco mais velhas do que Nancy, que haviam ido trabalhar como criadas em uma mansão em Weston-super-Mare.

Longe das restrições da mansão Asthall, Louisa achava mais fácil conversar com Nancy. De vez em quando, as duas encontravam um pretexto para dar uma volta, indo enviar uma carta ou comprar um botão para substituir o que tinha caído de uma roupa de Diana. Louisa se permitia acreditar que, embora o casaco de Nancy fosse de uma lã mais sofisticada e de um corte melhor que o seu, ambas tinham a mesma altura e estrutura; qualquer um pensaria que se tratava de duas amigas passeando juntas.

Nancy entrelaçou seu braço no de Louisa.

— Obrigada por vir comigo — disse ela, incomumente gentil. — Eu precisava sair um pouco de casa. As meninas estavam me deixando louca.

A frase soava adulta demais para seu rosto belo e jovem, e Louisa sorriu.

— Disponha, dona Nancy.

— Ah, não me chame de "dona", Lou-Lou. Parece tão formal. Me chame de Nancy, por favor.

— É melhor que a babá Blor não me pegue fazendo isso.

— Pois bem, então apenas quando estivermos só nós duas. Agora, aonde vamos?

Louisa hesitou. Ela não tinha qualquer intenção de ir ao correio; tudo que queria era tomar um pouco de ar fresco. Os pensamentos sobre o passado estavam afligindo-a ultimamente, um medo vago e sombrio de Stephen. A proximidade de Hastings não ajudava, com os conhecidos que ele tinha na cidade, embora ela tivesse certeza de que o tio havia voltado para Londres, onde tinha uma cama gratuita sob o teto da mãe dela. E não havia qualquer motivo para ele saber que a sobrinha estava em St. Leonards agora. Mais do que isso, à medida que se sentia à vontade com os Mitford, especialmente com Nancy, Louisa queria lhe contar sobre seu passado. Era apenas uma questão de quanto poderia revelar.

Naquela manhã, ela entreouvira Rosa e a babá Blor conversando sobre a mãe delas, e sentira tanta falta de casa que chegara a ficar nauseada. A ânsia de rever sua mãe a atingira forte, enchendo-a de dor, e a consciência de que tinha medo de voltar para casa por causa de Stephen a fizera pedir permissão à babá para ir ao correio com certa urgência.

108

—- Ah, sim. Por aqui. Acho que o correio fica ali adiante — disse ela, e, depois de uma pausa: — *Nancy*.

Nancy deu uma risadinha. Louisa olhou para a garota ao seu lado, sob todos os aspectos sua pupila, mas que possuía um senso de humor sagaz que estava longe de ser infantil. Suas roupas não seguiam a moda, e algumas eram visivelmente de confecção caseira — lorde Redesdale não era homem de pagar uma costureira para as *filhas* —, mas todos que olhassem para ela saberiam que pertencia à classe alta.

Louisa empertigou as costas e ergueu o queixo. Mas, ao fazer isso, seu lábio tremeu e, antes que se desse conta, a dor por trás dos olhos venceu, permitindo que as lágrimas escorressem por seu rosto.

— Lou-Lou? — perguntou Nancy. — O que houve? Qual é o problema?

— Não posso contar — disse ela, soluçando e enxugando o rosto. — São tantas coisas. Sinto falta da minha mãe — continuou, enquanto uma nova onda de tristeza a dominava.

— Acho que você tem sorte. Eu *queria* escapar da minha — comentou Nancy.

— Sim — respondeu Louisa, e tentou sorrir para afastar a sombra de medo que ameaçava sufocá-la. O sol tinha saído, mas a primavera ainda não havia banido completamente o inverno da praia. Logo, a babá ficaria preocupada com o paradeiro das duas. Não que Nancy parecesse preocupada com a demora do passeio. — Há outro problema — disse ela, hesitante.

— Qual?

— De vez em quando, tenho medo de que alguém venha atrás de mim para me levar embora — confessou Louisa, se perguntando quanto mais poderia revelar.

— Céus, que emocionante — comentou Nancy. — Quem?

— Meu tio, o irmão do meu pai. Sabe, quando cheguei à sua casa naquele dia, tão mal-arrumada e sem nenhum pertence, eu tinha fugido. Ele roubou a carta que a Sra. Windsor tinha mandado para mim e tentou escondê-la.

Nancy ergueu as sobrancelhas.

— Suponho que isso explique as coisas, de certo modo.

— E não consigo parar de pensar que ele vai tentar me encontrar.

— Existe alguma forma de ele descobrir nosso endereço?

— Creio que não. Não contei à minha mãe onde estou, e ninguém mais sabe.

— Então acho que você não tem motivos para se preocupar — tranquilizou-a Nancy, com a simples convicção de uma criança.

— Não, talvez não — concordou Louisa, e, embora soubesse que Nancy era incapaz de entender sua situação, sentiu-se mais aliviado e menos sozinha.

As duas caminharam em silêncio por alguns minutos.

— Você tem algum pretendente, Lou-Lou? — perguntou a garota, de repente.

— O quê? Não, é claro que não.

Porém ela pensou em Guy ao responder, talvez sentindo um frio na barriga.

Nancy suspirou.

— Eu também não tenho. A não ser o Sr. Chopper, é claro.

— O Sr. Chopper?

— É o assistente do Sr. Bateman, o arquiteto do papai. Ele é *muito* sério e não ousaria olhar para mim nem se eu dançasse uma giga junto à lareira. Geralmente aparece na hora do chá para mostrar plantas e não cai em nenhuma distração. Deve ser amor, não acha?

Nancy revirou os olhos, e Louisa a imitou, o que fez as duas caírem na risada.

— Papai diz que os homens andam em falta, de qualquer modo. Talvez a gente nunca se case e acabe virando as "mulheres excedentes" das quais os jornais sempre falam. Vamos usar meias grossas de lã e óculos, e ter nossa própria horta. Podemos passar o dia inteiro lendo e nunca usar roupas formais para o jantar, como as irmãs O'Malley.

— Talvez — disse Louisa, sorrindo.

A ideia de fato não parecia tão ruim assim.

CAPÍTULO DEZESSEIS

Em sua quarta tarde de férias, o grupo dos Mitford saiu da praia correndo, seguindo para a casa de chá quando o céu escureceu, ameaçando um temporal. Assim que os primeiros pingos grossos molharam a calçada, as meninas e Tom, junto com a babá e Louisa, estavam encolhidos ao redor de uma mesa apertada em um canto diante da janela, disputando para ver quem escolheria os bolos. Distraída, Louisa ergueu o olhar e viu Guy Sullivan entrando no café.

Ela ficou em pânico. O que ele estava fazendo ali? Antes que pudesse encará-lo de novo, percebeu que Nancy havia seguido seu olhar e também observava o policial de aparência vistosa, o chapéu enfiado debaixo do braço esquerdo. Ela notou que, por trás dos óculos grossos, ele cerrava os olhos ligeiramente ao caminhar na direção de Rosa, que enxugava as mãos no avental e sorria, parada atrás do balcão que exibia uma amostra dos melhores bolos do dia.

— Posso ajudá-lo, senhor? — perguntou Rosa.

— Boa tarde, senhora — disse ele, educado. — Estou à procura de Rosa Peal.

— Não precisa procurar mais — respondeu ela, ainda sorrindo. — Sou eu.

— Ah. Preciso conversar com a senhora sobre a Srta. Florence Shore.

O sorriso desapareceu do rosto de Rosa.

— Aquela pobre mulher. Ainda rezo por ela todas as noites. O que aconteceu foi terrível. Mas não entendo como possa ajudá-lo.

Guy olhou ao redor.

— Talvez fosse melhor conversarmos em particular — sugeriu ele, observando os pescoços esticados e notando o silêncio que se fizera nas mesas cheias da casa de chá.

— Estamos lotados — disse Rosa. — Além do mais, não tenho motivos para me preocupar. Diga-me como posso ajudar. Mas, antes, vou trazer uma xícara de chá e algo para o senhor comer.

Guy tentou protestar, mas a mulher o ignorou, e, antes que se desse conta, ele estava sentado a uma mesa e já havia comido boa parte de um bolinho com a geleia de framboesa mais doce do mundo e um creme mais cremoso do que jamais sonhara. Absorto na tarefa de mastigar o mais rápido possível ao mesmo tempo que tentava prolongar aquele prazer, acabou não vendo Louisa, que se encontrava em pânico.

E se ele mencionasse que a encontrara caída e toda desalinhada nos trilhos? Que ela não tinha dinheiro para ir à entrevista de emprego? Nada disso impressionaria seus patrões. Isso a deixaria em maus lençóis. Ela estava encurralada. Enquanto Guy estivesse na casa de chá, ela teria de ficar aboletada em sua cadeira, oportunamente no canto mais distante do salão, onde não seria vista.

— O que o senhor deseja saber? — perguntou Rosa, sentando-se na cadeira na frente dele com a própria xícara de chá.

Com a boca meio cheia e com migalhas nos cantos dos lábios, Guy tentou reassumir uma postura profissional. Ele sacou seu bloco de anotações e um lápis.

— Obrigado, Sra. Peal. A investigação chegou a um beco sem saída, por isso pensei em tentar descobrir um pouco mais sobre a Srta. Shore. Fui informado de que ela estava vindo visitar a senhora, no dia 12 de janeiro desse ano.

— Sim, estava — confirmou Rosa. — Foi um choque terrível. Ela vinha no trem das três e vinte de Londres, então eu sabia que deveria chegar por volta das cinco e meia. Fui cedo para a estação de St. Leonards para encontrá-la, mas lá me informaram que o trem estava retido em Hastings. Na estação, conheci outra mulher que estava esperando um passageiro do mesmo trem, que me disse que tomaria um táxi até lá e fez a gentileza de dividi-lo comigo. Quando chegamos, vimos uma grande comoção. Eu não sabia o que estava acontecendo, mas nem imaginei que tivesse relação com Flo.

Ela parou e tomou fôlego, visivelmente emocionada com a lembrança.

— Prossiga, por favor — pediu Guy.

— Vi uma mulher sendo carregada em uma maca e então percebi que era ela. Não pude fazer nada enquanto a colocavam na ambulância e a levavam para o hospital.

— A senhora foi ao hospital?

— Não, seria impossível. Eu tinha andado muito, estava sem ar, e eles a levaram embora bem rápido. Eu sabia que Mabel, uma grande amiga de Flo, estaria lá assim que pudesse, então voltei para casa. Na ocasião, achei que não havia nada que eu pudesse fazer para ajudá-la.

— Não havia mesmo. A senhora estava certa — disse Guy, com empatia.

— Fui visitá-la um ou dois dias depois, mas em vão; ela nunca acordou. O velório foi aqui, é claro, antes de levarem o corpo a Londres para o enterro. Ah, foi tão triste. Aquela mulher fez tantas coisas boas na vida e teve um fim desses...

Rosa tirou um lenço meio surrado do bolso do avental e começou a secar os olhos.

— Como foi que a senhora conheceu a Srta. Shore? — perguntou Guy, o lápis ainda em punho.

— Fomos enfermeiras juntas, antes da guerra. Trabalhamos no hospital de St. Thomas. Eu era alguns anos mais nova, e ela me ajudava. Era uma enfermeira muito boa... tão corajosa. Sabia que ela foi para a China quando era jovem? Poucas pessoas têm essa experiência no currículo. O lugar mais longe onde já estive foi Dieppe, e isso já me bastou. É difícil conseguir uma xícara de chá decente fora da Inglaterra. — Ela deu uma fungada, exatamente como a irmã gêmea. — Acho a água estrangeira esquisita.

Guy retomou o assunto.

— Por quanto tempo vocês trabalharam juntas?

— Cerca de um ano, acho. Eu não tinha muito talento para enfermagem. Gostava de conversar com os pacientes e acomodá-los na cama, mas, às vezes, as coisas ficavam mais difíceis, e não gosto de ver sangue. Fico um pouco zonza, sabe? Enfim, conheci o meu marido, e fim da história. Nó nos mudamos para cá e abrimos essa casa de chá.

— A senhora continuou mantendo contato com sua amiga?

— Ah, sim, ela escrevia as melhores cartas. E às vezes gostava de passar um tempinho aqui. Flo caminhava pela praia por horas.

— Sempre vinha sozinha?

— Sim — confirmou Rosa. — Exceto uma vez, quando veio com a amiga Mabel. Ela é uma boa senhora, mas foi difícil hospedar as duas, por isso não aconteceu de novo.

— Sabe se a Srta. Shore tinha algum amigo mais próximo?

— Florence era muito discreta — contou Rosa. — Acho que ela gostava de alguém. Nunca chegou a dar detalhes sobre ele, mas mencionava uma pessoa de natureza artística que tinha em alta conta. Não estou segura de que fosse um namorado. Estou ajudando?

— Sim, Sra. Peal, está ajudando muito, de verdade — respondeu Guy, tentando convencer a si mesmo. Agora que estava ali, não sabia o que havia esperado encontrar.

— Hum, bem. O interessante é que, durante a guerra, ela me escrevia cartas sobre os lugares onde ficava alocada. Em certa ocasião, estava em Ypres e notou que o oficial de transporte de lá era David Mitford, que agora é o lorde Redesdale. Ela se lembrou de que minha irmã gêmea trabalhava para os Mitford, como babá. Flo me pediu que avisasse à família que ele estava são e salvo. Foi um gesto generoso. Enfim, o interessante é que minha irmã está passando alguns dias aqui. Não é uma coincidência?

— Sim — concordou Guy, confuso.

Ele não tinha certeza de qual era a conexão, se é que existia. Mas aquele nome era familiar, apesar de não saber por quê. Então viu que Rosa acenava para uma mesa no canto com um grande grupo de crianças de idades variadas e outra mulher que se parecia muito com ela.

Havia também uma moça que lhe parecia conhecida. Guy a observou, mas era difícil identificá-la enquanto ela olhava pela janela, recusando-se a tirar o foco de algo lá fora — um lampião de rua? Ele não conseguia ver nada.

Então a moça ergueu a cabeça, quase como se sentisse o olhar dele, e seu coração bateu mais forte quando percebeu quem era: a Srta. Louisa Cannon. Ela provavelmente conseguira o emprego. Redesdale! Era o nome que estava na carta. Lady Redesdale. Guy permitiu-se um pequeno momento de orgulho por se lembrar desse detalhe; pareceu-lhe uma conduta muito *policial*.

Antes que ele pudesse impedi-la, Rosa se levantou e foi até a mesa para falar com a irmã. Ele notou que Louisa tentava se ocupar com uma das crianças menores antes de perceber, talvez, que suas tentativas de se esconder eram inúteis. Ela ergueu o olhar, virou a cabeça e o encarou com aqueles olhos castanhos. Guy abriu um sorriso. Depois de observá-lo por alguns segundos e se sentir mais segura, ela sorriu para ele. Pelo menos, Guy esperava que aquilo fosse um sorriso; nunca tinha certeza. Ele tirou os óculos e limpou as lentes.

Rosa estava à mesa agora, falando com a irmã, explicando que o jovem policial viera fazer perguntas sobre Flo, embora Deus fosse testemunha de que ela não sabia de nada. A babá Blor deu uma risadinha de apoio à irmã.

— O quê? — soltou Nancy. — O policial está investigando o assassinato? Quero conversar com ele, babá Blor. Preciso falar com ele.

— Para que, querida? — perguntou a babá.

— Tenho que lhe contar sobre as provas que encontrei no trem.

— Não acredito que isso seja uma boa ideia. Imagino que ele tenha coisas muito mais importantes em que pensar.

— Talvez Nancy devesse falar com ele, babá Blor — sugeriu Louisa. A mulher olhou para ela com espanto. — Bem, não dizem que os policiais precisam examinar tudo? Talvez dona Nancy tenha encontrado algo que ele deixou passar.

— Não concordo, mas, se quiser falar com ele, vá em frente.

A babá bufou e esfregou o rosto de Unity com seu lenço, para irritação da menina.

Rosa já havia feito um sinal com a cabeça para Guy Sullivan se aproximar.

— Essa é a Srta. Nancy Mitford — apresentou a anfitriã quando ele chegou. — Ela gostaria de conversar com o senhor. É melhor eu voltar para os meus fregueses, se não se importa.

A babá se levantou da mesa e o observou com um olhar superficial.

— Vou levar as crianças lá para cima — disse ela. — Não demorem. Está na hora do banho.

A última frase foi direcionada a Louisa, que ruborizou.

— Olá, Srta. Cannon — cumprimentou-a Guy. — Posso me sentar?

Envergonhada, ela ficou quieta, mas indicou uma cadeira. Nancy teve a bondade de não observar a cena com a boca aberta. Louisa tentou garantir a compaixão e discrição da garota com um sorriso; funcionou.

Nancy falou primeiro:

— Como vocês dois se conhecem?

Louisa fez questão de falar antes de Guy.

— Não nos conhecemos, na verdade. O Sr. Sullivan me ajudou quando eu estava tentando encontrar o trem certo para chegar à minha entrevista com lady Redesdale. Conversamos um pouquinho. — Ela se virou para Guy com o que esperava ser uma expressão calma, embora estivesse longe de se sentir assim por dentro. Seu futuro inteiro parecia depender da resposta dele. — Como podemos ajudar, Sr. Sullivan?

Guy entendeu tudo. Na verdade, Louisa não precisava se preocupar nem um pouco. Ele aproximou sua cadeira da mesa.

— É um prazer vê-la de novo, Srta. Cannon. — E sorriu. — Por favor, diga-me, como está?

CAPÍTULO DEZESSETE

Louisa e Guy estavam sentados em um banco de frente para o mar. Entre eles havia um saco de batatas fritas quentes, cada uma coberta por sal e pelo gosto ácido de vinagre. Para a moça, a mistura dos sabores e do ar frio que fustigava seu rosto era perfeita, e, por um instante, ela se permitiu não pensar em mais nada enquanto lambia o sal da ponta dos dedos.

Por apenas uma hora, Louisa fora liberada de seus deveres com as meninas. Sua intenção era caminhar sozinha ao longo da praia, mas, quando saíra da casa de chá de Rosa, ficara feliz ao ver Guy à sua espera. Ele não estava fardado, por isso Louisa quase não o reconhecera no sobretudo marrom comprido e com o chapéu afundado na cabeça. Suas mãos estavam enfiadas nos bolsos, na tentativa de se aquecer. Fazia um tempo que ele estava ali fora.

— Achei que a senhorita acabaria saindo em algum momento — confessou o policial. — Embora eu não tenha ousado torcer para que estivesse desacompanhada. Quer dar uma volta comigo?

Pega de surpresa, Louisa não conseguiu pensar em uma desculpa e assentiu com a cabeça.

— Mas só tenho uma hora — avisou ela. — Estou com fome, embora não devesse. Acho que é o ar do litoral.

— Chips então — disse Guy, rindo.

Os dois caminharam lado a lado, abraçando os próprios corpos para se proteger da forte brisa do mar, até a Wharton's Fish & Chips, que, segundo os informantes de Guy, faziam o melhor fish and chips da cidade. Ele sentiu seu peito estufar enquanto caminhava. Observou Louisa segurando o chapéu com a mão enluvada, viu seus passos rápidos em botas de cadarço esmeradas, e desejou poder oferecer o braço para ela se apoiar, mas sabia que o momento ainda não havia chegado. Paciência, disse Guy a si mesmo, só um pouco mais de paciência.

Assim que se sentaram no banco, olhando para o mar cinzento, a maré cheia e aterrorizante, as ondas batendo ritmicamente nas pedras, ele começou a contar sobre Florence Shore. No dia anterior, tomado pelo prazer de ver Louisa, Guy não entrara em detalhes sobre o caso, para a decepção de Nancy. Aliviada por não ter de falar sobre si mesma, Louisa agora o enchia de perguntas.

— Como o senhor acha que ela era? — perguntou a moça, depois que ele lhe contou que a investigação havia chegado a um impasse pela ausência da arma do crime e de testemunhas.

O "homem de terno marrom" havia desaparecido; o guarda do trem vira alguém desembarcar de um dos vagões de trás em Lewes, mas não tinha certeza se a pessoa descera do vagão da mulher assassinada, e estava muito escuro para enxergar detalhes de suas roupas ou de seu rosto.

— É o que estou tentando descobrir agora — respondeu Guy. — Não sei se vai ajudar, mas pensei que, se eu conversasse com as pessoas que a conheciam, talvez descobrisse um motivo para alguém querer assassiná-la.

— Talvez não houvesse motivo. Ela pode ter tido apenas o azar de um ladrão ter entrado no seu vagão.

— Mas, se alguém queria apenas roubá-la, poderia ter feito isso de um jeito mais simples e fugido na parada seguinte. Não havia necessidade de ser tão violento. Ela era quase uma idosa; não teria reagido se alguém lhe roubasse as joias e o dinheiro. E o Dr. Spilsbury, o médico-legista, disse

118

que não havia sinais de luta. Acho que isso significa que ela conhecia seu agressor.

Louisa refletiu sobre aquilo por um minuto. Ter a força física necessária nem sempre equivalia à capacidade de reagir. Medo ou vergonha podiam ser mais paralisantes do que qualquer corda. Mesmo quando — ou talvez especialmente quando — você conhecia a pessoa que a ameaçava.

— E os homens que a encontraram no trem? Não poderia ter sido um deles?

— Talvez — respondeu Guy —, mas não havia sangue em suas roupas. Não acho que o assassino a golpearia com tanta força sem se sujar. Afinal, o piso e a parede do vagão estavam cheios de sangue. E eles alertaram os guardas assim que chegaram a Bexhill, em vez de saltarem e fugirem. E tem mais. Quando os ferroviários entraram no vagão, não notaram que ela estava morrendo porque o agressor a colocou sentada no banco, como se estivesse lendo. Por que um ladrão faria isso? Pensei nesse detalhe diversas vezes.

— E se — começou Louisa — a ideia fosse mesmo assassiná-la, mas o agressor não tenha tido tempo suficiente para isso? Talvez ele quisesse se certificar de que os ferimentos não fossem percebidos tão rápido, para garantir que ela morresse antes que alguém a levasse para um hospital.

Guy recostou-se no banco e encarou Louisa com admiração.

— Faz sentido. Alguém queria matá-la, alguém conhecido.

Os dois caíram em silêncio enquanto pensavam nessa hipótese.

— Mas por que o senhor veio conversar com a Sra. Peal? Ela não poderia ter feito isso — disse Louisa.

— Não, mas a Srta. Shore estava vindo visitá-la. A Sra. Peal sabia que ela estava no trem, para começo de conversa. E a conhecia bem.

— Não pode ter sido ela. A mulher não faria mal a uma mosca — observou Louisa.

— Não estou acusando a Sra. Peal — explicou Guy, voltando a agir como um policial, evitando fazer declarações litigiosas. — Só achei que ela poderia esclarecer alguns detalhes sobre a Srta. Shore, só isso.

Pelas descobertas da investigação até o momento, Guy havia construído uma imagem bem-definida da Srta. Florence Nightingale Shore em sua mente: uma mulher instruída, de classe média, corajosa, séria e zelosa. Fora uma enfermeira respeitada durante a guerra, cheia de compaixão pelos soldados sob seus cuidados, frequentemente permanecendo em hospitais improvisados para cuidar deles quando o bombardeio do lado de fora afugentaria qualquer um para abrigos mais seguros. Ela ganhara certa reputação por cuidar dos soldados indianos e negros das colônias e tratá-los com a mesma dedicação que oferecia aos oficiais ingleses. Nunca se casara, embora a Sra. Peal tivesse feito alusão a um homem de natureza artística, possivelmente um namorado, mas seria impossível identificá-lo por ora.

Nos últimos anos, por causa da guerra, a Srta. Shore raramente recebera folgas para voltar à Inglaterra. As amizades haviam sido preservadas graças à sua incansável redação de cartas. Havia a tia, uma baronesa, com a qual ela passara o dia na véspera de sua morte. A mulher prestara depoimento, mas Guy queria tentar conversar com ela pessoalmente, embora admitisse que teria dificuldade em conseguir permissão do chefe para isso. Na opinião de Jarvis, o caso estava encerrado; investir tempo nele era um desperdício, pois Guy podia ser mais útil cuidando dos semáforos.

— Ela pensava mais nos outros do que em si mesma, não? — comentou Louisa. — As cartas que escreveu em Ypres, sobre lorde Redesdale. Ela não precisava ter feito aquilo. E a babá Blor me disse que serviram de grande consolo para lady Redesdale.

— Ela escreveu diretamente para lady Redesdale?

— Não que eu saiba — respondeu Louisa. — Acho que só para a Sra. Peal, que passou a notícia adiante.

Uma gaivota grasnou no alto e acordou Louisa de seu devaneio, fazendo-a dar um pulo. Sua hora de folga já devia ter acabado; precisava voltar ao trabalho, ou a babá Blor se queixaria.

Sem pensar, Guy segurou uma de suas mãos.

— Posso ver você de novo? — perguntou ele. — Podemos dar outra volta amanhã?

Louisa recolheu a mão.

— Não sei. Talvez eu não tenha folga amanhã. Preciso ir. — Ela se levantou e deu um passo na direção da casa de chá. — Obrigada pelas batatas — agradeceu-lhe e abriu um breve sorriso antes de se virar e partir pelo calçadão.

No céu, a gaivota ainda grasnava, parecendo querer avisá-los sobre alguma coisa.

CAPÍTULO DEZOITO

Antes de voltar para Londres, Guy decidiu ir até o hospital de East Sussex, que ficava próximo à praia, onde Florence fora internada e viera a falecer. A cirurgiã-chefe e o médico que trataram dela haviam passado por um breve interrogatório durante o inquérito, e ele se perguntava se teriam algo mais a dizer.

No entanto, quando chegou à White Rock Road, onde ficava o enorme hospital vitoriano, que claramente necessitava de muitos reparos, a cirurgiã estava de folga, e o médico atendia pacientes. Felizmente, Guy estava fardado, e a enfermeira com quem ele falou se mostrou ansiosa em ajudá-lo em suas investigações. Ela mandou um mensageiro à residência da Dra. Bertha Beattie, que voltou com o recado de que ela o encontraria em uma cafeteria do outro lado da rua.

O encontro foi marcado para as quatro da tarde, e o mar soprava ar úmido toda vez que alguém abria a porta, fazendo com que Guy notasse a formidável chegada da médica assim que ela entrou. Era uma mulher bonita, parecia eficiente, como se vestisse um jaleco branco debaixo do casaco de pele. Vendo o capacete de polícia de Guy sobre a mesa, ela caminhou na direção dele.

— Sr. Sullivan? — perguntou a mulher, querendo uma confirmação antes de se sentar.

Guy se levantou, desconfortável, enquanto ela ocupava a cadeira, que parecia um tanto diminuta agora.

— Sim. Obrigado, Sra. Beattie, por ter vindo.

— *Dra.* Beattie.

— Ah, sim, é claro — gaguejou Guy.

A Dra. Beattie pediu um bule de chá e um pão doce antes de se virar para ele.

— Como posso ajudar? O senhor sabe que prestei depoimento no inquérito.

Guy explicou que, às vezes, pequenos detalhes que pareciam insignificantes a princípio poderiam ser muito importantes, no fim das contas. Ele estava determinado a resolver o caso, então poderiam pelo menos tentar? A médica assentiu com a cabeça, como se dissesse: "Prossiga." Guy continuou explicando que, sem uma testemunha ou uma arma, seu objetivo principal era encontrar um motivo para o crime. Embora algum dinheiro e joias tivessem sido roubados, esses itens não pareciam justificar um assalto violento com a intenção óbvia de matar. Guy lhe pediu que reconstituísse os detalhes do estado da Srta. Shore quando ela dera entrada no hospital. Afinal, a Dra. Beattie fora a primeira a pessoa a avaliar sua condição.

— A Srta. Shore estava semiconsciente quando chegou — disse a médica em tons reverberantes. Não era difícil imaginar um bisturi em suas mãos. — Tentei me comunicar, mas ela não respondeu.

— Seu estado de saúde piorou rápido?

— Muito. À noite, ela já estava totalmente inconsciente. A ambulância chegou antes das seis horas, e sua condição nunca melhorou.

— Qual era a aparência da Srta. Shore quando chegou?

— Além do que seria esperado, reparei que sua saia de tweed estava rasgada, e havia um corte na perna esquerda de sua roupa de baixo, assim como no cachecol.

— A senhora acha que talvez isso tenha ocorrido enquanto a removiam do trem, para colocá-la na maca? — perguntou Guy.

— Creio que não. E fomos cuidadosos, naturalmente; sabíamos que suas roupas fariam parte das evidências. Mas não sei como explicar os rasgos.

— Talvez tenham ocorrido durante um confronto, não?

— É possível, mas ela também poderia ter embarcado no trem com as roupas já rasgadas. É impossível saber.

— Havia ferimentos no corpo dela? — perguntou Guy, envergonhado até por aludir a um exame da Srta. Shore sem roupas.

— Não.

— Então a senhora acha que ela não se envolveu em uma luta? — insistiu Guy.

— Eu não acho absolutamente nada, Sr. Sullivan. Não sou médica-legista, sou apenas uma cirurgiã do hospital.

Como não havia sentido em tentar convencê-la a especular, Guy mudou de tática.

— Durante o tempo em que estava internada no hospital, a Srta. Shore recebeu muitos visitantes?

— Não fiquei lá o tempo todo, mas sei que a amiga dela, a Srta. Rogers, nunca saiu do seu lado. Alguns amigos locais também vieram, creio eu. Não tantos, mas ela não ficou abandonada, como já vi acontecer com muita gente.

— Doutora, estou seguro de que a senhora já viu muita coisa em sua carreira — afirmou Guy, cheio de dedos, e ela assentiu. — Acha que ela conhecia o agressor?

A Dra. Beatty refletiu sobre a pergunta de Guy por um tempo, mas, quando respondeu, foi sem hesitação:

— Gostaria de lhe dar uma resposta precisa, mas o fato é que simplesmente não sabemos. Parece que não houve muita resistência, mas, se isso aconteceu porque o ataque foi muito rápido ou porque ela conhecia o assassino, é impossível dizer.

— A senhora acha que o assassino era um homem?

— Não tenho a pretensão de afirmar nada. No entanto, parece muito improvável que uma mulher conseguisse infligir aqueles ferimentos com tamanha força.

A Dra. Beattie comeu o restante do pão doce e limpou os lábios com um lenço que tirou do bolso.

— Obrigado — disse Guy. — Agradeço à senhora por ter conversado comigo. Sei que é seu dia de folga.

Suas investigações ali estavam encerradas.

CAPÍTULO DEZENOVE

— É outra menina — relatou lorde Redesdale, dando as novas à babá Blor pelo telefone, sem qualquer empolgação.

— Ah, muito engraçado, senhor! — disse a babá, caindo na risada.

— Como assim? — perguntou ele, zangado. — É uma menina! Uma menina, droga!

A babá ficou imediatamente em silêncio.

— Desculpe, senhor, pensei que fosse uma brincadeira de Primeiro de Abril — desculpou-se ela. — Claro que é uma notícia maravilhosa. Qual é o nome da pequenina?

— Não temos nome ainda. Não tínhamos pensado em nenhum. Pelo amor de Deus, já usamos todos os nomes de meninas.

— Sim, milorde — concordou a babá, querendo evitar confusão. — E como está milady?

— Muito bem. Ela precisa ficar duas semanas em repouso. Ordens médicas. Acho que seria bom se vocês voltassem para casa. No domingo já é Páscoa. Creio que ela se alegraria em ter as crianças de volta.

— É claro, milorde. Pegaremos o trem essa tarde. Mandarei um telegrama para o Sr. Hooper nos apanhar.

— Certo.

E o telefone desligou.

A babá estava em pé na casa de chá; o telefone era exibido com orgulho ao lado da caixa registradora. Isso significava que aquele não era o local para conversas particulares, porque Rosa não acreditava em segredos — não quando dizia respeito a seus fregueses; de toda forma, e ela podia cobrar meio xelim para que usassem o aparelho. Não que ganhasse muito dinheiro com aquilo; poucas pessoas conheciam alguém com um telefone para quem pudessem ligar.

O resto da manhã foi dedicado a fazer malas e arrumar as coisas. As meninas e Tom se mostraram revoltados por terem de abandonar a Sra. Peal e seus bolinhos recheados de creme, mas não adiantou nada. Eles adoravam passar a Páscoa em casa, com os sinos da igreja tocando a manhã inteira e a caça aos ovos que os fazia esquadrinhar cada centímetro do quintal e até do cemitério da igreja do outro lado do muro.

As notícias do bebê, agora que sabiam tratar-se de outra menina, não suscitaram qualquer comentário. Até mesmo Nancy soltou apenas um suspiro dramático, o que lhe rendeu um olhar reprovador da babá.

Guy voltara para Londres depois de sua conversa com a médica e mandara uma carta a Louisa dizendo que não desejava incomodá-la, mas queria que soubesse que ele podia ser encontrado em seu endereço residencial, caso ela desejasse lhe escrever... E sugeriu que lhe contasse se Rosa ou a babá Blor comentassem algo mais sobre a Srta. Florence Shore, já que ele não tinha intenção de abandonar o caso. Lendo a carta, Louisa pensou: "Nunca mais vamos nos falar." E guardou o papel na parte de trás de seu livro.

Ao voltarem à mansão Asthall com a barriga ainda cheia do pacote enorme de pão com manteiga e bolinhos com que Rosa os despachara, às lágrimas, as crianças mudaram o clima do lugar em questão de um minuto. Houve comoção e gritaria quando as meninas e Tom caíam nos braços da Sra. Windsor e de Ada, sua criada favorita. Hooper, Ada e Louisa carregaram as malas escada acima até a ala das crianças ouvindo lorde Redesdale mandar os filhos ficarem quietos, apesar de perceberem que a ordem era dada com bom humor.

Lady Redesdale estava recostada na cama, auxiliada por uma criada. Ninguém foi ver a bebê, com exceção da babá Blor, que lhe sussurrou as boas-vindas ao mundo.

A ala das crianças só estivera fechada por uma semana, mas Louisa gostava da sensação de desfazer as malas e saber onde as coisas deveriam ficar. O retorno para um lugar que começava a parecer seu lar lhe dava um ímpeto de energia, mesmo após um longo dia de viagem.

Na biblioteca, as meninas, Tom e seu pai se aqueciam diante da lareira. Depois do primeiro dia de abril, os aquecedores eram desligados e as lareiras não podiam ser acesas antes das três da tarde, exceto no quarto de lady Redesdale. Não que alguém se queixasse ou sequer pensasse em mudar a regra: ainda que nevasse, aquela era a lei da casa.

Não demorou para que Nancy começasse a distrair o pai com histórias da semana deles em St. Leonards: o aperto das camas no apartamento da Sra. Peal acima da casa de chá; o mar gelado; a investigação do assassinato...

— Investigação do assassinato? — perguntou o pai bruscamente. — Explique-se, Koko.

— O assassinato de Florence Shore no trem — disse Nancy. — O mesmo trem que nós pegamos! O policial encarregado do caso foi a St. Leonards. E vou lhe contar algo mais que o senhor jamais lembraria, meu querido velho caduco. Florence Shore foi a enfermeira que escrevia de Ypres para a irmã gêmea da babá Blor, para que soubéssemos que o senhor estava vivo.

Lorde Redesdale encarou a filha mais velha.

— Meu Deus. Ela escreveu mesmo aquelas cartas. Eu não fazia ideia na época, naturalmente, mas sua mãe me contou, quando voltei para casa, que recebera notícias de que tudo estava bem. Pelos céus, ela sabia que meu nome tinha sido mencionado em despachos antes mesmo que eu. — A sombra daqueles dias terríveis por poucos segundos passou por seu rosto. — Você tem razão. Eu não associei aquelas cartas ao nome da mulher assassinada. Nunca a conheci pessoalmente, embora ela tivesse a reputação de ser muito boa com os pacientes. Ouvia tudo que eles diziam e era generosa. Claro, os médicos preferiam que as enfermeiras não se envolvessem com os soldados.

— Por que não? — perguntou Nancy.

— Era uma guerra — disse ele, ríspido. Então caiu em silêncio por um instante, antes de retomar suas perguntas. — O que o policial foi fazer lá?

— Bem, ele sabia que a Srta. Shore estava a caminho de casa da Sra. Peal quando embarcou naquele trem... Sabe, o trem em que foi assassinada,

— Não precisa ser tão sanguinária.

— Não estou sendo. Ele perguntou à Sra. Peal se ela se lembrava de algo que pudesse ajudá-lo a resolver o caso. Era um homem muito gentil, papai, tão alto e bonito...

— Chega disso. Você não devia notar esse tipo de coisa.

— E também — prosseguiu Nancy —, ele conhecia Lou-Lou. Os dois se conheceram quando ela estava vindo para cá.

— Quem é essa tal de Lou-Lou?

— Lou-Lou! A ajudante da babá.

— Ah, sim — disse o pai, perdendo o interesse.

Louisa pairava perto porta enquanto a conversa se desenrolava, esperando para interromper pai e filha no momento certo e dizer às crianças que estava na hora de ir para a cama. Ela notou que lorde Redesdale mal registrara sua existência, mas não se permitiu sentir pena de si mesma: era mais importante que Nancy fosse contida.

Louisa atravessou a soleira da porta e entrou no cômodo que estava tão acostumado a receber a criadagem que ela se sentia confortável lá dentro.

— Perdão, milorde, mas é hora de as crianças subirem — disse ela.

Lorde Redesdale a fitou e tossiu. O patrão teve a graça de se mostrar um pouco envergonhado. As crianças reclamaram, mas Louisa foi excepcionalmente firme e, dentro de um minuto, todas haviam se levantado e seguiam para a escada.

Nancy saiu por último e caminhou ao lado dela.

— Eu não ia dizer nada, sabe — alegou a garota.

— Sobre o quê? — questionou Louisa, se perguntando se Nancy se dava conta que quase revelara algo de sua vida como se fosse apenas mais um capítulo de uma história de ninar.

Era isso o que pensavam dela? Ela fazia parte de um mistério, era uma personagem a ser analisada?

De qualquer forma, não iria contar a Nancy que ela quase atacara um ponto muito frágil e sensível seu; Louisa conhecia a filha mais velha dos Mitford o bastante para saber que era melhor não lhe conceder esse tipo de poder. A garota o usava contra suas irmãs sem qualquer piedade, apesar de ser extremamente leal.

— Ah, eu só estava jogando conversa fora... — respondeu Nancy, emudecendo.

Louisa não disse nada, mas passou à frente dela para alcançar Diana e Decca. Antes, tinha esperanças de que ela e Nancy fossem mais parecidas do que diferentes, porém, talvez, estivesse mesmo sozinha.

CAPÍTULO VINTE

Presa à cama e entediada nas semanas após a chegada de Debo (os pais levaram algum tempo para dar um nome à criança), lady Redesdale pouco fizera. Assim, quando o mês de maio chegou, ela parecia melhor, e decidiu que iria a Londres para aproveitar um pouco da temporada.

Lorde Redesdale, sempre desejoso de ver a felicidade de sua adorada esposa, alugou uma casa na Gloucester Road, e toda a família, incluindo a Sra. Windsor e a Sra. Stobie, a cozinheira, seguiu para a cidade a tempo de comparecer ao Festival de Flores de Chelsea, a abertura de dois meses de festividades elegantes.

Ainda assim, o prometido clima de verão ainda não havia se manifestado; o ar estava quente, mas chovia quase todos os dias. Mesmo o mais estonteante dos vestidos perdia o propósito quando sombreado por um enorme guarda-chuva preto. Nancy, mais teimosa do que nunca, se recusava a ficar decepcionada. Embora lorde Redesdale tivesse lembrado severamente à filha que ela não tinha idade para frequentar qualquer tipo de baile, a garota estava segura de que o obstáculo paterno poderia ser superado pelo espírito animado de uma nova década e da primeira temporada decente desde que a guerra terminara, além de sua própria força de vontade.

Para sua tristeza, ao chegarem a Gloucester Road, lady Redesdale se programou para comparecer a apenas algumas festas e deixou claro que não ficariam na cidade por mais do que três semanas. Embora tivesse sentido falta de algumas amigas nos últimos meses da gravidez, ela não era a pessoa mais sociável do mundo, e seu marido, é claro, não podia passar muito tempo em público. Bastava-lhe um golinho para fazer um comentário inapropriado sobre alemães ou caçadas, e a coisa toda desandava.

Bailes eram a última coisa que passavam pela cabeça de Louisa. Ela relutara muito em voltar a Londres por medo de cruzar com Stephen. Aquilo significava que ainda não sabia se poderia visitar a mãe, algo que queria muito fazer. Por outro lado, Guy estava em Londres, e ela talvez pudesse se encontrar com ele.

A correspondência entre os dois cessara desde St. Leonards, e, embora a jovem soubesse que precisava trabalhar, não conseguia se esquecer da bondade no rosto dele nem do aperto caloroso de suas mãos.

Em Londres, houve uma pequena mudança no ritmo de trabalho. A babá Blor ficou encarregada das crianças menores — Debo, Unity e Decca. Diana e Pamela se contentavam em caminhar pelo parque duas vezes por dia e brincar na ala das crianças de Gloucester Road, que oferecia a novidade de brinquedos emprestados, incluindo um delicado jogo de chá de porcelana para bonecas. Diana assumia o papel de senhora da casa, enquanto Pamela a paparicava como sua criada, servindo incontáveis xícaras de chá sob as críticas da irmã.

Louisa recebera a função de dama de companhia de Nancy. Não que houvesse muito o que vigiar; tivera de acompanhá-la a apenas dois ou três chás com as primas e a um passeio pelo Museu de História Natural, em South Kensington, com uma vizinha dos tempos em que a família morava na Kensington High Street.

Nancy morria de inveja de Marjorie Murray, sua amiga, por frequentar uma escola em Queen's Gate.

— Uma escola de verdade, Lou-Lou, dá para imaginar? Onde os cérebros recebem informações úteis.

— Não sei se são tão úteis assim — comentou Marjorie, rindo, quando pararam para observar o bicho-preguiça esparramado na caixa de vidro.

— Temos aula de conversação em francês e recebemos instruções bem rígidas sobre como dançar corretamente a valsa. Além do mais, as garotas não param de falar sobre os melhores partidos e nos homens com quem gostariam de se casar. Eu não diria que são as pessoas mais intelectuais do mundo.

— Que diferença faz, então? — soltou Nancy. — Só poderemos nos divertir mesmo daqui a anos. Estarei penteando meus cabelos brancos quando papai finalmente me deixar sair de casa sozinha.

— Pois é — concordou Marjorie —, embora, de vez em quando, te-nha alguma coisa interessante para se fazer em Londres. Irei a um baile nesta quinta-feira, na verdade. É um evento de caridade, acho. Da Cruz Vermelha, sabe? Para os soldados.

Marjorie usava um vestido cor-de-rosa claro com detalhes vermelhos e pequenos botões na frente. Embora não pudesse ser descrito como uma roupa de melindrosa, a frouxidão do traje deixava clara a ausência de um espartilho. Com meias brancas e sapatos de saltos baixos, a sofisticação da jovem ficava clara para todo mundo, embora só tivesse 17 anos. Louisa sabia que a simples saia de algodão amarela de Nancy não transmitia a mesma mensagem, embora, naquela manhã, a pupila tivesse se mostrado satisfeita com a cor alegre.

— Bem, seus pais são muito modernos — comentou Nancy.

— Vamos subir para ver as conchas — sugeriu Louisa, tentando distraí-la.

Mas Nancy não perdeu o foco.

— Então qualquer um pode comprar um ingresso para o baile? — per-guntou ela, enquanto seguiam Louisa pela enorme escadaria.

— Acho que sim — disse Marjorie. — E o dinheiro vai para uma boa causa. Minha madrinha está organizando o evento. É só por isso que tenho permissão para comparecer. Meu pai não me deixa mais ir a lugar nenhum.

Nancy retardou o passo para deixar Louisa seguir à frente e sussurrou:

— Você consegue duas entradas para mim? Vou lhe dar o dinheiro. Tenho umas economias do meu último aniversário.

Marjorie pareceu hesitar.

— Como você vai explicar a seus pais aonde vai?

— Não se preocupe com isso, eu dou um jeito. Você faria isso? Conseguiria os ingressos para mim?

— Tudo bem, então. Mas não conte para ninguém que eu a ajudei. Senão vai sobrar para mim.

— Prometo — garantiu-lhe Nancy. — Ah, Marjorie, imagine só... Esse baile poderia mudar todo nosso futuro!

— Não acho que algumas danças com velhotes duros e soldados feridos irão render muito. Não sobrou quase ninguém para ir aos bailes — disse a amiga, embora o sorriso de Nancy fosse contagiante.

As duas subiram as escadas aos pulos para se juntarem a Louisa.

CAPÍTULO VINTE E UM

Poucos dias antes do baile, Louisa se levantou cedo, como de costume, acordada pelos choramingos da bebê Debo, embora a plácida pequena fosse facilmente silenciada com uma mamadeira. Dava para ouvir os carros passando do lado de fora e os sons estranhos de uma cidade acordando; o sol aquecia as almofadas junto à janela enquanto o mingau das crianças esfriava o suficiente para que elas pudessem comê-lo. Decca havia resistido a uma escovada em seus emaranhados cachos louros e convencera Unity a brincar de escalar a sala de recreação em suas camisolas, enquanto Pamela e Diana se vestiam. Nancy continuou dormindo, e seria capaz de desfrutar de um sono profundo até o meio-dia se Louisa não tivesse aprendido a lhe dar umas sacudidas.

Lorde Redesdale esperava que as filhas mais velhas estivessem arrumadas e prontas para o café da manhã às cinco para as oito, quando ele se sentaria à mesa, olhando para o relógio de bolso, contando os segundos até que a criada chegasse com sua torrada. Com os cabelos curtos e grisalhos e o bigode bem-aparado, o homem mantinha um clima de pontualidade militar mesmo quando cercado por crianças. Depois da refeição — um evento de exatos dez minutos se as crianças não enfiassem o dedo na manteiga ou derramassem leite na toalha, causando mais estardalhaço —, lorde Redesdale se recolhia ao seu escritório. No dia anterior, Nancy invadira o aposento e se deleitara ao descobrir o pai exatamente como havia suspeitado: na poltrona, o jornal caído sobre o rosto, um sonoro ronco reverberando pelas páginas. Entrar sem bater agora era estritamente *verboten*.

Naquela manhã, como em todas as outras, ele saíra pouco antes do meio-dia para ir ao clube, onde faria um almoço leve e tiraria uma soneca pesada junto à lareira, antes de voltar a casa para tomar chá, tirar outro cochilo e então se arrumar para o jantar. Enquanto o ambiente urbano o deixava sonolento, no campo, lorde Redesdale passava horas caminhando durante o inverno, os cães ao seu lado, e no verão era capaz de passar dias inteiros pescando no rio Windrush, que atravessava o quintal.

Nancy contou a Louisa que, dois dias atrás, durante o chá, seu pai comentara que, em sua opinião, as festas em Londres estavam cheias de libertinos com quem ele não conseguiria conversar nem se quisesse. Lorde Redesdale não gostava da capital.

Nem a babá Blor. Louisa se tornara cada vez mais afeiçoada à mulher parruda, uma figura tranquilizadora que ela nunca tivera antes em sua vida. Embora rugas atravessassem a testa da babá, seus cabelos vermelhos ainda flamejavam e seu apego às crianças jamais esmorecia. Ela seguia pela ala infantil distribuindo beijos e instruções firmes em igual medida. Estava claro para Louisa que as crianças a amavam, talvez mais do que a própria mãe, com quem eram reticentes. Em Londres, a babá resmungava que o ar era poluído por causa dos motores dos automóveis, a casa alugada significava uma constante preocupação com os dedos lambuzados das crianças deixando marcas nos móveis, e o quintal era pequeno demais para as caminhadas diárias. Então, uma vez pela manhã e outra pela tarde, as crianças eram reunidas e levadas para um passeio rápido pelo Kensington Gardens. Louisa suspeitava que, apesar de seus resmungos, a babá Blor no fundo adorava empurrar a bebê Debo em seu imenso carrinho Silver Cross, sabendo que era páreo para as esnobes babás da agência Norland. O uniforme delas oferecia muito menos status do que sua posição como a babá da prole de um barão. Claro, a mulher que revelasse ser empregada de um conde ou de um duque provocaria uma fungada demorada e a faria comentar que ela precisava ir embora, porque não podia perder tempo batendo papo o dia inteiro.

Foi em uma dessas caminhadas, percorrendo a rota de sempre pela estátua de Peter Pan que Pamela adorava — "Aqueles coelhinhos fofos", suspirava ela toda vez, momento no qual Nancy fazia uma careta —, que o caso de Florence Shore voltou a ser discutido. A babá havia recebido uma carta de Rosa naquela manhã, o que serviu como pretexto para a discussão.

— Não há nem ao menos uma novidade nos noticiários ultimamente, não é? — perguntou Nancy.

— Até onde eu sei, não — respondeu a babá. — E faz tempo que Rosa não comenta nada sobre o assunto. Ela está de olho e me conta tudo.

— E pensar que o homem que cometeu o crime ainda está solto por aí — disse Nancy, em tons propositalmente dramáticos, fingindo olhar por trás de uma árvore. — Ele poderia estar à espreita em qualquer esquina...

— Já basta, dona Nancy — repreendeu-a a babá, puxando Unity mais para perto.

— Desculpe, babá — disse Nancy. A garota nunca pedia desculpas para mais ninguém. — O policial acha que foi alguém que ela conhecia. Não é, Louisa?

Louisa, que estava pensando que seria muito bom rever Guy, assentiu com a cabeça. Ele provavelmente estava em Londres, mas ela não tinha coragem de avisá-lo que também estava na cidade.

— Acho que deve ter sido por causa de dinheiro. Tudo sempre acontece por causa de dinheiro — comentou Nancy com convicção.

— A Srta. Shore tinha mesmo um bom dinheiro — revelou a babá Blor.

— Tinha? — perguntou Nancy. — Como é que você sabe disso?

— Rosa me contou. Ela era enfermeira, mas vinha de uma boa família — disse a babá. — Não vou falar mais nada, não sou mexeriqueira. — E virou o rosto para a frente, indicando que o assunto estava encerrado.

— Como Rosa saberia de uma coisa dessas? — persistiu Nancy.

A babá hesitou, e então explicou:

— Acho que nosso advogado deve ter comentado isso com ela.

— Vocês têm um *advogado*? — A voz de Nancy soava incrédula.

— Sim, temos um advogado — respondeu a babá, seca. — Tenho uma vida, sabe, além de vocês. Flo o recomendou para nós quando nosso pai morreu.

— Onde ele trabalha? Ainda é seu advogado?

— Por que isso lhe interessa, dona Nancy? — tentou cortar a babá, mas ela não conseguiu resistir por muito tempo. — Sim, ele ainda é nosso advogado. O escritório dele fica em Londres, na Baker Street.

Depois disso, arrancar o nome dele (Sr. Michael Johnsen) e o endereço do escritório (Baker Street, 98b) foi fácil para Nancy. Quando entraram em casa, a garota agarrou Louisa e a levou para o escritório de lorde Redesdale, vazio até a hora do chá.

— Vamos telefonar para o tal Sr. Johnsen e marcar uma reunião amanhã de manhã — disse Nancy, os olhos brilhando. — Talvez a gente descubra algo útil.

— Não sei — falou Louisa. — Não creio que deveríamos interferir dessa maneira.

— Tenho certeza de que ele só nos contará o que nos é permitido saber. Isso não é contra a lei. E, se descobrirmos algo, você vai ter um bom pretexto para entrar em contato com o Sr. Sullivan, não é?

— Quem disse que eu preciso de um pretexto? — rebateu Louisa, mas não conseguiu evitar um sorriso.

Na manhã seguinte, tendo convencido lady Redesdale e a babá Blor de que Nancy precisava que Louisa a acompanhasse à loja Army & Navy para comprar mais luvas brancas, as duas seguiram para a Baker Street de metrô. Às onze horas em ponto, estavam sentadas no escritório do Sr. Johnsen, em poltronas de couro que pareciam grandes demais, do outro lado da mesa dele, invisível sob pilhas de documentos e pastas, a maioria das quais ameaçava desmoronar.

— Meu sistema de empilhamento — comentou o Sr. Johnsen com uma risadinha nervosa, alisando os cabelos para trás com a palma de uma das mãos. Seu terno tinha retalhos lustrosos nos cotovelos, e seu estômago traía um hábito de almoços prolongados. — Não é todo dia que recebo a filha de um aristocrata — continuou ele, parecendo estar prestes a dar outra risadinha, mas se conteve. — Como posso ajudar?

Nancy se empertigara ao máximo, com as pernas elegantemente cruzadas na altura dos tornozelos, como sua mãe lhe pedira que fizesse mil vezes, as luvas posicionadas sobre o colo. Ela ergueu o olhar para o advogado, faceira.

— Sabe, Sr. Johnsen, é o seguinte — começou ela, e Louisa se deu conta, perplexa e admirada, de que a garota flertava com o advogado. — É uma questão um tanto incomum, eu sei, mas a falecida Srta. Florence Shore era uma amiga querida da irmã gêmea de nossa babá, que achou que seria citada em seu testamento. A Sra. Rosa Peal. Ela mora em St. Leonards e por isso não teria condições de vir até Londres para perguntar. Como estamos aqui, achamos que poderíamos lhe prestar esse favor, entende?

O Sr. Johnsen assentiu com a cabeça e abriu um sorriso nervoso, mostrando pequenos dentes cinzentos sobressaindo dos lábios carnudos e rosados.

— Imagino que o testamento tenha sido revelado no mês passado, por isso... — Nancy abriu um sorriso esplendoroso, e Louisa jurou ter visto gotas de suor brotando na testa do advogado. — O senhor poderia nos informar se nossa amiga foi agraciada? Presumo que conseguiria conferir essa informação.

A mão do Sr. Johnsen seguiu diretamente para uma pilha à sua esquerda.

— Sim, eu poderia, Srta. Mitford. É um documento de domínio público agora. Estritamente falando, a senhorita deveria consultar o cartório competente, mas, já que está aqui... Se não contar a ninguém, eu também não conto.

Ele tentou dar uma piscadela, mas fracassou. Parecia que tentava tirar um cisco do olho.

Nancy colocou uma das mãos sobre a mesa e inclinou-se para a frente.

— Não contaremos nada, Sr. Johnsen, pode ter certeza — garantiu-lhe ela em tom tranquilizador. Então se recostou e estendeu a mão para pegar o documento.

Louisa, que fora quase completamente ignorada pelos dois até então, aproximou sua cadeira da de Nancy para ler o documento.

O espólio da enfermeira era realmente impressionante para alguém que passara a vida trabalhando como funcionária pública e vivendo modestamente em hospedarias de enfermeiras: quatorze mil duzentas e setenta e nove libras. O irmão dela, Offley, era o testamenteiro, encarregado de distribuir uma longa lista de pequenas doações para vários afilhados e amigos: vinte e cinco libras aqui, cem ali. Um relógio de mesa que lhe fora dado por sua madrinha e homônima, a famosa enfermeira Florence Nightingale, fora deixado para a filha de uma prima. Como esperavam, não havia menção a Rosa Peal.

— Veja isso aqui — disse Louisa —, uma instrução destinando o espólio residual de 3.600 libras para ser investido em um fundo para o primo Stuart Hobkirk. É uma quantia generosa, não é?

Ela ergueu a vista, mas o advogado não estava prestando atenção; ele inalava uma pitada de rapé, tentando ser discreto.

— Sim — concordou Nancy. — Depois do irmão dela, ele foi quem recebeu mais. E, veja, ela também deixou para ele um pingente de diamante. É algo bem bizarro para deixar a um homem.

— Não talvez se fosse algo que ela usasse com frequência e quisesse deixar como lembrança — sugeriu Louisa.

— Você quer dizer que podia ser uma recordação amorosa? — perguntou Nancy, e as duas olharam uma para a outra e ergueram a sobrancelhas.

A situação ficava cada vez mais curiosa.

Então Louisa notou a data ao lado da assinatura da falecida Srta. Shore: vinte e nove de dezembro de 1919. Ela apontou para a anotação e sussurrou para Nancy:

— Foi muito perto do dia em que ela foi atacada, não acha?

Nancy cerrou os lábios, como se quisesse engolir um gritinho de alegria, e assentiu com a cabeça, animada. Então se recompôs e se virou para o advogado, que se recostara na cadeira e observava as duas jovens.

— Obrigada, Sr. Johnsen. Foi muita generosidade da sua parte. É um tanto estranho, mas a Sra. Peal não é mencionada aqui. Será que ela poderia ter sido citada em um testamento anterior?

— Talvez, mas é só o último que conta, infelizmente — replicou o homem. — Talvez eu tenha uma cópia do antigo, mas não faz nenhuma diferença agora o que ela escreveu antes, já que efetuou a mudança em plena lucidez.

— Sim, é claro — disse Nancy, soando assombrosamente igual à mãe. Mesmo assim, sua capacidade de assumir a pose confiante de uma adulta impressionava. — Pois bem, é melhor irmos. Muito obrigada por nos receber.

As duas moças ficaram de pé enquanto o Sr. Johnsen, tentando abotoar o paletó sobre a barriga sobressalente, saía de trás da mesa para abrir a porta.

— Ao seu dispor, Srta. Mitford. — Ele fez uma reverência, curvando-se. — Foi um prazer. Se precisar de qualquer coisa, não hesite em pedir.

CAPÍTULO VINTE E DOIS

No canto do salão de chá da estação Victoria, Guy estava sentado sozinho à mesa, tomando uma xícara de chá o mais devagar possível. Harry não fora trabalhar naquele dia, embora não tivesse lhe dito por que, e ele estava fugindo de Jarvis antes que fosse enviado para fazer as tarefas mais chatas e solitárias que cabiam à sua patente. Como de costume, Guy pensava sobre o assassinato de Florence Shore, repassando os fatos que conhecia, imaginando o que poderiam ter deixado passar despercebido, algo que a polícia ou o magistrado não tivessem visto. Ele não conseguia aceitar que o assassino de uma enfermeira que servira na guerra, que salvara a vida de tantos homens, pudesse ficar impune.

Distraído enquanto observava a fila de pessoas diante do caixa do salão de chá, o olhar de Guy caiu sobre um homem com uniforme da ferrovia; um grande bigode branco jazia abaixo do nariz, como um urso-polar estendido.

Ele conhecia aquele homem.

Guy empurrou sua cadeira para trás com vigor e ficou de pé num salto.
— Ei!

A garçonete atrás do balcão deu um pulo atrás da caixa registradora, e várias pessoas na fila olharam ao redor, intrigadas, se encolhendo.

— Sr. Duck! — esclareceu Guy, e a garçonete ficou toda vermelha.

Algumas pessoas riram, mas Henry Duck se virou devagar enquanto o policial se plantava à sua frente.

— Sim? — disse ele.

— Mil perdões, Sr. Duck — começou Guy, ciente de ter chamado atenção do salão inteiro. — É só que... — Ele baixou a voz, inclinando-se mais para perto. — O senhor estava no trem quando Florence Nightingale Shore foi atacada, não estava?

Henry Duck pareceu perturbado.

— E daí? Já prestei depoimento no inquérito.

— Eu sei — disse Guy —, mas acontece que o caso foi praticamente encerrado, e o assassino continua solto. Acho que posso encontrá-lo. O senhor se incomodaria em responder mais algumas perguntas?

Henry puxou seu relógio de bolso e verificou a hora.

— Tenho alguns minutos — disse ele. — Acho que não faria nenhum mal.

— Obrigado. Peguei uma mesa no canto; ninguém vai ouvir nossa conversa lá.

— Espero não me meter em encrenca por causa disso — falou Henry, mas acompanhou Guy assim mesmo.

Os dois chamaram a garçonete e pediram mais duas xícaras de chá. Depois conversaram um pouco enquanto ela ia buscar um bule e mais leite, engatando a velha conversa fiada sobre passageiros que fazem os trens atrasarem. Quando a mulher se afastou, Guy pegou o bloco de anotações e ajustou seus óculos.

— Eu ouvi seu testemunho no inquérito — disse ele. — Mas queria saber se o senhor poderia me contar de novo sobre o homem que viu na estação de Lewes.

Henry assentiu com a cabeça.

— De acordo com as minhas anotações, o senhor foi encarregado do trem em Victoria. Quando ele chegou a Lewes, com dois minutos de atraso, o senhor desceu para a plataforma.

— Correto — confirmou Henry. — Era uma noite escura e feia, e não havia lamparinas na estação, por isso tive que usar minha própria lanterna para atravessar a plataforma.

— Sei que já contou tudo isso no seu depoimento, mas poderia me explicar de novo? Quando o senhor desembarcou, viu alguém descer do trem?

— Sim, um homem saiu do vagão atrás do meu. Desceu para a plataforma, fechou a porta, depois passou para o vagão seguinte e sumiu.

— Ele passou pelo senhor? Chegou a vê-lo?

— Só por um instante. Ele desceu assim que me aproximei.

Guy conferiu suas anotações mais uma vez.

— O senhor disse que falou com o homem, para perguntar se fora instruído a embarcar na parte dianteira da composição, mas não ouviu uma resposta. Acha que ele estava com pressa?

— Não parecia, não.

— O senhor lembra como ele estava vestido?

Henry tomou um gole do chá, e Guy notou, enojado, que ele passou a língua pela parte inferior do bigode ao baixar a xícara.

— Minhas memórias estão se perdendo, mas lembro que ele vestia um casaco de chuva escuro e desbotado, e acho que usava um quepe. Estava com as mãos enfiadas no casaco, então não parecia carregar uma bengala ou um guarda-chuva.

— E seu porte físico?

— Eu o descreveria como atlético — disse Henry.

— Atlético?

— Ombros largos, acho. Escute, rapaz, preciso ir andando, meu trem parte em alguns minutos.

— Não vou tomar muito o seu tempo — disse Guy. Aquela descrição não combinava com a dada por Mabel Rogers: o homem que ela vira era magro e não vestia sobretudo. — Sabemos que é comum as pessoas saírem assim. Não havia nada que o destacasse?

— Nada — disse Henry.

— O senhor o viu depois disso?

— Não — respondeu Henry. — Não que eu saiba. Mas, como disse, estava escuro, e só o vi de passagem. Na ocasião, não achei que fosse importante.

— Mas o senhor tem certeza de que o homem desceu do vagão em que Florence Shore foi encontrada?

— Não, é impossível ter certeza disso — replicou Henry. — Esse é o problema. Gostaria de ter certeza. É melhor eu ir andando. Desculpe por não poder ajudar mais.

— O senhor ajudou muito — disse Guy. — Obrigado.

Quando voltou ao trabalho, o policial no balcão lhe entregou um envelope.

— Recebendo cartas de amor, Sully?

Guy bufou e lhe mandou calar a boca, mas seu coração deu um pulo quando viu a letra familiar. Era da Srta. Louisa Cannon — e ela queria lhe contar algo de grande importância.

CAPÍTULO VINTE E TRÊS

Na semana seguinte, Louisa e Nancy estavam na porta do Savoy, tremendo em seus vestidos. Depois de um dia quente e nublado, a chuva caía em grandes pingos, que respingavam pela calçada como bolas de borracha. Seus cabelos cuidadosamente penteados e presos haviam grudado na cabeça, os pés das duas moças estavam encharcados, e elas, completamente desalentadas.

— Nós planejamos tudinho — choramingou Nancy —, e agora parecemos duas ratas afogadas. Vamos desistir e voltar para casa?

— Não podemos — lembrou Louisa. — Dissemos a lady Redesdale que íamos jantar com Marjorie Murray e a madrinha dela, e ninguém espera que a gente volte antes das onze.

Ela já se arrependia de ter se deixado convencer a participar daquele esquema.

— Pelo menos é quase a verdade — disse Nancy.

Depois que a garota havia adquirido os preciosos ingressos com Marjorie — ficaram quase decepcionadas quando não foram transportadas por uma carruagem de abóbora, tamanha a fantasia que haviam tecido em torno do baile —, Nancy começara suas artimanhas para garantir que Louisa fosse com ela.

A assistente de babá resistira o máximo possível, mas, no fim das contas, ela também era jovem e queria usar um vestido bonito e sair para dançar, como qualquer outra garota. Nancy a persuadira de que, já que teria de acompanhá-la de qualquer maneira como sua dama de companhia, pelo menos poderia ficar de olho nela. Quando Louisa alegara que não tinha o que vestir, Nancy dissera que lhe emprestaria um vestido. Ela não dispunha de muitos trajes de baile em seu guarda-roupa, e as duas teriam de improvisar, mas com os cabelos arrumados e um pouco de batom...

— Nada de batom — dissera Louisa. — Isso já seria demais.

Então era só questão de pedir a lady Redesdale no momento certo — ou seja, quando ela estivesse distraída demais para pensar direito. "O que acontece na maior parte do tempo", alegara Nancy.

Enquanto a mãe escrevia suas cartas, a garota aparecera ao seu lado e dissera que Marjorie Murray iria jantar no Savoy com a madrinha para comemorar seu aniversário e muito gentilmente a convidara, já que estava em Londres. E Lou-Lou poderia acompanhá-la.

— É aniversário de Marjorie? — perguntara lady Redesdale, continuando a escrever.

— Não, é aniversário da madrinha dela — respondera Nancy.

— É mesmo? — Ela erguera o olhar. — Que comemoração estranha.

— Também achei engraçado — comentara Nancy, forçando uma risadinha. — Podemos ir, então, por favor? Não voltaremos tarde.

— Hum... — dissera lady Redesdale, a cabeça novamente debruçada sobre a carta. — Sim, podem ir. Mas não voltem depois das onze, por favor.

— Sim, claro — concordara Nancy.

Mais tarde, ela dissera a Louisa:

— Ela vai estar dormindo de qualquer maneira, não vai saber a que horas voltamos. — Mas cruzara os dedos atrás das costas.

Agora, as duas estavam ali, diante da entrada.

— É melhor entrarmos — concluiu Louisa.

Ela se sentia um pouco insegura — responsável por Nancy e, ao mesmo tempo, compartilhando sua ansiedade juvenil pela noite que teriam. Além disso, sentia-se nervosa por estarem fazendo mais uma coisa que não deveriam. A visita ao advogado a deixara inquieta, e era impossível parar de pensar naquele dia. Pelo menos passara algumas das informações a Guy. Talvez ele conseguisse encontrar uma pista. Ela balançou a cabeça e disse a si mesma que deveria aproveitar a festa. Afinal, aquela seria uma noite diferente.

As duas ouviam trechos de música por cima do burburinho da multidão. Mulheres de todas as idades chegavam aos montes, espanando a chuva e rindo ao mesmo tempo que se desesperavam com os sapatos e os cabelos ensopados. Seus vestidos eram de uma exuberância espalhafatosa, cheios de cores e tecidos, dos rosas mais claros aos azuis mais escuros, de cetim a tule, com flores bordadas à mão, broches chamativos e estampas ousadas sobre o busto. Tiaras brilhavam, e os lábios pareciam mordidos, vermelho--escuros e entreabertos, ofegantes de júbilo.

Fazia tanto tempo desde que a felicidade tivera permissão de infestar a noite; hoje, a tristeza fora banida, e os pensamentos se focavam nas próximas horas e em sua promessa de reparar vidas tempestuosas.

Porém não havia muitos homens presentes, observou Louisa. Aqui e ali, via-se uma parte do uniforme de um oficial de pé, cercado por mulheres, sua bengala discretamente colada à perna. Outros ficavam isolados, parecendo desconfortáveis, cientes de que estavam em minoria e que até mesmo aquele resplendor todo era incapaz de afastar os pensamentos sombrios de suas mentes. Os garçons, pelo menos, eram jovens demais para terem participado da guerra e exibiam um ar garboso enquanto circulavam com suas bandejas prateadas, cheias de champanhe.

Depois de deixarem seus casacos na chapelaria e coletarem seus carnês de dança, Nancy e Louisa mergulharam na multidão. Nancy procurava por conhecidos, ao mesmo tempo que temia ser reconhecida. Felizmente, as duas viram Marjorie primeiro, devidamente postada ao lado da madrinha, que dava as boas-vindas aos convidados na entrada do salão de baile. A orquestra já havia iniciado uma valsa, e as moças que já tinham seus carnês de dança marcados caminhavam para a pista com os parceiros, um ar de presunção disfarçado pelas cabeças baixas enquanto olhavam para trás, para as amigas com quem haviam chegado ao baile.

— Olá, Nancy — cumprimentou-a Marjorie, desvencilhando-se da madrinha, sem ter certeza se lady Walden conhecia ou não lady Redesdale, mas preferindo ser cautelosa.

Nancy arregalou os olhos, tão jovem e tão adulta ao mesmo tempo.

— Olá, Moo — disse ela. — Quem mais está aqui?

A pergunta clássica. Em um salão cheio, "ninguém" estava lá a não ser as pessoas que você conhecia, e, apesar de toda sua bravata, Nancy não conversaria com ninguém a quem não tivesse sido apresentada. Marjorie apontou para uma garota morena de vestido de tule azul-celeste e luvas longas, que bebia uma taça de champanhe. Perto dela, junto à parede, sentava-se uma mulher parecida, porém trinta anos mais velha e um pouco amuada.

— Lucinda Mason — disse Marjorie. — A tia dela está muito emburrada. Já é sua terceira temporada, e nada de encontrar um marido. A família foi a Molyneux esse ano para comprar vestidos, na esperança de melhorar sua situação.

Lucinda era a irmã mais velha de Constance, que tinha a idade de Nancy e, portanto, não estava no baile, mas as duas irmãs haviam brincado com ela no Kensington Gardens quando eram menores.

— Vamos animá-la — sugeriu Nancy, puxando Louisa pelo braço.

— Tenho que ficar aqui — disse Marjorie. — Encontro vocês depois.

Porém, antes que as duas alcançassem Lucinda, um homem esguio com uniforme de oficial aproximou-se dela, e eles começaram a conversar. As sobrancelhas da tia relaxaram, e ela sacou uma bolsa com agulhas de tricô, satisfeita.

Enquanto Nancy se aproximava por trás, viu Lucinda abrir seu carnê de dança, que estava completamente vazio, e dizer ao jovem:

— Sim, creio que posso reservar a próxima valsa para o senhor... Ah, olá, Nancy, não esperava encontrá-la aqui.

A garota não se abalou.

— Pois é — respondeu, imperiosa. — Eu vim com Marjorie Murray. Como vai você?

Louisa ficou alguns passos atrás e trocou um olhar com a tia. Com desânimo, percebeu que era mais parecida com a feroz dama de companhia do que com as outras jovens. Mesmo em um vestido de seda cinza emprestado, seria impossível se passar por "uma delas". Então procurou um garçom; um pouco de vinho cairia bem.

— Muito bem — replicou Lucinda. — Hum, Sr. Lucknor, essa é a Srta. Mitford.

Os dois trocaram um aperto de mãos. Ele tinha olhos escuros e uma postura perfeita, mas suas maçãs do rosto davam a impressão de que tinha vivido à base de pão dormido e mingau de aveia por alguns anos. Talvez tivesse mesmo. Sua aparência o fazia parecer tanto vulnerável quanto extremamente bonito — uma combinação perigosa —, e Louisa observou a reação de Nancy com atenção.

— Por favor, me chame de Roland — pediu ele. — Boa noite, Srta. Mitford. Será que posso ter o prazer de uma dança com a senhorita também?

Lucinda tentou, mas não conseguiu disfarçar seu incômodo. No fundo, como todas, ela sabia que era preciso compartilhar os homens disponíveis.

— Talvez — respondeu Nancy. — Acabei de chegar. Melhor não marcar o carnê de dança logo no começo, não é?

Ela jogou a cabeça para o lado, e Louisa teve de tirar o chapéu para sua aparente indiferença.

— Eu voltarei — disse Roland, e então fez uma reverência a ela antes de oferecer o braço a Lucinda.

Os dois seguiram até a pista enquanto a valsa seguinte começava.

Nancy se virou para Louisa, animada.

— Está vendo, Lou-Lou? É bem fácil.

Ela não compartilhava da euforia da pupila.

— Tome cuidado. Não é *tão* fácil assim — alertou.

— Não seja estraga-prazeres. Vamos beber alguma coisa... — disse Nancy, tocando o braço de um garçom que passava e pegando duas taças.

Mas Louisa lhe lançou um olhar severo, e ela devolveu as bebidas com um beicinho.

— Não vou levá-la de volta para casa com bafo de vinho — falou ela, ciente de sua responsabilidade.

Agora que estava ali, a moça se perguntou como fora capaz de pensar que poderia participar da festa. As garotas eram lindas, confiantes, cheirosas: um mundo muito distante do seu e de tudo que conhecia na vida.

CAPÍTULO VINTE E QUATRO

Nancy e Louisa estavam paradas lado a lado, sua tênue amizade mais frágil do que um biscoito de gengibre naquele momento, enquanto observavam Lucinda e Roland valsarem por entre os outros pares de dançarinos. Louisa se lembrou de quando lavava roupa com a mãe, das horas que passava sonhando acordada, observando as mulheres rodarem as calandras com seus braços musculosos e fortes, as mangas arregaçadas. Aqueles dias pareciam infinitamente distantes do salão onde se encontrava agora.

Seu devaneio foi interrompido por dois homens fardados. Um deles exibia uma cicatriz grande na face esquerda, e o outro parecia já ter tomado vinho demais.

— Podemos ter a honra da próxima dança, senhoritas? — pediu o rapaz que precisava firmar os pés no chão para não cair.

Os olhos de Nancy brilhavam. Sem falar nada, ela deu um passo à frente e ofereceu o braço para o soldado bêbado; uma nova valsa havia começado. Louisa olhou para o homem com a cicatriz, que lhe oferecia o braço.

— Por que não? — perguntou ele, tentando vencer a relutância dela. — Vamos dar uma volta pela pista.

Louisa hesitou, e o homem ergueu o queixo.

— É meu rosto, não é? — concluiu ele. — A senhorita não *suporta* me encarar.

Ela percebeu que o soldado repetia uma frase que lhe fora dita no passado.

— Não, não se trata disso — respondeu ela.

— A senhorita já tem namorado, não é?

Ela assentiu com a cabeça, um gesto tão breve quanto possível.

— Só estou pedindo uma dança.

O soldado estendeu o braço, e Louisa o aceitou. Os dois começaram a dançar, e ela se permitiu ser guiada, já que a valsa não era sua especialidade. Todos os passos que sabia foram aprendidos em casa, quando o pai, no Natal, a girava pela sala depois de alguns copos de cerveja preta. Ela conseguiu acompanhá-lo e só pisou no pé dele uma ou duas vezes, suscitando o seguinte comentário:

— Se a senhorita parasse de encarar o chão e olhasse para mim, se sairia melhor.

Então Louisa o fitou, sem olhar diretamente para seu rosto, mas por cima de seu ombro. Funcionou: assim que parou de pensar no que estava fazendo e relaxou, deixando que seu parceiro a guiasse, seus pés pareceram dar os passos certos.

Ela pensou em Guy, imaginando que estava dançando com ele e, quando deu por si, a orquestra começava a tocar uma música diferente. Louisa abriu os olhos e fitou o rosto do parceiro; ele tinha olhos cinzentos, frios, e o aperto que dava em sua cintura estava se tornando desagradavelmente forte.

— Acho que já chega — disse ela. — Quero tomar um copo de água.

O soldado não respondeu, mas puxou sua cintura, trazendo-a mais para perto. E encostou o rosto no pescoço dela.

— Pare com isso — sussurrou Louisa, com medo de que alguém notasse.

O soldado se afastou.

— Vou pegar sua bebida — disse ele, e soltou sua cintura, enlaçando o braço da jovem em sua dura manga de lã para conduzi-la.

Presa daquela maneira, Louisa não teve outra escolha senão acompanhá-lo. Ela olhou ao redor à procura de Nancy, mas não conseguiu encontrá-la. E percebeu que não sabia quanto tempo fazia desde que a vira pela última vez. O salão estava mais quente, e o constante tranco das notas musicais repercutia em sua cabeça, impedindo-a de pensar com clareza. O soldado soltou seu braço e apanhou duas taças de uma bandeja, instruindo o garçom a trazer um uísque.

— Não quero vinho — disse Louisa.

— Beba — ordenou ele, emburrado. — Vai se sentir melhor.

Ela tomou um golinho.

— Preciso encontrar minha amiga.

— Não se preocupe com ela. Meu nome é Mickey Mallory, a propósito.

Louisa não lhe disse seu nome e continuou olhando ao redor, à procura de Nancy. Ao fazê-lo, notou que os homens, desacostumados a vestirem seus uniformes de lã em um salão de baile cheio e não em trincheiras gélidas da França, tinham gotas de suor escorrendo pelo pescoço, umedecendo seus colarinhos. Coitados. Havia uma teoria de que, se as mulheres os vissem de farda, se lembrariam de seus sacrifícios e fariam doações mais generosas.

Finalmente, ela avistou Nancy, que agora dançava com Roland, o oficial a quem as duas haviam sido apresentadas. A garota olhava ao redor com um ar presunçoso, sem dúvida tentando chamar atenção de conhecidas para que a vissem dançando com um soldado bonito. Enquanto Louisa observava, Nancy soltou um gritinho; quase que imediatamente, o oficial a guiou para fora da pista enquanto ela mancava. Nancy se virou para Louisa com um olhar que claramente dizia para manter distância. Ela se virou de costas.

Mickey pareceu satisfeito. Ele sorriu e disse algo, mas ela não estava ouvindo.

— Quero me sentar — disse Louisa.

Ele assentiu com uma resposta mal-humorada e, tão discretamente quanto podia, ela se dirigiu às cadeiras próximas de Nancy e Roland, mas fora do campo de visão de sua pupila. Ficou perto o suficiente para entreouvir a conversa dos dois. Suas palavras soavam afetadas, algumas abafadas pela música e pelas tentativas de Mickey de puxar conversa — o rapaz queria dançar de novo, e Louisa teve a impressão de que ele não era um homem paciente. Descartando o convite, ela recostou-se na cadeira e virou a cabeça para Nancy.

— Seu tornozelo ainda está doendo? A senhorita está se sentindo melhor? — perguntou Roland.

— Ah, sim — respondeu a garota.

— Que bom. Nesse caso...

— Mas acho que ainda não consigo me levantar — ela o interrompeu. — Pode ficar sentado comigo mais um pouquinho?

Louisa deu uma espiada e viu que Roland parecia constrangido, sentado na beirada da cadeira, pronto para saltar como um sapo à beira do brejo. Ele tinha um ar de poeta, apesar do aparente autocontrole. Seus olhos eram sombreados pelos cílios espessos e suas costas permaneciam empertigadas; o pé esquerdo, porém, batia no chão. Ele sacou uma cigarreira de ouro e ofereceu um cigarro a Nancy, que balançou a cabeça, para alívio de Louisa. Depois de exalar sua primeira tragada, ele pareceu relaxar um pouco e olhou para Nancy. Louisa apurou ainda mais os ouvidos.

— A senhorita disse que seu nome é Mitford? — perguntou Roland. — Por acaso é parente de David Mitford?

— O papai! — disse Nancy. — Quer dizer, ele é meu pai. É o lorde Redesdale agora.

— É mesmo? Ele foi muito corajoso, seu pai.

— O senhor o conheceu na guerra?

— Ele não se lembraria de mim — disse Roland —, mas fui do batalhão dele em Ypres, e todos sabíamos quem ele era.

Algo naquela declaração chamou atenção de Louisa, embora não soubesse exatamente o quê. Ela deu outra espiada e viu o jovem terminar o cigarro, e então esmagá-lo sob um dos coturnos. Uma dama de companhia mais velha também viu e o encarou de cara feia.

— Você conheceu a enfermeira Florence Shore? — perguntou Nancy.

Era isso, pensou Louisa: a conexão com Ypres.

— Não. — Foi a resposta brusca.

— Ela era enfermeira em Ypres, só isso. Sei que havia muitas enfermeiras lá, então é provável que o senhor não a conhecesse. Mas ela foi assassinada em um trem, na linha de Brighton. Um crime terrível. Viajei muitas vezes naquele trem...

Louisa tentou continuar ouvindo, mas achava que nada de grande importância estava sendo dito. Um dos integrantes da orquestra começou a cantar o refrão de "Roses of Picardy", que dizia "rosas florescem na Picardia, mas não existe rosa como você...". Ela achou que seria melhor estar dançando aquela música a ficar sentada em uma cadeira bamba, tentando evitar o olhar de Mickey. Então ouviu Nancy se desculpando por ter tocado no assunto da guerra. A garota declarou que seu tornozelo estava melhor, e Louisa viu os dois voltarem para a pista. Roland olhou para trás enquanto andavam e percebeu que ela os observava. A intensidade daquele olhar a fez se encolher.

E a jovem estava ciente de que Mickey a encarava.

— A senhorita prefere aquele sujeito, não é? — O comentário tinha um tom de acusação.

Louisa balançou a cabeça.

— Não quero dançar mais — disse ela. — Por favor, procure outro par.

Mickey não se mexeu.

— Eu acho a senhorita bonita — continuou ele, sem parecer nem um pouco lisonjeiro. — Na verdade, seu rosto é... Já não a vi dançando no Soho?

Louisa empertigou-se na cadeira.

— Não, não viu.

Ela se sentia desconfortável e mudou de posição na cadeira, tentando se afastar dele, mas, naquele momento, Mickey esticou um braço e a agarrou.

— Espere aí — disse ele em voz baixa. — Acho que sei de onde a conheço.

— Impossível — respondeu Louisa.

— É possível, sim — grunhiu Mickey. — Foi no Cross Keys, não foi? Acho que seu tio me deve um ou dois xelins.

Apavorada, Louisa tentou se levantar e se desvencilhar dele. Outro homem apareceu em um piscar de olhos. Ela não o reconhecia, mas imaginou que ele conhecesse Mickey.

— Já cansei do seu comportamento hoje. Solte o braço dela ou...

— Ou *o quê?* — rebateu Mickey.

Nenhuma palavra foi dita, mas um soco foi desferido, e, quando Mickey a soltou, Louisa saiu correndo para a pista de dança, procurando Nancy freneticamente.

A orquestra havia feito uma pequena pausa entre as músicas, e as garotas encaravam seus carnês de dança com ar esperançoso, como se os espaços em branco pudessem ter sido preenchidos por mágica desde a última vez que tinham olhado. Os homens andavam de um lado para o outro, tentando encontrar as próximas parceiras. Agora, o barulho da briga da dupla aumentava enquanto mais socos eram desferidos e outros homens se juntavam à balbúrdia, tentando separá-los. A orquestra emendou uma música alegre enquanto os garçons tentavam dispersar as pessoas.

Com alívio, Louisa viu Nancy parada sozinha e puxou seu braço.

— Precisamos ir embora — disse ela.

— Por quê? O que aconteceu?

— Eu lhe conto depois. *Por favor*, Nancy. Vamos.

— Mas estou esperando Roland. Ele só foi pegar um drinque — respondeu Nancy, teimosa.

— Estou falando sério, temos que ir embora agora.

Louisa a puxou pela mão até o saguão, tomado pelo ar mais frio da noite que se esgueirava pela entrada do hotel, enquanto homens e mulheres chegavam e saíam. Aquilo as fez retomar o bom senso, e as duas buscaram seus casacos na chapelaria e partiram para a rua com desânimo. A chuva havia parado, mas as calçadas estavam escorregadias, cintilando com os reflexos das luzes brilhantes da rua. Elas viraram à esquerda, saindo do Savoy, seguindo na direção de Trafalgar Square, com Louisa na frente em um passo rápido, o tempo todo olhando para trás.

— Por que você não para de olhar para trás? — perguntou Nancy. — Conte logo o que aconteceu. Tem alguém nos seguindo?

Louisa olhou de novo. As pessoas nas calçadas se deslocavam devagar, evitando poças, as mulheres levantando as barras dos vestidos longos, os homens prestando assistência. À noite, Londres parecia tão cheia quanto de dia. Então ela viu Mickey acotovelando as pessoas, empurrando-as para que saíssem da frente, com uma expressão desgostosa no rosto. Louisa empurrou Nancy para dentro do vão da entrada de uma loja, silenciando seus protestos com um dedo nos lábios. O rosto da garota se contorceu de nojo, e Louisa percebeu que aquele canto havia proporcionado alívio a algum homem ou cachorro em um passado próximo.

Ela se esticou um pouco e olhou para trás. Mickey havia sido parado por outro homem, e os dois começaram a discutir, embora ela não conseguisse ouvir o que estavam dizendo. O segundo homem parecia esguio e forte, com os braços cruzados e um comportamento firme porém calmo, mesmo ao longe. Mickey não demorou para ir embora, raivoso, mas desistindo de arrumar briga. O outro sujeito caminhou de volta para o Savoy depois de olhar ao redor. Quem ele esperava ver? Só então ela percebeu, para sua surpresa, que era o oficial que havia dançado com Nancy.

Louisa pegou o braço da pupila, e as duas voltaram a seguir para Trafalgar Square, distanciando-se da festa.

— Francamente, queria que você me contasse o que está acontecendo. Alguém está nos seguindo ou algo assim?

— Talvez.

— *Quem*, Louisa?

— Alguém que me reconheceu. Alguém que poderia...

— Poderia *o quê*?

Nancy perdera completamente a compostura.

— Que poderia contar ao meu tio que estou em Londres.

CAPÍTULO VINTE E CINCO

Louisa desacelerou o passo e parou, respirando fundo. Seu corpo inteiro parecia estar tremendo.

— Venha — disse Nancy —, vamos nos sentar com os leões. Eles sempre me alegravam quando eu era pequena.

As duas caminharam de braços dados na direção dos grandes leões de bronze que guardavam a Coluna de Nelson. Os sentimentos de Louisa eram desconfortavelmente familiares — o medo, a sensação de querer fugir. E fizeram com que ela pensasse novamente em Florence Shore, atacada no trem naquele fatídico dia. Será que ela também fugia de um homem? O misterioso sujeito de terno marrom que entrara no trem em Victoria — seria ele o agressor? Apesar da triagem que Nancy fazia nos jornais, o caso não parecia ter progredido.

Tudo parecia ter acontecido havia tanto tempo, e, no entanto, ali estava ela, fugindo de novo.

Pelo menos a cidade estava mais quente agora, as árvores, carregadas de folhas, e nada parecia tão ameaçador quanto no auge do inverno. As duas seguiram até um banco, e a tremedeira de Louisa foi diminuindo. Nancy assumiu o manto de responsabilidade, conduzindo-a com um ar gentil.

— O que aconteceu? — perguntou de novo a garota, esquecendo a raiva.

— Foi... — Louisa hesitou. Quanto deveria contar? Ela queria uma amiga, porém, mais do que tudo, precisava manter seu emprego. — Dois homens começaram a brigar, e eu estava no meio.

— Céus, que emocionante! — exclamou Nancy.

— Não foi nada emocionante, foi horrível — disse Louisa, seca.

— Acho que, se dois homens começassem a brigar por mim, eu ficaria nas nuvens. Agora não tenho nem um homem interessado em mim. Se você não tivesse me tirado de lá daquele jeito, talvez eu tivesse conseguido combinar alguma coisa com ele.

— Lamento que sua noite tenha sido arruinada, mas, de todo modo, eu não permitiria que você combinasse nada.

— Não *permitiria*? Você não tem o direito de permitir ou não permitir o que quer que seja! Você é uma *assistente de babá*, não minha mãe.

Nancy ficou de pé, em uma raiva que pegou fogo em segundos. Ela parecia o pai.

Louisa também se levantou.

— Que bom que você deixou sua opinião bem clara. Acho que devemos voltar para casa agora.

— Não — rebateu a garota. — Não vou voltar para casa. Vou voltar para o baile. Ainda não são nem dez horas. Você pode fazer o que quiser.

Então ela começou a caminhar de volta para o Savoy. Com um grande suspiro, Louisa a seguiu, as duas quase correndo, dando passos largos e pomposos, de uma maneira que podia ser cômica se não fosse tão absurda. Então Nancy virou uma esquina e trombou com um policial.

— Olhe para onde está indo, senhorita — disse ele, ofegante por causa do impacto.

Louisa chegou logo depois e encontrou uma Nancy envergonhada, ajudando o homem a apanhar o capacete e balbuciando desculpas. Com o capacete firmemente recolocado na cabeça e a correia presa debaixo do queixo, o policial enfim recuperou a pose. Ele olhou para Louisa:

— A senhorita está acompanhando essa jovem?

Ela assentiu com a cabeça.

— Certo, então. É melhor seguirem seu caminho.

Louisa pegou Nancy com firmeza pelo braço e a puxou de volta, para o lado oposto do Savoy. A garota tentou resistir um pouco, mas provavelmente sabia que ir embora era a coisa certa a fazer. As duas caminharam em silêncio por alguns minutos, Louisa se perguntando como voltariam para casa e quando seria uma boa hora para chegarem. A chuva havia parado, mas as calçadas molhadas estragaram seus sapatos e suas meias, sem mencionar as barras dos casacos. A babá Blor ficaria furiosa e provavelmente saberia que elas não passaram a noite em um tranquilo jantar de aniversário com Marjorie e a madrinha. Se pelo menos a babá não ficasse até meia-noite lendo seus romances sensacionalistas, as duas conseguiriam entrar sem serem vistas. Elas já estavam quase chegado à larga avenida The Mall, com o Palácio de Buckingham adormecido ao fundo. Enquanto Louisa pensava em como sair daquela enrascada, ouviram alguém gritar o nome de Nancy do outro lado da rua.

Roland.

O sujeito acenava para as duas e chamava seu nome.

— Srta. Mitford! Espere!

Segurando o quepe e desviando-se das poças com habilidade, ele correu até a dupla, a preocupação estampada no rosto, sua capa de chuva ondulando atrás de si.

Louisa ficou parada, observando-o. Ela não largou o braço de Nancy, embora a garota acenasse para o rapaz, gritando:

— Olá!

Roland as alcançou, um pouco ofegante, os olhos brilhando como os de um gato no escuro.

— Estava procurando você — falou ele. — A senhorita desapareceu de repente. Houve uma briga; eu queria ter certeza de que não se machucou.

— Sim — disse Nancy —, o rapaz estava dançando com Louisa...

— Certo — replicou ele, interrompendo-a. — Reconheci um daqueles homens. É melhor as senhoritas evitarem esse tipo de gente. O que vão fazer agora? É tarde para ficar na rua.

— Estamos voltando para casa — respondeu Nancy.

— Nesse caso, é melhor eu garantir que cheguem em segurança — disse Roland. — Onde estão hospedadas?

— Não é necessário — falou Louisa. — Podemos nos virar sozinhas.

— Estamos na Gloucester Road — informou Nancy.

— É uma longa caminhada até lá — comentou Roland. — Permitam-me. Eu conheço o caminho.

E, assim, os três saíram andando juntos, um triunvirato íntimo, frequentemente conversando, mas às vezes mantendo o silêncio, absorvendo a visão das ruas à noite, as diferentes pessoas que caminhavam ao redor.

Em determinado momento, em Chelsea, uma multidão de jovens bonitos tomou conta da calçada, rindo e gritando, um turbilhão de sedas, borlas e cartolas, quase todos fumando. Uma mulher com cabelos curtos, levemente cambaleante, segurava uma taça de coquetel. O grupo se movia como uma entidade única, amorfa, antes de seguir em um fluxo e se dividir em dois carros, que partiram cantando pneus pela rua. Nancy sussurrou para seus companheiros que achava ter reconhecido um ou dois deles — o irmão mais velho de uma amiga de Londres e um primo distante. Como queria ser como eles, lamentou a garota, e Roland riu.

Finalmente chegaram ao destino, e a visão da porta da frente silenciou Louisa. De repente, ficou claro que ela não fazia ideia da hora, e que era sua responsabilidade manter Nancy em segurança. A casa estava tomada pela escuridão, exceto por uma luz no saguão de entrada à espera de que entrassem e a apagassem.

— Chegamos — disse Louisa a Roland. — Obrigada por nos acompanhar.

— Sim, muito obrigada — agradeceu-lhe Nancy, alegremente.

Ela subiu lepidamente os degraus e bateu à lustrosa porta preta. Ada imediatamente a abriu — será que as esperava? —, deixando Nancy entrar e observando Louisa parada na calçada com Roland.

— Adeus — disse o oficial, fazendo uma pequena mesura, que ela não correspondeu.

Louisa ouviu o som de passos sendo subitamente interrompidos e então alguém correr. A rua estava parcamente iluminada, mas ela captou o lampejo de algo na esquina, do brilho de um cigarro no escuro.

Roland virou-se e partiu, e Louisa entrou na casa. Provavelmente não era nada, e ela torceu para estar certa.

CAPÍTULO VINTE E SEIS

Guy estava diante da entrada da modesta casa geminada de tijolos vermelhos na Hadlow Road, 53, em Tonbridge. Ele tirou um lenço do bolso e enxugou a testa sob a aba do chapéu. Eram dez e cinquenta e nove da manhã, e tivera de correr pelas últimas três ruas depois de ter tomado a direção errada. Além do suave clique de tesouras de podar enquanto o homem aparava suas cercas vivas, não havia nenhum outro som. Ele verificou suas anotações: *Baronesa Farina, tia da vítima. Passou o domingo com FNS. Filho, Stuart Hobkirk, dinheiro legado em fundação por FNS.*

Depois da carta de Louisa relatando a visita que ela e Nancy fizeram ao advogado da Srta. Shore, Guy ficara chocado com a ousadia de ambas, e também interessado na informação que haviam conseguido. Aquilo o incitara a marcar o encontro com a baronesa com urgência.

Ele tocou a campainha, e uma jovem criada de touca abriu a porta. Ela o encarou com ar intrigado, mas ficou calada.

— Olá, sou o Sr. Sullivan, da polícia ferroviária de Londres, Brighton e Costa Sul. Vim conversar com a baronesa Farina — informou Guy, com um tom apologético na voz.

— O senhor não parece policial — comentou a criada.

Ele tentou dar uma risadinha.

— Ah, não. Bem, é que estou de folga, por assim dizer.

— A baronesa o espera?

— Sim, acredito que sim. Enviei uma carta. — Ele tossiu e mexeu os pés. — Posso entrar?

— Creio que sim. — A criada deu de ombros e se afastou da porta, deixando que Guy a fechasse. — Ela está no jardim. Siga-me.

Os dois atravessaram um pequeno corredor e uma sala de estar que compensava em estilo o que lhe faltava em espaço, com paredes de um vermelho profundo, inúmeras pinturas penduradas próximas uma da outra e tapetes marroquinos sobrepostos um ao outro no assoalho. Ao se aproximar das portas duplas que davam para o jardim, Guy quase tropeçou em um grande gato persa branco, que dormia a sono solto sobre uma pilha de livros.

O policial sentiu o aroma das rosas antes mesmo de sair da casa, e viu uma senhora com um vestido branco de gola alta e vários fios de pérolas ao redor do pescoço. Ela estava sentada a uma mesa de ferro pintada de branco, segurando um par de binóculos de teatro junto ao rosto enquanto franzia a testa, lendo o jornal.

— Senhora — chamou a criada com rispidez. — Um cavalheiro veio visitá-la. Disse que avisou.

Sem esperar uma resposta da patroa, a moça se retirou.

— Que garotinha imprestável — reclamou a baronesa sobre a criada que se afastava. — O senhor é o policial Sullivan? Venha até aqui. Desculpe, mas tenho dificuldade para me levantar.

Guy se aproximou, apertou a mão dela e ficou de pé, constrangido por bloquear a luz.

— Sente-se, sente-se. Imagino que o senhor não vá querer uma xícara de chá, não é? Está tão quente — continuou ela.

Guy engoliu em seco com dificuldade e sentiu gotas de suor ameaçando escorrer pelo rosto enquanto ele se acomodava em uma cadeira de ferro que combinava com a mesa, seus arabescos duros oferecendo pouco em matéria de conforto.

— Não, estou ótimo, baronesa. Agradeço por me receber.

A mulher deixou o jornal e os binóculos de lado.

— Tudo pela minha pobre sobrinha — disse ela.

A declaração enfática traiu um leve sotaque de Edimburgo.

O caso fora oficialmente encerrado, mas tinha de haver uma solução para aquilo tudo. Se ele a encontrasse, seria promovido para a Scotland Yard, com um aumento de salário, que significaria que teria meios para sair de casa e se casar. A imagem de Louisa sentada ao seu lado no banco em St. Leonards lhe veio à cabeça, o rosto dela fazendo uma careta e então rindo ao colocar uma batata frita quente demais na boca.

Ele se empertigou, ainda mais determinado, e aproximou a cadeira da mesa, embora o tenha feito de forma desajeitada — não se dera conta de que ela era tão pesada. Então pegou um lápis do bolso e pousou o bloco de notas sobre a mesa.

— Nossa, tão formal — comentou a baronesa, e soltou uma risada curta e aguda.

— Acredito que a Srta. Shore veio visitar a senhora no domingo, no dia onze de janeiro desse ano, não foi isso?

A baronesa o encarou. Pelo visto, aquilo seria um interrogatório sério.

— Sim, ela pegou o trem em Londres e chegou à minha casa pouco antes do almoço. Estávamos comemorando o aniversário dela. Eu lhe dei um colar de ouro com dois pingentes de ametista, que o ladrão deve ter levado... — Ela se interrompeu. — O senhor sabe que já contei tudo isso à polícia, não sabe?

— Sim, senhora — respondeu Guy, fazendo anotações. — Ela lhe contou sobre os planos para a semana seguinte?

— Um pouco. Flo ia visitar uma amiga em St. Leonards, creio eu.

— Como estava o estado de espírito dela naquele dia?

— Eu diria que ela estava quieta. Mas Flo nunca foi uma pessoa muito efusiva.

Guy assentiu com a cabeça e fez mais algumas anotações.

— Ela mencionou se estava preocupada com alguma coisa?

A baronesa se empertigou e olhou para o policial com frieza:

— Ela era uma mulher inglesa; não costumava falar sobre *preocupações* — respondeu a senhora. E então pareceu ficar mais tranquila. — Mas, agora que parei para pensar, acho que ela estava preocupada com o futuro. Fazia poucas semanas que havia deixado o trabalho na guerra, e estava cogitando se aposentar. Ela passou boa parte da vida trabalhando duro e não tinha certeza do que iria acontecer daqui para a frente. Mas Flo tinha dinheiro, então não precisava se preocupar com isso.

Guy preferiu não revelar o que sabia para descobrir o que a baronesa estaria disposta a lhe contar.

— Sim, apesar de ser enfermeira, Florence vinha de uma família respeitável. A mãe dela era minha irmã. — A baronesa encarou Guy, desafiando-o a duvidar de sua extrema respeitabilidade. Naquele momento, outro gato branco pulou no colo da dona, pressionando as patas no vestido branco e deixando leves marcas de sujeira. Ela continuou como se nada tivesse acontecido: — Há alguns anos, a irmã de Flo lhe deixou uma quantia considerável, e ela estabeleceu um fundo para meu filho, para que ele pudesse receber os rendimentos na eventualidade de sua morte. Ficamos muito gratos, mas não imaginávamos que isso fosse acontecer tão cedo assim. — A baronesa baixou os olhos e tentou apanhar um lenço, sem sucesso. — Minha pobre sobrinha.

— A senhora se refere a Stuart Hobkirk? — perguntou Guy.

O orgulho coloriu o rosto da baronesa, fazendo brilhar os olhos que haviam começado a esmaecer para um azul-claro.

— Sim, Stuart, meu filho com meu primeiro marido. É um artista. Está se saindo muito bem. Uma de suas pinturas participou da Exposição de Verão desse ano. Ele faz parte do grupo de artistas de St. Ives, na Cornualha.

O rosto de Guy não manifestou reconhecimento.

A baronesa exalou profundamente.

— Sempre esqueço que as pessoas fora do mundo das artes são ignorantes.

Guy sentiu que estava sendo criticado, embora não entendesse bem por quê.

— Seu filho e a Srta. Shore... eram primos?

— Sim, não que isso impedisse... — Ela se interrompeu.

O único som no jardim era do gato lambendo as patas.

— Impedisse o quê? — incitou Guy.

— Os dois eram muito próximos — explicou a baronesa. — Mas havia certos membros da família que simplesmente não compreendiam. Flo *entendia* Stuart. Sabia que ele tinha de ser artista; que não podia ser outra coisa. E sabia que seu dinheiro garantiria isso.

— Compreendo — disse Guy, sem saber ao certo se compreendia mesmo.

A baronesa inclinou-se para a frente.

— Imagino que quem não pertença ao mundo das artes talvez fique chocado — disse ela. — Mas, às vezes, bem, digamos que nem todo mundo consegue esperar para casar...

Guy empalideceu. Aquele era um mundo completamente diferente do seu, com velhas senhoras insinuando comportamentos pecaminosos. Ele desviou o olhar e fitou uma rosa no jardim e uma borboleta ocupada nos seus estames. Com um sobressalto, ele se deu conta de que havia uma conexão ali. Rosa Peal mencionara um cavalheiro de natureza artística que era íntimo da Srta. Shore. Seu primo, o homem que herdara rendimentos substanciais da enfermeira, também seria seu amante? Antes que pudesse refletir mais sobre o assunto, a baronesa continuou falando em tons que não permitiam interrupção.

— Offley ficou muito zangado com toda a situação. Mas, para falar a verdade, o homem mora na Califórnia agora: não se pode esperar que ele entenda essas coisas.

— O Sr. Offley Shore... o irmão da Srta. Shore?

— Sim, meu sobrinho — disse a baronesa. — Sempre tive dificuldade de interagir com aquele homem, mesmo quando era menino. Ele tem escrito cartas furiosas para mim. Acha que devia ter herdado o dinheiro todo. Tão ganancioso. Ele ficou com a maior parte. Francamente, Stuart poderia ter feito mais com aquele dinheiro do que *ele* jamais fará, vagabundeando pelos Estados Unidos, comendo laranjas.

O irmão de Florence Shore ficara irritado com o testamento. Aquilo era uma grande novidade: havia outro suspeito, e Guy tinha certeza de que nenhum dos investigadores pensara nessa hipótese. Ele queria perguntar mais, porém a baronesa expulsou o gato do colo com um grunhido e apanhou os binóculos. A conversa havia acabado.

— Obrigado, baronesa — agradeceu-lhe Guy. — A senhora me ajudou muito.

— Você vai pegar o culpado?

— Sinceramente, espero que sim — respondeu ele. — Estou fazendo tudo o que posso para isso.

— Mas está agindo sozinho, imagino? O caso foi encerrado, pelo que fiquei sabendo.

Encurralado, Guy só podia concordar com a cabeça.

— Oficialmente, sim. Mas isso não significa que o sujeito não possa ser encontrado. *Alguém* cometeu esse crime, e eu pretendo descobrir quem foi.

A baronesa assentiu com a cabeça e voltou ao seu jornal. E não falou mais nenhuma palavra.

Sem graça, Guy se levantou e inclinou a aba do chapéu, que não havia ousado tirar durante toda a conversa.

— Adeus, baronesa. Obrigado por me receber.

Ele saiu pelas portas duplas, desviando-se do gato adormecido, seguindo para a rua.

CAPÍTULO VINTE E SETE

De volta ao trabalho, Guy perguntou a Jarvis se poderia tirar um dia para arrumar os papéis no grande arquivo que ficava no canto do escritório. Quando alguém abria uma das gavetas, ela gemia e retinia como o monstro de Frankenstein acordando pela primeira vez. Jarvis pareceu um tanto intrigado com o pedido, mas disse que não via motivo para dizer não, uma vez que não havia nada mais urgente a ser resolvido e a tarefa tinha mesmo de ser feita.

Assim, Guy ganhou tempo para se sentar e pensar sobre o caso Shore enquanto separava e organizava as anotações que haviam sido enfiadas aleatoriamente naquele monstro metálico. As cópias dos depoimentos do caso também estavam ali. Não demorou para ele encontrar o número de telefone de Stuart Hobkirk na Cornualha — não um telefone residencial, e sim o de um estúdio de artistas onde ele aparentemente trabalhava todo dia. Havia um breve depoimento no qual declarava que estava lá no dia da morte de Shore.

Às quatro da tarde, havia poucas pessoas no escritório, e Guy aproveitou a oportunidade para telefonar para o Sr. Hobkirk. Ele decidira fazer aquilo agora, ignorando o fato de que Jarvis ficaria irritado se descobrisse.

Alguém atendeu o telefone depois de alguns toques, e a voz do outro lado disse que chamaria Stuart. Guy ouviu gritos aleatórios, o ruído de uma porta com painel de vidro solto batendo e então passos pesados em um assoalho de madeira.

— Aqui é Stuart Hobkirk. Quem fala? — A voz era grave, e houve um acesso de tosse, seguido por uma batida no peito. — Desculpe — disse Stuart. — Malditos cigarros.

— Aqui é o Sr. Sullivan — respondeu Guy. — Sou da polícia ferroviária de Londres, Brighton e Costa Sul. Queria saber se poderia lhe fazer algumas perguntas.

— O quê? Sobre a coitada da minha prima, imagino? Já conversei com vocês.

— Sim, eu compreendo, senhor. Mas outras linhas de investigação se abriram, e precisamos investigá-las. É uma simples questão de confirmar uma ou duas coisas. — Guy esperava ter soado mais seguro do que se sentia.

— Precisamos mesmo repetir tudo o que já foi dito? Tenho certeza de que o meu depoimento está anotado aí em algum lugar.

— O senhor poderia me confirmar se é primo de Florence Shore? — pediu Guy, ignorando os protestos.

— Sim — respondeu Stuart com um suspiro.

— Poderia me dizer onde estava no dia doze de janeiro desse ano?

Guy ouviu um fósforo sendo riscado e Stuart inalando um cigarro antes de responder:

— Eu estava aqui no estúdio, pintando, como faço praticamente todo dia.

— Havia outras pessoas no estúdio?

— Sim — rebateu Stuart, irritado. — Isso é tudo?

— Ainda não — respondeu Guy. — Pode me informar os nomes das outras pessoas?

— Por que cargas-d'água?

— Apenas para pedir que corroborem sua declaração, senhor.

Stuart exalou a tragada, e Guy imaginou a fumaça cinzenta serpenteando pelo fio do telefone. Ele se esforçou para não tossir diante do pensamento.

— Bem, o negócio é o seguinte: não tenho certeza absoluta de que eu estava no estúdio naquele dia. Talvez estivesse sozinho em casa. Às vezes, trabalho lá, quando a iluminação está boa.

— Entendo — disse Guy. — Alguém o teria visto lá? Um carteiro, talvez? Ou uma diarista?

— Escute, meu camarada, como alguém se lembraria? Aquele foi um dia como outro qualquer. Nenhum carteiro escreveria no seu diário: "Vi o Sr. Hobkirk hoje."

— Não, senhor — respondeu Guy.

Ele sentia que Stuart logo, logo perderia a calma.

— A verdade é que ninguém poderia confirmar onde eu estava. Mas não saí da Cornualha. O que quer que estivesse fazendo, eu me encontrava a centenas de quilômetros de distância do lugar onde minha querida prima foi brutalmente... — Sua fala foi interrompida por outro acesso de tosse.

— Sim, senhor.

— Vou desligar agora — disse Stuart calmamente, como se falasse com uma criança burra. — E não quero que entrem em contato comigo de novo. A meu ver, cada vez que vocês me ligam, perdem a oportunidade de encontrar a pessoa que cometeu o crime. Peço que me deixem em paz para que eu prossiga com meu trabalho e com meu luto.

— Sim... — disse Guy, mas o telefone já havia emudecido do outro lado.

CAPÍTULO VINTE E OITO

Três dias após o baile, depois que as meninas foram postas na cama, Louisa perguntou à babá se poderia tirar o resto da noite de folga para visitar a mãe. A babá disse que aquela era uma ótima ideia. Lorde e lady Redesdale haviam ido para um jantar, e, além do mais, Ada poderia ajudar caso ela precisasse de alguma coisa. Então Nancy perguntou se poderia ir junto com Lou-Lou.

— Para quê? — quis saber a babá.

— Por nada, na verdade. Só para lhe fazer companhia e sair um pouco de casa. A noite está tão quente e agradável, babá — suplicou Nancy.

— Parece-me que a mocinha já se esbaldou demais essa semana. Contanto que as duas estejam de volta antes das nove e meia — impôs a babá, olhando para seu livro sobre a mesa, *O nobre bandoleiro e a filha do avarento*. O marcador de páginas estava perto das últimas páginas.

— Não vamos nos esbaldar, vamos a Chelsea, para visitar uma senhora doente — explicou Nancy.

— Ah, coitadinha. Talvez seja melhor levarem alguma coisa. — A babá enfiou a mão em um dos bolsos do avental e puxou um saco de papel com pastilhas de hortelã listradas de vermelho e branco. Então tirou um pouco de penugem do saquinho antes de oferecê-lo a Louisa. — Aqui.

— Obrigada, babá — disse ela —, mas não precisa. Estaremos de volta em pouco tempo.

A caminhada da Gloucester Road até Lawrence Street só levava meia hora e, com o calor do sol poente em seus rostos, era um passeio agradável, embora não o suficiente para afugentar os medos de Louisa. Ela guiou Nancy por ruelas que a menina nunca vira antes, ziguezagueando por entre casais e turistas a passos lentos. Em Elm Park Gardens, Louisa mostrou um belo prédio de tijolos cinza para sua jovem protegida.

— Os apartamentos daquele edifício são apenas para mulheres.

— Só mulheres moram lá? — perguntou Nancy, olhando para as janelas com cortinas fechadas.

— A maioria saiu de casa para vir trabalhar em Londres — explicou Louisa. — Nós costumávamos lavar roupa para algumas: lençóis e tal. Elas lavam a própria roupa íntima nas pequenas pias dos quartos.

— Que triste — comentou Nancy.

— Não acho que seja — rebateu a mais velha. — Fiz amizade com algumas das moças, e elas costumavam dar festas e coisas assim. Algumas preferiam trabalhar em vez de estarem casadas, roçando a barriga no fogão, como diziam. Mas é uma vida dura, elas não têm muito dinheiro.

— Você não disse que elas trabalhavam?

— Sim, mas as mulheres nunca são bem pagas. Como não têm filhos, recebem apenas o suficiente para pequenas despesas.

— Só que, na verdade, não é só para isso, é? — questionou Nancy, pensativa. — Elas compram a própria comida e pagam o aluguel.

As duas caminharam em um silêncio amigável depois da conversa, até chegarem ao Peabody Estate. Embora localizada pouco depois das fileiras de casas da Old Church Street, com suas portas elegantemente pintadas e suas jardineiras bem-cuidadas, a Lawrence Street era ocupada por prédios de quatro andares com cortinas cinzentas de malha visíveis nas longas carreiras de janelas pequenas. No Cross Keys, na esquina, havia alguns homens reunidos do lado de fora, na noite quente, bebendo cerveja e tragando seus cigarros, mas falando pouco.

Nancy agarrou o braço de Louisa.

— É seguro aqui, Lou-Lou? — sussurrou a garota.

A moça a encarou e então fitou os homens do lado de fora do bar. Ela achou ter visto o perfil do homem do Natal e se retraiu. Nancy percebeu sua reação.

— Eles são inofensivos. O problema está dentro da casa da minha mãe. E se Stephen estiver lá?

— Foi por isso que vim — respondeu Nancy. — Ele não vai fazer nada se eu estiver com você.

Louisa assentiu com a cabeça, e as duas deram um aperto tranquilizador no braço uma da outra antes de passarem sob o grande arco que levava ao espaço aberto no centro do Peabody Estate. Crianças corriam em zigue-zague, perseguindo e beliscando umas às outras. Duas jovens mães estavam sentadas juntas em um trecho de grama, suas vozes chilreando como um par de periquitos enquanto seus bebês mamavam tranquilamente. O sol se punha, e, sob a luz alaranjada, no chão abaixo da janela de seu antigo quarto, Louisa viu um gato malhado esticando as patas enquanto pensava nas aventuras da noite que se aproximava. Ela se soltou de Nancy e correu até ele, agarrando-o em seus braços e aninhando o rosto no pescoço quente do bichano. O gato ronronou e se contorceu suavemente.

— Esse é o Kipper — disse ela para Nancy. — Não é nosso, mora a quatro casas adiante, mas foi meu amigo quando eu era criança. Está tão velho agora, coitadinho.

— Gosto do nome dele — comentou Nancy, sorrindo.

Ainda agarrada ao gato, sem se importar com os pelos ruivos que se grudavam em seu casaco azul, Louisa subiu as escadas de sua antiga casa, seguida pela pupila. A porta não estava trancada, e ela inspirou os aromas reconfortantes de flocos de sabão e repolho ensopado. Notou que o paletó e o chapéu de Stephen não estavam pendurados nos cabides.

Colocando no chão o gato, que disparou pelo corredor, ela chamou:

— Mãe! Sou eu. Cadê você?

— Ah, Louisa! É você mesmo? Estou aqui — respondeu a mãe da sala da frente.

As duas jovens entraram no ar quente e abafado, encontrando Winnie sentada em uma poltrona diante da lareira apagada, com um grosso cobertor de lã sobre os joelhos e um xale ao redor dos ombros, uma figura abatida na penumbra. Louisa se lembrou de repente de que a mãe era bem mais velha do que as mães de suas amigas. Winnie avistou Nancy e começou a ajeitar os cabelos, puxando os cachos em desalinho para trás das orelhas.

— Louisa, querida, você devia ter me avisado que vinha e que traria uma amiga.

— Olá, Sra. Cannon — cumprimentou-a Nancy, estendendo a mão direita. — Sou Nancy Mitford. Como vai?

Winnie deu uma risadinha.

— Ah, eu vou muito bem, só estou um pouco resfriada — disse ela antes de sofrer um breve acesso de tosse, fazendo com que Nancy recolhesse a mão. Quando se recuperou, olhou para a filha e para a amiga da jovem. — Não precisam fazer essa cara de preocupação. Estou bem. Isso é, na medida do possível.

— Ah, mamãe! — exclamou Louisa. — Senti tanto sua falta.

Ela se debruçou para abraçar a mãe, beijando-a na testa antes de ser afastada.

— Não exagere. Deixe eu me apresentar à Srta. Mitford — disse Winnie, estendendo a mão, que Nancy apertou e sacudiu de leve. — É muito bom ver vocês duas, de verdade, mas o que estão fazendo aqui?

— Estamos passando alguns dias em Londres. Eu queria ver como a senhora estava. Também trouxe um pouquinho de dinheiro.

— O que eu preciso é ver você com a vida encaminhada, minha menina — disse Winnie. — Quando eu tinha sua idade...

— ... a senhora tinha um marido para quem cozinhar e uma casa para limpar. Eu sei — completou Louisa. — Mas não é tão simples assim para mim, não é?

Winnie empinou o nariz.

— Não entendo por quê — disse ela. — Para mim, foi bem simples. Eu vi seu pai entregando carvão na casa da Sra. Haversham, e aquilo bastou.

176

Louisa fitou Nancy e revirou os olhos. A sala estava escura, e, embora seus olhos tivessem se ajustado à parca iluminação, parecia que as sombras haviam tomado o ambiente. Ela foi ligar a lâmpada ao lado da mãe, mas Winnie esticou a mão.

— Não vai acender, querida. Não consegui sair para pagar a conta do gás. Vou fazer isso amanhã — disse ela, tentando reprimir outro acesso de tosse.

— A senhora não tem recebido o dinheiro pelo correio? — perguntou Louisa. — Todo mês mando quase meu salário inteiro.

— Sim, tenho recebido, querida. Obrigada. É só que não tenho conseguido sair de casa nesses últimos dias...

Winnie lançou um olhar envergonhado para Nancy e arrumou a saia.

— Por que Stephen não pagou, então? — perguntou Louisa.

— Ora, você sabe como é seu tio... Faz alguns dias que ele não aparece. Nem sei onde está.

— Aproveitando-se do gás de outra pessoa, imagino — disse Louisa.

— Não precisa ficar zangada. Eu estou muito bem. Não está frio, e eu me sinto tão cansada quando escurece que já estou pronta para ir para a cama e dormir. Seu pai e eu vivíamos assim antes da guerra, sabe? Nós só tínhamos velas, e a vida era mais fácil, se você quer saber.

Nancy puxou a manga do casaco de Louisa.

— Talvez a gente devesse voltar, não? A babá pode estar preocupada. — Ela parecia ansiosa.

— Espere aqui — pediu Louisa.

Ela correu até o andar de cima e tateou debaixo da cama que costumava dividir com a mãe. Sim, ainda estava ali, em um canto distante, cheia de poeira e escondida. Louisa desceu as escadas, esfregando a lata com a manga, e a entregou à mãe.

— O que é isso? — perguntou Winnie.

— Moedas que economizei — respondeu Louisa. — Deve haver o bastante para pagar a conta do gás.

— De onde veio esse dinheiro? — perguntou a mulher, desconfiada.

— São só uns trocados que juntei, mamãe — explicou Louisa. — Por favor, aceite. — Ela se abaixou para beijar a mãe no rosto, sentindo a pele fina sob seus lábios e o bafo azedo. E sussurrou: — Vou lhe mandar mais dinheiro em breve.

— Obrigada — agradeceu-lhe a mãe. Louisa mal conseguia escutá-la, embora seu rosto estivesse colado ao dela. — Mas não se preocupe comigo. Se cuide, minha menina, para que eu não tenha de me preocupar mais com você. Só quero vê-la casada e em uma boa situação. — Ela parou e respirou fundo umas duas vezes; era a primeira vez que falava tanto em muito tempo. Então continuou, mais firme: — Você poderia ficar com esse apartamento, sabe, como minha herdeira. As pessoas da Fundação Peabody costumam fazer isso. Você estaria bem-instalada. E todas as minhas freguesas a aceitariam, tenho certeza disso.

Louisa tentou reprimir as lágrimas que ameaçavam pingar sobre o rosto da mãe.

— Sim, mamãe — disse ela. — Pode deixar. Até logo. Vou escrever em breve. Lamento não ter escrito antes, mas não podia deixar Stephen...

— Eu sei — respondeu Winnie, rouca. — Adeus, minha querida.

Ao ficar de pé, Louisa viu a mãe puxar o cobertor e virar o rosto para a parede, fechando os olhos. Ela e Nancy deixaram o apartamento, fechando suavemente a porta.

Enquanto atravessavam o gramado, Louisa se virou para dizer algo à pupila — ela ficara perturbada ao ver a mãe em um estado tão frágil —, quando ouviu um cão latir. A jovem se virou e viu Socks correndo pelo arco de entrada, as orelhas em pé. O cachorro provavelmente tinha visto Kipper, seu velho inimigo. Stephen não estaria muito longe. Antes que os passos pesados do tio se aproximassem, ela agarrou a mão de Nancy, colocou um dedo nos lábios dela para garantir que a garota ficasse quieta e puxou-a por uma porta lateral para as ruas escuras. Ela escapara por pouco, mas quantas vezes mais conseguiria se safar?

CAPÍTULO VINTE E NOVE

Após voltar de Tonbridge, a cabeça de Guy vivia perdida em pensamentos. Antes que pudesse tirar conclusões mais exatas, ele sabia que precisava eliminar o irmão de Florence Shore da lista de suspeitos. Na delegacia, telefonou para as empresas de transatlânticos que haviam feito o trajeto entre os Estados Unidos e a Inglaterra nos três meses anteriores a janeiro de 1920, e pediu que lhe mandassem as listas de passageiros. Alguns dias depois, elas haviam chegado e, como era de esperar, o nome de Offley Shore não constava em nenhuma. Até onde Guy sabia, o Sr. Shore nem sequer conseguira comparecer ao enterro da irmã.

Isso significava uma coisa: Stuart Hobkirk era o principal suspeito. O único suspeito.

Guy precisava trazê-lo à delegacia para um interrogatório, mas não poderia fazer isso sem a permissão de Jarvis. Ele deixou uma mensagem com a secretária do chefe pedindo uma reunião. Então se sentou a uma mesa, mordendo o lápis e balançando os pés.

— Sossegue, por favor — pediu Harry. — Tem gente aqui tentando ler o jornal.

— Desculpe — disse Guy —, não consigo me concentrar em nada.

— Nem eu, mas isso nunca me preocupou — replicou Harry, e voltou a conferir as tendências das corridas de cavalos.

Quando nada mais sobrava do seu lápis, Guy foi chamado à sala do chefe. O local estava abafado — o superintendente nunca abria uma janela —, e, embora ainda não fossem nem cinco horas da tarde, Jarvis havia se servido de uma grande dose de uísque. O expediente chegara ao fim.

— Sullivan. — O chefe estava calmo. — Como você pode me ajudar? — perguntou ele, rindo da própria piada.

Guy permaneceu de pé diante da mesa. Um relógio fazia um tique--taque alto, e o suor escorria por trás de suas orelhas. Se não se apressasse, seus óculos ficariam embaçados.

— É sobre o caso de Florence Shore, senhor. Acho que pode haver uma novidade importante.

Jarvis aprumou-se na cadeira.

— É mesmo? Como assim? Não me lembro de tê-lo mandado em qualquer investigação relacionada ao caso Shore. A polícia metropolitana está cuidando disso, se é que ainda existe algo para ser investigado. Até onde eu sei, o caso está encerrado. Alguém se entregou?

— Não exatamente, senhor. — Guy se esforçou para manter as mãos atrás das costas, embora desejasse enxugar a testa. Jarvis ficou calado e esperou que ele continuasse. — Havia um primo, senhor. O Sr. Stuart Hobkirk. Ele se beneficiaria, segundo o testamento dela.

— Assim como muitos outros beneficiários, se estou lembrado.

— Sim, mas o testamento mais recente foi feito no final de 1919, pouco antes da morte da Srta. Shore, que lhe deixava boa parte do dinheiro.

Jarvis ergueu ligeiramente uma sobrancelha.

— Como você sabe disso?

Guy hesitou. Não podia contar toda a verdade.

— Fui informado pelo advogado da Srta. Shore.

— Prossiga. — O tom não era convidativo, e sim desafiador.

— Parece que outros membros da família não ficaram muito felizes em vê-lo recebendo a herança. Como o irmão da Srta. Shore, por exemplo. O que sugere que esse comportamento da vítima foi inesperado.

— Não necessariamente — disse Jarvis. — As pessoas sempre se surpreendem com o conteúdo de um testamento, geralmente quando descobrem que receberam menos do que esperavam.

— Sim, concordo, senhor. No entanto, o álibi dele também é fraco. Ele mudou o depoimento. Primeiro disse que estava pintando em seu estúdio, mas, quando lhe pedi que me informasse os nomes das pessoas que estavam lá, alegou que estava em casa sozinho, pintando.

— Certo — falou Jarvis, apertando o copo com mais força.

— A outra coisa é que houve... sugestões de que o Sr. Hobkirk e a Srta. Shore tinham certo envolvimento amoroso.

— Seja mais direto, Sullivan.

— Não acho que a Srta. Shore tenha sido vítima de um roubo e ataque aleatórios. Acho que foi alguém que ela conhecia. Se o senhor está lembrado do inquérito, o legista disse que não havia nenhum sinal de luta.

— Estou lembrado.

— Ocorreu-me que, se a Srta. Shore conhecesse o agressor, não teria reagido. Poderia estar conversando com ele e ter sido pega desprevenida quando recebeu os golpes. Se eles tinham um relacionamento, senhor, pode ter sido um crime passional.

Jarvis ficou em silêncio por um minuto. Guy cedeu e puxou o colarinho úmido.

— Compreendo. Então, como você *acha* que a Srta. Shore *talvez* conhecesse seu agressor, e como alguém *sugeriu* que ela e o Sr. Hobkirk tinham um relacionamento amoroso, e como ele recebeu mais do que o esperado no testamento, você o considera o principal suspeito de um assassinato premeditado. E parece que também não confiou que seus superiores tenham verificado o álibi dele. Suponho que você queira minha autorização para intimá-lo a prestar um novo depoimento, é isso?

A familiar sombra de humilhação caiu sobre Guy.

— Sim, senhor. — Um camundongo roendo as unhas em um canto teria feito mais barulho do que a resposta dele.

— Não quero nem discutir o fato de que você anda xeretando certas coisas sem permissão. — Jarvis tomou um gole de uísque. — Saia daqui,

Sullivan, não tenho tempo para perder com esse tipo de bobagem. Restrinja-se a suas obrigações cotidianas. Acredito que você tenha sido encarregado do inventário de achados e perdidos em Polegate Junction amanhã, não?

— Sim, senhor.

— Pare de ficar falando "Sim, senhor".

— Sim, senhor. Quer dizer, não, senhor. Quer dizer, obrigado, senhor.

Guy acenou com a cabeça, embora o superintendente não estivesse olhando para ele, e foi embora. Sua mão quase escorregou na maçaneta, mas ele conseguiu sair sem alarde, fechando a porta silenciosamente atrás de si.

Naquela noite, Guy entrou em casa no momento exato em que a mãe começava a servir o jantar. Ao passar pela porta, os irmãos e o pai já estavam à mesa, um móvel que havia sobrevivido a três gerações de talheres e cotovelos. As linhas retas de mogno polido tinham sido lixadas pelo avô de Guy, um carpinteiro de certa fama em seu meio. A história de que ele fora encarregado de fazer um armário para a principal dama de companhia da rainha Victoria era bem conhecida por seus descendentes.

A Sra. Sullivan havia arrumado os seis lugares da maneira de sempre: seis pratos brancos, seis garfos polidos, seis facas com cabos de osso, seis canecas grossas de porcelana. Guy viu a mãe de costas na cozinha, curvada enquanto fatiava o pão. No fogão, a banha esguichava, embora o fogo já tivesse sido desligado. Todo o seu corpo estava focado naquela tarefa, os pés afastados, a mão segurando a faca enquanto serrava lentamente o pão, cada fatia com a mesma espessura, tão retas quanto as pernas da mesa. Os filhos sabiam que seus ouvidos escutavam atentamente o barulho abafado da porta sendo aberta, esperando ouvi-lo antes que o relógio batesse as horas. Quem chegava atrasado não jantava.

Guy correu até sua cadeira, na quina ao lado da mãe, de costas para a janela, por onde, através de uma minúscula fresta que ninguém conseguia fechar, uma brisa fria soprava sobre seus ombros.

Ainda na cozinha, a Sra. Sullivan mal levantou a cabeça e permaneceu quieta. Ela cortou a sexta fatia e então levou o pão para a mesa. Uma grande travessa de batatas fritas quentes já estava a postos. Os irmãos eram barulhentos, não perdiam uma oportunidade, mesmo com uma situação comum como aquela, de tirar sarro de Guy. Havia um clamor enquanto cada um tentava atazanar o irmão mais alto.

— O que aconteceu hoje, hein? O semáforo ficou travado na luz vermelha?

— O Exército colocaria você nos trilhos, rapaz!

— Se você se atrasasse no Exército, seria fuzilado!

Guy não disse nada. Sabia que eles não dariam ouvidos a nenhuma resposta. Então apenas balançou a cabeça e deu um sorriso torto para mostrar que não se importava.

— O que temos para o jantar, mãe? — perguntou ele.

— Batatas, como pode ver. Pão e banha, sem açúcar essa noite — respondeu ela, puxando a cadeira para mais perto da mesa, seu tom era severo, mas o rosto, simpático, com o leve traço de um sorriso.

O Sr. Sullivan chamou atenção de todo mundo com um aceno de mão, e eles baixaram a cabeça para a prece de agradecimento.

— Pelo que vamos receber, agradecemos ao nosso Senhor. Amém.

Seis cabeças se ergueram ao mesmo tempo, quatro pares de mãos se estenderam e avidamente agarraram seu pão e suas batatas em perfeita sincronia antes que mãe e pai pegassem os seus, e então a tigela de banha quente foi passada pela mesa. A Sra. Sullivan colocou um pouco de leite em cada caneca e depois serviu o chá.

Fez-se silêncio por algum tempo enquanto todos comiam e bebiam, antes que o momento fosse interrompido por Walter, o irmão mais velho e mais encorpado. Walter e Ernest eram gêmeos irlandeses, brincava o pai, nascidos com a diferença de dez meses, e parecia que Walter tinha sugado toda a força da mãe para crescer sem deixar nada para Ernest. O "gêmeo" mais moço havia sido um bebê pequeno, com a saúde comprometida, e permanecera magrelo desde então. Os dois trabalhavam juntos no canteiro de obras de um edifício em Vauxhall Road; Ernest era capaz de carregar um cocho de concreto com a mesma facilidade de Walter, para a surpresa do contramestre.

— O que houve dessa vez, Guy? Ovelhas nos trilhos? — zombou Walter sobre seu chá.

— Não há ovelhas na estação Victoria — disse Ernest, fingindo corrigir o irmão. — Mas eu soube que havia um gato andando pelos trilhos. A polícia achou que finalmente prenderia um *gatuno*.

Walter deu um tapa nas costas do irmão e exibiu os dentes em um silencioso *Rá*.

— Já chega — disse a Sra. Sullivan.

— Está tudo bem, mãe — garantiu-lhe Guy, erguendo os óculos no nariz. — Eu me atrasei por causa do chefe. Ele queria conversar.

Guy se sentou mais empertigado para tentar convencê-los de que a conversa havia sido produtiva, mas não funcionou. Os irmãos caíram na risada, parecendo caricaturas, embora os pais mantivessem o rosto neutro, se entreolhando sobre os restos do jantar.

— Você vai ficar encarregado dos cestos de flores? Cuidado para ninguém roubar as petúnias da plataforma sete.

Essa piada veio de Bertie, o irmão mais moço, reposicionado desde que Tom morrera.

Guy pegou um naco de pão e passou pelo prato, colhendo o resto de banha que sobrara em círculos. A tigela havia rodado pela mesa no sentido horário, e, como a mãe se servia depois dele, o rapaz não gostava de pegar muito. Ao girar o pão e a gordura doce, os sons da família se desvaneceram. Se olhasse para o prato por tempo suficiente, deixaria de ouvi-los.

Guy sabia que estava certo sobre Stuart Hobkirk. E mostraria isso para todos.

CAPÍTULO TRINTA

— Lou-Lou! Onde está? Preciso de você *agora*!

Louisa ouviu Nancy gritando em cada degrau ao subir correndo para a ala das crianças, até encontrá-la na despensa, dobrando fronhas com toda a calma, sem desejar ser descoberta.

— Procurei você pela casa toda!

Louisa saiu de seu devaneio.

— Desculpe. O que houve?

Nancy parou diante dela, seus olhos verdes como faroletes.

— É hoje. Ele vem hoje. Achei que seria amanhã, mas não, é hoje. Mamãe acabou de lembrar papai, e eu não estou pronta. Queria usar meu vestido azul, e acho que não foi passado...

O clã Mitford havia voltado à mansão Asthall, e Louisa não imaginara que ficaria tão aliviada até avistar a casa. Aquele podia ser seu local de trabalho, mas também começava a parecer um lar. Ela se sentia mais tranquila por saber que a mãe seguia em frente, como sempre fizera, e que Stephen não poderia encontrá-la ali — uma sensação nova e agradável.

A beleza da paisagem das Cotswolds em junho continuava a deixá-la admirada. Depois da explosão de cores e aromas em maio, intoxicante com suas flores e o canto constante dos pássaros, os dias lentos e longos de junho, com as abelhas mergulhando nas rosas, a faziam sentir como se pudesse se deitar na grama e desaparecer, como Alice no País das Maravilhas.

Naquele dia, lady Redesdale, na condição de fundadora e presidente do Instituto das Mulheres de Asthall & Swinbrook, oferecia um dos frequentes almoços do comitê, uma ocorrência que ninguém achava digna de comentar — exceto a Sra. Stobie, que se queixava em voz alta, dizendo que aquelas mulheres podiam falar o quanto quisessem sobre obras de caridade, mas que era ela que precisava de ajuda, fazendo todas as horas extras do mundo para ganhar uma ninharia.

— Louisa! — Nancy sacudiu suas saias, emburrada.

— Desculpe — disse ela, largando as fronhas. — A que horas ele chega?

— Hooper irá buscá-lo na estação ao meio-dia. Acha que eu devia ir encontrá-lo também? Ou é melhor esperar aqui? Não quero que papai perceba. Quer dizer, é a mim que ele quer ver.

— Não temos certeza disso.

— Mas ele escreveu para papai depois do baile. Não entendo por que outro motivo viria até aqui.

— Uma coisa de cada vez — disse Louisa. — Não acho que você deveria ir buscá-lo na estação.

— Talvez ele me ache metida se eu não estiver lá — replicou a garota.

Louisa quase conseguia sentir o calor crescendo dentro da pupila como a massa de bolo da Sra. Stobie.

— Milorde não permitirá isso — disse ela com convicção.

Nos últimos meses, o feitio do patrão havia se tornado muito claro para ela.

— Não — resmungou Nancy —, imagino que não permitiria mesmo. É bem capaz de papai não deixar nem que eu me sente ao lado dele no almoço. Mas se soubesse que nós dois nos conhecemos no baile, então...

Louisa a interrompeu:

— Você não pode contar ao seu pai sobre o baile. Seria uma péssima ideia. A única coisa que precisamos garantir é que o Sr. Lucknor não mencione o baile nem que a conheceu lá. Talvez você possa esperá-lo na porta para pedir que seja discreto.

— Mas mamãe estará lá também, e provavelmente todos os outros chatos — disse Nancy, desanimada.

— Certo. Nesse caso, eu pedirei permissão para ir à estação com Hooper. Direi que preciso parar no vilarejo para comprar alguma coisa, óleo de rícino ou coisa parecida — sugeriu Louisa. — E vou pegar o vestido azul; posso passá-lo para você agora.

— Ah, obrigada — agradeceu-lhe Nancy. — Não sei o que faria sem você, minha cara.

Quando Louisa e Hooper chegaram à estação, pouco antes do meio--dia, com ele mascando tabaco em silêncio enquanto puxava as rédeas da charrete, a jovem viu a nuvem de fumaça à distância anunciando a chegada do trem e de seu passageiro ansiosamente aguardado, Roland Lucknor.

Louisa seguiu pela plataforma enquanto o trem se aproximava, as portas se abrindo antes que ele tivesse parado por completo. A jovem observou os passageiros descerem e se lembrou de quando ela chegara à estação, apenas cinco meses antes, maltrapilha e assustada, mas esperançosa. Quando viu Roland, pensou ter tido um vislumbre dos mesmos sentimentos. Ele era um homem bonito, com ombros largos, mas, embora seus sapatos marrons brilhassem com o lustro, seu terno parecia um número maior que seu corpo forte.

Louisa acenou, e ele se aproximou.

— Olá, Sr. Lucknor — disse ela. — Vim buscá-lo, aproveitando que precisava comprar umas coisas no vilarejo. Está um dia tão bonito. Lorde Redesdale mandou o cavalo e a charrete. Infelizmente, com o racionamento da gasolina depois da guerra, eles preferem não usar o carro com frequência. De qualquer modo, será uma viagem rápida.

— Obrigado — agradeceu-lhe Roland. — Foi muito gentil da parte deles mandar alguém para me buscar.

Louisa sorriu e se virou, indicando que ele devia segui-la. Na charrete, ela se sentou no banco de trás, voltado para a estrada atrás deles, deixando Roland se acomodar ao lado de Hooper, que cumprimentou o novo passageiro com um grunhido apenas. Com Hooper ali, a informalidade descontraída que os dois experimentaram naquela longa caminhada noturna por Londres desapareceu.

Hooper deu um puxão nas rédeas, e eles partiram em um trote ligeiro por Shipton-under-Wychwood, a pedra clara das casas de Cotswolds mostrando-se mais bonita sob o sol de junho. Jardineiros podiam ser vistos do outro lado de muros baixos, dando os toques finais aos arranjos que eram o auge do trabalho de um ano inteiro; garotas em vestidos brancos bordados caminhavam pelo vilarejo de mãos dadas, admirando umas às outras; e mães descansavam após cozinhar o almoço de domingo, os rostos vermelhos com seus aventais floridos, paradas no frescor da soleira de suas portas, acenando para as vizinhas.

Quando chegaram à estrada mais larga que os levaria à mansão Asthall, com sua explosão de flores brancas, densamente agrupadas ao longo das margens, e nenhum som além dos cascos do cavalo, Louisa virou-se e tocou no ombro Roland.

— Desculpe, Sr. Lucknor, preciso lhe dizer uma coisa.

Alerta, ele a encarou com preocupação. Seus olhos, mais escuros do que nunca, brilhavam ao sol.

— O que houve? — perguntou.

Inclinando-se para ter certeza de que Hooper não estaria escutando, Louisa sussurrou:

— Bem, quando o senhor conheceu a Srta. Mitford e eu...

— Sim?

— Nós não devíamos estar naquele baile. Lorde e lady Redesdale não sabem que nós fomos.

— Compreendo — disse Roland com um olhar cheio de censura, mas não era velho o bastante para parecer convincente.

Louisa não tinha medo dele.

— Então, talvez, quando o senhor se encontrar com a Srta. Mitford hoje, poderia... — Louisa olhou de novo para Hooper, mas ele mascava lentamente seu tabaco, encarando o cavalo. — Talvez o senhor pudesse fingir que vocês nunca se viram antes. A questão é que, se o senhor disser que conheceu a Srta. Mitford em Londres, ela ficará extremamente encrencada, e eu provavelmente perderei meu emprego. Por favor, senhor. Eu sei que estou pedindo muito.

Roland fitou Louisa nos olhos. Então, de repente, sorriu e disse:

— Claro. Não precisa se preocupar.

O oficial se virou para a frente, e os dois não se falaram pelo resto da viagem.

CAPÍTULO TRINTA E UM

Quando a charrete se aproximou do imenso carvalho na entrada do terreno, Louisa viu Nancy caminhando ao longo da trilha do jardim, claramente tentando parecer indiferente, curvando-se para cheirar as rosas recém-brotadas, algo que nunca fizera antes. Era engraçado observar os sinais de paixonite aparentes em Nancy: os cabelos escovados várias vezes, arrumados contra sua vontade, e uma pincelada de rubor entre as clavículas.

Roland não pareceu notá-la, preferindo olhar para lorde Redesdale, que estava parado diante da porta da mansão, apoiando uma arma no braço e gritando para o visitante:

— Olá! Desculpe pela arma. Esses malditos coelhos, sabe como é. Como foi a viagem de trem? Muito bom, muito bom. — A última parte foi dita sem esperar por uma resposta.

Pamela estava ao lado do pai, observando o convidado. Ela parecia plácida e desgrenhada, como de costume, sempre ligeiramente afastada das irmãs, embora não exibisse um pingo de antipatia. Não fosse por Nancy, Pamela certamente seria a favorita de Louisa. Ela reprimiu o pensamento: a babá lhe dizia com frequência que não havia favoritos quando se tratava de crianças.

Louisa viu lorde Redesdale gesticular para Nancy, que tentara colher uma rosa chá e fizera as pétalas se espalharem a seus pés, deixando-a com um caule que não conseguia quebrar sem dar um puxão. Não era exatamente a imagem de elegância veranil que ela desejava evocar.

— Aquela é minha filha mais velha, Nancy — disse ele, distraído.

A garota tentou se virar e acenar, mas estava no meio do puxão e não conseguiu. Lorde Redesdale a observou brevemente antes de pigarrear.

— Entre, entre. Temos um tempinho para um drinque antes do almoço. Doze minutos. Bloody Mary? Muito bom, muito bom.

Nancy foi para cima de Louisa, agarrando seus braços.

— Você disse alguma coisa? Ele nem olhou para mim.

— Sim. Acho que ele não irá nos entregar. Preciso voltar à ala das crianças. Tente ficar calma — aconselhou Louisa, preocupada com a reação da garota. Não era comum ela agir daquela forma.

— Vou tentar, mas acontece que... Você viu como ele é bonito? Parece um pianista francês. Aqueles olhos tristes, e os dedos longos e delicados.

Louisa riu antes de forçar uma expressão séria.

— Acho que a babá diria que você anda lendo romances demais. — Nancy suspirou. — Você precisa se acalmar, de verdade. Se eles descobrirem sobre o baile...

— Não vão descobrir, não se preocupe. É melhor eu ir. Falo com você depois do almoço, para contar como foi — disse a garota.

Ela saiu correndo até a casa, mas, de repente, se deu conta do que estava fazendo e parou, ajeitando a saia e os cabelos exatamente como a mãe, antes de voltar a caminhar, agora devagar, o queixo erguido, seguindo para a sala de estar. Louisa entrou na casa pela porta da cozinha, aos fundos, e encontrou a Sra. Stobie toda agitada.

— Aquela imprestável da Ada está de cama, toda catarrenta de um resfriado — reclamou a mulher. — A Sra. Windsor lavou as mãos, o que é típico de Sua Alteza, mas eu fiz sopa como prato de entrada, e milady vai ter um chilique quando vir...

— Por quê?

— Ora, e eu lá sei? — zombou a Sra. Stobie. — Aparentemente, não se serve sopa no almoço, embora eu não entenda por quê. E é uma *vichyssoise*, de qualquer maneira... gostosa e fria em um dia como o de hoje.

— Posso ajudar? — ofereceu Louisa.

— Seria uma mão na roda, admito, mas é melhor perguntar para a babá antes. Não quero que ela me encha o saco, já basta a Sra. Windsor.

E, assim, para a surpresa de todos, Louisa foi servir a *vichyssoise* na sala de jantar, enquanto a Sra. Windsor vertia o Sancerre nas taças. Lady Redesdale ergueu uma sobrancelha, mas não fez nenhum comentário. De qualquer modo, ela estava claramente absorta pelo convidado, sentado à sua esquerda.

— Diga-me, Sr. Lucknor — começou ela —, o que tem feito desde a guerra?

Roland tomou um gole de vinho e pigarreou antes de responder:

— Para dizer a verdade, lady Redesdale, tem sido complicado. Não faz muito tempo que saí. Só fui dispensado no final do ano passado. Mas houve uma ou duas empreitadas comerciais...

— Não confunda minha cabeça com essas coisas — disse a dama, secamente.

Observando do outro lado da mesa, Nancy fez uma expressão sofrida diante da indelicadeza da mãe. Ela olhou esperançosa para a Sra. Windsor quando a governanta se aproximou com o vinho, mas recebeu apenas um não com a cabeça. A garota estava condenada a permanecer uma criança à mesa de jantar.

— O que eu quero saber — continuou lady Redesdale, mais branda desta vez — é sobre seus interesses.

— Além de negócios, política, acho — respondeu Roland com cuidado.

— São tempos interessantes para nós, não? Uma nova década, o fim da guerra...

Um homem com um rosto jovem, mas com os cabelos grisalhos severamente partidos ao meio emergiu a cabeça do prato de sopa e disse com entusiasmo:

— É animador ouvir isso. Lady Redesdale terá a bondade de ser anfitriã do evento beneficente para angariar fundos para o Partido Conservador nesse verão. Sou o aspirante a candidato.

Ele assentiu com a cabeça para si mesmo, como se para garantir a verdade do que acabara de dizer, e enfiou a ponta da gravata na camisa antes de erguer a colher de sopa.

— Aspirante? — rugiu lorde Redesdale da outra extremidade da mesa. — Se não é uma cadeira garantida, então eu me chamo Lloyd George!

A Sra. Goad, uma partidária conhecida do comitê do Instituto das Mulheres, engasgou com sua taça de vinho, fazendo lorde Redesdale rir ainda mais. Ele foi silenciado por um olhar ríspido da esposa. Era nítido para Louisa que Nancy se sentia um tanto intimidada com a situação. Nenhuma de suas irmãs estava no almoço, e ela só conseguira assegurar um lugar à mesa ao prometer que ajudaria no evento beneficente, mas sabia que o menor passo em falso significaria uma expulsão instantânea.

Ignorando o tumulto, lady Redesdale voltou a Roland, que havia começado a comer. Louisa remexeu as conchas e os pratos de sopa sobre o aparador — tinha de se certificar de que ele não diria nada que entregasse seu segredo.

— Concordo — disse lady Redesdale, como se nada houvesse acontecido. — São tempos interessantes, realmente. O senhor espera ingressar na política?

— Eu não me negaria, lady Redesdale. Mas, às vezes, me pergunto se não seria melhor praticar o bem no dia a dia, por assim dizer.

Lady Redesdale mostrou-se empática aos modos modestos e à beleza do jovem — algo que ninguém podia negar.

— Sim, o senhor está certíssimo. Nem todos podem se envolver no comando do país.

Ela deu uma risada sonora, e lorde Redesdale ergueu o olhar na direção dela da outra extremidade da mesa, desconcertado.

Louisa não podia demorar-se mais; a Sra. Windsor lhe lançava olhares estranhos. Então voltou para a cozinha, onde a Sra. Stobie se ocupava do rosbife, que com certeza assaria demais antes que as batatas estivessem prontas. Enquanto as duas embrulhavam a carne em uma toalha quadrada de linho para repousar, Louisa alternava o peso de um pé para o outro, fazendo a Sra. Stobie perguntar, irritada, se ela precisava ir ao banheiro.

De volta à sala de jantar, ao retirar os pratos de sopa e servir as fatias trinchadas de rosbife com batatas gratinadas e cenouras na manteiga, Louisa ouvia a conversa fluindo com facilidade. Roland claramente aperfeiçoara a arte de arrancar risadinhas de lady Redesdale, um som que ninguém na mansão Asthall se lembrava de ter ouvido algum dia.

A Sra. Goad devorava todos os pratos, aceitando repetir as porções sem hesitar e pouco falando até que as framboesas ao creme foram colocadas diante de si, quando emitiu um chiado feliz e disse:

— A senhora sabe oferecer bons almoços, lady Redesdale.

Lady Redesdale estivera tão envolvida no preparo do almoço quanto na manutenção do telhado, mas, mesmo assim, ficou feliz com o elogio.

Após a sobremesa, ela se levantou, sendo seguida por Nancy e a Sra. Goad, e disse:

— Preciso que o Sr. Coulson nos acompanhe para o café na sala de estar. Estritamente falando, hoje é uma reunião do comitê. Por favor, me perdoe, Sr. Lucknor, espero que possamos vê-lo de novo em breve.

Roland se levantou e assentiu com a cabeça.

— Certamente, lady Redesdale. Foi um prazer.

Sorrindo, o Sr. Coulson tirou a ponta da gravata de dentro da camisa e deu um pequeno aceno de cabeça para lorde Redesdale e Roland antes de acompanhar as mulheres.

— Não tem jeito, meu velho. Vamos ao meu escritório? Podemos discutir essa sua proposta de negócios. Estou bastante interessado...

Cerca de uma hora depois, rumo a um passeio pelo jardim, Louisa caminhava pelo corredor segurando firme a mão de Decca, com Unity seguindo-as com ar emburrado, arrastando os pés, quando viu Nancy com uma das orelhas colada à porta do escritório do pai, completamente imóvel. Antes que Louisa pudesse falar qualquer coisa, a garota levou um dedo aos lábios. Então se empertigou e se aproximou.

— Estou escutando há um tempão — sussurrou ela. — Fico esperando ouvir meu nome, mas nada, absolutamente nada. Ah, Lou. Será que ele não sente o mesmo que eu? Isso está me consumindo!

Ela fingiu apertar a própria garganta, mas seu tom era de brincadeira.

Louisa tentou fazer cara feia, mas não conseguiu. Nancy a fazia rir mais do que ninguém.

— Nenhuma menção ao baile então?

— Não, eles estão falando da guerra e de golfe, pelo que pude escutar. Uma chatice só.

— Tem certeza?

Louisa sabia que não devia perguntar isso. O que acontecia do outro lado daquela porta lhe interessava tanto quanto o que escutaria se se sentasse debaixo da cadeira do primeiro-ministro, mas não conseguiu resistir.

— Sim, acho que sim. Mas estava difícil ouvir. Eles falam muito baixo.

— Bem, não importa o que eles estejam discutindo, não é da nossa conta. Saia da porta.

— Sim, sim, vou sair — disse Nancy. — Eu só queria...

A garota se assustou com o barulho da maçaneta girando e teria pulado nos braços de Louisa se Decca não estivesse ali, ainda segurando a mão dela. Unity se colou à parede ao ouvir a porta à prova de crianças do pai se abrir. Roland se despedia de lorde Redesdale, que lhe pediu que saísse por conta própria. Louisa sabia que o próximo som que ouviriam seria o gramofone tocando um disco e leves roncos entre uma canção e outra.

Paralisadas pelo aparecimento de Roland, Louisa e Nancy nada disseram, mas, felizmente, ele quebrou o silêncio.

— Srta. Mitford, eu esperava vê-la de novo.

— Ah — disse Nancy em um tom imponente. — É mesmo?

— Vejo que está levando as pequeninas para uma caminhada — observou ele enquanto Unity espigava a cabeça por trás de Louisa, exibindo um chapéu de sol de algodão branco enviesado. — Será que posso me juntar a vocês? Minha carona até a estação é só daqui a meia hora.

Louisa falou por Nancy:

— Sim, seria ótimo, senhor. Só vamos dar uma volta no jardim.

Enquanto o grupo atravessava o mormaço da tarde, Louisa ouviu Roland dizer a Nancy:

— Srta. Mitford, é possível que eu já a tenha visto em outro lugar antes?

E Nancy ergueu uma sobrancelha em resposta.

CAPÍTULO TRINTA E DOIS

Louisa recebeu uma carta de Guy perguntando se ela gostaria de acompanhá-lo em uma viagem à Cornualha.

— "Preciso cumprir uma tarefa policial na região" — leu ela em voz alta.

Nancy andava desabafando seus poéticos sentimentos sobre Roland, e algo naquele sol quente encorajou Louisa a fazer o mesmo em relação a Guy. Parecia bastante inofensivo enquanto as duas estavam sentadas ali, no gramado, com Debo deitada em um tapete ao lado delas, a babá Blor tricotando um pequeno cardigã amarelo-limão no banco sob a árvore.

— Tarefa policial? — perguntou Nancy. — O caso de Florence Shore? Você é uma sortuda.

— Não seja boba — disse Louisa, já se sentindo constrangida por ter lido a carta em voz alta. — Ele continua: "Eu pretendo ir durante minha semana de folga no final desse mês. Há um trem de Paddington para St. Ives, onde minha tia tem uma pequena pensão. Queria saber se a senhorita me acompanharia. O local é muito bonito, e é interessante ver os pescadores chegarem com sua pescaria."

— Onde a tia tem uma pequena pensão — comentou Nancy. — Quer dizer que você não vai precisar pagar? Parece um programa terrivelmente atrevido, na minha opinião.

— Guy jamais seria atrevido — disse Louisa, tentando parecer indignada, mas sem conseguir. — Além do mais, sou uma mulher independente agora. Quem vai me dizer se posso ou não ir à Cornualha com um homem?

— É verdade — concordou Nancy. — Estou com ciúme, é só isso. Veja meus olhos, estão mais verdes do que nunca!

A garota piscou para Louisa maliciosamente e riu. De certa forma, aquele verão seria seu último como criança; ela lhe contara que se sentia chegando mais perto da adulta que ansiava por ser.

— Mas acho que não quero ir — revelou Louisa, triste, estendendo os braços para pegar Debo, que tentava rolar para ficar de barriga para baixo, sem muito sucesso. Ela apoiou a bebê em seu corpo e afagou a cabeça macia com delicadeza. — Não é como se a gente se conhecesse. Não de verdade.

— Ele conhece o necessário para saber que gosta de você — disse Nancy.

— Bem, isso não é suficiente — replicou Louisa, em um tom que esperava incentivar a garota a mudar de assunto.

Embora ela gostasse de Guy, a ideia de passar tempo com um policial era impossível. Em seu mundo, os policiais eram inimigos, e ela já passara por um ou dois incidentes com eles que a deixaram com medo e envergonhada. E não tinha como garantir que nenhum dos colegas de Guy iria reconhecê-la.

Não. Não daria certo.

Nancy, porém, não havia registrado o desconforto de Louisa e continuava tagarelando:

— Quer dizer, nós estamos ajudando com o caso Shore, não estamos? E, por falar nisso, quanto mais penso na história, mais certeza tenho de que foi o tal primo, o artista. Ele precisava do dinheiro, não é? Estou lhe dizendo, o problema sempre é o dinheiro.

— E quanto ao irmão? Ele herdou dinheiro também, e ficou zangado porque o primo recebeu muito mais — destacou Louisa.

— Offley estava nos Estados Unidos; deve ter sido Stuart — disse Nancy, que raramente mudava de ideia.

197

— E se o irmão tivesse pedido a alguém que cometesse o crime por ele? — sugeriu Louisa. Nancy descartou a hipótese como absurda. — Pois bem, seja como for, nós não sabemos — resumiu Louisa, e ficou de pé. — Vou levar Debo para dentro; preciso trocar a fralda dela.

Louisa escreveu para Guy e disse que não viajaria para a Cornualha. Sentiu uma pontada de arrependimento ao fazer isso, mas sabia que era a coisa certa. Não demorou para que chegasse uma resposta desanimada. Guy também não sabia mais se iria, e escreveu:

> É difícil avaliar se vale a pena continuar com o caso. Investigo como posso, mas meu chefe parou de me liberar de meus deveres para checar novas pistas — não que tenham aparecido muitas dignas de nota. Se ele ficasse sabendo que fui à Cornualha, encheria meus ouvidos. Tudo que sabemos é que um homem de terno marrom pegou um trem em Victoria e provavelmente desceu em Lewes. Conversei recentemente com o guarda do trem, e a descrição dele do homem que desembarcou em Lewes não corresponde à da amiga da Srta. Shore — talvez nem fosse o mesmo sujeito.
>
> Nenhuma arma foi encontrada, e esse é o maior problema. O Dr. Spilsbury diz que ela foi agredida com um instrumento grande e duro, que poderia ser a coronha de um revólver ou o cabo de um guarda-chuva. E quanto à identidade do homem de terno marrom — presumindo que fosse um conhecido da falecida, como acreditamos —, os únicos suspeitos em que consigo pensar são Stuart Hobkirk, o primo dela, com base no fato de que ele herdaria algum dinheiro (e seu álibi é fraco), e o irmão da vítima, Offley Shore, que contestou o testamento. Mas ele mora na Califórnia e nem estava na Inglaterra na ocasião. Não é o suficiente.

Louisa imaginou o rosto gentil de Guy debruçado atentamente sobre a carta, franzindo ligeiramente a testa enquanto reunia coragem para lhe relatar sua decepção e frustração.

De repente, ela se lembrou de algo que Nancy dissera quando estavam no trem a caminho da casa de Rosa: as portas não se abriam pelo lado de dentro. Para sair do trem, a pessoa tinha de abrir a janela e se debruçar nela para girar a maçaneta pelo lado de fora. O guarda do trem vira um homem desembarcar em Lewes, mas não houvera menção de que ele voltara para fechar a janela. E, no entanto, os ferroviários disseram que, quando embarcaram na parada seguinte, as duas janelas estavam fechadas.

O que isso significava ela não sabia. Sua única certeza era que não gostava de ver Guy triste, e queria fazer alguma coisa para ajudar.

À noite, quando as pequenas já estavam deitadas, Louisa e a babá Blor jantavam juntas na sala de estar da ala das crianças — chocolate quente e fatias de pão, cobertas por uma camada espessa de manteiga salgada.

— A senhora chegou a conhecer Florence Shore? — perguntou Louisa no silêncio, enquanto tomavam sua bebida quente.

— Meu Deus do céu, querida. Por que está pensando na coitada da Srta. Shore de novo? — quis saber a babá, colocando a xícara em cima da mesa e procurando uma colher no bolso do avental.

Todo tipo de coisa parecia emergir de seus bolsos fundos. Certa vez, Louisa a vira tirar deles uma dentadura, ao que a babá simplesmente dissera "Ah, que útil", antes de guardá-la de volta. A mulher nunca usava dentadura.

— Não sei — mentiu Louisa —, simplesmente me veio à cabeça. A senhora chegou a conhecê-la?

— Não — respondeu a babá. — Ela era amiga de Rosa, e nossas visitas nunca coincidiram. Mas fazia anos que Rosa me contava histórias a respeito dela, desde que se conheceram na escola de enfermagem. O sobrenome dela, você sabe, Nightingale, atraiu muita curiosidade a princípio.

— E como era ela? — perguntou Louisa, se sentando em cima das pernas dobradas na poltrona, como se estivesse se acomodando para ouvir uma história antes de dormir.

— Ah, não sei se sou capaz de responder a essa pergunta — disse a babá, quase chorosa, mas ela acabou tossindo. — Acho que era como a maioria de suas colegas, as enfermeiras de guerra, quero dizer. Não são mulheres muito faladeiras; apenas fazem seu trabalho. Mas Rosa gostava muito dela. Acho que era uma pessoa leal e amigável. Muito reservada.

— Ela nunca se casou?

— Ah, não, era casada com o trabalho. Havia um homem. Bom, eu acho. Um primo, um artista. Mas, por alguma razão, a coisa não foi adiante. Além do mais, ela era muito ligada à amiga Mabel. Talvez Flo temesse deixá-la sozinha se fosse morar com um marido. Pobre Mabel, deve estar arrasada com a morte dela.

— Então o que ela fazia quando não estava trabalhando?

— Você devia tomar cuidado. Esqueceu o que a curiosidade fez com o gato? — rebateu a babá com rispidez, mas Louisa sabia que ela gostava de um mexerico; só estava se fazendo de difícil. — Ela viajava para visitar as amigas; sempre foi muito popular. E tinha bastante dinheiro; vinha de uma boa família e havia herdado muito também; acho que sempre foi capaz de cuidar de si mesma.

— Até o fim — falou Louisa.

— Sim — concordou a babá —, até o fim. Quem sabe o que aconteceu? Parece um final muito cruel para uma vida dedicada a cuidar dos outros. Ela terá sua recompensa no céu, imagino. Mas não haverá recompensa para mim se eu continuar com esse falatório até altas horas. Vou para a terra dos sonhos. Você pode apagar as luzes?

— Claro — disse Louisa. — Boa noite, babá.

— Boa noite, menina.

CAPÍTULO TRINTA E TRÊS

Poucos dias depois, Nancy, muito timidamente, puxou uma carta do bolso para mostrar a Louisa.

— Ele escreveu para mim — contou ela com uma expressão triunfal.

E havia escrito mesmo. Roland — que assinava como "seu obediente servo, Roland Lucknor" — escrevera uma breve carta a Nancy, agradecendo-lhe o "agradabilíssimo" passeio pelo jardim e fazendo votos de que pudessem se encontrar de novo em Londres. Ele sabia que não deviam tocar no assunto, mas estava feliz por terem se conhecido no baile, uma vez que isso o ajudara a encontrar lorde Redesdale. *Os soldados que estiveram em Ypres acham difícil falar sobre aqueles anos*, escrevera ele, *por isso é muito significante encontrar alguém que os entenda, ainda que as memórias compartilhadas não sejam discutidas.*

— Ele é um poeta, não é? — comentou Nancy, dramaticamente pressionando o papel sobre o peito com as duas mãos. — Ora, por que você está com essa cara? Não seja estraga-prazeres.

Louisa havia parado de costurar e estava imóvel. A luz do sol banhava o vestido de bebê de listras verdes e brancas que cobria seu colo.

— Quero ficar feliz por você — disse ela. — Mas acho que deveria tomar cuidado. Ele é muito mais velho. Você ainda é uma garota.

— Catarina de Aragão tinha 16 anos quando se casou com o príncipe Artur — rebateu Nancy, desafiadora.

— Não creio que esse argumento funcione com lorde Redesdale — argumentou Louisa. — E, além do mais, me parece muito cedo para estarmos falando sobre casamento.

— Por que você precisa ser tão desconfiada? Ele não fez nada errado. Só está sendo galanteador.

— Talvez seja por isso que estou desconfiada — disse Louisa, e ergueu a mão que segurava a agulha para mostrar que pretendia continuar com o trabalho.

— Então você admite — observou Nancy. — Pois bem, vou provar que está errada. E vou escrever para ele agora, sugerindo que nos encontremos em Londres. Você não pode me impedir de fazer isso.

— Você vai encontrar com quem em Londres?

Louisa se levantou imediatamente, e Nancy se virou, surpresa ao ver lady Redesdale à soleira da porta.

— Subi para ver Debo — disse ela. — Com quem você está planejando se encontrar, Koko?

Nancy se aprumou.

— Marjorie Murray — respondeu a garota. — Ela me convidou para ir à Exposição de Verão.

— Acho difícil que você vá a Londres desacompanhada — disse a mãe em um tom severo. — Essa carta é dela? Posso vê-la, por favor?

— Mamãe! A carta é minha.

— Estou ciente disso. Passe-a para mim, por favor.

Louisa congelou, incapaz de dizer qualquer coisa. Ela sabia o que aquilo significava quando viu Nancy entregar a carta à mãe em câmera lenta. E pensou: deve ser assim que as pessoas que se afogam se sentem. Guy surgiu brevemente em seus pensamentos, assim como a carta que pretendia escrever para ele, desaparecendo com a mesma rapidez. A única coisa que permaneceu foi a cena que se desdobrava diante de si.

Lady Redesdale começou pela assinatura no final.

— Por que o Sr. Lucknor está escrevendo para você?

Nancy respondeu olhando para o tapete persa. Parecia estar focada em uma mancha de suco de amora que se misturava à estampa.

— Não sei.

Lady Redesdale virou o papel e leu a carta desde o começo.

— Como assim ele lamenta que você e a Srta. Cannon tenham deixado o baile tão de repente? Que baile? Louisa, você trate de se explicar também.

— Milady, lamento muito...

— Mamãe, por favor, não culpe Lou-Lou; não foi culpa dela, eu a obriguei a ir comigo — interrompeu-a Nancy, olhando diretamente para a mãe agora, praticamente de joelhos, as mãos unidas em súplica.

— Ir *aonde*?

— A um baile. Nós fomos a um baile. Eu obriguei Louisa a vir comigo como minha dama de companhia.

— Quando foi que isso aconteceu?

A cara que lady Redesdale assumiu naquele minuto fez Louisa compreender pela primeira vez a expressão "cuspir fogo".

— Foi na noite em que dissemos que jantaríamos com Marjorie Murray e com a madrinha dela. Elas estavam lá, e foi no Savoy, mas era um baile. Mamãe, não fique irritada. Lou-Lou foi comigo; eu não estava sozinha. — Os olhos de Nancy se arregalavam, se enchendo de lágrimas. — Por favor, não conte ao papai.

— Nós vamos contar ao seu pai agora mesmo — disse lady Redesdale, sua voz tão glacial que poderia cancelar o verão. — Quanto a você, Louisa, nós iremos ter uma conversa. Sugiro que vá falar com a babá Blor para explicar exatamente o que você fez. Estou muito decepcionada. — Ela soltou um suspiro cansado. — Muito decepcionada mesmo.

A patroa girou nos calcanhares e desceu as escadas, Nancy seguindo-a de perto, então ela olhou para Louisa e articulou "Desculpe" com a boca, sem emitir som.

Tremendo, Louisa foi procurar a babá Blor, que certamente estaria com Decca e Unity, convencendo-as a botarem os chapéus de sol antes de irem ao jardim.

— Ah, aí está você! — disse ela. — Pode me ajudar, querida? Não consigo me abaixar o suficiente para amarrar os chapéus das pequeninas, e elas não sossegam. Decca, meu bem, fique quieta.

— Não quero botar isso! — guinchou Decca. — Fica ridículo!

— Ninguém vai ver, querida — disse a babá enquanto apoiava uma das mãos na lombar e soltava um "ai".

Louisa se abaixou, amarrando rapidamente os chapéus nas crianças antes de dizer:

— Lamento muito, babá Blor, mas acho que vou ser mandada embora.

Ela cerrou o maxilar e apertou a língua contra o céu da boca, tentando engolir o choro.

— Por quê? — perguntou a babá, sua confusão nítida em cada traço do rosto.

Talvez décadas de leitura de livros infantis cheios de imagens tenham resumido as emoções da mulher a um nível caricato. Se ela sentia alguma coisa, ficava visível.

— Eu fui com Nan... com a dona Nancy a um baile em Londres, sem ter permissão.

— Sem ter permissão...

A babá parecia estupefata. A ideia de fazer algo explicitamente proibido por seus patrões era tão absurda para ela quanto um homem pisar na Lua. As leis naturais simplesmente não permitiam.

— Milady descobriu e levou dona Nancy para conversar com o pai. E mandou que eu viesse contar à senhora o que aconteceu. Ah, babá, eu sinto tanto.

Se ela sentia que estava se afogando antes, agora tinha chegado ao fundo do mar.

— Minha querida, realmente não sei o que dizer. Puxa vida, puxa vida. Espero que não a mandem embora. Nem imagino o que eu faria sem você. E a ideia de ter que treinar outra pessoa... — A mulher puxou uma cadeira e desabou sobre ela, o rosto murchando como uma bola furada. — Mas você não devia ter feito uma coisa dessas. No que estava pensando?

— Dona Nancy me pediu. A amiga dela Marjorie Murray ia ao baile, e ela queria ir também. Ela sabia que lorde Redesdale jamais lhe daria permissão, mas disse que iria mesmo assim. Pensamos que, se eu fosse junto, seria menos grave. Agora sei que não foi. E foi uma noite terrível, de qualquer maneira.

— Por que foi terrível? Será que eu quero mesmo saber? — A babá havia começado a se recuperar.

— Bem... eu encontrei alguém que não queria encontrar, e tivemos que sair correndo de lá — respondeu Louisa, tropeçando nas palavras. — Por favor, não deixe que me mandem embora. Não posso voltar para casa.

A babá a encarou com pena.

— Também já me senti assim — revelou ela. — Na minha época, conheci muitas moças que tinham esperança de melhorar de vida com um emprego de serviçal. Sei bem como é. Eu mesma tomei essa decisão, muitos anos antes. Vou ver o que consigo fazer, embora não possa prometer nada. Lorde Redesdale é muito rigoroso quando se trata das filhas. Mas venha cá, fique calma.

Louisa jogou-se nos braços da babá, aceitando seu abraço, inalando seu aroma reconfortante de pera. Então engoliu o choro e se levantou, envergonhada, sentindo que Decca puxava sua saia. Unity ainda estava em cima do tapete, observando-as, de chapéu na cabeça, mas com o laço desatado.

Os dias que se seguiram foram de agonia para todos na mansão. Lorde Redesdale berrava com os cachorros por se deitarem em lugares que não deviam, com Ada, por entrar na sala de jantar no minuto errado e, durante um tempo excessivo, com uma agulha emperrada em seu gramofone. Nancy, com quem as irmãs foram instruídas a não falar, era completamente ignorada pelos pais — "Mandada para o exílio", como ela dizia, um castigo muito pior do que um fluxo constante de fúria.

Louisa fazia seu trabalho na ala das crianças cheia de dedos, sem coragem de descer, então era a babá quem levava as crianças à sala de estar para tomar chá, bufando na subida de volta.

205

No fim das contas, após três dias de tortura, lady Redesdale convocou Louisa e Nancy ao salão matutino depois do café da manhã. As duas jovens pararam diante dela, sentada à sua escrivaninha.

— Louisa, lorde Redesdale e eu decidimos que, embora se trate de um grave erro de conduta — ela lhe lançou um olhar severo ao falar isso —, não temos ilusões quanto aos poderes persuasivos de nossa filha mais velha. E a babá Blor precisa da sua ajuda. Portanto, você pode permanecer aqui, mas estaremos de olho em tudo que fizer a partir de agora.

Louisa assentiu com a cabeça.

— Sim, milady. Eu entendo. Obrigada.

Lady Redesdale se virou para a filha, cujo rosto ostentava um beicinho emburrado.

— Quanto a você, Nancy, eu e seu pai decidimos que será melhor que vá para um internato. Vamos matriculá-la em Hatherop Castle, a uma hora daqui. Esperamos que consigam lhe ensinar o bom comportamento e as boas maneiras necessários para sua vida adulta, já que fracassamos completamente nesse quesito. Faz anos que você pede para ir para a escola. Pois bem, agora terá o que deseja.

— Mas, mamãe, eu...

— Não quero ouvir reclamações. Você vai começar em Hatherop depois do verão — decretou lady Redesdale antes de se virar. — Podem subir agora.

O coração de Louisa estava disparado, ainda se recuperando do nervosismo de encarar lady Redesdale. A jovem estava tão aliviada por saber que não seria mandada de volta para Londres, onde suas únicas opções de vida seriam virar lavadeira ou uma... não, ela não queria sequer *pensar* naquela palavra... Ela estava segura, por enquanto.

Nancy, no entanto, não parecia estar se sentindo nada aliviada. A garota subiu a escada dos fundos reclamando.

— *Eu e seu pai* — imitou ela. — Isso foi tudo obra de mamãe, eu sei! Papai jamais mandaria nenhuma de nós para a escola. "Todas aquelas intelectuais peludas jogando hóquei", é o que ele sempre diz. Isso é coisa de mamãe. Ela não suporta saber que eu finalmente tenho uma amiga em casa, então quer me mandar embora. — Quando as duas chegaram ao patamar, Nancy agarrou os braços de Louisa. — O que vou fazer? Roland não poderá mandar cartas para lá. Você vai ter que escrever para ele por mim, Lou.

— Não posso — recusou-se Louisa. — Você ouviu o que milady disse. Se eu cometer mais um deslize, vou para a rua. Não posso arriscar. Lamento.

— Eu sei — disse Nancy, desistindo imediatamente da ideia ao reconhecer a gravidade das palavras de Louisa. — E eu preciso de você aqui. Então não faremos isso. Ah, ela é tão irritante! É verdade que eu queria ir para a escola, mas só porque era um inferno viver aqui, sem aprender nada, sem ninguém com quem conversar. Mas as coisas mudaram desde que você chegou.

— Você precisa encarar a situação de um jeito positivo — incentivou-a Louisa. Finalmente a calma havia voltado ao seu coração. — Vai passar rápido. E eu estarei aqui. Agora, vamos subir e contar a novidade para a babá. Faz dias que ela anda uma pilha de nervos.

CAPÍTULO TRINTA E QUATRO

A Sra. Windsor irrompeu na ala das crianças, seu rosto tomado de fúria. A babá e Louisa haviam acabado de aprontar as meninas mais novas para descerem à biblioteca, onde tomariam o chá.

— Boa tarde, Sra. Windsor — cumprimentou a babá Blor, ignorando completamente a súbita *froideur* na sala.

A governanta fuzilou Louisa com os olhos.

— Telefone para você — disse ela com o maxilar ainda cerrado. — Um tal de Sr. Sullivan. Que isso não se repita.

E saiu a passos largos.

Louisa corou e desceu as escadas correndo até chegar ao móvel no saguão onde ficava o telefone. Felizmente, a governanta fora descarregar seu mau humor em outro lugar.

— Sr. Sullivan? — sussurrou Louisa.

O aparelho parecia pesado, e ela não tinha certeza se estava funcionando.

— Srta. Cannon — disse Guy, sua voz ecoando um pouco —, peço desculpas por telefonar, mas... bem, achei que valia a pena tentar.

— Tentar o quê? — quis saber Louisa, olhando ao redor para o caso de a Sra. Windsor surgir de repente como uma bruxa de pantomima. Não a surpreenderia nada se a mulher entrasse no aposento por um alçapão, envolta em uma nuvem de fumaça.

— A senhorita lembra que cometei sobre o suspeito, Stuart Hobkirk? Fui ver o quadro dele na Exposição de Verão na Academia Real Inglesa, e parece que existe uma galeria em Londres exibindo algumas outras obras dele. A exposição será aberta daqui a alguns dias. Será que poderia vir comigo?

— Por quê? — perguntou Louisa.

Guy ficou surpreso. Aquela não era a reação que ele esperava.

— Eu não deveria interrogar o sujeito. Se a senhorita estiver lá, talvez minhas intenções não pareçam tão óbvias.

— O senhor poderia colocar a culpa em mim, é isso que quer dizer?

Ela não deveria provocá-lo, mas não conseguiu resistir.

— Não foi isso exatamente que eu quis dizer, mas pode ser. E também... — Ele hesitou, mas apenas por alguns segundos. — Gostaria de vê-la. Sei que não tenho muitas chances, mas precisava perguntar.

Louisa ouviu Guy respirando do outro lado da linha. Então ela se deu conta, não pela primeira vez, de que o telefone era uma invenção extraordinária. Ele estava a *quilômetros* de distância.

— Por acaso, nós passaremos alguns dias em Londres — respondeu ela, esforçando-se para parecer tranquila. — Mas preciso pedir uma folga para a babá Blor.

— Sim, claro. Eu entendo. Mas será que vai conseguir?

Louisa riu.

— Sim, consigo.

— É na próxima quinta-feira, em St. James's. Podíamos nos encontrar na saída da estação de Green Park, às seis horas?

— Vou me esforçar ao máximo para estar lá. Adeus, Sr. Sullivan.

Louisa desligou o telefone e enxugou a mão na saia. Sua palma estava suada, mas ela se convenceu de que era só por causa do calor que fazia no saguão.

A passagem deles por Londres pretendia ser breve, destinada principalmente a comprar coisas de que Nancy precisava para Hatherop Castle. Ela havia sido amansada nas últimas semanas pela ideia de que faria amigas na escola e que teria novos livros à sua disposição na biblioteca. Uma longa lista de itens havia sido formulada para encher seu baú, e Louisa deveria acompanhar a filha mais velha dos Mitford e lorde Redesdale à sua loja favorita em Londres, a Army & Navy, onde encontrariam tudo de que necessitavam.

Na primeira noite, Louisa e Nancy estavam na cozinha, preparando chocolate quente para tomarem na cama, quando ouviram um tumulto em frente a casa. Elas espiaram pelo saguão e viram lorde Redesdale discutindo com um jovem na casa dos 20 anos, com cabelos revoltos e olhos desfocados. Ele estava cambaleante e falava arrastado, com raiva.

— É Bill — disse Nancy.

— Quem é Bill?

— O filho da tia Natty. Aquele que mora na França, embora eu ache que tenha se mudado para cá.

Louisa observou lorde Redesdale tentando empurrar Bill para longe da porta, mas o rapaz resistia, ficando cada vez mais agitado.

— Acho que ele está bêbado — comentou Louisa. — É melhor deixar que eles se entendam.

As duas subiram de fininho as escadas dos fundos para seus quartos, e nada mais foi falado do episódio até alguns meses depois.

CAPÍTULO TRINTA E CINCO

Na quinta-feira seguinte, um tanto nervoso, Guy esperava na frente da estação de Green Park. Fazia calor, e havia um ritmo feliz nos passos dos transeuntes, o verão estava no ar. Era um instinto animal, pensou Guy. Depois de alguns minutos, quando já estava se perguntando se Louisa apareceria e quanto tempo mais teria de esperar, ele viu uma pessoa correndo pela rua, a mão segurando o chapéu na cabeça, a saia drapejando atrás de si. A mulher manteve o ritmo até chegar quase ao seu lado, e ele notou que era Louisa.

— Sr. Sullivan! — ofegou a moça. — Sou eu.

Louisa riu ao perceber os olhos dele semicerrados por trás dos óculos, uma visão simpática e familiar agora.

— Céus, sim, é você mesmo — constatou Guy, e sentiu uma onda de prazer percorrer seu corpo. — Que bom que veio.

— Ah, estavam me devendo algumas horas de folga, então foi fácil — disse ela, mentindo só um pouquinho.

Nancy havia criado um grande caso, querendo vir junto, mas Louisa queria fazer aquilo sozinha.

Os dois seguiram na direção de St. James's, as calçadas tomadas por homens ocupados andando depressa em seus ternos e com seus chapéus, apesar do calor, guarda-chuvas empunhados com a presunção de bengalas com castão de prata. Guy começou a contar para ela sobre a exposição à qual estavam indo.

— É uma mostra de artistas de St. Ives, na Cornualha, e Stuart é um deles. Hoje é a abertura. Ele certamente estará presente.

O rapaz não queria que Louisa achasse que ele a convidara com um falso pretexto.

— Sim — disse a moça. — Espero que esteja certo. Nunca fui a uma abertura antes. Estou elegante o suficiente?

Ela parou no meio da calçada, diante dele, esperando o julgamento.

Guy examinou seus olhos castanhos, sua boca de botão de rosa e a silhueta esbelta em uma blusa de algodão azul, os tornozelos finos e os pés pequenos em sapatos bem-lustrados com saltos que a deixavam apenas uma polegada mais alta. E achou que ela estava perfeita.

— E então? — perguntou Louisa.

Guy nada disse, apenas estendeu o braço para ela. Os dois seguiram juntos pelos últimos cem metros até a festa.

Já havia uma multidão de jovens na galeria, bebendo vinho e conversando alto. Ele aceitou uma taça que um garçom lhe ofereceu, Louisa recusou, e os dois ficaram tentando parecer à vontade naquele ambiente, mas sentiam-se tão deslocados quanto batatas em um vaso de rosas. Ela ficou perplexa ao ver alguns vestidos, que pareciam feitos do papel transparente que as crianças usavam para copiar imagens do livro da arte do Renascimento de lorde Redesdale. Em um canto, havia um homem que parecia estar usando batom.

Depois de dez minutos, Louisa fez um sinal para que Guy aproximasse seu ouvido.

— Não vamos reconhecer o Sr. Hobkirk por mágica — sussurrou ela. — É melhor perguntarmos a alguém onde ele está.

A moça deu uma risadinha, e Guy torceu para não ficar ruborizado.

O policial perguntou pelo artista a um casal ao lado deles, e a mulher, com um vestido preto de chiffon com rosas vermelhas estranhamente estampadas sobre os seios, apontou para o Sr. Hobkirk com sua longa piteira.

Stuart Hobkirk era um homem na casa dos 50 anos, porém parecia mais jovem. Tinha o ar de alguém que passara muitos anos como um artista faminto, embora fosse bem-alimentado agora. Usava os cabelos louros espessos jogados para trás, e o paletó de veludo lhe caía como uma luva. Ele estava fumando, cercado por cinco ou seis sujeitos vestidos de forma semelhante, ostentosos, todos focados em cada palavra que o artista dizia. Guy viu que teria de escolher com cuidado a melhor hora para se aproximar.

Depois de certo tempo, Stuart encerrou sua história e se afastou do grupo de admiradores, procurando um garçom. Guy avançou e interceptou-o assim que trocava sua taça vazia por uma cheia.

— Sr. Hobkirk — disse ele com a mão estendida.

— Sim? — replicou Stuart com o ar de alguém que reunia paciência para ouvir mais elogios sobre sua pessoa.

— Sou o Sr. Sullivan — apresentou-se Guy —, da polícia ferroviária de Londres, Brighton e Costa Sul. Falamos pelo telefone há alguns dias, sobre sua prima Florence Shore.

A expressão de Stuart se tornou irritada.

— Não creio que esse seja o momento nem o lugar ideal para isso.

— Por favor, senhor, só preciso de um minuto do seu tempo. Sei que não é conveniente e peço desculpas, mas é importante conversarmos agora.

Louisa estava parada ali perto e preferiu permanecer em silêncio, porém abriu um sorriso encorajador para o Sr. Hobkirk.

— Pois bem — concordou Stuart, esmagando o cigarro no chão e tomando um gole de vinho. — É melhor nos sentarmos; não consigo ficar em pé por muito tempo, como podem ver.

Guy e Louisa notaram que ele carregava uma bengala e, ao se deslocar até um pequeno sofá em um canto do salão, era visível que o artista mancava da perna esquerda.

Louisa ficou desanimada. Aquele não podia ser o homem que saltara do trem. Ele não conseguiria saltar de lugar nenhum.

Guy e Stuart se acomodaram, e Louisa ficou de pé ao lado do sofá. Sentia-se como um cão de guarda.

— O senhor mencionou antes que estava em casa sozinho, pintando — disse Guy.

— Sim — respondeu Stuart, pigarreando.

— Sei que o senhor falou que não havia ninguém para confirmar sua versão, mas é muito importante que tente se lembrar de alguém — insistiu Guy.

— Por quê? Sou um suspeito?

Ele não sabia ao certo como responder, mas seu silêncio foi suficiente para encorajar Stuart.

— Escute, o negócio é o seguinte: eu não queria dizer nada porque estava em uma festa. Sim, antes que pergunte, foi durante o dia. Começou no fim de semana e não terminou tão cedo.

— Não entendo — disse Guy. — Se o senhor estava em uma festa, então haveria muita gente para confirmar seu álibi.

— Sim... há mesmo. Na verdade, duas ou três dessas pessoas estão aqui essa noite. Eu não queria dizer nada antes porque, você sabe... Bem, a verdade é que eu tinha cheirado muita cocaína e fumado ópio, e estava bem alucinado. Louco, na verdade. E não queria que minha mãe soubesse disso.

Agora que havia confessado, Stuart passava mais a impressão de ser um farrista do que um artista humilde.

— Resumindo — rebateu Guy, sem querer entrar em uma discussão sobre drogas, cujo uso, embora escandaloso, não era proibido por lei —, *existem* pessoas com as quais posso conversar hoje que confirmariam que o senhor estava na Cornualha no dia doze de janeiro desse ano?

— Sim — respondeu Stuart, agora mais calmo. — Essa história toda tem sido horrível, sabe? E Offley está tão revoltado por causa do testamento. — Ele se virou e fitou Guy. — Eu amava Florence. Ela me entendia, quando poucas pessoas eram capazes disso.

Guy se remexeu no assento.

— Sim, eu, hum, fui informado de que o senhor e a Srta. Shore eram muito... próximos.

De repente, Stuart caiu na gargalhada.

— Você está me dizendo que acha que nós dois éramos amantes?

Guy ficou vermelho como um tomate e não conseguiu dar uma resposta afirmativa.

— Meu caro, claro que não. A querida Flo não gostava do meu tipo, por assim dizer. Não, a amante dela era Mabel Rogers.

214

CAPÍTULO TRINTA E SEIS

Depois que Guy conversou rapidamente com as duas pessoas que Stuart mencionou e que elas confirmaram que ele havia estado na festa, embora ninguém se lembrasse muito bem do que acontecera e que dia ocorrera a comemoração, ele e Louisa deixaram a galeria.

A caminhada ao longo de St. James's foi quieta. Guy silenciara com o choque da recente revelação, mas Louisa não parava de pensar no andar manco e na bengala que Stuart usava. Os dois conversaram por alguns minutos e então se despediram no Green Park, desanimados. Guy queria tanto impressionar Louisa com suas habilidades policiais, mas, em vez disso, se mostrara ainda mais tolo do que se achava antes. Pelo menos era o que lhe parecia. Àquela altura, não havia mais suspeitos, não tinha mais pistas, e, se Jarvis descobrisse o que ele fizera, seu emprego estaria por um fio. Louisa estava triste por ele.

Naquela noite, de volta à casa que os Mitford haviam alugado, Louisa encontrou Nancy acordada à sua espera.

— E então? — quis saber a garota, entrando de fininho no quarto da jovem. — O que aconteceu?

Louisa sentou-se na cama.

— Nada. Quer dizer, não pode ter sido Stuart Hobkirk. Ele usa uma bengala e manca. Não há chance de ele ser o homem que saltou do trem na estação de Lewes.

— A bengala não poderia ter sido a arma do crime? — perguntou Nancy.

— Talvez, mas, mesmo motivado pela herança, não faria sentido. Ele é visivelmente manco. Supondo que tivesse conseguido saltar do trem, o guarda que o viu em Lewes teria notado que caminhava coxeando.

— E quanto a ser um crime passional? E o álibi inconsistente?

— Stuart apresentou Guy a duas pessoas que confirmaram que estavam com ele naquele dia, e nos contou que não era amante de Florence. Pelo que ele falou, a única amante que ela tivera fora a amiga, Mabel Rogers.

— Céus — soltou Nancy, pensando no assunto por um minuto. — Eu não sabia que essas coisas aconteciam de verdade.

— Pois é, mas acontece.

— Deve ser o calor do momento, imagino... Então acabou? — perguntou a garota. — Não temos mais nenhum suspeito?

— Não — confirmou Louisa, sentindo-se triste por Guy. — Não temos mais nenhum suspeito.

Nancy lhe deu boa-noite, e Louisa foi para a carna, mas não conseguiu dormir. Ficou deitada no escuro, pensando. Então, tomada por uma ideia, levantou-se, acendeu a luz, pegou uma folha de papel e uma caneta para escrever uma carta.

Querido Guy,

Por favor, não desista da investigação. Acho que você vai conseguir desvendar o caso, e quero ajudá-lo. Mais do que isso, acho que posso ajudá-lo.

Algo que Nancy me disse há algum tempo agora não sai da minha cabeça, embora, na época, eu não tenha dado muita atenção. Ela se deu conta disso quando viajávamos no trem de Victoria para St. Leonards, na mesma linha em que a Srta. Shore foi atacada. Nancy notou que as portas não se abrem pelo lado de dentro. Quem quer que saia do trem por conta própria tem de abrir a janela e se inclinar por cima dela para girar a maçaneta. Os ferroviários que entraram na parada seguinte disseram que as duas janelas estavam fechadas. Mas o guarda do trem falou que o homem que ele viu desembarcar em Lewes não voltou para fechar a janela.

Você entende o que isso significa? Alguém deve ter fechado a janela para ele. A Srta. Shore não foi morta por apenas uma pessoa, e sim por duas.

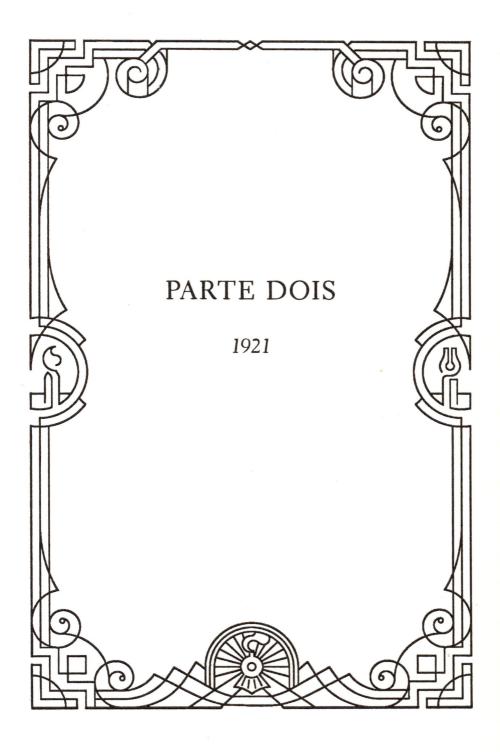

PARTE DOIS

1921

CAPÍTULO TRINTA E SETE

Na praia de Dieppe, Louisa respirava a brisa quente do mar. Ela sabia que as gaivotas que voavam acima de si eram iguais às que voavam na Inglaterra, mas parecia que seus guinchos tinham um leve sotaque francês. Para sua alegria, tudo na França parecia diferente, fosse o calor nebuloso do sol, a areia fina da praia ou o sabor amanteigado do croissant no café da manhã. Mesmo a queimadura de sol no nariz que adquirira no primeiro dia parecia fascinante e exótica. Naturalmente, tudo que empolgava Louisa levava a babá Blor a acessos de desespero e frustração: os banheiros eram imundos; o chá, nojento; e os homens, estranhos, pois exalavam um fedor de alho.

A casa que lorde e lady Redesdale haviam alugado para aquelas semanas ficava perto da residência da famigerada tia Natty, sobre quem Nancy relatara uma biografia completa e esbaforida para Louisa.

— Ela teve um monte de amantes — contara a garota —, seus quatro filhos têm pelo menos dois pais diferentes, sem incluir seu marido, e ela adora jogos de azar, apesar de papai garantir que está falida.

— Tem certeza? — sussurrara Louisa, a história parecia destoar completamente da aparência grisalha de lady Blanche, embora ela sempre se mostrasse cheia de estilo. Sem contar que seu genro era o secretário de

Estado para as Colônias, Winston Churchill, cujo consenso geral dizia que estava destinado a grandes feitos.

Nancy e Louisa haviam sido mandadas à rua com a missão de comprar baguetes para o almoço e decidiram fazer uma parada rápida em uma cafeteria perto da praia para observar os parisienses de férias passeando, as mulheres em longas saias brancas com jaquetas combinando, sua pele de marfim protegida por sombrinhas, seus lábios retocados com batons vermelhos mesmo em pleno meio-dia. Nenhum traço de areia grudenta ou de sorvete melado poluía aquele visual cuidadosamente produzido; o mesmo não poderia ser dito sobre Louisa, que esfregava com força as manchas de *glace à la framboise* em sua saia.

— Escrevi para Roland — revelou Nancy de repente. — Eu não podia contar para você perto de todo mundo, por isso estou contando agora. Avisei a ele que estamos aqui, para o caso de poder vir.

— O quê? Por que você fez isso? — indagou Louisa.

— Quero vê-lo de novo, e acho que ele quer me ver também. Temos trocado cartas.

— Mas e quanto ao que aconteceu depois do baile? Lady Redesdale não vai gostar disso.

— Bem, papai gosta dele. Sei que os dois se encontraram e almoçaram juntos em Londres. E mamãe também gosta dele, na verdade. Antes daquela história do baile, ela queria pedir a Roland que ajudasse na festa dos Conservadores. E ela não o culpa por aquilo, só a mim. Não se preocupe, ele não vai aparecer por aqui de repente; falei para escrever ao papai pedindo autorização. Temos muito espaço. Ah, Louisa, fique empolgada por mim. A presença de Roland tornaria as coisas muito mais divertidas.

— Imagino que sim — disse Louisa, embora estivesse longe de ter certeza daquilo. Ela escapara por pouco de perder o emprego, e não queria correr nenhum risco de novo. — É melhor a gente voltar, senão a babá Blor vai achar que fomos sequestradas por traficantes de escravas brancas.

— Quem dera! — brincou Nancy, mas se levantou. As duas partiram para sua tarefa, Nancy feliz em gastar o francês que havia aprendido na escola. — Não que tenham me ensinado muito além disso e de passos de dança.

A garota se divertia lá, apesar da situação que a levara a ser matriculada na escola, e havia ficado amiga de outras meninas e até se interessado pelas Garotas Escoteiras, embora Louisa suspeitasse de que só escolhera a atividade como uma forma de torturar as irmãs com tarefas intermináveis, e não pela alegria de aprender a dar nós.

De volta à casa dos Mitford, elas entraram correndo pelo saguão com o pão ainda quente da padaria, mas foram imediatamente contidas pela babá Blor, que foi rapidamente ao encontro delas, pedindo que ficassem quietas.

— O que aconteceu? — perguntou Nancy.

— Não tenho certeza, mas são más notícias. Chegou um telegrama, e seus pais estão trancados no *salon* há uma hora — explicou a babá, praticamente retorcendo as mãos. — Rápido, é melhor levarem o pão à madame na cozinha; o almoço está quase pronto.

Quando lorde e lady Redesdale se sentaram no jardim, à sombra do alpendre coberto, Louisa estava ajudando a cozinheira a servir a comida, como fizera em todos os dias da viagem. Ela não se importava, pois adorava ouvir as crianças tagarelarem com os pais e podia lançar-lhes um olhar severo se saíssem da linha. Não que costumassem fazer isso; a pior infratora era Unity, que de vez em quando deslizava para baixo da mesa e ficava lá até que o almoço acabasse, enquanto os pais preferiam ignorar por completo esse comportamento estranho.

Naquele dia, o clima estava pesado, as crianças compreendiam a palidez de lady Redesdale e do pai, cuja voz saía em sussurros quando pedia a alguém que lhe passasse o sal. Foi Nancy quem os forçou a explicar o que estava acontecendo.

— É o filho da tia Natty, Bill — explicou lady Redesdale. — Ele faleceu. E eu tenho que contar a ela.

— O quê? — exclamou Nancy. — Bill? Mas como? Ele estava doente? Eu não sabia que estava doente.

Os pais dela ficaram em silêncio. Louisa servia limonada fresca para as crianças, e até o som do líquido sendo despejado parecia invasivamente alto. Nancy entendeu que não era hora de insistir em uma resposta, e o restante do almoço transcorreu praticamente em silêncio, com apenas as crianças menores falando e, mesmo assim, não muito.

Pouco depois que a mesa foi limpa, lady Redesdale partiu sozinha, vestida de preto dos pés à cabeça. Ao calçar as luvas, ela disse que torcia para que lady Blanche ainda não tivesse saído para o cassino. Lorde Redesdale gemeu e desabou em uma poltrona que era francesa demais para ser confortável.

Nancy ajoelhou-se ao seu lado e encostou a cabeça em seus joelhos.

— Meu pobre velho — disse ela, enquanto o pai chorava baixinho.

Ele só havia chorado na frente dos filhos uma vez, quando recebera a notícia da morte do irmão na linha de frente de batalha em Loos, nos anos de guerra.

— Ele estava delirante hoje, acho — comentou Nancy enquanto ela e Louisa tomavam chocolate quente no jardim, no frescor da noite.

Os outros haviam ido para a cama, exaustos pela emoção do dia, embora pouco tivesse sido dito sobre o motivo que desencadeara tais sentimentos.

Nancy e Louisa discutiram longamente a ocasião em que Bill aparecera na casa de Londres no meio da noite.

— Papai disse que Bill lhe pediu dinheiro, e ele recusou a dar, porque não tinha nenhum para emprestar. E então chorou por Bill ter se matado por causa de dívidas de jogo. Quer dizer, não pode ser verdade, pode? — questionou-se Nancy.

— Qual parte da história? — perguntou Louisa.

Era muita coisa para absorver.

— Ora, tudo. Papai não tem dinheiro? Isso não pode ser verdade. Sei que não somos ricos, mas não creio que nos faltem recursos.

Louisa pensou na mansão Asthall, no quintal dividido ao meio por uma vereda, com um riacho cheio de trutas de um lado, uma horta cheia de legumes e árvores carregadas de frutas do outro. Aquela não era a ideia que ela tinha de falta de recursos. Mas talvez ele não tivesse dinheiro no banco. Seu pai costumava falar de grã-finos cheios de títulos aristocratas que viviam à base de batatas fritas. Talvez fosse o caso dos Mitford. Não parecia muito provável, mas a verdade às vezes surpreendia. Não era isso que diziam?

— Será que Bill realmente se matou? — continuou Nancy. — Como poderia fazer isso? Por que teria feito isso?

— Não devemos julgar um homem por um ato desses — disse Louisa —, não sem estarmos na mesma situação. Ele devia estar desesperado, se fez isso. Provavelmente achou que não havia outra saída.

Nancy tomou o resto de seu chocolate e se levantou.

— Bem, não sei o que aconteceu, mas eu vou para a cama. Espero que Roland escreva logo para papai. Precisamos de um pouco de alegria por aqui. Vamos, Lou-Lou, vamos tirar nosso sono da beleza.

Assim, o dia terminou para Nancy, e ela não voltaria a pensar em Bill. Já a mãe do rapaz soluçava no travesseiro a pouco mais de um quilômetro de distância.

CAPÍTULO TRINTA E OITO

Cinco dias depois, Roland chegou à casa em Dieppe. O clima ainda estava pesado. Embora o motivo da morte de Bill não tivesse sido amplamente discutido, havia a questão da autópsia, o que significava que o enterro não seria realizado tão rápido quanto desejava a família, que preferia encerrar logo a questão. Lady Redesdale decidiu que permaneceriam em Dieppe por ora, para, na medida do possível, proteger sua cunhada de mexericos e de visitantes invasivos.

Lorde Redesdale ainda não havia recuperado seu humor de sempre e estava mais mal-humorado do que o normal, avaliou Nancy. Estranhamente, Pamela era o alvo da Semana do Sofrimento — cada vez lorde Redesdale escolhia uma filha, sem qualquer motivo aparente, para sofrer sua fúria. Naquele dia, ele se recusava a encarar Pamela na mesa do café da manhã, fazendo-a chorar baixinho. Louisa tentou consolá-la contrabandeando biscoitos de amêndoa da cozinha.

Com quase 14 anos, o corpo de Pamela começava a tomar uma forma diferente, e Nancy brincava de chamá-la de "mulher", o que Louisa julgava sádico, mas nada a detinha. Apesar da irritação, Pamela nunca contra--atacava as provocações da irmã, apenas se afastava ou encarava o próprio colo, deixando grossas lágrimas caírem sobre ele. No entanto, a segunda filha mais velha estava longe de ser a bobona passiva em que Nancy a transformava. Louisa descobrira que Pamela tinha uma visão jovial do mundo e que seu amor pelos animais ultrapassava de longe qualquer preocupação que tivesse pelas atividades idiotas dos seres humanos. Uma caminhada com os cães pelos campos era suficiente para deixá-la feliz. Isso contribuía para que fosse uma boa companhia, e, quando Nancy estava em seus momentos mais perversos, Louisa preferia passar seu tempo com a outra jovem.

Por isso, ela ficou perplexa, não tendo conversado muito com Nancy nos dias anteriores, quando viu Roland no jardim antes do jantar, desfrutando de um gim-tônica que lhe fora preparado por lorde Redesdale. Ele parecia mais pálido, embora não tão magro, e seus olhos ainda eram sombras escuras em seu belo rosto. Seu elegante terno de linho exibia um lenço cor-de-rosa claro no bolso superior, o que lhe dava o ar de um almofadinha. Enquanto ele levava o copo aos lábios, ela notou que suas mãos tremiam ligeiramente e se perguntou por que o rapaz estava nervoso. Os dois homens conversavam sozinhos no jardim, as expressões sérias, as vozes baixas. Talvez lorde Redesdale estivesse contando sobre Bill.

— O que você está fazendo, Louisa?

A moça deu um pulo. Há quanto tempo lady Redesdale estaria parada no saguão enquanto ela olhava pela janela?

— Nada, milady — respondeu Louisa, rápido. — Com licença.

E voltou correndo para a cozinha, seu destino inicial, para pegar leite quente para Debo.

Naquela noite, Louisa foi acordada por Nancy sacudindo seu ombro.

— Lou-Lou, levante-se, por favor. É Roland... ele está fazendo uns barulhos terríveis.

Louisa sentou-se na cama e sentiu o sangue subir à cabeça.

— Como assim?

— Eu o ouvi chorando ou coisa parecida. Não sei. Eu não posso entrar lá. E sei que ninguém mais entraria também. Por favor, Lou. É um som tão sofrido. — O rosto de Nancy estava tomado de preocupação. — Não entendo. Tivemos uma noite maravilhosa, e até tia Natty parecia um pouco melhor. Eu estava lendo na cama quando ouvi o barulho...

Louisa se levantou e colocou um suéter sobre a camisola.

— É melhor você voltar para seu quarto — disse ela. — Não ficaria bem se a vissem no quarto dele. Deve ser só um pesadelo ou algo assim.

Nancy assentiu com a cabeça e voltou para a cama, enquanto Louisa seguiu com passos silenciosos pelo corredor. Não era uma casa grande, na verdade, era bem menor que Asthall, e os quartos ficavam relativamente perto uns dos outros. Embora lorde e lady Redesdale ocupassem um cômodo grande no andar de baixo, os aposentos das crianças e dos hóspedes ficavam no andar de cima. Quando Louisa se aproximou do quarto que sabia ser o de Roland, ouviu sons que pareciam os de um animal moribundo. Respirando fundo, ela girou a maçaneta e entrou no cômodo.

Havia uma única cama de ferro no canto e uma cômoda de madeira pintada no outro, embora as roupas de Roland estivessem dobradas sobre o encosto de uma cadeira. Ele estava deitado na cama, os lençóis, caídos ao chão, o travesseiro a seus pés. Embora a noite estivesse fria, o homem estava encharcado de suor, o cabelo oleoso, e ele tinha manchas escuras no pijama, na altura das axilas. Seus olhos estavam arregalados, mas desfocados, e ele agarrava o rosto, com os joelhos dobrados sobre o peito.

Louisa agiu sem pensar: aproximou-se dele e instintivamente o abraçou, emitindo sons tranquilizadores. Não sabia ao certo se devia acordá-lo do sonho, se é que era um sonho. Seus olhos abertos eram perturbadores. Ele gritava o próprio nome, como se tentasse alertar a si mesmo, e então recomeçava uma nova rodada de soluços sufocados. Louisa havia deixado a porta do quarto aberta, mas o corredor permanecia escuro, e ninguém mais apareceu. Não havia luz no cômodo, mas a lua brilhava através das finas cortinas brancas, e ela viu a testa do soldado relaxar enquanto ele se acalmava em seu abraço. Enquanto o acariciava, ouviu-o dizer:

— Obrigado, enfermeira Shore. Eu me sinto muito melhor agora.

O coração de Louisa parou, ou pelo menos pareceu parar. De qualquer forma, ela ficou onde estava e, apenas depois de uma leve hesitação, retomou suas carícias ritmadas. A respiração de Roland agora era quase estável, e seus olhos se fecharam. O pesadelo terminara, mas o sonho continuava. Uma ou duas vezes mais, ele agradeceu à "enfermeira Shore".

Devagar, com cuidado, Louisa se desvencilhou do rapaz, reposicionou o travesseiro sob a cabeça dele, cobriu-o com o lençol e o cobertor e saiu de fininho do quarto, fechando a porta atrás de si. Roland nunca saberia que ela havia estado ali.

Ypres, 11 de junho de 1917

Amor da minha vida,

Estou muito cansada hoje, como estou todos os dias, ao que parece, mas também feliz pelo fim da última e terrível batalha. Suponho que o problema seja o fato de não sabermos quando tudo terminará. E a exaustão parece corroer a medula dos meus ossos quando lembro que ganhamos essa batalha, mas (ainda) não a guerra.

Durante essas semanas, houve um fluxo quase constante de homens chegando em padiolas, urrando de dor, gritando por suas mães, por seus amigos. Precisávamos limpar e fazer curativos em cada um deles da melhor maneira possível. Com frequência torcíamos para que segurar suas mãos tivesse o mesmo efeito que a morfina. Os médicos nunca conseguiam administrar as drogas a todos no devido tempo.

Porém você não deve se preocupar comigo, meu amor! A esta altura da vida, sei que tive a sorte de viver os anos que vivi, e vi tanta coisa que nada mais é capaz de me surpreender. Mas fico triste pelos jovens; essas cenas e esses sons só servem para torná-los cínicos, isso é, se sobreviverem.

Talvez seja eu que seja a cínica, pois os homens demonstram muita bravura e coragem, apesar de tudo. Como a enfermagem é uma tarefa que requer intimidade, acabamos conhecendo todos muito bem. Não estou falando no sentido físico, embora isso também ocorra, é claro. Acabamos sabendo o que eles pensam, porque os soldados nos contam; a verdade flui espontaneamente daquelas bocas. Os oficiais podem ser bons em jogar conversa fora nas salas de estar de Mayfair, mas, aqui, são diretos. Não há tempo a perder quando se trata de nos contar do que precisam. Até lemos as cartas deles para suas mães e suas amadas, não por estarmos bisbilhotando, e sim porque somos nós que as escrevemos para eles. Suas histórias partem nossos corações.

Há um rapaz aqui ao qual todas nos afeiçoamos muito, Roland Lucknor, um oficial muito gentil. Ele foi envenenado pelo gás, e os efeitos iniciais foram terríveis, mas, mas como está melhorando, torcemos para que esteja completamente recuperado em poucas semanas. Naturalmente, o rapaz está muito desanimado com a situação. É um homem sensível e de modo algum adequado para a guerra (como se alguém o fosse). Conversamos bastante quando ele chegou. Roland me contou que se alistou pouco depois do início da guerra, determinado a ajudar o país e deixar seu pai orgulhoso. Contou-me que não o vê desde os 14 anos, e, mesmo nessa ocasião, foi apenas por uma noite (o pai é missionário na África). A mãe dele faleceu quando ele tinha 9 anos, e os dois não se viam fazia quatro anos, portanto o rapaz não se lembra dela. Ele tem uma madrinha na Inglaterra, a quem adora, com a qual passava as férias escolares, mas ela ficou ruim da cabeça e não o reconhece mais. Por isso, receio que o rapaz sinta que não tenha muitos motivos para viver. A irmã Mary e eu tentamos animá-lo e o lembramos da velha pátria querida e das coisas maravilhosas que nos esperam quando voltarmos para casa: couve-flor com queijo gratinado, longas caminhadas nas colinas, uma caneca de cerveja. O problema é que isso nos deixa com saudade de casa.

Para todos os homens, o choque e o terror da luta aqui são avassaladores: o barulho constante dos bombardeios; a privação do sono noite após noite; o frio e a umidade da lama, apesar do verão; as lembranças dolorosas de casa quando as cartas e as encomendas chegam; as doenças; a perda dos amigos... Não existe nada normal, nada tranquilizador na vida cotidiana.

E, no entanto, seguimos em frente, colocando um pé à frente do outro, caminhando adiante. Eu só penso nas coisas que precisam ser feitas, nos procedimentos de enfermagem, na organização das escalas das freiras e assim por diante. Nós nos sentimos afortunadas porque somos recompensadas pelos pacientes que conseguem melhorar de saúde. O simples fato de estarem vivos é o suficiente para nossa alegria, embora eles sejam muito gratos a nós também.

É melhor eu terminar por aqui, meu amor. Por favor, me escreva e me dê notícias. Imagino que passarei mais algumas semanas neste endereço. Não sei quando conseguirei folga para ir para casa.

Com muito amor e ternura,

Flo

CAPÍTULO TRINTA E NOVE

Na manhã seguinte, Louisa e Nancy só tiveram tempo para uma conversa rápida, em que Louisa pouco disse além de explicar que havia acalmado Roland do pesadelo. E pediu a Nancy que não tocasse no assunto com ele. Aquilo só o deixaria envergonhado. Nancy concordou.

No fim das contas, a garota teve pouca oportunidade de falar com o visitante. Depois, contou a Louisa que, durante o café da manhã, ele anunciou que estava a caminho de Paris, pois desejava rever alguns de seus velhos amigos de antes da guerra. Para Nancy, admitiu que não sabia se os encontraria lá, mas sentia saudade das ruas da Rive Gauche, dos aromas do Sena e de uma dose de absinto. Quando a garota lhe perguntara o que era isso, ele rira com um ar de sabedoria, e ela se queixou a Louisa dizendo que aquilo era apenas outra informação que se recusavam a lhe dar por enxergarem-na como uma criança. No entanto, Louisa tinha certeza de que vira Roland fitar Nancy com afeto quando achava que ela não o estava vendo.

Depois do café da manhã, ele e lorde Redesdale foram para o terraço com vista para o mar para tomar uma xícara de café e fumar um cigarro. Louisa estava na extremidade do quintal, pendurando as roupas lavadas para secar na agradável brisa do mar, quando ouviu uma gritaria terrível. Não era um som fora do comum quando vindo do patrão, mas, para seu espanto, daquela vez era Roland quem estava de pé, agitado, berrando e gesticulando com as mãos, enquanto o pai de Nancy permanecia sentado em sua cadeira, parecendo pesaroso e triste. Antes que ela tivesse tempo de pegar seu cesto e sair de vista, Roland foi embora e desapareceu. Lorde Redesdale permaneceu emburrado pelo resto do dia.

Restavam apenas alguns dias de sua temporada em Dieppe, e houve uma correria para fazerem as coisas favoritas "pela última vez" — o derradeiro croissant de dar água na boca, a remada final no mar, a última xícara de café exoticamente amargo —, por isso, foi só quando chegaram a Londres, onde os Mitford decidiram passar algumas noites para planejar o enterro de Bill, que Louisa pensou em telefonar para Guy e contar sobre o que acreditava ser um desdobramento no caso Shore.

Ela não havia discutido o assunto com Nancy, julgando que a propensão da garota para inventar histórias seria uma desvantagem perante aquela situação. Em vez disso, preferiu sair sozinha e procurar uma das novas cabines telefônicas em Piccadilly. Com as moedas em mão, discou para a telefonista e lhe pediu que ligasse para a polícia ferroviária de Londres, Brighton e Costa Sul na estação Victoria, torcendo para que Guy estivesse lá.

Por sorte, o chamaram logo, mas a conversa foi cerimoniosa, principalmente devido ao fato de que ele estava cercado por outras pessoas, em plena mesa da recepção.

— Srta. Cannon — disse ele em tom formal depois de pegar o fone da mão do oficial da polícia sorridente que atendera a chamada —, espero que esteja tudo bem.

Louisa sentiu seu desconforto e tentou tranquilizá-lo.

— Sim, está. Desculpe por ter ligado, mas achei que devia, porque... acredito que posso ter descoberto algo importante a respeito do caso Shore.

Houve uma pausa, e Louisa pensou ter ouvido uma ligeira aceleração na respiração dele.

— O que houve? — perguntou Guy.

— Tem a ver com um homem chamado Roland Lucknor. É um oficial que Nancy e eu conhecemos em um baile. Nós sabíamos que ele serviu em Ypres com lorde Redesdale; os dois eram do mesmo batalhão, na verdade, embora ele tenha dito que não conheceu milorde na época, que apenas ouvia falar dele.

Ela tomou fôlego. Era importante contar os fatos da maneira correta.

— Sim — disse Guy —, continue.

Ele estava impaciente, ciente de que os outros tentavam escutar a conversa.

— Pois bem, Nancy lhe perguntou certa vez se ele havia conhecido a enfermeira Florence Shore na guerra, e Roland respondeu que não. Mas, alguns dias atrás, ele se hospedou com os Mitford em Dieppe, a caminho de Paris, e acordou gritando no meio da madrugada. Nancy escutou e me convenceu a ir até o quarto dele...

— Você foi ao quarto dele à noite? — questionou Guy, sem conseguir se conter, então ouviu alguém sufocar uma risada. — Desculpe, o que aconteceu depois?

— Ele estava suando e gritava muito; foi horrível. Não sei se era um sonho ou aquele negócio que acontece com os soldados depois da guerra...

— Um trauma? — sugeriu Guy.

— Sim, ou algo parecido. Foi horrível, porque os olhos dele estavam abertos, mas não creio que Roland estivesse consciente do que dizia ou da minha presença no quarto. Eu o acalmei, e então ele falou, mais de uma vez: "Obrigado, enfermeira Shore."

— Enfermeira Shore? — repetiu Guy. — Tem certeza?

— Absoluta — afirmou Louisa. E então ouviu o alerta do telefone. Rapidamente, colocou mais moedas. — Guy, você ainda está aí?

— Sim.

— Por que ele fingiria que não a conhecia? — indagou ela.

— Não sei, mas concordo que isso parece estranho. A senhorita conseguiria descobrir mais alguma coisa?

— Não sei. Ele nos visita só de vez em quando. Acho que está fazendo negócios com lorde Redesdale. Será que deveríamos lhe perguntar se conhece Stuart Hobkirk? Ele pode ter sido o cúmplice.

— Acho que precisamos tomar cuidado ao fazer esse tipo de conexão antes de conversarmos com ele — respondeu Guy, tentando convencer a si mesmo a não criar expectativas demais daquela vez. — A enfermeira Shore cuidou de muitos homens, e não podemos suspeitar de todos.

Sentindo-se dispensada por Guy, Louisa decidiu que ela mesma iria investigar Roland. Se ele representava algum perigo para Nancy ou lorde Redesdale, ela queria descobrir primeiro e protegê-los. Agora, só precisava de uma oportunidade para isso.

CAPÍTULO QUARENTA

Com os pensamentos tomados pelo telefonema de Louisa, Guy se viu obcecado pelo caso de novo. Ele o deixara de lado por um tempo, sem saber como prosseguir, mas, agora, aquele feixe de luz o incentivava a tentar mais uma vez.

Certa noite, conversando sobre o caso com a mãe enquanto estavam sentados nos degraus da entrada de casa, ele até lhe contara a revelação chocante de Stuart Hobkirk. Diante disso, ela o persuadiu a procurar Mabel Rogers.

— Coitada daquela mulher — comentou a mãe dele, ao desfrutarem dos últimos raios de sol do dia tomando chá, enquanto os irmãos estavam no bar. — Essas enfermeiras de guerra foram especiais, tão corajosas quanto qualquer soldado, e ninguém nunca fala nelas. Você não as vê nas paradas, vê? E, depois de tudo, a pobrezinha perdeu a única coisa que tinha: a promessa de um futuro confortável com sua amiga.

— A senhora não tem como ter certeza disso — rebateu Guy. — Talvez ela tenha uma porção de amigos. Uma porção de outras coisas a fazer.

A mãe balançou a cabeça com tristeza.

— Eu sei — garantiu ela. — Confie em mim. Aquela mulher passou anos na guerra. Não há muita gente que compreenda sua vida e suas experiências. Ela deve viver sozinha e com pouco dinheiro. Vá visitá-la. É bem provável que a Srta. Rogers fique feliz em receber um gesto de amizade.

Guy sabia que Mabel morava na hospedagem Carnforth, na Queen Street, no bairro de Hammersmith, como a matrona, conforme fora informado durante o inquérito. Ele ainda tinha as anotações que fizera na época. Pouco depois da conversa com a mãe, ele se deu conta de que o endereço ficava a uma pequena distância de ônibus de um trabalho que faria na estação Paddington, e então, em um impulso, decidiu fazer uma visita à enfermeira.

Guy imediatamente viu que a mãe estava certa. A hospedagem Carnforth era um edifício dilapidado e deprimente que ficava em uma rua movimentada. As janelas e as cortinas de malha estavam limpas, um sinal do orgulho de suas residentes, mas as colunas laterais da porta da frente estavam pretas de fumaça. Sua pobreza estava pintada ao longo da fachada em letras garrafais, como uma manchete de jornal: Associação de Enfermagem do Distrito de Hammersmith & Fulham Sustentada por Contribuições Voluntárias. As duas últimas palavras haviam sido pintadas em letras menores para caberem. Bem ao lado ficava o bar Six Bells, uma dupla tão improvável quanto um convento e um açougue. Como era estranho que Florence Shore, que tinha dinheiro, tivesse escolhido aquele lugar para morar.

Guy empurrou a porta e se viu em um saguão parcamente iluminado. Havia uma placa indicando a salinha do porteiro, e ele bateu de leve à porta.

— Sim? — gritou uma voz masculina.

Guy entrou. O homem estava sentado em uma cadeira de madeira ao lado de uma mesa bamba, bebendo algo de uma caneca. Ele não se levantou, apenas ergueu o olhar.

— Como posso ajudar?

O sujeito parecia familiar, embora Guy tenha levado um minuto para se dar conta do motivo. Aquele era o homem que amparava o braço de Mabel Rogers no primeiro inquérito.

— Estou à procura da matrona, a Srta. Mabel Rogers — informou Guy.

O porteiro apoiou a caneca.

— Por que motivo?

— É pessoal.

Ele examinou o uniforme de Guy e ergueu as sobrancelhas.

— O senhor avisou que viria?

Guy se surpreendeu com a impertinência do porteiro, mas, se ele era mesmo o homem no inquérito, devia ser amigo da Srta. Rogers. Talvez algumas pessoas indesejáveis tivessem aparecido à procura dela após a morte da Srta. Shore, o tipo de gente que gostava de xeretar acontecimentos mórbidos.

— Não — admitiu ele —, mas não vou demorar muito.

— Certo, vou acompanhá-lo — disse o porteiro.

O homem conduziu Guy pelo corredor e bateu com firmeza a uma porta. Então os dois ouviram:

— Entre, entre. — Quando entraram, encontraram Mabel debruçada atrás de uma escrivaninha, examinando uma gaveta. Em uma voz abafada, continuou: — Só um instante. Não consigo encontrar... Ah, aqui está. — A mulher se aprumou, segurando uma tesoura de costura com ar triunfal. Mas sua expressão logo mudou. — Quem é o senhor?

— Desculpe por assustá-la, Srta. Rogers — disse Guy. — Meu nome é Guy Sullivan. Trabalho para a polícia ferroviária de Londres, Brighton e Costa Sul.

A sala era simples e limpa. Havia um pequeno vaso de fúcsias na cornija da lareira e um tapete desbotado no chão. A própria Mabel era um contraste marcante com o ambiente que a cercava; seu vestido pendia frouxamente no corpo, o rosto comprido não manifestava um traço sequer de já ter expressado o menor gracejo, e seus finos fios de cabelos estavam puxados para trás, presos em um coque firme.

— Pode ir, Jim — disse ela ao porteiro, que acenou com a cabeça, mas pareceu relutante em sair. Ele deixou a porta ligeiramente aberta. — Como posso ajudar?

Guy sentou-se na cadeira diante da escrivaninha. Seria sua imaginação ou a altura era um pouco mais baixa do que o normal? Ele se sentia distintamente inferior ao olhar da Srta. Rogers.

— Ora, nada de muito importante, na verdade, Srta. Rogers — disse Guy. Não pela primeira vez, ele se deu conta de que fora impulsivo ao tomar uma decisão. — Vim lhe oferecer minhas condolências por Florence Shore. Sei que já faz algum tempo, mas... — Ele parou de falar, ciente de que soava um tanto inadequado.

Mabel olhou pelas portas duplas que davam para o jardim. Duas galinhas bicavam a grama.

— Eu penso em Flo todos os dias — falou ela. — Não ficaremos em paz enquanto não soubermos o que aconteceu.

— Sim — concordou Guy, pensando em como prosseguir com o máximo de tato possível. — Sei que as senhoritas eram velhas amigas...

— Há mais de 25 anos — completou Mabel.

— Eu gostaria que soubesse que, embora as coisas pareçam ter chegado a um impasse, ainda estou investigando o caso.

— Está? Se veio me interrogar, preciso deixar claro que eu realmente não...

— Não, não — tranquilizou-a Guy na mesma hora. — De modo algum. Sei que a senhorita prestou depoimento no tribunal. Mas eu queria saber se já ouviu falar de um homem chamado Roland Lucknor?

— Não tenho vergonha nenhuma em lhe dizer, Sr. Sullivan, que passei por duas guerras, mas achei a morte da minha amiga muito mais dolorosa do que qualquer coisa que tenha visto na África e na França — disse Mabel, em pé atrás da escrivaninha. — Por favor, peço que o senhor que se retire.

Guy ficou horrorizado ao perceber que Mabel estava à beira das lágrimas.

— Eu só queria oferecer meus sentimentos — insistiu ele —, um gesto de amizade. E dizer que a Srta. Shore não foi esquecida. Estou determinado a encontrar o culpado.

Mabel fechou os olhos por um instante.

— O culpado não matou apenas Flo; ele me matou também. Não tenho mais motivos para viver. Obrigada pela sua gentileza, Sr. Sullivan. Isso significa muito para uma velha mulher como eu.

CAPÍTULO QUARENTA E UM

No fim das contas, a oportunidade para investigar Roland surgiu mais cedo do que Louisa esperava. Pouco depois de a família retornar da França, o pai de lady Redesdale faleceu. Até Nancy ficou comovida com a morte de Tap Bowles.

— Não o víamos muito, mas ele era extremamente engraçado — contou a garota. — E como morreu no Marrocos, será enterrado lá, então não podemos ir.

Lady Redesdale respeitou o luto pelo tempo apropriado, mas não havia dúvida de que a situação da família havia melhorado bastante.

— Parece que a herança foi generosa — comentou a Sra. Stobie, alegremente. — Recebi ordens para encomendar os melhores cortes do açougueiro e algumas iguarias da Harrods.

Até a Sra. Windsor exibia um quase sorriso no rosto ao circular pela casa, algo que a babá atribuía aos novos jogos de roupa de cama e mesa que foram entregues.

Logo depois que o dinheiro se fez notar, Louisa ouviu a notícia de que Roland viria passar uma noite na mansão, para uma festa. Outra prova, comentou a Sra. Stobie, de que havia frutos a serem saboreados. Louisa temia que Roland tivesse aceitado o convite motivado pela recente fortuna da família. Se ele queria ter acesso a uma parte daquele dinheiro, ela precisaria impedi-lo. Mas nem imaginava como.

Enquanto isso, Nancy estava mais entusiasmada do que nunca com a ideia de se encontrar com ele.

— Qualquer que tenha sido o motivo daquela briga com papai, os dois devem ter se entendido — concluiu ela. — Nenhum deles comentou nada comigo, é claro.

— Sim, imagino — rebateu Louisa, embora achasse que o desentendimento tivesse alguma ligação com dinheiro. Não era sempre esse o motivo, conforme a própria Nancy dizia? Ou talvez fosse algo mais sinistro, quem sabe ligado a Florence Shore? Será que lorde Redesdale tivera algo a ver com aquela história? Ela tirou a ideia da cabeça.

Naturalmente, quando Roland chegou, ela pouco o viu, pois o oficial passou seu tempo com lorde e lady Redesdale e o restante dos convidados na sala de estar, antes de trocar de roupa para o jantar e se juntar a eles. Nancy também foi convidada para a refeição, algo que via como um sinal encorajador de que os pais suspeitavam de um envolvimento romântico entre os dois e até mesmo apoiavam a ideia.

— Acho que a infância acabou, Lou — disse a jovem, ofegante.

— Ou talvez você esteja apenas completando o número de convidados à mesa — argumentou Louisa, sentindo-se culpada na mesma hora ao ver a expressão desanimada de Nancy.

Havia, porém, coisas mais importantes em sua cabeça. Finalmente, quando o sino do jantar soou e as crianças menores estavam na cama, Louisa se esgueirou até os quartos dos hóspedes. Não sabia ao certo qual o cômodo designado a Roland, mas havia sempre três ou quatro que permaneciam preparados para convidados. Ao hesitar no patamar, Louisa ouviu a voz da Sra. Windsor falando com Ada. Às pressas, abriu a primeira porta à esquerda e correu para dentro do quarto, surpreendendo tanto a si mesma como a uma mulher sentada diante da penteadeira, tentando prender o fecho do colar.

— Sim? — questionou a mulher.

Ela parecia ter a mesma idade de lady Redesdale e era de uma beleza avassaladora. Seus lábios haviam sido pintados de vermelho-escuro, e Louisa teve de admirar a ousadia dela.

— Com licença, senhora — disse a Louisa com uma pequena reverência. — A Sra. Windsor me pediu que subisse para ver se eu poderia ajudar. Todos os convidados já estão à mesa. Posso ajudar com o colar? — Ela se adiantou e ajustou o fecho com eficiência. — Precisa de algo mais, senhora?

— Bem, eu... — começou a mulher, mas Louisa já seguia para a porta.

— Disponha, senhora. Boa noite.

E saiu voando pelo corredor de novo, deixando a mulher se olhando no espelho como se tivesse sido vítima de um golpe.

Do lado oposto àquele quarto, havia um cômodo com uma única cama de solteiro, as paredes pintadas de verde-escuro. Aquele espaço geralmente era reservado a homens solteiros de grupos de caça. Louisa supôs que Roland teria sido acomodado ali e entrou. Uma lâmpada havia sido deixada acesa em cima da mesa, a colcha estava amassada, como se alguém tivesse se deitado na cama para tirar um cochilo, deixando um livro aberto sobre ela — *A outra volta do parafuso*. Na primeira folha, havia uma anotação fraca feita a lápis: *R. Lucknor*. Ela estava no quarto certo.

As roupas haviam sido dobradas, e o paletó estava pendurado atrás da porta. Louisa pensou tê-los reconhecido, com sua aparência ligeiramente gasta nas mangas e um botão pregado com fio de outra cor. Havia uma mala de couro no chão. Ela se abaixou e colocou a mão dentro, sentindo a lã macia de pares de meias. Não sabia o que estava procurando, exceto que queria encontrar algo que parecesse escondido.

Ela ouviu passos no corredor. Então parou e tentou prestar atenção, embora fosse difícil escutar qualquer coisa com o sangue latejando em seus ouvidos, mas a pessoa seguiu em frente. Louisa tateou pelas bordas da mala. A folha de papelão envolta em seda que cobria o fundo se destacou, e debaixo dela... Sim. Havia duas cadernetas bancárias com capas duras. Dentro, as anotações comuns de dinheiro depositado e retirado. Aquilo não significava nada para ela, mas o que a intrigou foi que uma das cadernetas estivesse no nome de Roland Lucknor, e a outra, no de alguém chamado Alexander Waring. Por que ele estaria com a caderneta bancária de outra pessoa?

No corredor, uma porta se fechou com uma batida, e o coração de Louisa disparou. Então ela enfiou as cadernetas no bolso e se esgueirou para fora do quarto.

De volta à ala das crianças, onde a babá Blor cochilava junto à lareira, com seu tricô no colo, Louisa não acreditava no que havia feito. Mas, agora, era tarde demais. Tudo que sabia era que faria o possível para impedir que Nancy se envolvesse ainda mais com Roland.

CAPÍTULO QUARENTA E DOIS

Eram quatro da tarde, e Louisa estava sentada em uma cabine do Swan Inn com Ada, as duas desfrutando da rara coincidência de terem uma folga juntas. Elas haviam se divertido por uma hora na farmácia, namorando fitas e frascos de água-de-colônia que nunca poderiam comprar, e então foram tomar uma taça de xerez no bar. A Sra. Windsor ficaria extremamente horrorizada com aquele comportamento, mas fora fácil convencer Louisa. A companhia de Ada era sempre prazerosa; só seu rosto já era uma festa, com os dentes brancos perfeitos e as sardas no nariz que nunca sumiam, nem mesmo em pleno inverno.

— Para falar a verdade, eu esperava encontrar Jonny aqui — revelou a criada quando estavam na metade dos drinques.

— Jonny? O menino que trabalha com o ferreiro?

— Ele não é nenhum menino, é um homem de 23 anos — disse Ada. — E é sempre muito gentil.

— Só não deixe lady Redesdale flagrar você com ele. Foi um inferno quando a assistente de babá anterior fugiu com o ajudante do açougueiro. Acabei ficando com o emprego dela, por isso não tenho nada a lamentar, mas... Pode me contar. — Ela cutucou Ada com o cotovelo, alegremente. — O que aconteceu?

— Boas garotas não contam essas coisas — disse Ada, rindo e tomando mais um gole da bebida.

Louisa estava prestes a fazer outra provocação quando viu algo pelo canto do olho. Ela olhou para baixo e encontrou um cachorro branco e preto correndo pelo canto do bar. E se encolheu no assento.

— O que houve? — perguntou Ada.

Louisa balançou a cabeça. Ela ouviu um assobio breve e agudo e teve certeza. Stephen.

— Preciso ir.

A moça correu na direção de uma porta lateral, presumindo que o tio estivesse vindo atrás de Socks. Então abriu a porta e saiu em disparada, mal ousando olhar para trás. Ninguém gritou para que parasse, e ela só diminuiu a velocidade ao chegar à estrada que dava na mansão Asthall, ofegante com o calor e o medo.

O que Stephen estava fazendo ali? Aquilo só podia significar uma coisa. Seu tio queria arruiná-la.

CAPÍTULO QUARENTA E TRÊS

Na manhã seguinte, tendo passado a noite em claro, Louisa se levantou cedo. O único som que se ouvia era o burburinho dos pássaros no telhado. Até as crianças dormiam, seus peitos subindo e descendo quase em uníssono, a respiração regular. A moça desceu à cozinha, onde, por sorte, a Sra. Stobie ainda não estava na função. Com uma xícara de chá ao seu lado, ela escreveu para Jennie — precisava saber se Stephen havia dito algo à sua mãe, embora achasse pouco provável, e, em todo caso, levaria pelo menos uma semana para Jenny responder. Ela teria de enfrentar aquela situação o mais rápido possível.

Depois de tanto tempo, por que ele viria à sua procura? E por que ficaria em um bar nas redondezas em vez de vir atrás dela na mansão Asthall? O mais provável era que se sentisse intimidado pela casa e pelas pessoas que imaginava morar ali.

Essa linha de questionamento até a acalmou, mas por pouco tempo; as respostas em que conseguia pensar serviam apenas para deixá-la novamente preocupada: porque o dinheiro ou a sorte do tio haviam acabado, ou as duas coisas; porque ele finalmente descobrira seu paradeiro e, depois de procurar por tanto tempo, estava furioso.

Quando — não havia "se" — Stephen ficasse desesperado, apareceria na porta da mansão, e Louisa perderia o emprego. Ninguém queria uma assistente de babá que trazia violência à sua casa, e Stephen significava violência.

Mas antes que isso acontecesse, ela precisava assumir o controle da situação. Ada tivera um vislumbre de seu passado complicado, já que ela tivera de explicar por que saíra correndo de repente. E embora soubesse que a colega era uma amiga leal, também estava ciente de que as fofocas valiam ouro em um vilarejo como aquele. Em pouco tempo, seria impossível ir ao correio sem ser encarada pelas pessoas e ouvi-las cochichando umas com as outras. Tudo que conquistara desde que chegara a Asthall iria por água abaixo em um instante. Louisa queria gritar de raiva.

Ela não podia ir sozinha ao Swan perguntar se o tio estava hospedado lá. Se ele a visse, não teria como se defender. A única alternativa seria pedir a alguém que a ajudasse. Mas Louisa não fazia ideia de quem poderia ser essa pessoa. Seria necessária força bruta, mas não havia empregados do sexo masculino na casa, e ela não tinha intimidade com nenhum homem no vilarejo.

Acreditando que o tio estava nas proximidades, Louisa ficou bastante abalada, e, nos dias que se seguiram, a babá Blor comentou várias vezes sobre sua distração.

— Você perderia a cabeça se ela não estivesse grudada no pescoço — disse a mulher depois que Louisa foi buscar um par de meias para Diana e voltou com uma camiseta.

Sem mencionar que ela encontrava desculpas para não ir ao vilarejo quando pediam, embora pelo menos pudesse contar com Ada para acobertá-la. Lady Redesdale também se mostrou impaciente quando Louisa levou as crianças para o chá e não percebeu Decca limpando as mãos nas almofadas do sofá depois de comer bolo.

Durante todo esse tempo, não importava a tarefa que estivesse executando, Louisa se perguntava o tempo todo o que Stephen estaria fazendo, o que poderia estar dizendo aos habitantes do vilarejo, ou se apareceria na mansão, como um dos vilões dos livros da babá. Ela não queria alarmar ninguém, e por isso guardava o segredo para si, enterrando-o nos recessos mais obscuros de sua mente, como as toupeiras que estragavam a grama da quadra de tênis.

— Ah, céus, veja só Elinor Glyn aqui, deitada em uma pele de tigre. Melhor que mamãe não veja isso... — Nancy deu uma risadinha ao folhear as páginas da *Vogue* na ala das crianças antes do jantar, distraída. — Não acha, Louisa?

Ela não conseguiu responder.

— Ah, francamente, Lou, o que está acontecendo com você?

Louisa foi pega de surpresa. Era impossível viver sozinha com aquela preocupação, então decidiu contar a Nancy o que havia acontecido.

— Bem, ele não aparecerá aqui — tranquilizou-a a garota. — Deve ter muito medo de papai.

— É provável que sim — concordou Louisa —, mas preciso fazer alguma coisa a respeito. Faz dias que estou com medo de ir ao vilarejo. A babá Blor já desconfia de que algo está acontecendo, e lady Redesdale me repreendeu duas vezes na semana passada.

— Sim, melhor não deixar mamãe muito zangada. Ela é capaz de botar você na rua por nada. Quando tinha minha idade, ela administrava a casa do pai e teve que enfrentar uns lacaios rabugentos, e é por isso que nunca tivemos empregados homens. Ela não suporta qualquer... — Nancy parou e observou o rosto da outra. — Ah, não fique nervosa, Lou. Você está segura aqui, eu sei disso. Olhe, tenho certeza de que podemos resolver isso de alguma forma. E quanto a Roland? Ele vem almoçar aqui depois de amanhã. E esteve na guerra, provavelmente tem uma arma.

— Uma arma! Não quero nada disso. Só preciso dar um susto em Stephen — disse Louisa.

A quase certeza, pois essa era a proporção que a coisa tomara em sua mente, de que Roland tinha algo a ver com Florence Shore significava que ele começara a assumir uma forma quase monstruosa para ela. Louisa sentia aquele velho medo tão familiar envolvê-la em seus trapos sombrios.

— Não estou dizendo que ele precisa usar a arma. Só que talvez tenha uma. Tom sempre fala dos revólveres Webley que os oficiais recebiam. Ele pode mostrá-lo por aí e tal.

— Mas por que ele me ajudaria? — perguntou Louisa.

Nancy não estava ajudando.

— Não sei — respondeu a garota, exasperada. — Você pode perguntar a ele. Se ele disser que não, teremos que pensar em outra coisa. — Ela pegou a revista de novo. — Estou tão ansiosa para vê-lo de novo. Agora que estive no continente, tenho certeza de que vou impressioná-lo como uma *femme du monde*, não acha, Lou? Devo usar meu prendedor de cabelo?

Então a conversa havia chegado ao fim, pensou Louisa. Roland Lucknor era sua solução. Agora, só precisava torcer para que ele não se tornasse seu problema também.

CAPÍTULO
QUARENTA E QUATRO

Guy e Harry faziam uma ronda aleatória no trecho final da estação Victoria — longe o suficiente dos passageiros barulhentos com suas dúvidas incessantes e sem sentido: "Essa é a plataforma seis?", perguntavam, debaixo da placa indicativa —, e perto o bastante para sentir o cheiro do óleo escuro e pesado que cobria as rodas dos trens adormecidos, à espera do apito que os despertaria para a vida.

Aquela era uma tarefa diária, um trabalho tedioso que mal se tornou mais animado com a visão de um mendigo tentando tirar um cochilo em um vagão vazio. Os três entravam em sua rotina, cada acusação respondida por uma desculpa educada, sempre encerrada da mesma forma discreta.

— Ponha-se daqui pra fora — ordenou Harry, embora achasse difícil imprimir uma nota de espontaneidade, tendo repetido a fala tantas vezes —, e não apareça mais aqui.

O mendigo balançou o punho para os policiais e desapareceu na esquina, onde os dois sabiam que ele esperaria uns cinco minutos até que pudesse voltar em segurança para se instalar no vagão por mais duas horas. Guy não conseguiu resistir e olhou para trás, observando o velho espreitar por trás da pilastra, sua barba branca imunda pendendo sobre o casaco grosso, certificando-se de que a dupla estava fora de vista.

— Acho que ele mostrou a língua para mim — disse Guy a Harry.

O amigo riu. Nada conseguia tirar-lhe o bom humor. Mais tarde naquela noite, ele estaria no palco da boate Blue Nightingale, segurando com firmeza seu saxofone, os olhos fechados, o quadril gingando aos sons irresistíveis do jazz.

— Por que não vem comigo hoje? — perguntou Harry. — Mae estará lá e com certeza levará uma amiga...

Guy suspirou e olhou do alto para o amigo baixinho, mas sorriu.

— Obrigado, mas não gosto muito desses programas. — Os dois caminharam mais alguns passos, seus olhos se ajustando à luz que desvanecia, e viram um camundongo correndo pela plataforma à frente. — Sabe, acontece que eu não consigo...

— Se vai me dizer que não consegue esquecer a Srta. Cannon, vou lhe dar um tabefe — interrompeu-o Harry. — O que você está esperando, meu camarada? Ela vai se mandar com outro sujeito se você não tomar uma providência, e aí o que vai acontecer? Não vou aguentar sua choradeira para sempre.

Guy corou.

— Eu não ia dizer isso — mentiu ele. — Mas não tem jeito *mesmo*. Não posso me casar com ninguém com o salário que ganho, e minha mãe ainda precisa dos poucos xelins que dou a ela. Sei que você tem razão, mas estou sem saída.

— Sabe se ela tem outra pessoa? — perguntou Harry, um pouco mais compreensivo.

— Não — disse Guy. — Quer dizer, acho que não. Escrevo para ela de vez em quando. Isso é, quando tenho alguma coisa a dizer. Mas não tenho tido muito assunto ultimamente.

— E ela responde?

— Sim, e é bastante simpática. Mas não sei o que pensa. Eu achava que ela gostava de mim, mas não tenho tanta certeza agora...

Harry parou e segurou o braço de Guy.

— Espere... Está ouvindo alguém chamando seu nome?

Guy puxou o quepe para trás e apertou os olhos. Eles tinham dado meia-volta e caminhavam na direção do saguão principal, onde passageiros se amontoavam sob o quadro de horários, mas um sujeito com um notório uniforme de policial ferroviário acenava para eles enquanto se aproximava, quase correndo ao longo da extensa plataforma.

— Sully! — gritou ele. — O superintendente quer falar com você. — Guy e Harry se apressaram para alcançar o policial, que parou para recuperar o fôlego. — Agora. No escritório dele.

— Obrigado — agradeceu-lhe Guy. — Vejo você depois — disse a Harry.

— O que houve? — gritou o amigo às suas costas.

— Não faço ideia — berrou ele em resposta enquanto corria.

No escritório, Guy bateu à porta e quase entrou antes de Jarvis lhe dar permissão. Ele ficou em posição de sentido e empurrou os óculos mais para cima no nariz.

— Apresentando-me, senhor. Queria falar comigo?

O superintendente estava sentado à mesa, segurando uma carta. Ele encarou Guy com seriedade, mas permaneceu em silêncio. O policial alternou o peso entre os pés e tossiu, nervoso.

Jarvis inclinou-se para a frente, os cotovelos sobre o mata-borrão, e colocou a carta diante de si. Então suspirou e disse:

— A polícia metropolitana entrou em contato. Estão me enchendo o saco, Sullivan. E talvez a culpa seja sua.

— Minha, senhor? — reagiu Guy, mostrando-se confuso. — Por que motivo, senhor?

— Por fazer investigações sem ter autorização, Sullivan.

Guy olhou para ele sem compreender. E então entendeu.

— O assassinato de Florence Shore, senhor?

— Sim, o assassinato de Florence Shore. Você esteve enfiando o nariz onde não devia, Sullivan?

— Bem, senhor, de certa forma, sim. Mas foi há muito tempo.

Jarvis deu um soco na mesa, o que fez Guy se sobressaltar.

— Não torne as coisas mais difíceis. Eu gosto de você, Sullivan. Consigo ver seu potencial. Mas, se mentir para mim...

— Não estou mentindo, senhor. Juro que não. Fui visitar a baronesa Farina em Tonbridge, senhor. Em abril do ano passado, creio. Mas, no fim das contas, ela não tinha muito a dizer, e a conversa não deu em nada.

— Nada? — A pergunta foi acompanhada por um olhar severo.

— Bem... Ela mencionou... ela mencionou o filho dela, um Sr. Stuart Hobkirk. É um artista que mora em St. Ives e recebeu uma herança em decorrência da morte da Srta. Shore, como comentei com o senhor. — Ele fez uma pausa e percebeu que seria melhor contar tudo. — No verão passado, eu soube que o Sr. Hobkirk faria uma exposição em Londres, então fui conversar com ele. Foi por acaso, senhor. Uma amiga minha queria ir, e eu o encontrei lá. — Guy desejava poder cruzar os dedos enquanto falava.

Jarvis permaneceu em silêncio, mas seus lábios se afinaram ainda mais.

O policial prosseguiu:

— O Sr. Hobkirk não disse muita coisa, senhor. Apenas que gostava muito da prima. Observei que ele mancava e usava uma bengala, por isso era improvável que fosse o homem que o guarda do trem vira saltar em Lewes. O álibi dele também era consistente. Conversei com dois convidados que disseram ter estado com ele no dia do ataque à Srta. Shore.

Houve um silêncio sepulcral.

— Entendo — disse Jarvis. — Então você não só foi visitar a baronesa Farina, acreditando que descobriria mais do que os esforços combinados de três forças policiais e dois inquéritos, como também escolheu ignorar minhas ordens depois que eu lhe disse que não havia mais nada a investigar em relação a Stuart Hobkirk. Estou perplexo, Sullivan. E tem mais, você continua mentindo para mim!

Ele socou a mesa de novo, daquela vez com mais força.

Guy respirou fundo.

— Não, senhor. Não estou. Visitei Mabel Rogers, senhor, mas não a serviço.

Jarvis parecia ter uma espinha de peixe entalada na garganta. Seus olhos se esbugalharam, e ele emitiu um som estridente.

— Eu queria oferecer minhas condolências, senhor. Não discutimos o caso.

— Então por que Stuart Hobkirk escreveu à polícia metropolitana pedindo que as investigações fossem interrompidas por ter considerado o último interrogatório "profundamente perturbador"?

— Não fui eu, senhor. Palavra de honra.

— Não aguento mais suas desculpas, Sullivan. Cada coisa que você diz torna tudo pior. Como se não bastasse a polícia metropolitana sempre olhando para nós com desdém, agora parece que não sou capaz de controlar meus próprios homens.

— Eu sei, senhor. Lamento muito, senhor.

Guy olhou para o chão. Ele não sabia como reagir. A única coisa que podia fazer era contar a verdade, por mais patética que parecesse. O que levava à pergunta: quem *falara* com Stuart Hobkirk?

— Eu tinha grandes expectativas para você, Sullivan — disse Jarvis. — Grandes expectativas. Mas está fora das minhas mãos agora. Interrogar as testemunhas desse caso, de qualquer forma que seja, mas especialmente sem minha permissão, significa demissão imediata. Saia do meu escritório e deixe o seu distintivo na mesa da recepção. Você não vai mais precisar dele.

CAPÍTULO
QUARENTA E CINCO

No segundo — e último — dia de festa, o almoço seria servido prontamente às quinze para a uma, e depois Nancy convidaria o Sr. Lucknor para uma caminhada pelo jardim, acompanhada por Louisa. Tudo que Louisa tinha de fazer era se preparar para o passeio e para o pedido que elas fariam ao oficial. Ela estava inquieta como um gafanhoto, mas sabia que aquilo tinha de ser feito: precisava parar de ter medo de Stephen. O tio era um sujeito fraco; um susto, a ameaça de um homem de verdade, seria o bastante para se livrar dele, sem dúvida. Ela só precisava confiar em Nancy.

Louisa se abaixou, deu um beijo na cabeça de Decca e pegou a mão da pequena para levá-la para almoçar na ala das crianças. Engraçado como ela já estava tão acostumada com a palavra que agora a pronunciava que nem mesmo pensava mais nelas. Suas velhas amigas diriam que ela estava mudada. E talvez estivesse mesmo.

Às duas e meia, com o sol ofuscante, ela foi convocada à sala de estar por lady Redesdale, conforme esperava. De acordo com os planos de Louisa e Nancy, a garota encorajaria a mãe a chamar as crianças. Enquanto se aproximava da sala, a moça ouviu o burburinho das mulheres conversando, que silenciou no momento de sua entrada. Havia três convidadas — incluindo a beldade que Louisa surpreendera no quarto —, cada uma empoleirada na beira de sua poltrona, com minúsculas xícaras de café equilibradas sobre pires que seguravam desconfortavelmente no ar. Nancy estava sentada no tapete, ajeitando a saia ao seu redor, em uma pose bonita.

— Ah, aí está você — disse lady Redesdale, como se estivesse esperando pela sua chegada fazia algum tempo, quando, na verdade, ela havia descido as escadas segundos após a campainha tocar. — Traga as crianças para conhecerem todo mundo. Elas estão recitando poemas. Depois, vá buscar o Sr. Lucknor no escritório de lorde Redesdale.

Aquela última instrução fora inesperada. Louisa subiu as escadas novamente e se apressou com a babá para deixar as crianças apresentáveis, com Decca se desvencilhando do vestido de flanela azul que a babá tentava enfiar por sua cabeça.

Tom dava pulos de animação diante da perspectiva de conhecer um oficial.

— Ele trouxe o revólver dele? — perguntou o menino a Louisa. — Quero ver uma arma militar de verdade. Os oficiais são equipados com revólveres Webley, então ele deve ter um Mark Six...

— Não fale esse tipo de bobagem, querido — interrompeu-o ela, tendo aprendido um pouco das expressões da babá. — Vá buscar seu paletó, por favor.

Quando todas as crianças estavam tão bem-arrumadas quanto possível — Pamela, nervosa; Tom, ansioso; Diana, lindíssima; Unity, carrancuda; Decca, animada (Debo era pequena demais para se juntar aos demais) —, foram levadas pela babá e por Louisa para a sala de estar, onde todas as mulheres, exceto Nancy e lady Redesdale, soltaram arrulhos de admiração à sua chegada. A babá ficou com elas enquanto Louisa foi buscar o Sr. Lucknor no escritório de lorde Redesdale, do outro lado da casa.

Quando a jovem se aproximou da porta, ouviu vozes exaltadas: os tons estridentes de lorde Redesdale nas alturas, enquanto os de Roland eram mais baixos, mas com um timbre que podia ser ouvido através de uma porta de carvalho. Ela não conseguia distinguir as palavras, mas parecia que lorde Redesdale estava na defensiva em seu discurso; ele se interrompia para ouvir Roland, que falava com muito mais calma, embora cheio de determinação.

Louisa hesitou em interromper, mas sabia que, se não o fizesse, outra pessoa o faria. Lady Redesdale estaria impaciente à espera do oficial e os encantos das crianças logo começariam a perder a graça para as convidadas. E ela ainda precisava pedir o favor a Roland. Nervosa, bateu à porta e, sem pensar, girou a maçaneta.

Quase que imediatamente ela percebeu seu erro. Quando a porta se abriu, a jovem ouviu a voz de lorde Redesdale antes mesmo de ver seu rosto, contorcido pela raiva:

— Pelo amor de Deus, não vou lhe dar mais dinheiro!

Então ele fixou os olhos em Louisa, parecendo prestes a explodir. Roland, que estava de costas para a porta, se virou. Ela poderia jurar que ele parecia prestes a lhe dar uma piscadela, tamanha era sua serenidade.

Louisa hesitou por uma fração de segundo antes de dizer:

— Com licença, milorde, lady Redesdale pediu que o Sr. Lucknor viesse à sala de estar para ouvir as crianças recitarem seus poemas.

Ela fez uma pequena mesura e fechou a porta atrás de si. Então voltou para o corredor, parando para se encostar nas sombras e acalmar sua respiração. Poucos segundos depois, ouviu a porta se abrir e fechar de novo, e então os passos de Roland se aproximando.

— Srta. Cannon — disse ele. — Posso ter uma palavrinha?

CAPÍTULO QUARENTA E SEIS

Louisa parou e virou-se para encará-lo. O fato de ele querer falar com ela a pegou desprevenida. Além disso, havia a simples questão de que estar tão perto assim dele a deixava ofegante. Aqueles olhos quase pretos fitando os seus, a boca cerrada em uma linha reta. Roland estava tão perto que ela sentia seu hálito quente. Uma das mãos pousava em seu ombro, a outra estava caída ao lado do corpo, os dedos compridos a centímetros de tocar os dela.

— Soube que a senhorita está passando por dificuldades — disse ele. — Seu tio Stephen.

O choque de ouvir Roland dizer o nome do tio fez Louisa cambalear dois passos para trás, embora ele a tivesse imprensado contra a parede.

— Como sabe disso? — perguntou ela.

— Nancy me contou discretamente antes do almoço. Não se preocupe, quero ajudá-la.

Maldita Nancy.

— Conheço homens assim — continuou Roland. — Eles ladram, mas não mordem.

— Não estou segura de que seja esse o caso — disse Louisa, mas lembrou-se de que Roland havia despachado facilmente aquele homem depois do baile em Londres.

— Seu tio pode conseguir ameaçar e assustar *você* — continuou o oficial —, mas, se eu falar com ele, sei que o convencerei a ir embora. Só preciso de alguma informação que possa ser usada contra ele.

— O que o senhor vai fazer? — sussurrou Louisa.

— Vou encontrá-lo. Ele está hospedado no vilarejo, não está? Só vou dizer a ele que, se aparecer aqui de novo, temerá por sua vida.

— Não entendo. Por que o senhor faria isso para mim?

Roland olhou para trás, a fim de verificar se a porta do escritório de lorde Redesdale estava fechada. O gramofone tocava uma ária cantada por sua adorada Amelita Galli-Curci em alto volume.

— Porque preciso da sua ajuda aqui na casa. A senhorita pode fazer algumas coisas por mim. Vamos apenas dizer que nós dois necessitamos de uma mãozinha no momento. O que acha?

O quê?, pensou ela. Que resposta dar?

Louisa estremeceu. Ela só não sabia se pelo frio do corredor ou pela proximidade de Roland. Era impossível ter certeza. Havia apenas uma lâmpada acesa em um pequeno aparador, deixando os dois nas sombras.

— Provavelmente é errado da minha parte fazer esse pedido, mas acho que podemos ajudar um ao outro — continuou Roland. — Diga-me algo sobre o tal Sr. Stephen Cannon que possa assustá-lo.

— Diga a ele que o Sr. Liam Mahoney de Hastings o enviou — respondeu Louisa. Ela tivera tempo de pensar naquilo nos últimos dias, o que era muito útil agora. — Mas eu não entendo, o senhor realmente vai fazer isso por mim?

— Sim — disse Roland, aproximando-se mais. — Vou. Mas preciso que a senhorita me ajude primeiro.

— Como? — ofegou Louisa.

— Preciso que seja minha aliada nessa casa. Estou tendo algumas... dificuldades com lorde Redesdale. Ele tem se mostrado um pouco relutante em investir mais em meu empreendimento de golfe. Nada que eu não possa resolver, entende? Mas não quero ser afastado da Srta. Mitford.

— Como assim?

O rosto de Roland se suavizou.

— Ela é uma moça adorável. E tem quase 18 anos...

— O senhor está pensando em... o quê? Não *casamento*, certamente? — questionou Louisa.

Aquilo complicava as coisas.

Roland não respondeu e afastou o olhar. Houve um silêncio momentâneo. Ela precisava levá-lo para a sala de estar logo; senão lady Redesdale iria querer saber o que tinha acontecido, e Nancy começaria a ficar agitada. Mas precisava lhe perguntar sobre a enfermeira Shore. Só... queria que Roland se livrasse de Stephen primeiro.

— Por favor. Confie em mim. Você confia em mim, Louisa?

— Não sei — sussurrou ela.

— Só me diga o que preciso fazer, e eu o farei. Vou provar que sou digno de confiança. Então você pode falar bem de mim para Nancy.

Tremendo, Louisa detalhou seu plano: depois do café, Nancy iria sugerir que os três dessem uma volta pelo jardim, dizendo que faria bem a Roland tomar um pouco de ar antes de pegar o trem de volta para Londres. O que lhe daria tempo de ir à procura de Stephen no Swan Inn. Mais cedo, Nancy havia deixado uma bicicleta encostada ao lado da porta do jardim que dava diretamente para a estrada, permitindo que o oficial saísse sem ser visto por ninguém na casa. Ela não falou aquilo com todas as letras, mas ficou claro que, caso alguma coisa acontecesse com Stephen, Nancy e ela serviriam de álibi para Roland.

O plano parecera bom antes, quando as duas o esquematizavam, mas, agora, confrontada com a realidade, Louisa o achava inútil na melhor das hipóteses; na pior, imprudente e perigoso. A lembrança de Roland gritando o nome da enfermeira Shore também voltara de forma muito clara; qualquer dúvida que ela tivera nos últimos meses de que ele havia pronunciado aquelas palavras havia desaparecido. Sem mencionar as cadernetas bancárias, escondidas nos fundos do guarda-roupa dela. Intimidada pelo que havia feito, Louisa não as examinara desde o momento em que as pegara.

— Ótimo — disse Roland. — Vamos lá. Mas lembre-se: eu conheço o poder dos criados em uma casa como essa. Preciso que diga a Nancy que eu sou o homem certo para ela. Você vai ficar me devendo isso.

Louisa concordou. O que mais podia fazer?

CAPÍTULO QUARENTA E SETE

No jardim inferior, Louisa e Nancy estavam sentadas ao lado da piscina, no gazebo cercado por um bosque de árvores. Mesmo se a babá Blor trouxesse as outras meninas para dar uma volta, elas não seriam vistas. O gazebo de madeira estava desgastado, não havia vidro nas molduras das janelas, o vento e folhas douradas entravam com facilidade. Louisa olhou para os beirais empoeirados, os cantos cobertos de teias de aranha, a tinta descascando como cortiça de uma árvore apodrecida. Ela estremeceu e se perguntou, mais uma vez, se havia feito a coisa certa.

Roland deixara para trás seu sobretudo, uma peça elegante, com um cachecol de caxemira azul-claro e um chapéu de feltro. Ele havia saído às escondidas usando uma boina de tweed, que Nancy surrupiara de um armário, e um paletó encerado verde-escuro. As duas se aconchegaram no banco, com um velho cobertor grosso vermelho cobrindo seus joelhos. Louisa esperava que elas não tivessem de esperar muito. Ainda não estava tão frio, mas o silêncio assustador fazia o tempo se arrastar. Elas observaram um besouro atravessar o assoalho e quase perderam a paciência com sua lenta indiferença — afinal, ele não *queria* chegar ao outro lado?

— Está quase na hora do chá. Vamos entrar e esperar por ele lá dentro — sugeriu Nancy.

— Não podemos fazer isso. Por favor, só mais um pouco — pediu Louisa com mais segurança do que sentia, além de frustração por Nancy parecer não entender a seriedade do assunto.

Como Roland despacharia Stephen? Seu tio levaria a ameaça a sério? O medo tomou conta dela. E se ele o atacasse e Roland voltasse ferido? E se Roland não voltasse?

Nancy se levantou e esticou os braços.

— Estou entediada.

Louisa olhou ao redor, desamparada.

— Podíamos brincar de alguma coisa.

— De quê? De espião? Não, obrigada. — Nancy foi até onde estava o casaco de Roland e o pegou. — Gosto do casaco dele. Não combina com um dia no campo, é claro, mas seria muito elegante em Londres. — Ela o ergueu até o nariz. — Tem o cheiro dele, meio amadeirado e gostoso.

— Largue esse casaco, Nancy — disse Louisa. — Podemos brincar de adivinhação.

Nancy a ignorou e vestiu a peça, apertando-a contra si e enterrando o rosto no colarinho. A roupa era comprida demais para a garota, e a bainha roçava os ramos e as folhas poeirentas do chão.

— Você vai sujar isso, tire! — Louisa estava em pânico.

Não sabia ao certo por que, mas parecia invasivo vestir o casaco de Roland.

Nancy espiou por cima do colarinho e arqueou as sobrancelhas, brincalhona.

— Não seja boba. — Ela enfiou as mãos nos bolsos e começou a tirar coisas dele. — Um lenço, limpo. Bom sinal, ninguém gosta de um homem com nariz melequento. Duas chaves em uma argola; isso sugere um apartamento. Uma entrada compartilhada e a porta dele. Uma chave só significaria uma casa, o que seria melhor, mas a gente não pode ter tudo na vida, não é?

Ela sorria, achando graça de sua travessura.

Louisa, não.

— Por favor, pare com isso. E se ele voltar?

— Ele não vai voltar. E por que se incomodaria, de qualquer modo? Uma carteira... Ah, o que temos aqui? Duas libras e um documento de identidade. Veja só, Lou-Lou! Roland Oliver Lucknor. Eu não sabia que o nome do meio dele era Oliver.

Louisa temia o que Nancy poderia encontrar. Não queria que a pupila descobrisse que ela fizera um pacto com o diabo e sabia que nenhum bisbilhoteiro encontrava algo que o fizesse se sentir melhor.

— Não quero participar disso, Nancy.

— Estraga-prazeres. — Mas a garota enfim colocou o documento de identidade dentro da carteira e a guardou no bolso. Quando Nancy tirou o casaco, sua atenção foi atraída por outra coisa. — O que é isso? Um bolso interno.

Louisa afundou o rosto nas mãos, mas não podia negar que também estava curiosa.

— Um livro. *Les Illuminations*, de Rimbaud. Poesia francesa — falou Nancy, virando as páginas. — Que romântico. Tem uma inscrição aqui: "Para Xander, *Tu es mon autre*, R." — Ela fez uma pausa, pensando. — Por que alguém carregaria o livro de outra pessoa por aí? Imagino que ele tenha pegado emprestado com o dono.

Louisa a observava com atenção agora.

— Nancy, chega. Isso não é da sua conta.

A garota deu de ombros.

— Talvez seja. Só estou olhando um livro, não abrindo cartas.

Mas ela o guardou de volta, dobrou o casaco, colocou-o sobre banco e sentou-se ao lado de Louisa para esperar um pouco mais.

Ainda estava claro quando Roland voltou, mas a temperatura havia caído bastante. Ainda assim, quando ele tirou o paletó encerado, Louisa viu manchas escuras de suor na camisa. Ele havia entrado no gazebo em silêncio; as duas só o notaram quando ele parou diante delas, o rosto impassível.

— Resolvido — disse ele, ríspido. — Seu tio não vai mais incomodá-la.

— O que... — começou Louisa, mas Roland a interrompeu.

264

— Não vou discutir esse assunto. Só vim avisar. Podem transmitir minhas desculpas a lady Redesdale, por favor? Digam a ela que tive de ir embora para pegar o trem. E podem fazer a gentileza de perguntar ao chofer se ele poderia me levar à estação agora?

— Sim — respondeu Louisa, mal conseguindo falar.

Ainda estava preocupada, apesar da garantia de Roland de que Stephen a deixaria em paz. Ela conhecia o tio, sabia o tipo de medida capaz de afugentá-lo, e não conseguia aceitar que Roland seria capaz de algo assim. Parecia haver pequeninas manchas de sangue no colarinho de sua camisa, e Louisa fechou os olhos, como uma criança. O que os olhos não veem, o coração não sente.

Ele se virou para Nancy.

— Vou lhe escrever em breve. Pense em mim com carinho, sim?

Nancy assentiu com a cabeça, atônita com o clima intenso.

Em menos de 15 minutos, Roland estava no carro, saindo pelo portão e pegando a estrada. De dentro da casa, Louisa observou sua partida da janela do quarto, com Nancy ao seu lado, as duas de braços enlaçados, os rostos pálidos. Algo sério havia acontecido, pensou ela, embora ainda não soubesse o quê. Na verdade, esperava nunca descobrir.

Ypres, 19 de maio de 1917

Amor da minha vida,

Certa noite, fomos alertadas de que o bombardeio seria muito intenso — em geral, é difícil saber o que está acontecendo, a não ser que a gente corra lá para fora e ache alguém para perguntar —, e nos encaminharam para o porão de uma construção próxima. Foi uma operação horrenda e exaustiva, executada pelas enfermeiras e poucos soldados que não estavam feridos demais e conseguiam caminhar. Só havia duas velas, então ficamos sentados na quase escuridão, ouvindo as bombas — quatro por minuto —, esperando para descobrir se alguma havia caído sobre nós, ouvindo-a atingir outro lugar, e então esperando pela próxima carga.

Roland Lucknor, que sempre se mostrou jovial e encantador, apesar da dor constante resultante do ataque de gás que sofreu, foi tomado pela histeria no meio do bombardeio. Começou a rir absurdamente, e então ficou choroso e escandaloso, incapaz de permanecer quieto. Tentei alternar entre palavras empáticas e firmes, mas nada funcionou.

Após um tempo, seu ordenança chegou, um rapaz simpático chamado Xander, e começou a entoar canções de amor francesas no ouvido dele — pelo menos, era o que pareciam para mim —, e isso o acalmou. Os dois se conheceram antes da guerra, em Paris, pelo que fiquei sabendo, em um ambiente meio decadente de escritores e artistas.

Roland, àquela altura delirante, começou a chamar por sua mãe e aninhou-se no peito de Xander, que o abraçou com força. Como estava muito escuro, ninguém mais viu, e sei que outros se sentiriam afrontados com a cena, mas, pobres coitados, quem tem o direito de julgar se o único consolo que encontram vem um do outro? Se alguém acredita que está recebendo um abraço da mãe, não serei eu que irei desmentir.

Infelizmente, no dia seguinte, depois que voltamos à superfície, Roland e Xander tiveram uma briga terrível, gritando um com o outro na enfermaria. Corri para tentar acalmá-los, mas isso só pareceu piorar a situação. Não sei qual era o motivo; talvez Roland tivesse se dado conta do que aconteceu e estivesse se sentindo humilhado.

Já se passaram tantos meses agora que eu quase não ouso imaginar que você ainda me espera, mas uma pequena esperança é o que nos ajuda a seguir em frente, por isso me agarro a ela apesar de tudo. Pense com carinho em sua pobre e patética amiga, por favor.

Com muito amor e ternura,

Flo

CAPÍTULO QUARENTA E OITO

Guy andou pelo acostamento da estrada na direção do que esperava ser a mansão Asthall. Fazia duas horas que saíra da estação e caminhava, sentindo o ar frio a cada respiração. Rajadas de vento sopravam pequenas pilhas de folhas amareladas à sua frente, como se alguém tivesse arrancado as páginas de um livro velho em um acesso de raiva.

Demitido do trabalho, ele passara a primeira semana fazendo uma tarefa aqui e outra ali em casa para a mãe, e o fim de semana passara como de costume, mas, quando a segunda-feira seguinte chegara, Guy não tivera estômago para passar outra semana inteira ali. Seus irmãos não paravam de provocá-lo, e o olhar comiserado dos pais era ainda pior.

Felizmente, toda semana ele dava à mãe um dinheiro para as despesas da casa e guardava o restante no banco, com exceção de uma ou duas libras para uma cerveja de vez em quando. Todos os trocados eram guardados em uma jarra, e havia o suficiente nela para uma passagem de ida e volta até Shipton, além de uma ou duas noites em uma estalagem local. Assim que se deu conta disso, Guy saíra de casa antes que pudesse mudar de ideia.

Agora, tendo percorrido a estrada sem nenhuma outra companhia a não ser seus pensamentos, ele começou a questionar se seu plano impulsivo ainda era bom. Ele nem mesmo sabia se Louisa estaria lá — os patrões podiam ter viajado para Londres, Paris ou para qualquer outro lugar frequentado por grã-finos, e a levado junto.

E também não sabia se ela ficaria contente em vê-lo. Sua última carta fora, como de costume, amistosa porém distante. Guy sabia muito bem como se sentia — queria tomá-la em seus braços, aninhá-la em seu peito e protegê-la de tudo. Porém era difícil saber se ela estaria disposta a dividir sequer um guarda-chuva com ele no meio de uma tempestade. Bem, agora era a hora de descobrir.

Quando chegou ao portão, a esperança tomou seu coração. Havia fumaça saindo das chaminés. A família devia estar em casa. Havia um bilhete em seu bolso, que ele daria a alguém se Louisa não se encontrasse ou se estivesse ocupada. Na entrada de carros, Guy viu o belo carvalho e decidiu não bater à porta da frente, e sim procurar uma entrada nos fundos onde pudesse encontrar uma criada para quem entregar o bilhete.

Um muro de pedra, alto e bonito, marcava os limites do terreno, e Guy notou que havia uma porta nele, em uma curva perto da casa, a madeira pintada da mesma cor da pedra — uma saída discreta do jardim para a estrada. Ele poderia ir embora por ali também; não havia gostado de caminhar pela entrada de carros, mais adequada e usada para a chegada arrebatadora de veículos elegantes, certamente. Seus sapatos empoeirados e o terno marrom de tecido leve estavam surrados. Quando se perguntava de novo se aquilo não teria sido uma péssima ideia e se deveria dar meia-volta, ele viu uma jovem de vestido e avental, com uma touca na cabeça. Ela carregava um cesto de roupa vazio em uma das mãos, acenando com a outra.

— Olá — cumprimentou-o a moça. — Posso ajudá-lo?

Seu sorriso era amigável, e Guy sentiu-se encorajado. Ele seguiu a passos rápidos em sua direção, nos fundos da casa, com plantas crescendo em grandes vasos agrupados, as folhas aromáticas derramando-se dos receptáculos de barro. Guy sentiu o cheiro de alecrim, que ficou entalado em sua garganta, evocando uma súbita memória da mãe servindo cordeiro assado em uma Páscoa, uma iguaria rara antes da guerra, quando todos os seus filhos estavam vivos e sentados ao redor da mesa.

— Olá — respondeu ele ao se aproximar, sem querer gritar. — Eu gostaria de saber se poderia deixar um bilhete para a Srta. Louisa Cannon?

Ada — pois depois descobriria que o nome dela era Ada — abriu um largo sorriso.

— *Srta.* Louisa, hein?

Guy ficou imóvel, segurando o bilhete com ambas as mãos, a mala caída a seus pés. Então a encarou de novo com um ar atordoado.

— Hum, sim. Ela está? Posso deixar o bilhete com a senhorita?

— O senhor pode falar com ela pessoalmente — disse Ada, achando graça do constrangimento dele. — Venha, uma xícara de chá lhe faria bem. A Sra. Stobie vai lhe servir uma na cozinha.

Louisa estava na despensa de roupas de cama e mesa — onde dobrava e redobrava os lençóis e as cobertas das crianças, tarefa que começara a repetir diariamente, a fim de ter um tempo só para si e escapar das perguntas bem-intencionadas, porém cada vez mais frustrantes, da babá Blor sobre se ela "estava se sentindo bem" —, quando foi chamada à cozinha e encontrou, sentado à mesa de pinho escovado, Guy Sullivan. Aquilo a pegou de surpresa, pois Ada, maliciosamente, não a alertara antes. Ela respirou fundo e ficou parada ali, sem saber o que fazer ou dizer. A Sra. Stobie fingiu-se ocupada no fogão, pincelando um empadão com ovos batidos. Ada ficou olhando descaradamente e deu um empurrãozinho em Louisa.

— Cumprimente o pobre rapaz. Olhe só para ele, passou uma eternidade caminhando só para ver você.

— Não foi uma eternidade, Srta. Cannon — explicou-se Guy, sentindo que precisava assumir o controle da situação. — Eu vim da estação de trem. É um belo dia para uma caminhada. Enfim — continuou ele, enquanto Louisa o observava. Era prazer que via no rosto dela? Ou raiva? — Eu não tinha a intenção de incomodar; só queria deixar um bilhete para informar que ficarei hospedado aqui perto.

Louisa se recompôs.

— Olá, Sr. Sullivan — cumprimentou-o ela. — Que bom rever o senhor. Peço desculpas, mas... eu não esperava sua visita. — Ela se virou para Ada e a fitou com um olhar sério. — Obrigada, Ada. Não é melhor você voltar a seus afazeres?

A criada riu, deu uma piscadela para a amiga e saiu da cozinha. A Sra. Stobie afastou-se do fogão e, enxugando as mãos no avental, disse que também precisava retirar-se. Tinha de planejar o cardápio da semana antes de falar com lady Redesdale na manhã seguinte. A Sra. Windsor, acrescentou ela, tivera um compromisso em Burford e só voltaria na hora do chá. Em outras palavras, a barra estava limpa.

Louisa apanhou uma xícara para si e sentou-se à mesa, diante de Guy. O leve choque com a visita havia corado suas bochechas. Seus cabelos, cuidadosamente presos de forma a passar a impressão de serem ousadamente curtos, exibiam algumas mechas soltas que a deixavam mais delicada. Só de olhar para ela, Guy começou a batucar com os dedos na mesa, nervoso, e então escondeu as mãos sobre o colo. Seu chapéu estava ao lado do bule de chá e da jarra de leite que a Sra. Stobie lhe servira.

Louisa se serviu de chá sem dizer nada antes de tomar o primeiro gole, deixando-o ainda mais nervoso. Sua voz era mais suave agora que as outras mulheres haviam saído da cozinha; isso fez com que Guy tivesse esperanças de que ela usava esse tom de voz apenas com ele.

— Por que o senhor veio até aqui? — perguntou a moça.

Será que Stephen havia sido dado como desaparecido?

— Eu queria vê-la — respondeu Guy.

Aquilo foi um alívio para seus temores.

— Que gentil da sua parte. Mas não é só isso, é?

— Fui demitido da polícia. Eu não sabia o que fazer. Só que queria vê-la.

— Demitido! Por quê?

— Por conduzir investigações sobre o assassinato de Florence Shore por conta própria.

— Que investigações? — perguntou Louisa. — A visita que fez a Stuart Hobkirk?

— Não exatamente. Isso é, outra pessoa o procurou depois que nós falamos com ele. Não sei quem foi, mas gostaria de descobrir. Admiti que procurei Mabel Rogers também, e isso não me ajudou. Eu não devia ter falado nada. Nem discuti o caso com ela, embora tenha mencionado Roland Lucknor.

— E contou isso ao seu chefe?

Louisa ficou pálida. Aquelas cadernetas bancárias... Devia entregá-las a Guy, mas a última coisa de que precisava era que a polícia investigasse Roland. E se descobrissem sobre Stephen e o papel dela naquela história?

— Não — respondeu Guy —, eu falei que fui visitá-la para oferecer minhas condolências, não na qualidade de policial, o que foi verdade, de certo modo. E ela nem reagiu ao ouvir o nome dele quando eu o mencionei. Minha vida está acabada, Louisa. O que vou fazer?

Louisa olhou para seu chá intocado, cinzento e frio. E ouviu as batidas do relógio do corredor anunciando que eram três horas.

— Não sei — sussurrou ela. — Escute, é melhor você ir agora.

— Existe alguma pousada aqui por perto? Algum lugar onde eu possa passar a noite?

Louisa sabia que só havia uma e que, se ele perguntasse a qualquer outra pessoa, era para lá que o mandariam: o Swan Inn. Mas Stephen se hospedara lá até seu súbito desaparecimento, e ninguém falava de outra coisa por ali. Ao que parecia, o tio devia dinheiro a praticamente todos os homens do vilarejo, que se escondiam no bar tentando escapar da fúria de suas esposas. Um desconhecido certamente teria os ouvidos alugados por suas tristes histórias. E, graças ao namorado de Ada, Jonny, várias pessoas sabiam que ela era sobrinha de Stephen. Louisa andava evitando sair de casa nos últimos tempos; quando estivera no vilarejo havia poucos dias, fora abordada por um homem furioso que exigia saber por onde Stephen andava. Ela não queria que Guy descobrisse sobre seu passado. Se quisesse ter um futuro, precisava deixar os velhos tempos para trás.

— Não — respondeu ela —, se você ficar por aqui, correrão mexericos sobre nós. Vão comentar sobre sua visita à mansão se o virem no vilarejo. Você não sabe como são as coisas no interior. Todo mundo sabe da vida de todo mundo.

Aquilo não era tão verdadeiro quanto os londrinos costumavam acreditar, mas era um bom argumento para aquele momento.

— Devo partir essa noite? — perguntou Guy, pensando na longa caminhada até a estação.

— Sim — respondeu Louisa, com o coração ainda batendo rápido.

— Faz sentido. — Então Guy inclinou-se para perto dela. — Louisa,
a verdade é que... — Ele parou, reunindo coragem para continuar. — A
verdade é que eu faria tudo que você mandasse, sabe? Tudo.

Louisa sorriu para ele, mas não disse nada. Ela gostava de Guy, mas
não era para ser. Então se levantou.

— Lamento não poder acompanhá-lo à saída, é que preciso voltar para
as crianças; elas devem estar se perguntando onde estou. Escreverei assim
que puder.

Guy se levantou e, antes que ela pudesse reagir, parou ao seu lado da
mesa. Louisa recuou um pouco, mas ele ergueu a mão em um sinal para
que não se alarmasse.

— Tudo bem. Eu só queria me despedir. Pode ao menos apertar minha
mão?

Ela riu — Guy era tão despretensioso que jamais poderia ter medo dele.

— Claro — disse ela. — Adeus, Guy. — Os dois trocaram um aperto
de mão, um pouco tímidos. — Vou escrever.

Quando a Sra. Stobie voltou à cozinha, um ou dois minutos depois,
tudo o que encontrou foram as xícaras e o bule de chá colocados organi-
zadamente sobre a pia e as cadeiras vazias junto à mesa, a cozinha tomada
por um vazio.

CAPÍTULO QUARENTA E NOVE

Em novembro seria o aniversário de 18 anos de Nancy, e sua mãe lhe prometera um baile na biblioteca. Louisa sabia que a garota sentia que a vida adulta finalmente se aproximava e estava impaciente para que começasse. Enquanto isso, havia muito a fazer: planejar a lista de convidados, os vestidos, as flores... Em uma noite, com apenas poucos passos, Nancy trocaria a escola pelo salão de baile, e sua infância chegaria ao fim. Não era uma festa, constatou a aniversariante, e sim um ritual de iniciação. Se pudesse acrescentar tambores africanos e sinais de fumaça, ela o faria. Mas um quarteto musical e uma lareira acesa teriam de bastar.

Tudo aquilo era emocionante, e Louisa se sentia feliz pela pupila, a não ser por um detalhe: Nancy lhe contara que pretendia convidar Roland para o baile e estava segura de que a mãe deixaria.

Depois de uma noite insone, Louisa disse à babá Blor que precisava conversar com lady Redesdale e pediu permissão para descer e encontrá-la depois do café da manhã.

— Claro, minha querida — concordou a babá Blor —, mas parece algo muito sério. Devo me preocupar?

Ela balançou a cabeça e disse que não, provavelmente não; só queria pedir a opinião de milady sobre um assunto; não levaria muito tempo.

Às nove da manhã, em seu melhor vestido simples e com os sapatos recém-lustrados, os cabelos tão em ordem quanto possível, Louisa desceu as escadas até o salão matinal onde lady Redesdale escrevia suas cartas após o desjejum. O sol das manhãs de outono iluminava belamente o mobiliário claro, e a cabeça da patroa já estava curvada sobre sua tarefa diária, a caneta voando velozmente sobre o papel de cor creme, o timbre dos Mitford gravado em relevo no topo.

Como a vida na mansão Asthall era bastante pacata, ninguém conseguia imaginar o conteúdo das cartas intermináveis de lady Redesdale. A mulher não nutria nenhum interesse por jardinagem, por isso parecia improvável que estivesse trocando conselhos preciosos com uma de suas cunhadas sobre como aparar petúnias. As crianças nunca davam trabalho de verdade, e o marido seguia uma rotina rígida que não propiciava muitas notícias, a não ser que ela quisesse divulgar as marcas dele no tiro ao alvo. Nancy especulava que a mãe se entregava a um mundo de fantasia transmitindo notícias a amigas e parentes distantes, escrevendo sobre bailes imaginários e festas fantásticas frequentados pelo príncipe de Gales, com suas filhas sendo cortejadas por membros da realeza europeia. Aquilo lhe parecia a única opção, uma vez que "nossas vidas aqui são tão chatas que não há nada a contar".

Na verdade, Louisa achava que lady Redesdale estava mais ligada aos filhos do que eles se davam conta. Havia muitos e frequentes *diktats* sobre os livros que poderiam ler, a comida servida na ala das crianças, o número de centímetros em que cada janela deveria ser aberta para permitir a entrada contínua de ar fresco em todo tipo de variação meteorológica, e assim por diante. Sem mencionar que ela mesma dera aulas a todos em seus anos mais tenros. Louisa suspeitava de que lady Redesdale não era tão desinteressada pelos filhos, mas se deixava distrair facilmente, o que dificultava um engajamento maior.

De pé na soleira da porta, Louisa tossiu, e a patroa ergueu o olhar. Se ficou intrigada ao ver a assistente de babá no salão matinal sem as crianças, não demonstrou.

— Sim, Louisa? — perguntou ela, a caneta pairando no ar, pronta para voltar à sua escrita a qualquer momento.

— Desculpe incomodar, milady — disse Louisa, timidamente. — É só que...

— Chegue um pouco mais perto, mal consigo ouvi-la.

— Desculpe. — Então Louisa deu alguns passos à frente, mas manteve distância, como se estivesse diante da jaula do leão no zoológico. — Preciso falar com a senhora sobre um assunto.

— Pois não? — Lady Redesdale parecia impaciente, mas largou a caneta e colocou as mãos no colo. — O que é?

Ela estava prestes a romper sua promessa a Roland, mas agora tinha medo dele. Se o oficial fosse banido da mansão Asthall, sua segurança estaria garantida.

— Perdoe-me, milady, sei que o que vou dizer poderá parecer um tanto insolente, portanto, por favor, acredite que só o faço por querer o melhor para a senhora e para lorde Redesdale.

— Céus. Que intrigante. Por favor, continue.

— É sobre o Sr. Lucknor. Sei que dona Nancy deseja convidá-lo para o baile, mas é muito importante que ela não o faça. Acho que ele não deveria mais aparecer aqui.

— Realmente, essa é uma declaração impressionante da *sua* parte. Por que não?

— Creio que lorde Redesdale pode estar dando dinheiro a ele por motivos não muito... lícitos.

— Não acredito no que estou ouvindo. Você está tomando a liberdade de me dizer que não concorda com os negócios do meu marido?

A fúria tomou o rosto de lady Redesdale.

Louisa gaguejou, mas sabia que tinha de continuar.

— Desculpe, milady. Sei que não cabe a mim dizer...

— Você está totalmente correta em relação a isso!

— Mas acredito que o Sr. Lucknor não seja exatamente o que parece. Acho que, se ele voltar aqui, poderá ser um perigo para a família.

— É algo que deveríamos contar à polícia?

— Não, milady.

— Porque não é sério o suficiente, ou porque você não tem qualquer motivo real para afirmar tais coisas?

Louisa hesitou. Nada daquilo estava saindo como ela pretendia, mas como explicar sem contar sobre Stephen e as manchas de sangue no colarinho de Roland? Ou que ela entrara no quarto dele à noite e o ouvira gritar o nome de uma enfermeira assassinada, embora houvesse negado que a conhecesse? Que não acreditava que qualquer proposta de negócio que ele oferecesse a lorde Redesdale fosse honesta, quando ele tinha uma caderneta bancária que pertencia a outra pessoa?

Lady Redesdale soube exatamente como interpretar o silêncio de Louisa.

— Uma assistente de babá não pode interferir nos negócios do meu marido. Estou certa de que compreende — falou a patroa, calma. — Você está dispensada do seu cargo a partir de hoje. Eu lhe darei uma referência e o resto do salário do mês, mas só. Hooper pode levá-la à estação essa tarde.

— Vou ser dispensada, milady? — indagou Louisa, pega de surpresa por aquela reação.

— Sim — respondeu ela, bufando. — Eu não queria ter que fazer isso, mas, quando os criados interferem nos assuntos de seus patrões, revelam ambições de estarem acima da posição que ocupam, e isso não é bom para ninguém. Por favor, vá.

Ela abaixou a cabeça de novo e pegou a caneta. Não haveria últimas palavras, nenhuma chance de perdão.

Louisa não disse mais nada e saiu da sala.

CAPÍTULO CINQUENTA

No andar de cima, na ala das crianças, a notícia da partida iminente de Louisa causou alvoroço. A babá Blor desabou sobre sua poltrona como um saco de farinha e ficou observando Louisa enquanto ela juntava as poucas lembranças que havia adquirido em seu tempo ali, que faltava pouco para completar dois anos. Havia conchas de St. Leonards-on-Sea e um bastão de pedra que comprara com a intenção de dar à mãe, mas o presente parecera bobo demais quando voltaram, e ela então o guardara. Outras duas ou três conchinhas da praia de Dieppe e pouco mais de um metro de uma fita de veludo verde-menta que Nancy lhe dera em Londres.

Com seu salário, Louisa havia comprado dois vestidos de algodão, uma jaqueta e um novo par de botas, mas ainda tinha seu velho casaco de feltro verde e o chapeuzinho marrom. Além disso, seus pertences eram poucos, e foi a visão de toda sua existência sendo enfiada em uma mala de pano que a fez querer chorar mais do que qualquer outra coisa. Ela havia convencido a si mesma de que estava construindo uma nova vida ali, mas tudo se mostrara tão fácil de murchar quanto um suflê.

Pamela e Diana choravam baixinho, mas Louisa achou que era mais por desespero diante do clima tenso do que por sua partida. As duas estavam acostumadas a mudanças de empregadas e governantas, e fazia tempo que haviam aprendido a não se apegar demais, com exceção, é claro, da babá

Blor, que praticamente pertencia à família. Tom estava na escola, e as bebês, Decca e Debo, eram pequenas demais para entender o que estava acontecendo. Unity estava em um canto, rabugenta, mas era impossível saber se isso se dava pela partida de Louisa ou apenas porque era dia de ela ficar rabugenta.

Nancy, porém, zanzava pela ala das crianças em um acesso de raiva, lágrimas escorrendo pelo rosto. Ninguém parecia capaz de lhe dar uma resposta satisfatória sobre o motivo pelo qual Louisa estava ido embora, e a garota não acreditou na assistente de babá e amiga — sim, sua *amiga*, sua única amiga na casa — quando ela tentou alegar que desejava ir embora. Por que aquilo acontecera tão de repente? A mãe, é claro, permaneceu completamente impassível diante de suas súplicas, mandando que subisse e lavasse o rosto. O pai não fazia ideia daquele drama, pois passava o tempo todo fora de casa agora que a temporada de caça havia começado. Seus pais eram tão inconsequentes, continuou ela, faltavam apenas algumas semanas para o baile de seu aniversário; Quem a levaria a Londres para escolher um vestido? (Não que sua mãe tivesse lhe prometido uma modista em Londres, pensou Louisa.)

De qualquer modo, a raiva de Nancy era tão grande que preenchia cada aposento da casa, sem deixar espaço para explicações; ela era incapaz de ouvir qualquer argumento que fosse. Louisa se manteve calma, despedindo-se de todas as crianças com abraços e dizendo a Nancy, em um tom alegre, que ainda podiam se corresponder por cartas.

— Mas qual será seu endereço? — perguntou a garota, seguindo-a até seu quarto.

— Voltarei para casa. Você pode mandar as cartas para lá.

— Sim, mas e seu tio? — sibilou Nancy dramaticamente.

Louisa não havia mencionado as pequenas manchas de sangue que vira no colarinho de Roland.

— Está tudo bem, acho que ele não irá me importunar mais — disse ela, fingindo indiferença.

— Mas ele deve ter voltado a Londres depois que conversou com Roland — argumentou Nancy, insistindo no assunto.

— Shhh. Por favor, não se preocupe comigo. Vou ficar bem, como sempre. E você também.

Com isso, a garota entendeu que não havia mais nada a dizer.

Chateada, Ada estava na ala das crianças também. Ela havia sido convocada para substituir Louisa e lhe deu um livro, o mais recente de Agatha Christie, com uma flor do jardim colhida às pressas colocada entre as páginas.

— É tudo que eu tinha para dar — disse Ada, engolindo um soluço. — Estou tão triste por você ir embora. Com quem vou fofocar agora? Estou cercada por velhas.

Louisa sorriu.

— Obrigada. Não tenho nada para lhe dar, mas vou escrever. Obrigada pelo livro; sei que vou gostar.

Finalmente, com tudo empacotado, não restava mais nada a fazer a não ser ir ao estábulo à procura de Hooper e lhe pedir que a levasse à estação de trem. Ele resmungou, como sempre, e não esboçou qualquer reação ao pedido; as idas e vindas das pessoas na mansão não eram de sua conta. Louisa implorara à babá Blor que não levasse as crianças para se despedir lá fora. Ela não queria causar estardalhaço, ainda mais quando sabia que lady Redesdale poderia estar observando tudo de sua janela.

Assim, a moça partiu sem alarde, sem nem sequer dar um aceno de despedida, sentada ao lado de Hooper, de costas para as pedras amarelo-
-cinzentas e o telhado triangular da mansão Asthall.

PARTE TRÊS

1921

CAPÍTULO CINQUENTA E UM

Na jornada a caminho de Londres, Louisa se deu conta de que não podia voltar para casa. Ela se sentia como uma pária. Mesmo que pudesse voltar ao Peabody Estate, seria frequentemente lembrada, por zombarias ou comentários maldosos, de que fracassara em seu emprego em uma residência chique. Seria acusada de ser arrogante se usasse um termo rebuscado que havia aprendido com os Mitford em vez do linguajar simples com o qual fora criada. Ela poderia suportar tudo isso, mas não haveria ninguém que compreendesse o que ela deixara para trás nem por quê. Ela sentia falta da mãe e queria seu colo mais do que nunca, mas se Winnie perguntasse algo sobre Stephen, como responderia?

Roland Lucknor. Se conseguisse associá-lo ao assassinato da enfermeira Shore, ela seria absolvida e teria seu emprego de volta, assim como a consciência limpa sobre o destino de Stephen.

A polícia parecia ter arquivado o caso de Florence Shore. Será que Louisa *seria* capaz de resolvê-lo? A única maneira seria descobrindo mais sobre Roland. Ela precisava fazer alguma coisa; tudo mais ao seu redor parecia estar entrando em colapso.

Antes de partir, Louisa havia anotado o endereço dele em um pedaço de papel que guardara no bolso. Fora fácil encontrar aquela informação, pois Nancy guardava uma dúzia de cartas inacabadas para ele debaixo do colchão. Na ocasião, ela não sabia por que anotara o endereço, mas, agora, entendia. Iria procurá-lo. Talvez pudesse conversar com ele, convencê-lo a deixar Nancy em paz. Louisa estava com medo, mas sua preocupação com Nancy era maior. Não havia motivo para protelar aquilo, e ela não tinha mais nada a fazer, então seguiu direto da estação Paddington para o endereço em Baron's Court.

O quarteirão de mansões diante do qual se viu pouco tempo depois fora construído com bonitos tijolos vermelhos. Era um local de aparência confortável e próspera, onde seria possível ignorar os aspectos mais sórdidos de Londres que se faziam presentes na esquina seguinte. O bloco de Roland tinha uma porta larga, que estava aberta, e Louisa viu um porteiro no interior, com um quepe que deveria fazer parte de um uniforme, mas parecia surrado demais para isso. O homem varria o saguão com uma vassoura que era quase de seu tamanho. Ela hesitou na soleira da porta.

— Posso ajudá-la, senhorita? — perguntou o porteiro com um sorriso amistoso.

Louisa chegou à conclusão de que, já que estava ali, era melhor seguir seu plano.

— Estou procurando um Sr. Roland Lucknor. Creio que mora no apartamento nove.

— A senhorita não vai encontrá-lo lá hoje — afirmou o porteiro, apoiando-se na vassoura. — Nem em qualquer outro dia; faz meses que ele não aparece aqui.

— Ah, é? Mas e a correspondência dele? Sei que ele tem recebido cartas.

— Aqui não chegou nada, senhorita.

No entanto, Nancy enviara cartas para aquele endereço. Talvez Roland tivesse tomado providências para que a correspondência fosse encaminhada a outro lugar. Seria fácil pedir isso ao alguém dos correios.

— Quando foi a última vez que o senhor o viu? — perguntou Louisa.

— Não sei, acho que já tem tempo. Uma senhora de casaco de pele apareceu aqui, e os dois brigaram. Foi uma gritaria horrível. Depois disso, nunca mais o vimos.

— Como era essa senhora?

Um casaco de pele? Seria Florence Shore? Ela estava vestindo um casaco de pele na fatídica viagem de trem.

Mas sua pergunta fez o porteiro se dar conta de que havia ultrapassado o limite, compartilhando informações sobre um dos inquilinos com uma desconhecida.

— Não sei dizer, senhorita.

— Desculpe, eu não pretendia ser indiscreta. Mas ele é meu amigo, e quero encontrá-lo.

O porteiro se solidarizou com ela.

— É claro. Mas eu preciso ser cauteloso. O segredo é manter a discrição. As pessoas acham que ser porteiro é moleza, mas nós vemos um monte de coisas que temos que guardar para nós mesmos.

— Sim, eu compreendo. Não quero causar confusão para o senhor.

— Se ele voltar, gostaria de deixar algum recado?

— Não. Não, obrigada — respondeu ela, e foi embora, com medo de que Roland aparecesse subitamente, saindo do meio das sombras.

De volta à rua, Louisa se deu conta de onde poderia ir. Ela estava cansada e faminta, tendo saído antes do almoço, mas se sentia melhor por saber o que faria agora. Pegaria um trem para St. Leonards-on-Sea. Com sorte, Rosa poderia contratá-la como garçonete na casa de chá, pelo menos até que tivesse um plano sobre o que fazer. Mas, primeiro, precisava enviar uma carta para Guy.

A visão das janelas embaçadas da casa de chá de Rosa na Bohemia Road arrefeceu o pânico de Louisa. Assim que passou pela porta, ela se viu envolvida pelo peito acolhedor da proprietária, o avental coberto de farinha deixando marcas em seu casaco.

— Desculpe — disse Rosa, envergonhada, batendo na roupa de Louisa. — Venha, sente-se. Você parece estar precisando de uma boa xícara de chá, e acabou de sair fornada de bolinhos. Millie!

Rosa chamou uma garçonete cujos cabelos louro-escuros escapuliam da touca murcha — e que, na opinião de Louisa, parecia mais necessitada de comida do que ela. Agradecida, a moça afundou em uma cadeira, jogando a mala de pano debaixo da mesa.

Depois de tomar três xícaras de chá e se encher de bolinhos cobertos de creme e geleia de framboesa, com sementes que prendiam em seus dentes, sua situação não parecia tão ruim quanto antes. Graças à promessa de lady Redesdale de lhe pagar o restante do mês, ela até tinha um pouco de dinheiro no bolso.

Rosa teve de deixá-la para dar atenção a alguns fregueses, mas voltou quando o movimento diminuiu.

— Conte-me, querida, o que houve? Fico muito feliz pela visita, você sabe. Mas imagino que não esteja aqui tirando férias — disse ela, solidária.

Se fechasse os olhos, a voz e o calor que emanavam de Rosa podiam ser confundidos com os da babá Blor. Louisa sentiu saudade de casa, mas não da que morava com a mãe.

— Não — respondeu —, não são férias. Eu tive que sair de lá, e não sabia para onde ir. Posso ficar aqui por algumas noites? Posso pagar pela hospedagem, e, se houver algum trabalho que eu possa fazer na casa de chá, agradeço. Por favor.

Rosa cruzou os braços e seu peito subiu levemente enquanto observava Louisa e o movimento da casa de chá ao redor, notando a batalha que Millie estava travando para empilhar xícaras e pires, as colheres de chá caindo no chão como varetas de brinquedo.

— Sim — disse Rosa —, posso lhe dar um trabalho até você se organizar, e é claro que pode ficar aqui. Mas estou preocupada. Vou ter que contar a Laura que você está aqui.

— Tudo bem. Não estou pedindo que guarde segredo de sua irmã. E a babá Blor, quer dizer, Laura, não precisa esconder isso de lady Redesdale, embora eu ache que ela não irá perguntar sobre mim.

— Você arranjou problema? Sabe que pode me contar o que quiser — disse Rosa em um sussurro furtivo, que faria Louisa sorrir em outra ocasião. — Sou uma mulher vivida, apesar de morar aqui, na beira da praia, em uma casa de chá. Já vi muitas coisas por aí, e sei quando alguém está com medo.

— Não, está tudo bem, de verdade. Havia uma pessoa, mas acho que não vai mais me incomodar. Ele não viria aqui. Só preciso de um tempo para pensar no que fazer. Falei mais do que devia para lady Redesdale, só isso. Ela não gostou, e eu tive que ir embora.

— Ah, bem. E eles botam você na rua em um piscar de olhos, não é? Que coisa horrível. Espero que Lloyd George dê um jeito nessa gente, de verdade.

Louisa sorriu. Estava agradecida, mas também cansada. Ela perguntou se podia subir para o apartamento e ir para a cama. Mais do que tudo, precisava de uma noite sem sonhos.

CAPÍTULO CINQUENTA E DOIS

Guy estava sentado em uma lanchonete barata, encarando um café da manhã tardio, com bacon, ovos que esfriavam e fatias grossas de pão frito e morcela. A carta de Louisa estava aberta à sua frente. Nela, a jovem explicava que havia tentado encontrar Roland Lucknor, mas que não tivera sucesso, pois ele não aparecia em seu endereço desde que brigara com "uma senhora que usava um casaco de pele. Poderia ter sido Florence Shore?".

Ele precisava encontrar Roland, mas, se o sujeito não morava mais no endereço que Louisa tinha, não havia qualquer pista de seu paradeiro. De qualquer forma, se o encontrasse, o que diria? Que ele brigara com uma senhora usando casaco de pele e que isso parecia suspeito? Que murmurara "enfermeira Shore" enquanto dormia? Eram argumentos ridículos, mas, no entanto, Guy não conseguia se livrar da sensação de que havia algo sinistro no comportamento do oficial. O que ele precisava era estabelecer um perfil melhor do sujeito.

Deixando sua comida intocada, Guy pagou a conta e saiu para o dia úmido de Londres. Começaria com os colegas do exército de Roland para tentar conhecê-lo melhor.

Pela Listagem do Exército, na biblioteca de Hammersmith, Guy logo encontrou os nomes dos soldados que serviram no mesmo batalhão de lorde Redesdale e Roland Lucknor. Tomou nota dos quatro oficiais e oito sargentos. Esperava que pelo menos um deles tivesse sobrevivido para poder lhe contar algo sobre Roland. No catálogo telefônico, encontrou três nomes correspondentes em Londres. Guy olhou para seu relógio: meio-dia. Não havia motivo para protelar; seria melhor ir agora.

Dois dos endereços ficavam em Fulham, bem próximos um do outro. No primeiro, ninguém atendeu, mas, no segundo, listado em nome do Sr. Timothy Malone, na Lilyville Road, 98c, a porta foi aberta por um homem que não parecia ter mais de 30 anos, mas cujos cabelos eram brancos como a neve. Ele cumprimentou Guy com um sorrisinho de lado e puxou um bolso vazio para fora.

— Se veio atrás de dinheiro — disse ele —, eu não tenho nada, como bem pode ver.

— Não — replicou Guy, um tanto constrangido. — Não vim pedir dinheiro. Vim... — Então hesitou. Como ele poderia justificar as perguntas que tinha para fazer sobre Roland Lucknor? Ele não estava em missão oficial da polícia e não vestia uma farda. Teria de mentir. — Sou detetive particular e estou tentando levantar informações sobre um homem chamado Roland Lucknor. Creio que ele serviu no mesmo batalhão que o senhor durante a guerra.

O sorriso de Timothy ficou maior ainda.

— Ora, sim, meu camarada, servi. Entre, entre. Vou pôr a chaleira no fogo.

Antes que Guy pudesse dizer qualquer coisa, Timothy se virou na direção do corredor do apartamento, entrando em um cômodo. Enquanto Guy o seguia, notou os sinais inequívocos de que o homem era um solteirão. O papel de parede estava descolando nas beiradas, tornando-se amarronzado nas quinas devido à umidade, e as janelas deixavam entrar pouca luz graças à fuligem do lado de fora das vidraças. Havia uma cama desarrumada em um canto, que Timothy discretamente tentava pôr em ordem enquanto perguntava a Guy se ele gostaria de açúcar em seu chá. Guy sentou-se em uma das duas cadeiras diante da janela, a uma mesa surrada na qual havia um jornal, óculos de leitura e, o que era tocante, um pote de geleia com três margaridas.

— Desculpe a bagunça — disse Timothy. — Ainda não me acostumei a fazer tudo sozinho e, sem emprego, não posso pagar uma diarista ... — Ele gesticulou com o braço esquerdo, que acabava antes do cotovelo. — Ninguém quer contratar um soldado aleijado. — Timothy tentou dar uma risadinha, como se tivesse feito uma piada, mas não foi muito convincente. Então estalou os dedos como se chamasse um garçom invisível. — Chá! Um momento, já volto.

Ouviu-se um tilintar em um canto, e Guy notou que Timothy usava um trapo velho para limpar duas xícaras e um pires. Então ele voltou com a louça e se sentou.

— Você disse que é detetive particular... Deve ser um trabalho interessante.

— É, sim. — Guy tossiu. — Então você conheceu Roland Lucknor?

— Sim, conheci — respondeu Timothy —, mas quem quer saber?

Guy tentou se manter calmo.

— A família dele. Não sabem seu paradeiro e estão tentando encontrá-lo.

Timothy recostou-se na cadeira e cruzou as pernas compridas. Apesar do ambiente ao seu redor e das bordas puídas de seu colarinho, ele exalava mais elegância do que muitos homens com um guarda-roupa inteiro dos melhores alfaiates da Savile Row.

— Ora, não me admira que não consigam encontrá-lo. Pelo que me lembro de sua triste história, faz muito tempo que ele não tem contato com a família.

Guy inclinou-se para a frente.

— Do que você se lembra?

Fazia muito tempo que Timothy não conversava com ninguém; ele estava ansioso para falar, e, quando terminou de contar o que sabia, havia reabastecido a xícara de Guy três vezes. Roland fora voluntário quando Timothy era comandante, e os dois passaram um bom tempo no mesmo batalhão pouco depois da declaração da guerra, em Arras. As condições eram pavorosas. Logo, eles descobriram que aquilo seria de praxe, mas o começo foi um choque, e, apesar da personalidade entusiasmada de Roland, não demorou para que ele demonstrasse cansaço. Certa noite, ele estava sentado com Roland e seu ordenança — "não consigo lembrar o nome dele, mas era outro rapaz bonito" —, e os três encheram a cara com uma garrafa de uísque que o ordenança contrabandeara de algum lugar.

— A gente logo aprendeu a não fazer perguntas, apenas aproveitar tudo que podíamos — explicou Timothy.

Com o som do bombardeio rugindo o tempo todo, Roland tinha contado sua história: a mãe falecera antes de ele completar 9 anos, quando fazia cinco que não a via; o pai permanecera na África como missionário, com exceção de um breve encontro entre os dois pouco depois de Roland terminar a escola. Sem nenhum familiar a não ser uma madrinha, ele fugira para Paris logo depois da formatura, e fora lá que conhecera o ordenança.

— Waring! Era o nome dele! — Timothy deu um tapinha na perna. — Eu já estava começando a achar que minha memória também estava capenga. Aqueles dois tiveram algumas aventuras, pelo que ouvi dizer, eram boêmios, sabe? Muitas festas e mulheres. O tipo de coisa que o velho Eddie adorava.

— Eddie? — perguntou Guy, confuso.

— O rei Eduardo. Ele adorava essas coisas.

— Ah, sim — disse Guy, assentindo com a cabeça, tentando parecer sério.

Não costumava chamar reis por apelidos.

— Enfim, parece que, por mais que os dois se divertissem, eram uns pobretões. Tentaram ganhar a vida como escritores, acho, mas obviamente não tiveram sucesso. Quando a guerra estourou, viram uma chance de garantir casa e comida com certa regularidade. Pobres coitados. — Timothy balançou a cabeça. — Éramos todos uns idiotas. Achávamos que estávamos dando nossa contribuição ao rei e à pátria. A gente não fazia ideia. — Em um gesto melancólico, ele apontou para o cômodo patético. — Era por isso que estávamos lutando.

Guy tentou dar a Timothy um olhar solidário. Aqueles eram os piores momentos para ele, quando era forçado a admitir que não fizera parte do corajoso grupo de homens que havia lutado pelo rei e pela pátria, nem mesmo por um mísero quarto de pensão.

Timothy balançou a cabeça.

— Eu estava falando sobre Roland, não é? Pois bem, talvez ele soubesse. A guerra acabou com a vida dele. O rapaz gritava enquanto dormia, chorava abertamente durante o dia. O ataque de gás foi a pior coisa que poderia ter lhe acontecido; seria melhor ter morrido com um tiro. Lamento, sei que isso é uma coisa horrível de se dizer, mas, para alguns homens, viver com a lembrança da guerra é pior do que a morte. Waring parecia lidar melhor com a situação, ou talvez conseguisse esconder melhor seus fantasmas. Fiquei surpreso quando soube que foi ele quem se matou.

— Desculpe, como é? — perguntou Guy.

— Você não sabia? Waring foi encontrado em um galpão, depois de dar um tiro na cabeça. Os dois tinham acabado de ser liberados pelos médicos. Roland partiria de licença para a Inglaterra, Waring voltaria à frente de combate. Então eu nunca mais os vi.

— Compreendo — disse Guy, embora não compreendesse de verdade. — E por que você ficou surpreso ao saber que foi Waring que se matou?

— Não sei. Ninguém sabe o que se passa pela cabeça de uma pessoa que faz uma coisa dessas, mas, de certo modo, eu esperaria mais isso de Roland do que de Waring. Todo mundo sabia que Roland estava sendo mandado de volta porque os médicos achavam que ele estava traumatizado, só que não gostavam de usar essa expressão. Waring recebera permissão para voltar à guerra. Talvez ele não conseguisse encarar o dever.

— E você nunca mais soube de Roland?

— Não. Não que isso seja estranho. Perdi o contato com muitos homens. A maioria queria esquecer aquela época. Houve algumas reuniões depois, mas, quando alguém não aparece, você entende que essa pessoa não quer mais participar.

— Você mencionou uma madrinha de quem ele gostava — continuou Guy. — Ele falou algo mais sobre ela?

— Nada, meu velho. Só que ela havia enlouquecido, então Roland perdera até ela, sabe?

Houve uma pausa.

— Você chegou a conhecer a enfermeira Florence Shore? — perguntou Guy.

— Não é aquela que foi assassinada em um trem?

Guy assentiu com a cabeça.

— Sim, ouvi alguns homens falarem dela. Sei que trabalhava em Ypres quando estávamos lá. Ela cuidou de alguns dos meus colegas. Mas nunca a conheci pessoalmente.

— Sabe se ela conhecia Roland? — pressionou Guy.

— Não, não sei. — Timothy lançou-lhe um olhar desconfiado. — Está sugerindo que Roland foi o culpado pela morte dela?

— Não sei — respondeu Guy. Então decidiu arriscar uma pergunta final: — Você acha que Roland seria capaz de matar alguém? A sangue--frio, quero dizer.

— Meu Deus! Que tipo de pergunta é essa? É isso que a família pensa dele?

— Desculpe — gaguejou Guy. — Era algo que eu precisava perguntar, mas não precisa responder.

— Nós lutamos em uma guerra. Todos éramos assassinos.

Guy olhou para o chão, sentindo vergonha de si mesmo.

— Sim, é claro — disse ele. — Obrigado por conversar comigo. Realmente agradeço muito.

Timothy virou o rosto, a mão pousada no colo, os olhos mirando ao longe algo que Guy esperava nunca conseguir enxergar.

CAPÍTULO CINQUENTA E TRÊS

Guy e Harry se encontraram na esquina da Bridge Place com a Wilton Road, não muito longe da delegacia de polícia, mas também não tão perto. Harry havia mandado um bilhete à casa de Guy dizendo que tinha algo importante para lhe contar.

— O que houve? Você parece um espião — disse Guy, embora não pudesse negar que se sentia empolgado pelo clima de mistério.

Harry estava fardado e viera de fininho até o local do encontro, fazendo Guy rir. A pequenez do amigo, seu uniforme e sua beleza não permitiam uma missão secreta.

— Eu me sinto como um espião — revelou Harry, olhando para todos os lados como um vilão de pantomima. — Se Jarvis me pegar, serei demitido por traição, tenho certeza.

— Vamos lá, então. Desembuche.

— Mabel Rogers telefonou. Falou que tinha sido roubada e queria que você fosse à casa dela. Alegou que o roubo tinha ligação com a morte da amiga, Florence Shore. Como você obviamente não podia ir até lá, Jarvis mandou Bob e Lance, e eles disseram que ela agiu igual ao Sr. Marchant. A mulher estava chorando e ficou toda nervosa, mas disse que, no final das contas, não haviam levado nada. Isso fez com que eles concluíssem que, por ela ser uma velha senhora, estava ficando caduca.

Guy coçou o nariz. As noites estavam começando a ficar mais frias, e ele não tinha vestido um colete naquela manhã.

— Você acha que eu devia ir até lá?

— E eu que sei? — rebateu Harry. — Eu só queria lhe passar a informação porque você vive falando desse caso. Se quiser se encrencar ainda mais, é problema seu. Só achei que gostaria de saber.

— E gostei mesmo, obrigado. Acho isso muito estranho. Isso aconteceu hoje de manhã, certo?

— Sim — confirmou Harry, seus olhos acompanhando uma moça bonita que vinha pela rua, o vestido lilás balançando pouco abaixo dos joelhos. — Enfim, é melhor eu ir. Pelo amor de Deus, não fui eu que lhe contei isso.

— Palavra de escoteiro — disse Guy, e os dois partiram ao mesmo tempo em direções opostas.

Só havia uma coisa a fazer. Guy foi direto para a hospedagem Carnforth. Como na vez anterior, o prédio parecia abandonado e inóspito. A porta principal estava firmemente fechada desta vez. Quando Guy tocou a campainha, o mesmo porteiro a abriu. Desta vez ele estava de pé, e Guy notou que era um homem alto, uns cinco centímetros maior que ele, e magro, subnutrido até. E não parecia ter feito a barba naquela manhã.

— Vim visitar a Srta. Rogers — disse Guy.

Ele não estava fardado e se perguntou se o porteiro o reconheceria. Reconheceu.

— Siga-me — instruiu o homem.

Ele encontrou Mabel novamente atrás da escrivaninha. Sentada, imóvel como uma estátua, olhando através das portas duplas que levavam ao jardim. Quando ouviu a batida suave do porteiro, deu um pulo.

— O que foi, Jim? — perguntou ela e, então, ao ver Guy atrás dele: — Sr. Sullivan.

Jim se retirou e fechou a porta.

— Srta. Rogers — começou Guy —, sei que isso é... — E então parou. A sala estava um caos. Vasos de flor tinham sido jogados no chão, havia

295

papéis caídos pelo tapete, gavetas reviradas e fora do lugar. — Uma pessoa da delegacia me contou o que aconteceu. Achei melhor vir ver como a senhorita está.

— Obrigada — agradeceu-lhe ela, sua voz abafada, como se estivesse debaixo de um cobertor. — Eu esperava que o senhor viesse. Telefonei para a delegacia, mas mandaram outros homens. Eu não queria falar com eles. Ando tão nervosa. Eu... — Ela se virou por um instante, se recompôs e continuou: — É uma questão muito delicada, sabe... Eu não queria falar com uma pessoa que não entendesse.

— Entendesse o quê? — perguntou Guy.

Mabel se virou para encará-lo ele e colocou uma mão trêmula sobre o rosto.

— Estou muito assustada. O homem que fez isso pode voltar. E se ele voltar quando eu estiver aqui? Ah, Deus...

A mulher irrompeu em um jorro de lágrimas, suas costas tremendo.

Guy ficou atônito. Não ousaria tocar nela, então achou por bem esperar a senhora parar de chorar.

— Srta. Rogers, tente me contar o que aconteceu.

Mabel enxugou o rosto com um lenço.

— Bem, alguém esteve aqui, mas eu não fui exatamente roubada.

— Não foi?

— Não. Quer dizer, eu tinha dinheiro e algumas joias no cofre, e nada foi levado. Mas levaram um maço de cartas que Flo tinha escrito para mim.

— A senhorita acha que estavam atrás disso?

— Não, havia outra carta, que sempre guardo separada das outras. Estava com as coisas de Flo, no quarto dela, mas não entraram lá, porque Jim escutou um barulho, e eles fugiram quando o ouviram se aproximar.

— O que a fez verificar o quarto de Flo?

— Achei que seria bom ver se alguma coisa tinha sumido de lá. Quase não entrei lá desde que... Foi então que encontrei a carta.

Mabel empurrou-a sobre a mesa para ele.

— Essa? — perguntou Guy. — O que diz aqui?

— É uma carta que Flo escreveu para mim de Ypres. As condições lá eram especialmente ruins; foi a primeira vez que sofreram ataques com gás. Ela chegou a conhecer bem alguns dos homens, porque eles exigiam muitos cuidados. Um deles era um oficial, Roland Lucknor...

— Roland Lucknor — ecoou Guy.

Sua cabeça começou a girar. Ele tentou se livrar da sensação ruim e se concentrar no que Mabel dizia.

— Sim, essa carta é sobre ele. O senhor mencionou esse nome antes, eu sei, mas eu o tinha esquecido. Agora acho que foi ele quem entrou aqui, para tentar roubar a carta.

— A senhorita acha que Roland Lucknor esteve aqui?

Guy estava perplexo.

Mabel assentiu com a cabeça.

— Mas por quê? O que a carta diz a respeito dele?

— Que Roland Lucknor matou Alexander Waring.

Lá fora, Guy ouviu a sirene de uma ambulância.

— A senhorita vai ter que me explicar isso — respondeu ele.

Mabel colocou as mãos no colo e o encarou.

— Waring era ordenança de Roland, e todo mundo acreditava que ele havia se suicidado, mas Flo viu Roland naquela noite e estava convencida de que aconteceu algo bem diferente. Ela achava que Roland o tinha matado.

Guy estava agarrado à carta, mas via as palavras desfocadas; ele não conseguia ler sem aproximar demais a vista do papel. A escrita era fraca; as letras, pequenas. Ele estava impaciente.

— E Roland sabia dessa teoria?

— Sim — sussurrou Mabel. — Pouco antes de seu último Natal, ela descobriu que ele havia sido dispensado e estava em Londres. Queria ir ao apartamento dele e lhe dar uma chance de confessar ou desmentir essa suposição. Nós discutimos a respeito... Eu não queria que ela fosse. Achei que... — Mabel parou e respirou fundo. — Achei que poderia ser perigoso demais, que seria melhor que ela denunciasse o caso e deixasse a polícia lidar com o assunto. Mas ela insistiu que na guerra aconteciam coisas horríveis, que ele poderia ter tido seus motivos. Ela não tinha a menor ideia de quais poderiam ser, segundo me disse, mas argumentou que precisava dar uma chance a ele. Flo nunca foi capaz de enxergar maldade nos outros.

— E ela foi à procura dele?

— Sim. Os dois brigaram. Não sei o que foi dito, fiquei tão zangada com ela por ter feito aquilo que não quis ouvir. Não quis ouvir! — Os olhos de Mabel se encheram de lágrimas. — E então, poucos dias depois, ela morreu.

— A senhorita acha que Roland Lucknor matou Florence Shore? — perguntou Guy, como se a última peça do quebra-cabeça tivesse sido encontrada, tentando não sentir animação, e ao mesmo tempo pena daquela mulher assustada. — Por que não mencionou isso antes? No inquérito?

Mabel olhou para o lado. Através das portas duplas, um sol hibernal começava a se insinuar, rompendo a neblina cinzenta em meio à qual Londres havia amanhecido.

— Não liguei os pontos na época. Flo não reconheceu o homem que entrou no trem. Se fosse Roland, ela com certeza o reconheceria. Talvez ele tenha se disfarçado. Enfim, eu não sabia que ele tinha conhecimento da carta, mas ela deve ter lhe contado, não acha? — Mabel olhou para Guy, em súplica, suas mãos apertando o lenço. — Agora que isso aconteceu, estou com medo. E se ele estiver atrás de mim? E se eu for a próxima?

Ypres, 30 de maio de 1917

Amor da minha vida,

Não sei se faço bem ao escrever esta carta, mas sinto que devo. Do contrário, vou enlouquecer com os pensamentos que giram sem parar na minha cabeça. Estes serão meus últimos dias em Ypres (a batalha foi ganha há quatro dias, se é que podemos dizer que algo foi "ganho" nesta guerra), e graças a Deus. Lá fora, o sol é implacável, e a lama grudenta que suga todos os nossos passos me deixou cansada. O interior do hospital é sufocante; o cheiro de carne queimada, de sangue e feridas infeccionadas se infiltrou em cada poro do meu ser; cada respiração inala os agonizantes e os mortos.

Ainda há centenas de homens aqui, alguns dos mais doentes que tivemos medo de transferir para outro lugar ou os que precisam ser movidos devagar pelos pacientes mais saudáveis que podem ajudá- -los na jornada para os hospitais da Inglaterra. Eu mesma devo voltar para casa de licença, viajando com os últimos homens. Estamos todos cansados, com fome — a comida aqui é tão básica que chega a ser irreconhecível, e só recebemos porções mesquinhas de carne —, e alguns estão desesperados. Se um homem está no limite, se cometer algum gesto contra si mesmo ou contra outra pessoa que lhe pareceria impossível alguns meros meses antes, não podemos culpá-lo por seu desespero. E, no entanto...

Mencionei anteriormente em minhas cartas o oficial Roland, a quem me afeiçoei — tanto quanto nos permitimos nos afeiçoar, sabendo que todos podem morrer a qualquer momento —, assim como seu ordenança, Xander. Eles são uma dupla de homens jovens e belos, e a conversa vivaz e o bom humor deles ajudaram muitas de nós a sobreviver as longas noites. Sei que os dois também ficaram enlouquecidos por esta guerra. Então, lembre-se disso antes de ler o que vou contar a seguir.

Uma semana atrás, quando a batalha ainda se desenrolava, eu fazia a ronda das enfermarias — deviam ser três horas da manhã, mais ou menos. Tudo fica bastante escuro à noite; temos lamparinas a gás queimando baixo, mas muito poucas. Os homens jazem em camas que rangem o tempo todo e que mal suportam seu peso, e os que dormem muitas vezes gritam. Como estamos a poucos quilômetros da linha de fogo, uma semana atrás o barulho de artilharia ainda era incessante, alto e sempre ameaçando se aproximar.

Precisei sair para buscar algo, agora não lembro o que era, e, por um acaso, olhei para o galpão de armazenamento. Lembre-se de que, embora fossem altas horas da noite, havia um movimento constante de pessoas, o barulho frequente da batalha, e eu estava quase delirando de cansaço e tristeza, quando ouvi um tiro vindo daquela direção, embora não pudesse ter certeza absoluta, com disparos ocorrendo por todos os lados. Então houve um segundo tiro, pouco depois, e não restava dúvida de onde viera. Quase imediatamente, vi Roland sair do galpão — reconheci seu quepe de oficial, e algo em seu porte, acho. Ele saiu, olhou ao redor, e ficou espantado ao me ver. Como se eu o tivesse apanhado fazendo algo terrível. E então ele correu para as sombras.

Eu não sabia o que fazer. Provavelmente era uma besteira, pensei. Estamos sempre lutando contra a paranoia aqui. Voltei para o hospital e continuei trabalhando. Não muito tempo depois, tivemos a notícia de que Xander havia sido encontrado morto. O médico declarou na mesma hora que foi suicídio, e o trouxeram para o hospital para ser preparado para o enterro. Eu gostava de Xander e me ofereci para o limpá-lo e enfaixá-lo antes que levassem o corpo, uma tarefa angustiante, apesar de tudo o que eu já vi. Quase não havia sobrado nada de seu rosto.

Parte o coração pensar que aquele homem foi um bebê amado por sua mãe e que agora morria assim sozinho. Sei o que nossa fé decreta sobre aqueles que tiram a própria vida, mas acho que ninguém é capaz de entender de verdade como é ser levado até esse ponto.

Roland não está mais aqui. Perguntei ao comandante dele, que me informou que o rapaz foi mandado para a Inglaterra. Eu não sabia, mas, um dia antes, o médico havia declarado Xander apto e saudável para voltar a suas funções, enquanto Roland seria enviado a um hospital na Inglaterra. Acreditam que ele esteja no trem a caminho de casa, e talvez isso seja verdade. Não posso perguntar mais nada sem chamar atenção.

Acho que Roland matou Xander. Por que outro motivo ele teria olhado para mim daquele jeito quando saiu do galpão? Eu deveria relatar isso, sei que deveria, mas e se Xander quisesse morrer? Talvez ele parecesse saudável, como o médico declarou, mas a ideia de enfrentar mais batalhas, mais combate, mais trincheiras, mais frio, mais lama... Talvez o rapaz não conseguisse suportar tanta pressão.

Não posso dizer nada sobre o assunto agora. Guarde esta carta, meu amor, coloque-a em um lugar seguro, caso eu precise dela depois. Talvez esta guerra termine, e então a justiça terá de ser feita.

Com muito amor e ternura,

Flo

CAPÍTULO
CINQUENTA E QUATRO

Na manhã seguinte ao encontro com Mabel, Guy acordou depois de uma noite insone em que ficou pensando e repensando sobre o que faria em seguida. Não acreditou em sua sorte quando desceu as escadas e encontrou um envelope com uma breve carta de Louisa perguntando se podiam se encontrar. Ela estava em St. Leonards, escreveu, e explicaria por que quando o visse, mas ele não precisaria ir até lá — ela pegaria um trem, e talvez os dois pudessem marcar em alguma cafeteria perto da estação Victoria. Havia um número de telefone na carta. Guy se vestiu rápido e correu até a cabine telefônica mais próxima. Deixou um recado com a garçonete de voz azeda do outro lado da linha avisando que estaria no Regency Café, em frente à entrada da estação Victoria, a partir do meio-dia, e Louisa poderia chegar a qualquer hora. Ele esperaria o tempo que fosse.

No caso, só teve de esperar 45 minutos, o suficiente para ficar batucando nervosamente com a colher de chá sobre a mesa, para grande irritação do homem sentado ao seu lado. Ele estava preparado para uma longa espera. Por isso, foi com uma onda de felicidade que viu Louisa atravessar a porta ao meio-dia e meia. Ela estava usando o casaco de feltro verde que ele amava nela, velho porém bem-cuidado, com grandes botões de casco de tartaruga que ela mesma parecia ter costurado como enfeite. A peça ficava justa em seu corpo, e a saia azul-marinho a alargava um pouco embaixo. A moça parecia séria ao se aproximar, mas, quando se sentou e tirou o chapéu, sorriu para ele.

— Que bom ver você — disse Guy.

— É bom ver você também. Preciso lhe contar uma coisa.

— Eu também! — disse Guy, satisfeito com seu progresso.

— Eu contei a lady Redesdale sobre Roland Lucknor. Quer dizer, eu a alertei sobre ele, e ela me demitiu pela impertinência.

— Lamento muito. A culpa é minha — falou Guy com tristeza. — Mas foi a coisa certa a fazer. Tenho certeza de que Roland é perigoso.

Como assim? Será que ele descobrira algo sobre Stephen?

— Fui visitar Mabel Rogers ontem. Harry me avisou que ela chamou a polícia por ter sido roubada.

— Você não estava se arriscando demais indo lá?

— Não sei se ainda tenho algo a perder. De qualquer maneira, nós conversamos...

Então ele contou a Louisa sobre a carta e a teoria da enfermeira Shore de que Roland assassinara seu ordenança.

— A polícia aceitaria isso como prova definitiva?

— Não sei. Acho que sim. — Guy não conseguia se concentrar em muita coisa naquele momento além do rosto de Louisa à sua frente. Notou um quadrado verde na íris dela que nunca vira antes. — Antes de falar com ela, conversei com um homem do batalhão de Roland que parecia gostar dele. Ele me contou que o ordenança de Roland cometeu suicídio, e que a notícia o deixou surpreso; na época, achava que aquele jovem nunca seria capaz de fazer isso.

— Como se chamava o ordenança?

— Alexander Waring. — Guy notou a expressão no rosto dela. — Por quê? Esse nome significa alguma coisa para você?

Louisa tirou as duas cadernetas bancárias de seu bolso.

— Eu peguei isso no quarto de Roland. Não sei por que, fiz sem pensar. Achei estranho ele ter duas cadernetas. Uma é dele, e a outra é de Alexander Waring.

Guy pegou as cadernetas.

— Elas revelam alguma coisa?

— Não sei, não entendo nada disso. Eu sabia que os dois eram amigos, porque Nancy encontrou no bolso dele um livro com uma dedicatória afetuosa para "Xander", do próprio Roland. Achamos estranho o fato de ele estar carregando um livro que obviamente dera a alguém, mas como Xander morreu...

— Como assim Nancy encontrou um livro no bolso dele? Por que vocês estão furtando cadernetas bancárias e vasculhando bolsos?

Louisa respirou fundo.

— Vou explicar, mas, antes, preciso lhe contar algo sobre mim.

— O quê?

Louisa parecia ter mudado completamente de assunto, mas, por outro lado, ele nunca tivera muito talento para entender as mulheres. Não era isso que Harry sempre lhe dizia?

— No dia em que nos conhecemos, na estação de Lewes, eu estava fugindo de uma pessoa.

Guy era todo ouvidos.

— Do meu tio. — Louisa se esforçou a continuar. — Meu pai faleceu pouco antes daquele Natal, e o irmão dele passou a morar comigo e com minha mãe depois do enterro. Ele costumava se hospedar lá em casa, e... ele não é um bom homem. Quando eu era menina, ele me convencia a faltar às aulas e me levava para as estações de trem para roubarmos carteiras.

— O quê? — replicou Guy, atônito.

— Eu aprendi rápido. Gostava de ouvir os elogios dele e do dinheiro que me dava depois. Por isso, naquele dia em que nós nos conhecemos, quando você achou que aquele cavalheiro me fez uma proposta indecorosa...

Guy sabia que não gostaria de ouvir o que viria a seguir.

— Eu estava prestes a roubar a carteira dele quando você chegou...

— Eu vi mesmo sua mão no bolso dele e me convenci de que era só minha imaginação.

— Eu estava desesperada — explicou Louisa. — Não sabia o que fazer. Eu precisava fugir, mas não tinha dinheiro.

— Por que não pediu minha ajuda?

— Eu não queria fazer isso. Nunca pedi nada a ninguém. E tínhamos acabado de nos conhecer. Por que você me emprestaria dinheiro?

Guy tomou fôlego, trêmulo.

— Você disse que estava fugindo de seu tio.

— Sim. Ele devia dinheiro a alguém, uma dívida de jogo. E disse ao sujeito que eu seria sua forma de pagar a dívida.

— Como assim? — perguntou Guy. — Você roubaria para ele de novo?

— Não. Ele *me* ofereceu como pagamento. — Ela não conseguia encarar Guy. — E estava me levando para Hastings, onde esse homem morava. Eles falaram que apenas uma noite bastaria.

Ela suspirou. Nunca se sentira tão suja, tão envergonhada.

Guy absorveu a história. Então perguntou, baixinho:

— Você já tinha feito isso antes?

— Não — respondeu Louisa.

Ele pareceu aliviado.

— Foi por isso que pulei do trem — continuou a moça. — Eu sabia o que ele estava tramando e não podia deixar que fizesse aquilo comigo. E não teria feito o que ele estava me pedindo.

— Não — concordou Guy.

Ele realmente não sabia como reagir.

— E tudo deu certo, sabe, depois... Por sua causa. Consegui o emprego, e Stephen não me encontrou lá. Achei que tinha deixado tudo para trás. Até outro dia. Ele apareceu no vilarejo, e fiquei apavorada.

Guy permaneceu em silêncio.

— Eu precisava dar um basta nele. Não podia deixar que arruinasse minha vida. Eu acabaria perdendo meu emprego e teria que voltar para Londres... para *nada*. Para ele, para minha mãe, seria obrigada a trabalhar como lavadeira. Eu preferiria morrer. Por isso pedi ajuda a Roland...

Guy estava confuso. Quem era aquela mulher?

— Ele disse que podia se livrar de Stephen para mim, que eu não precisaria me preocupar com ele nunca mais. — Louisa analisou o rosto de Guy, tentando descobrir o que ele pensava dela agora. — Você não entende? Sei que Roland é um assassino porque ele *matou*... ele matou Stephen para mim.

Guy tentava absorver o que ela lhe dizia. Louisa parecia pálida e exaurida. Ele queria tranquilizá-la, mas não se conseguiria.

— Eu não sabia que ele faria isso — continuou ela, tentando não atropelar as palavras. — Pensei que só daria um susto em meu tio, mas ninguém nunca mais viu Stephen depois daquele dia. Eu não queria que Roland fizesse *isso*. — Lágrimas escorriam por seu rosto agora, e ela as enxugou com as costas da mão enquanto Guy permanecia completamente imóvel. — A questão é que — concluiu Louisa — sei onde Roland está. Ou, pelo menos, onde vai estar.

— Como? Onde?

— Ele vai estar na festa do aniversário de 18 anos de Nancy. Temos alguns dias para pensar em um plano, mas é lá que você poderá pegá-lo. Com certeza pode prendê-lo pelo assassinato de Alexander Waring, pela suspeita de assassinato de Stephen Cannon, e então interrogá-lo sobre Florence Shore.

— Não sei. Preciso de mais provas — disse Guy.

— Você tem a carta e as cadernetas bancárias. Temos quase certeza de que ele está extorquindo dinheiro de lorde Redesdale, provavelmente lhe fazendo ameaças. Talvez ele nos ajude. Posso pedir a Nancy também.

— Como? — Guy se sentia um pouco atordoado.

— Não sei. Posso voltar à casa dos Mitford. Posso dar um jeito. Vou fazer isso por você, Guy. A questão é: você pode fazer isso por mim?

CAPÍTULO
CINQUENTA E CINCO

Guy e Harry se encontraram no Regency Café, perto da estação Victoria. Harry havia encerrado o expediente e pedira presunto, ovos e batatas fritas com seu chá.

— Tenho uma longa noite pela frente no clube — explicou ele. — O pessoal da banda disse que posso tocar as últimas duas ou três músicas com eles.

— Que ótimo.

Harry olhou com tristeza para o amigo.

— Mas não estamos aqui para falar de mim, não é?

— Desculpe — disse Guy —, é sobre o caso...

— ... Florence Shore, eu sei. Vamos lá, desembuche. O que foi que aconteceu? Você foi visitar a velha?

Guy entregou a carta a Harry.

— Ela disse que alguém vasculhou a casa dela atrás disso, mas que não achou. Nada mais foi levado.

— O que diz aqui?

— Que Roland Lucknor matou Alexander Waring.

— E o que isso tem a ver com o caso?

O prato de Harry foi colocado à sua frente, e ele piscou para a garçonete antes de esguichar molho ao lado da comida e não perdeu tempo em abocanhar a primeira garfada.

— A carta foi escrita por Florence Shore. Mabel Rogers acha que Roland descobriu que ela lhe escreveu relatando o assunto e a matou por isso.

— Espere um minuto. Ele era o homem de terno marrom?

— Talvez. E tem mais: Roland fez amizade com os Mitford, tem feito negócios com o pai e escrito para a filha mais velha.

Harry não esboçou reação.

— Louisa... ela trabalhava como assistente de babá para a família.

Harry baixou o garfo e a faca e juntou as mãos em prece.

— Louvado seja, todos os caminhos levam a Louisa.

— Não tem graça, Harry.

— Claro que tem.

Então Harry se serviu de mais ovo e molho, rindo com a boca cheia.

— Pare com isso. Eu estou com a carta que levanta suspeitas sobre Lucknor ser um assassino. E existe uma conexão com Florence Shore. Eles todos serviram no mesmo batalhão em Ypres.

— Não sei se isso é uma conexão.

— E ele negou que a conhecesse. Mas, quando estava com os Mitford na França, gritou o nome dela em plena madrugada, durante um pesadelo. Louisa foi ver o que estava acontecendo e o ouviu dizer o nome da enfermeira mais de uma vez.

Harry limpou a boca com um guardanapo.

— Isso não parece nada bom para ele.

— Não, e tem mais: ele estava em posse de uma caderneta bancária em nome de seu ordenança no exército, que morreu.

— O que parece um pouco estranho, mas pode haver uma explicação.

— Não quando essa caderneta apresenta movimentação de dinheiro depois que o titular morreu. — Guy recostou-se na cadeira. Havia contado tudo. — O que eu faço agora? Não posso procurar Jarvis; ele não quer falar comigo.

— E quanto àquele outro que estava no caso, o detetive-inspetor Haigh, da polícia metropolitana? Acho que você devia procurá-lo.

Guy olhou para a carta.

— Não posso andar sozinho por aí com isso. Você tem razão, eu deveria entregá-la a Haigh. Venha comigo, Harry. Preciso de um policial ao meu lado.

— Agora?

— Sim — disse Guy. — Agora.

Na New Scotland Yard, Guy tentou não se impressionar pela grandiosidade do lugar, mesmo enquanto Harry abafava arrotos.

— Desculpe — disse ele, envergonhado —, você me obrigou a tomar meu chá rápido demais.

Harry pediu permissão para falar com Haigh, e lhe disseram que sentasse e esperasse enquanto o chamavam. O local fervilhava com policiais e homens sem fardas, talvez detetives ou oficiais à paisana disfarçados, todos andando cheios de urgência e determinação, se deslocando a passos largos pelo corredor onde Guy e Harry estavam esperando. Havia outros ocupantes nos bancos de madeira ao seu lado: uma mulher com uma menininha em um vestido com babados; um rapaz com um olho roxo e uma expressão que sugeria a ingestão de várias doses de uísque; um homem de cabelos brancos que lia e relia um pedaço de papel que segurava, balançando a cabeça e resmungando. Havia quadros de avisos com cartazes de criminosos procurados, anúncios de eventos e uma lista de pessoas desaparecidas. Guy queria estar bem ali, participando daquele burburinho.

Sem muita demora, os dois foram convocados. Fizeram uma longa caminhada por corredores intermináveis, mas o cheiro de charuto indicava que se aproximavam da sala de Haigh. Prontamente, o policial que havia lhes mostrado o caminho bateu à porta e se retirou antes que o detetive-inspetor os mandasse entrar. Ele estava sentado a uma mesa com tampo forrado de couro que parecia maior e mais respeitável do que a mesa de um juiz em um tribunal. Havia tirado o paletó, que pendia do encosto da cadeira, afrouxado a gravata e aberto o botão superior da camisa. Um charuto queimava no cinzeiro, e a fumaça pairava sobre eles.

Haigh gesticulou para que os dois se sentassem. Então passou a palma da mão sobre a cabeça calva, alisando para baixo os cabelos escuros das laterais.

— Vamos direto ao ponto — começou ele —, e sejam rápidos. Tenho que sair em dez minutos.

Harry ficou quieto; Guy já havia dito que ele contaria tudo.

— Obrigado, senhor.

— Quem é você?

— Sou Guy Sullivan, senhor.

Haigh virou-se para Harry.

— Você é o policial. Por que não está falando comigo?

Harry começou a dizer alguma coisa, mas Guy o interrompeu.

— Senhor, eu pedi a ele que me acompanhasse. Nós somos da polícia ferroviária de Londres, Brighton e Costa Sul, do caso Florence Shore.

— Ah, sim, então é isso. Sabia que pareciam familiares. — Haigh pegou o charuto e deu uma tragada. — Espere um minuto. Não foi a seu respeito que recebemos uma reclamação? Do primo da vítima?

— Stuart Hobkirk. Sim, senhor — respondeu Guy.

Não havia muito sentido em negar.

— Sim, é isso. Então foi você?

— Fui eu. Mas posso explicar, senhor.

— Prossiga então.

O charuto voltou ao cinzeiro. Haigh recostou-se na cadeira e encarou Guy.

— Eu descobri que o testamento da Srta. Shore foi alterado em benefício dele poucos dias antes de ela ser morta. Achei que o Sr. Hobkirk devia ser investigado e fui à sua procura, mas o eliminei da lista de suspeitos. A questão é que ele escreveu para reclamar por ter sido interrogado novamente, mas não por mim. Agora, acho que sei quem foi procurá-lo. Por causa disso e de algumas outras coisas — Guy tentou murmurar esta parte — fui demitido da força por conduzir investigações sem permissão oficial.

— Demitido? É por isso que está sem farda, suponho.

Guy corou de vergonha.

310

— Continue, então — insistiu Haigh. — Diga por que está aqui. Presumo que você ache que vai fazer alguma diferença no caso, e só tem mais um minuto para me explicar por quê.

— A amiga da Srta. Shore, Mabel Rogers, que prestou depoimento no inquérito, registrou a ocorrência de um roubo, mas disse aos sargentos da polícia ferroviária que foram ao local que nada havia sido levado. Como pediu que eu fosse até a casa dela, eu fui. Ela disse que tinha algo para me mostrar, porque trabalhei no caso Shore. — Guy tirou a carta do bolso e colocou-a na mesa de Haigh. — É uma carta que a Srta. Shore escreveu para ela de Ypres, durante a guerra, e faz referência a um oficial que ela conheceu, Roland Lucknor, e seu ordenança, que se suicidou. Só que a Srta. Shore achava que o homem na verdade foi assassinado pelo Sr. Lucknor.

Haigh pegou a carta e começou a lê-la, enquanto Guy explicava os outros indícios: a negação de Lucknor sobre conhecer a enfermeira Shore e então chamar o nome dela enquanto dormia; as duas cadernetas bancárias que estavam com ele, com a movimentação financeira na conta do falecido. Achou melhor não mencionar Stephen Cannon, porque isso envolveria Louisa, e preferiu guardar a informação para si a menos que fosse absolutamente necessário compartilhá-la.

No final, Haigh dobrou a carta e a devolveu a Guy.

— É um bom palpite, Sullivan, mas não é o bastante. Tudo o que temos aqui é uma suposição. E precisamos de provas. Se você conseguir alguma coisa, podemos agir. Sugiro que as encontre.

— Isso significa que tenho sua permissão, senhor? — perguntou Guy.

— A porta está atrás de você — respondeu Haigh.

CAPÍTULO CINQUENTA E SEIS

Louisa decidiu não voltar à casa de Rosa para pegar suas coisas, e sim seguir diretamente para a mansão Asthall. Ada lhe emprestaria o que fosse preciso se tivesse de dormir lá, mas ela torcia com todas as forças para conseguir convencer Nancy a ajudá-los e voltar logo a Londres para planejar os próximos passos com Guy.

Enquanto caminhava até a estação, ela se viu refletida na vitrine de uma loja e concluiu que, se alguém olhasse para ela, poderia pensar que se trata de uma pessoa com um futuro promissor.

A jornada de trem já lhe era familiar, e Louisa se permitiu um pequeno cochilo, aquecida pelos canos de vapor no vagão. Quando chegou à estação de Shipton, já havia começado a escurecer, mas a lua estava quase cheia e brilhante. Ainda lhe restava uma boa parte do salário do mês, então decidiu pegar um táxi, mas pediria ao chofer que a deixasse um pouco antes da entrada.

As luzes estavam acesas na casa. O mais provável era que estivessem todos na biblioteca para o chá. As únicas pessoas que poderiam vê-la seriam Nancy ou Ada, por isso Louisa decidiu dar a volta até os fundos e esperar até uma das duas aparecer.

A semelhança daquela noite com a de sua chegada à mansão Asthall não passou despercebida. Será que Nancy viria correndo socorrê-la desta vez?

Felizmente, ela não precisou esperar mais que uns poucos minutos até ver Ada entrar na cozinha, por sorte sozinha, e ir até a pia para lavar as mãos. Louisa se esgueirou para perto da janela e jogou alguns cascalhos na vidraça.

Ada abriu a porta, secando as mãos no avental.

— Jonny? É você? Eu já falei para não me procurar aqui.

— Não — sussurrou Louisa o mais alto possível. — Sou eu.

Ada abriu um sorriso contente.

— Ah, que bom ver você. Fiquei tão preocupada. Onde você está morando? Escrevi para seu endereço em Londres, mas não recebi resposta.

— Não fui para casa. Não posso explicar tudo agora, preciso falar com Nancy. Você consegue trazê-la aqui? Vou ficar esperando no gazebo ao lado da piscina. Mas não conte a mais ninguém.

Ada fez uma careta.

— Vou ver o que posso fazer, mas devo demorar um pouco para conseguir falar com ela a sós. Estão todos tomando chá agora. Você vai sentir muito frio lá.

— Não tem problema — disse Louisa, embora não conseguisse mais sentir os dedos do pé.

— Espere um segundo — pediu Ada.

A criada correu para dentro da casa e voltou com um cantil de chá e pão com manteiga. Louisa aceitou a oferta, agradecida, percebendo que, naqueles breves minutos de espera, seus dentes começaram a bater.

Encolhida em um canto do gazebo, tendo bebido o chá todo e comido o pão, ela ficou aliviada ao ver uma lanterna vindo em sua direção na escuridão total.

— Lou-Lou? — chamou Nancy, e Louisa correu ao seu encontro.

— Estou aqui.

— Graças aos céus. Você me assustou. Sabe que detesto escuro.

— Desculpe, mas não podia correr o risco de ser descoberta por lady Redesdale. E preciso muito falar com você.

— Céus, quanto mistério. O que houve? Aqui, coma um caramelo.

A garota enfiou uma das mãos no bolso e puxou dois, envoltos em embalagens reluzentes.

313

— Obrigada — agradeceu-lhe Louisa, guardando o seu para depois. Aquilo poderia ser seu jantar. — Eu queria falar com você sobre Roland.

— Sobre Roland? — O interesse de Nancy aumentou nitidamente ao ouvir o nome dele. — Não o vimos mais desde aquela última vez. Desde que ele... você sabe. Seu tio. — A garota a fitou com um olhar preocupado. — Você teve notícias dele?

Louisa balançou a cabeça.

— Nada.

— O que acha que Roland fez?

Louisa precisava alertar Nancy sobre o oficial, mas não queria aterrorizar a garota. Não até que tivesse certeza sobre o que ele havia feito.

— Ele o assustou, só isso — respondeu ela. — Mesmo assim, você deve evitá-lo. Achamos que ele pode ser culpado de assassinato. — A irritação de Nancy era quase palpável. — O problema é que precisamos que ele venha ao baile. Precisamos de sua ajuda para prendê-lo. Guy e eu...

— *Prender* Roland? — gritou a garota. — Você pediu que ele fizesse alguma coisa com seu tio? Se pediu, então a culpa é *sua*!

— Shhh! — Louisa olhou ao redor, aflita, embora não houvesse mais ninguém ali além da densa escuridão. — Não, isso não tem nada a ver com Stephen, e sim com Florence Shore.

Nancy a encarou.

— Como é? O que Roland tem a ver com Florence Shore?

Com o máximo de calma possível, Louisa explicou tudo a Nancy: a negação dele de que conhecia a enfermeira, então o fato de gritar o nome dela naquela noite; a dedicatória amorosa no livro para Xander, seu ordenança; o fato de que Xander parecia ter cometido suicídio, mas que agora eles haviam descoberto uma carta, entregue por Mabel Rogers, em que Florence Shore dizia suspeitar de que Roland fosse o verdadeiro culpado pela morte do amigo; e a discussão com uma senhora de casaco de pele, apenas dias antes do assassinato de Florence Shore. Tudo fazia sentido.

Nancy balançou a cabeça.

— Não acredito nisso. Vocês estão enganados. Não pode ser verdade. — Ela reprimiu um soluço. — Eu o *conheço*. Roland não é capaz de matar ninguém. Ele é *gentil*.

— Você não foi a única a ser enganada — insistiu Louisa. — Eu o ouvi discutindo com lorde Redesdale sobre dinheiro. Ele pode estar chantageando seu pai. Ou extorquindo dinheiro de alguma forma. Todos eles estavam juntos em Ypres.

As lágrimas de Nancy secaram na mesma hora.

— Você está acusando papai de alguma coisa? Tome cuidado.

— Não — disse Louisa, começando a ficar desesperada. — Claro que não. Só estou dizendo que Roland não é flor que se cheire. Ele só causa problemas. E está trazendo os crimes dele para cá, para sua casa. Você precisa nos ajudar, a mim e a Guy. Ele pode prendê-lo, e então descobriremos a verdade. Se existe uma explicação, Roland vai nos contar, e você ficará bem. Mas tenho que proteger você e lorde Redesdale.

Nancy se levantou.

— Lamento, Louisa. Nada disso é verdade. Nada. Não conte com a minha ajuda.

Louisa se levantou também e a encarou.

— Vou ficar no vilarejo até que você mude de ideia. Vou alugar um quarto e deixar uma mensagem no correio dizendo onde estou.

— Não se dê ao trabalho — rebateu Nancy, e saiu pisando firme.

Louisa observou a lanterna bambolear ao longe até sumir por completo.

CAPÍTULO CINQUENTA E SETE

Naquela noite, enquanto Louisa tentava convencer Nancy a ajudá-los a encurralar Roland, Guy estava em casa. Assim que a louça do jantar foi retirada, ele sentou-se à mesa da sala e abriu as cadernetas. Com certeza havia alguma prova ali. Ele não sabia como nem por que, mas estava determinado a encontrar algo útil naquelas folhas.

Guy arregaçou as mangas e cruzou os braços sobre a madeira lisa. Uma das cadernetas era de couro verde-escuro, com a anotação BANCO DA ESCÓCIA ESTABELECIDO EM 1695 gravada em dourado na capa. Dentro, havia o número de uma conta em nome de Roland O. Lucknor. A segunda era vermelho-escura, com o título SOCIEDADE IMOBILIÁRIA KENT & CANTERBURY em preto, pertencente a Alexander Waring.

Dentro das duas cadernetas havia várias páginas preenchidas com infinitos detalhes, inscritos por vários caixas de banco, com transações que datavam desde 1910 para a caderneta verde, e 1907 para a vermelha. Guy notou que poucas movimentações foram feitas nos anos de guerra. Isso foi tudo que conseguiu depreender. As cifras se embolavam pelas linhas, e a escrita era ininteligível, não importava quantas vezes ele limpasse as lentes de seus óculos na camisa.

A mãe de Guy estava sentada junto à lareira, ainda de avental, com chinelos nos pés. Ela encarava as chamas, meditativa e quieta. O encanto foi quebrado quando os irmãos passaram pela sala, a caminho do bar. Walter havia se mudado alguns meses antes, quando se casou, e Guy não sentia nenhuma falta de sua presença autoritária. Então Ernest entrou, cheio de presunção. Tinha se aprumado e alisado os cabelos com água, pronto para virar algumas canecas no Dog & Duck. Ele se aproximou e pegou uma das cadernetas.

— Não faça isso — disse Guy, erguendo a mão para pegá-la de volta.

Ernest pulou para trás, rindo, segurando-a no alto e acenando-a no ar.

— O que é isso? Fotos indecentes? Que safadinho.

— Não — respondeu Guy, todo vermelho. — Devolva isso. É uma prova.

Ernest parou de saltitar e deu uma olhada na caderneta.

— Prova do quê?

Guy pegou-a de volta e a colocou em cima da mesa.

— De um caso em que estou trabalhando.

— Mas você foi demitido — disse Ernest. — Não foi, mãe?

A mulher não respondeu, apenas se virou de volta para o fogo. Ela não gostava de demonstrar favoritismo e nunca tomava partido quando os filhos brigavam.

Bertie entrou na sala, olhando de um lado para o outro.

— Alguém viu meu pente? — perguntou ele, e então notou os cabelos lisos de Ernest. — Você. Onde está meu pente? Devolva.

— Pare com isso — disse o outro. — Veja, Guy está analisando provas. Mesmo depois de ter sido demitido. Do que você acha que se trata?

— Estou bem aqui — reclamou Guy. — Estou ouvindo o que você diz.

Bertie não respondeu, apenas foi até a mesa e olhou por cima do ombro de Guy.

— Cadernetas bancárias? Você está lavando dinheiro agora? — brincou ele, rindo da própria piada.

A Sra. Sullivan se levantou.

— Vou fazer um chocolate quente para você, Guy — disse ela, e deixou a sala em passos surdos.

Talvez a mulher se permitisse tomar partido em certas ocasiões.

Guy deu um suspiro demorado, limpou as lentes dos óculos novamente e abriu as duas cadernetas mais uma vez. Decidiu verificar as páginas mais recentes da conta de Xander. Por alguns minutos, permaneceu focado nas páginas, mas então se deu conta de uma movimentação atrás de si. Ao erguer o olhar, viu Ernest e Bertie espiando por cima de cada um de seus ombros, as mãos às costas, fingindo seriedade e debochando do irmão.

— Chega! — gritou Guy. — Ou então me ajudem. Você quer tentar encontrar uma solução, Ernest?

Ele pegou a caderneta e fingiu oferecê-la ao irmão.

— Ah, que sensível — disse Ernest, mas se afastou e se sentou na cadeira da mãe.

— Bem que eu imaginei — resmungou Guy.

Ernest não sabia ler.

Bertie também havia perdido o interesse e seguiu para a cozinha, provavelmente para tentar persuadir a mãe a lhe dar outra fatia de presunto.

Guy apertou os olhos e estudou a caderneta de novo. Já concluíra que, embora Xander Waring tivesse falecido em 1918, havia anotações de movimentações bancárias de entrada e saída de sua conta em 1919 e 1920. Como isso era possível se o homem estava morto? Roland Lucknor deveria estar se passando por ele para tirar dinheiro da conta. E havia outra coisa estranha. O saldo nunca permanecia em um valor muito alto; depósitos em dinheiro eram feitos esporadicamente, e apenas pequenas quantias eram retiradas de vez em quando. Por que Roland se daria ao trabalho de fingir ser alguém apenas para pegar uma ou duas libras em intervalos grandes de tempo?

Guy olhou mais uma vez. Seu cérebro doía de frustração. As diferentes tintas e caligrafias dos caixas tornavam difícil detectar padrões, mas então notou que havia um pagamento regular, feito no terceiro dia de cada mês, para algo anotado como "AHBI". As somas variavam um pouco, mas eram substanciais, cerca de vinte libras. O que poderia ser aquilo?

A mãe de Guy colocou a caneca de chocolate ao lado das cadernetas bancárias.

— Aqui está, meu filho.

— O que é AHBI? — quis saber Guy.

— Como é, querido? — perguntou a mãe.

— AHBI. Já ouviu falar disso?

Ela se empertigou com as mãos na parte inferior das costas e olhou para baixo.

— Sabe de uma coisa, acho que já ouvi falar disso, sim. É o Asilo e Hospital Britânico para Incuráveis. Sua tia-avó Lucy foi para lá quando ficou ruim da cabeça.

— É para lá que você está indo, Guy? — gritou Bertie.

— Cale a boca! — rebateu Guy, e Bertie, surpreso com a resposta do irmão, fez uma careta e continuou comendo o presunto. — Sabe onde fica?

— Sim, é claro. Eu sempre ia visitá-la; até levei vocês comigo uma ou duas vezes, quando eram pequenos. Fica em Streatham, na Crown Lane. Que engraçado eu ter lembrado disso. Faz anos que não penso naquele lugar. — A Sra. Sullivan caminhou até sua cadeira, e Ernest se levantou com um pulo. — Mas por que quer saber?

— O nome está nessas anotações bancárias. Estou tentando entender o que significa.

Ele pegou a caderneta verde. Ela parecia mais substancial em todos os sentidos, e as somas eram igualmente generosas. Nas primeiras páginas, havia depósitos ocasionais em dinheiro e retiradas feitas de vez em quando. Porém, nas mais recentes, havia cheques compensados, de quantias altas. Não eram depósitos regulares nem frequentes, e sim grandes somas. Pareciam ter parado em abril daquele ano. A caligrafia era difícil de decifrar, e Guy distinguiu uma ou outra letra aqui e ali e... subitamente preencheu as lacunas. Barão Redesdale.

Barão Redesdale? Redesdale era o título dos Mitford. Mas ninguém da família se chamava Barão, não era?

De repente, Guy viu a luz. Claro, aquele era o título. Significava lorde Redesdale, o pai de Nancy. O dinheiro que suspeitavam que Roland estivesse extorquindo fora encontrado.

Guy leu tudo de novo, agora com clareza. Os grandes depósitos referiam-se aos cheques de lorde Redesdale, e então havia cheques emitidos, depois da compensação dos primeiros, destinados ao endereço de uma caixa postal. As somas eram quase iguais aos pagamentos para o Asilo e Hospital Britânico para Incuráveis. Tinha de haver alguma ligação ali, já que Roland estava de posse das duas cadernetas.

— Acho que decifrei — declarou ele em voz alta.

— O quê? — perguntou a mãe, e os dois irmãos ergueram o olhar.

— Estou procurando uma conexão entre dois homens, e encontrei. Levei uma eternidade, mas finalmente entendi.

Ele estava radiante.

— Isso significa que você vai conseguir seu emprego de volta? — perguntou Ernest.

— Não sei. Talvez. Mas ainda tenho muito a fazer.

— Trabalho policial de verdade — disse a mãe com um tom de admiração. — Muito bem, meu garoto.

— Obrigado, mãe.

Pela primeira vez, ele sentia que havia merecido o elogio.

CAPÍTULO CINQUENTA E OITO

Como não queria ficar no Swan Inn, Louisa procurou o namorado de Ada, Jonny, no ferreiro, para saber se ele conhecia alguém que pudesse lhe ceder um quarto por algumas noites. Sua ajuda foi imediata.

— Qualquer amiga de Ada é minha amiga — disse ele, gentilmente.

Uma vez instalada na casa da mãe de Jonny, ela deixou um bilhete para Nancy no correio, conforme lhe prometera, avisando-a sobre onde poderia ser encontrada. Depois disso, só lhe restava esperar e torcer para que desse tudo certo.

Na verdade, embora aquelas horas tenham se arrastado, já na tarde seguinte, quando estava sentada no quarto um tanto espartano tentando ler seu livro, e achando difícil se concentrar, ouviu um grito vindo das escadas avisando que tinha visitas.

Louisa desceu correndo, a esperança inflando seu peito como uma vela em um navio ao vento. Ela viu a mãe de Jonny no corredor, segurando o corrimão.

— Estão ali — disse ela, apontando para a sala de estar. — Nunca recebi gente assim em minha casa. É nosso melhor cômodo, que usamos no Natal, mas acho que não tiro o pó de lá desde a semana passada... — A voz da mulher foi desaparecendo, o rosto franzido de tensão.

— Não se preocupe — falou Louisa —, eles não vão reparar. — Ela caminhou até a porta, respirou fundo e a abriu. Então ficou boquiaberta com o que viu. — Milorde — disse ela —, me desculpe. Não imaginava que encontraria o senhor aqui.

Lorde Redesdale estava parado diante da modesta cornija da lareira, espiando os ornamentos de porcelana. Ele se virou ao som da voz de Louisa, e sua expressão parecia tão incrédula quanto a dela, embora tenha conseguido disfarçar.

O homem não se dirigiu a ela, e sim a Nancy, que observava a cena com um sorriso no canto da boca.

— Koko? Explique-se.

— Podemos nos sentar? — perguntou a garota, alisando a saia e se empoleirando no sofá.

— Prefiro ficar de pé — declarou Louisa.

Uma criada nunca se sentava diante dos patrões. A babá Blor enfatizara isso repetidas vezes desde que ela chegara à mansão, e aquele com certeza não era o momento de quebrar o protocolo.

Lorde Redesdale também fez questão de permanecer onde estava.

— Muito bem — disse Nancy —, então vamos ficar assim. Papai, por favor, escute e tente não interromper e começar a reclamar.

Lorde Redesdale grunhiu e resmungou baixinho, mas esperou que Nancy falasse.

— Louisa, pensei sobre o que você me contou e cheguei à conclusão de que está certa. Precisamos explicar as coisas para papai, e então nós três vamos pensar em uma forma de resolver a... situação.

Louisa ainda estava surpresa demais para falar.

— Vamos direto ao ponto? — retrucou lorde Redesdale. — Pensei que estivéssemos aqui para visitar minha inquilina.

— Papai, lembra-se da triste história da enfermeira Florence Shore que foi assassinada em um trem na linha de Brighton? — começou Nancy.

— Sim, sim. Uma amiga da babá Blor, não era?

— Uma amiga da irmã gêmea dela — corrigiu-o Nancy. — Agora, suponha que eu lhe diga que havia um oficial em Ypres, na mesma época que o senhor, mas com quem não tinha contato, e que conheceu Florence Shore, apesar de negar isso.

— Precisa ser tão enigmática assim? — perguntou lorde Redesdale.

— Sim. Apenas escute. A amiga de Florence Shore, Mabel Rogers, telefonou à polícia há poucos dias porque a casa dela tinha sido assaltada. Mas os policiais que foram até lá descobriram que nada havia sido levado, exceto um maço de cartas que Florence escrevera para ela ao longo dos anos. No entanto, havia uma carta, que o assaltante não levou, porque tinha sido guardada com os pertences de Florence, que não foram descobertos. Nessa carta, ela descrevia a noite em que o ordenança do oficial teria se matado com um tiro.

— Em Ypres? — perguntou lorde Redesdale. — Aquele lugar era o inferno — acrescentou, quase para si mesmo.

— Sim, em Ypres. Mas Florence viu o oficial naquela noite e tinha motivos para acreditar que foi ele quem matou o ordenança. Ela escreveu isso na carta que Mabel Rogers guardava.

Lorde Redesdale tirou um lenço do bolso e enxugou o lábio superior.

— Além disso, pouco antes do dia em que a enfermeira morreu, uma senhora foi vista discutindo com esse oficial no apartamento dele. Essa senhora estava usando um casaco de pele. — Nancy fez uma pausa. Nenhuma história que contara antes tivera tanta carga dramática. — Florence Shore estava usando um casaco de pele quando foi assassinada.

Lorde Redesdale colocou uma das mãos sobre a cornija.

— Ainda não entendi aonde você quer chegar.

Mas ele estava pálido. Talvez tivesse adivinhado.

— Continue escutando, papai. Mas eu preferia que o senhor se sentasse; estou ficando com torcicolo de tanto olhar para cima — queixou-se Nancy. Ninguém se mexeu. — Desde a briga, o oficial não apareceu mais no apartamento. O que sabemos é que ele tem em seu poder, ou melhor, *tinha*, duas cadernetas bancárias... — Nesse instante ela lançou um olhar a Louisa, que não fez contato visual com a jovem. — Uma está no nome dele, e a outra, no do ordenança morto, Alexander Waring.

— Não vejo por que isso seria da minha conta ou da sua. Foi você que colocou essas ideias na cabeça dela, Louisa?

Lorde Redesdale a encarou, e a moça se encolheu diante daquele olhar feroz.

— Ora, meu caro velho, não seja bobo — disse Nancy. — É claro que isso é da sua conta. E é por isso que achamos que o senhor pode ajudar a polícia. O oficial é Roland Lucknor.

CAPÍTULO
CINQUENTA E NOVE

Na manhã seguinte, após sair da estação de Streatham, a caminhada ao longo da Crown Lane parecia interminável, mas, quando Guy parou diante do Asilo e Hospital Britânico para Incuráveis, teve certeza de que aquele era o lugar. Um imponente edifício de tijolos vermelhos, e seu nome estava escrito em letras grandes ao longo da lateral. O letreiro deixou Guy arrepiado. Abandonai toda esperança, vós que aqui entrais.

Havia um jardim na frente do hospital, por trás das altas grades, mas não tinha ninguém ali. O interior parecia uma grande capela, havia uma umidade no ar e o tipo de quietude que percebemos quando centenas de pessoas estão de cabeça abaixada em prece. Uma jovem enfermeira, com um chapéu que mais parecia um véu, estava sentada a uma grande mesa de recepção revestida de couro, um vaso de cravos cor-de-rosa um tanto murchos ao seu lado, parecendo estranhos e deslocados naquele local.

— Posso ajudá-lo? — perguntou a moça quando Guy se aproximou.

Guy sabia que o que estava prestes a fazer era, na melhor das hipóteses, uma mentirinha inocente e, na pior, um crime, mas precisava seguir em frente se queria resolver o mistério.

— Bom dia — disse ele. — Sou da polícia ferroviária de Londres, Brighton e Costa Sul.

Ele torceu para que ela não pedisse para ver seu distintivo, uma vez que o devolvera, junto com a farda.

— Céus — replicou a enfermeira. — Aconteceu alguma coisa?

— Não — respondeu ele. — Isso é, infelizmente não posso dar detalhes, mas preciso ver seu livro de visitantes. Estou tentando rastrear os movimentos de duas pessoas: Alexander Waring, ou Xander Waring, e Roland Lucknor.

— Certo, compreendo — concordou a moça. Ela parecia recém-saída da escola. — Está bem aqui. Lamento, mas não reconheço os nomes.

Guy viu que o livro estava, de fato, aberto na mesa da recepção à sua frente. Ele começou a folhear as páginas, mas percebeu que, como acontecera com as cadernetas bancárias, demoraria algum tempo até conseguir decifrar os hieróglifos e os rabiscos.

— Será que a senhorita poderia me ajudar? — pediu ele, apontando para os óculos. — Minha vista...

A enfermeira sorriu com simpatia.

— É claro — respondeu ela, e virou o livro para si, passando as páginas. Depois de alguns minutos, a moça exclamou: — Ah, aqui! Não faz muito tempo, no mês passado, no dia 17. Roland Lucknor. Ele veio visitar Violet Temperley. Está vendo? — perguntou a enfermeira, apontando para a anotação.

— Ela está aqui? — indagou Guy. — Posso falar com ela?

A moça pareceu hesitar.

— Sim, mas há o risco de ela não se lembrar de nada. A Sra. Temperley tem dias de lucidez de vez em quando, mas sua memória já foi quase toda embora, a não ser para coisas que aconteceram muito tempo atrás.

— Entendo, mas gostaria de falar com ela, se puder.

A enfermeira tocou uma pequena sineta em cima da mesa, e outra jovem freira, com a aparência semelhante de noviça, surgiu, apressada, por uma porta na lateral do corredor. A situação foi explicada, e, logo, Guy a acompanhava ao longo de passagens frias e estreitas, subindo dois andares de degraus de pedra, seus passos soando pesados e desconfortáveis no rastro do andar silencioso da moça. Ela o conduziu a um aposento amplo e iluminado, decorado como se fosse uma sala de estar, com uma cornija sobre uma lareira acesa e pinturas a óleo de paisagens no estilo de Constable nas paredes. O pé-direito era alto, com lustres empoeirados que pendiam deles como relíquias de um palácio esquecido. O chão era coberto por um carpete verde-claro, mas sem tapetes, e os residentes estavam sentados em cadeiras de rodas ou em poltronas, a alguma distância uns dos outros, imóveis como estátuas, os olhos encarando tudo menos o que estava na sala.

Violet Temperley estava sentada em uma cadeira de rodas, posicionada diante da janela com vista para o quintal vazio abaixo. O céu cinzento do lado de fora oferecia pouco em matéria de uma visão paliativa. Ela mantinha as costas retas como uma boneca, envolta em um xale de lã fina, as maçãs do rosto curiosamente relaxadas e os olhos cor de azul-centáurea. A enfermeira tocou-a de leve no ombro.

— Srta. Temperley, chegou uma visita.

A freira deu de ombros para Guy e se afastou.

Ele pegou uma cadeira de madeira e colocou-a ao lado da senhora.

A velha mulher se virou para ele e sussurrou:

— Ela já foi embora?

— A enfermeira, a senhora quer dizer? — perguntou Guy.

Violet assentiu com a cabeça. Ele sussurrou para ela:

— Sim.

— Graças a Deus. Elas são muito gentis aqui, mas nos tratam como crianças. — E o fitou com um olhar de cumplicidade.

— Sra. Temperley, meu nome é Guy Sullivan. Espero que não se importe, mas vim lhe perguntar se o nome Roland Lucknor quer dizer alguma coisa para a senhora.

Para sua consternação, os olhos da mulher imediatamente se encheram de lágrimas.

— Meu querido afilhado — disse ela. — Um rapaz tão adorável. Tinha lindos cachinhos dourados.

— Ele é seu afilhado?

— Ele é mais como um filho. A mãe era minha melhor amiga e faleceu quando ele estava na escola. Os dois ficaram afastados por cinco anos antes da morte dela. Era uma missionária cristã. — A idosa franziu o nariz. — Influência do marido dela, aquele homem horroroso. Servia o leite antes do chá. Você sabia que, nem mesmo quando a esposa morreu, ele voltou para ver Roland? Ficou na África, porque, segundo ele, daria muito trabalho voltar. Não surpreende que o pobre Roly tenha preferido fugir para Paris, mas sinto falta dele. Ele costumava passar as férias comigo quando ainda estava na escola, e fiquei muito apegada ao menino. — Violet parou de falar e olhou pela janela. — Não tenho filhos, sabe...

— Quando a senhora viu seu afilhado pela última vez? — perguntou Guy. Ela não respondeu, então ele repetiu a pergunta.

— Roland está França, lutando naquela guerra horrível. Nem tenho certeza se ainda está vivo. — A mulher arregalou os olhos e se encolheu na cadeira de rodas. — O senhor veio me dar notícias dele? Ele morreu? — Então ela encarou Guy. — Quem é o senhor, afinal? Por que está me fazendo todas essas perguntas?

— Desculpe se aborreci a senhora — falou Guy, decidindo deixar a pergunta de lado por ora. — Não foi por isso que vim visitá-la. Mas estou tentando descobrir onde o Sr. Lucknor poderia estar. Acho que ele não está mais na França.

— Então onde poderia estar?

A mulher parecia assustada.

— Não sei. Por acaso o nome Alexander Waring lhe é familiar?

Os olhos claros de Violet piscaram.

— Não tenho certeza.

Guy notou que a mente dela começava a ficar confusa.

— A senhora teria uma foto do Sr. Lucknor para me mostrar?

— Ah, sim, no meu quarto. O senhor vai ter que me empurrar até lá, mas eu lhe mostro o caminho. — Ela parecia muito animada com a ideia e, quando estavam no meio do corredor, ela se virou e sussurrou teatralmente: — Elas me deixariam naquela janela o dia inteiro se pudessem. Agora, terão que vir me buscar no quarto. — Então se virou para a frente de novo, cobrindo um risinho com a mão, como se fosse uma menina.

O quarto de Violet era pintado de branco, mas havia belas e grossas cortinas amarelas na janela, sob a qual se encontravam diversas fotografias com moldura de prata sob uma penteadeira. Guy a empurrou até lá, e a idosa se inclinou para a frente, pegando uma ou duas com os dedos compridos.

— Aqui — disse ela —, essa é de quando ele estava em Paris, com o amigo dele, um jovem tão simpático. — Ela sorriu. — Ele veio me visitar há pouco tempo e me trouxe flores lindas, como aquelas que minha mãe costumava cultivar em nosso jardim.

Guy pegou a fotografia, que não estava emoldurada, mas fora colocada na frente do vidro de outra. A foto dentro da moldura mostrava um homem com um quepe de oficial — seria Roland? A fotografia solta mostrava dois homens lado a lado, sorrindo para a câmera. Guy não conseguia distinguir seus traços, mas os dois pareciam descontraídos e felizes. Um deles tinha um bigode exuberante.

— Quem veio visitar a senhora? — perguntou ele. — Pode apontar para o rapaz na fotografia?

Violet o fitou, e Guy viu que seus olhos estavam perdendo o foco. Ele ergueu a foto diante dela.

— Qual dos dois é Roland? — insistiu.

Ela apontou para o homem da esquerda, o de bigode, mas só por um breve segundo antes que sua mão caísse sobre o colo.

— E a senhora disse que o outro homem veio visitá-la?

— Xander — respondeu ela. — Um rapaz tão simpático. E flores tão bonitas.

Guy ficou espantado.

— Xander Waring?

Mas Violet havia caído em um silêncio pensativo, segurando outra foto no colo, de uma mulher vitoriana. Guy conseguia identificar apenas as saias compridas, a cintura afinada por um espartilho. Ela virou a cabeça.

— Gostaria de ficar sozinha agora, por favor.

— Sim, é claro. Obrigado, Sra. Temperley. Nossa conversa foi de grande ajuda.

Gentilmente, ele recolocou a foto emoldurada sobre a penteadeira. Mas enfiou a imagem solta no bolso.

Dois homens no retrato. Guy sabia o que tinha de fazer agora.

CAPÍTULO SESSENTA

Lorde Redesdale olhou para a filha.
— Sabe, acho que vou me sentar — disse ele, ocupando a poltrona na frente da lareira, levantando uma pequena nuvem de poeira ao se sentar.

Louisa sentia-se mais calma agora que Nancy havia contado tudo. Escutar aquela história por outra pessoa só a fazia parecer mais verdadeira e real.

— Você está dizendo que acha que Roland matou Florence Shore? — constatou lorde Redesdale um ou dois minutos depois, a voz baixa.

— Sei que parece chocante... — começou Nancy.

— Chocante? É um ultraje! Você está enganada. E como sabe de tudo isso, afinal?

Louisa decidiu que era melhor falar agora.

— É por causa do meu amigo, milorde... Guy Sullivan. Ele trabalha para a polícia ferroviária. — Ela decidiu omitir o detalhe de que Guy havia sido demitido. — Está trabalhando no caso desde o início. Mas foi somente após o assalto à residência de Mabel Rogers que esses fatos vieram à tona.

— Você diz *fatos*, mas eu digo teorias — rebateu lorde Redesdale, zangado, embora aquilo soasse mais como uma última resistência antes de ele começar a mudar de opinião.

— O senhor sabe alguma coisa sobre Roland que corrobore ou refute esses fatos? — insistiu Nancy.

— Não há nenhuma necessidade de me interrogar — respondeu ele. — Você não é policial, e eu não sou um suspeito.

— Ainda assim, sabe? — Nancy não largaria o osso.

Lorde Redesdale olhou na direção de Louisa.

— Não é certo conversarmos na frente dos...

— Louisa não é uma criada — interrompeu-o Nancy — e, além do mais, ela também está envolvida nisso. Todos nós precisamos conversar.

Louisa decidiu ser ousada.

— Milorde, desculpe-me por perguntar, mas eu ouvi uma discussão que teve com o Sr. Lucknor na França. Isso é, eu não ouvi exatamente, mas escutei o senhor gritando com ele.

— Que impertinência! — explodiu lorde Redesdale.

— Papai, querido — disse Nancy —, pare com isso. Apenas *pense*, sim?

— Roland estava com problemas; não sei o que era. Ele precisava de dinheiro... — começou lorde Redesdale. Nancy lhe lançou um olhar encorajador. Ignorando Louisa, ele falou para a filha. — Eu já havia investido em seu empreendimento de golfe, mas não podia lhe dar mais dinheiro. Bill tinha acabado de falecer e... — Ele se interrompeu e se inclinou para a frente com as mãos entrelaçadas. — Eu tinha me recusado a emprestar qualquer dinheiro a Bill. Não podia mais ajudar no investimento de Roland. Isso é tudo que posso dizer.

Nancy e Louisa se entreolharam.

— Papai, Roland virá ao meu baile de aniversário. Não sabemos onde ele está no momento, mas tenho certeza de que ele irá aparecer.

— Sim, ele já escreveu para perguntar se poderíamos conversar em particular antes do baile. Eu estava esperando... Bem, não interessa o que eu esperava.

— Podemos tomar providências para que a polícia esteja lá, milorde — sugeriu Louisa.

— A situação precisa mesmo ser resolvida na noite do seu aniversário? Lady Redesdale vai ficar muito chateada. Ela se dedicou muito à organização da festa. Não quero passar meses sendo alvo de fofoca dos nossos vizinhos horríveis.

Lorde Redesdale parecia abalado.

— Tenho certeza de que a polícia será muito discreta — disse Louisa, sem ter certeza alguma do que estava afirmando. — Milorde, esse é um caso muito importante que a polícia vem tentando resolver há meses. Estou segura de que qualquer ajuda que o senhor ofereça será vista como um grande serviço público.

Aquele foi um comentário inteligente, pensou Louisa.

— Sim, compreendo — concordou lorde Redesdale, balançando a cabeça com tristeza. — Ainda assim, gostaria que não acontecesse na minha casa. Sei que sua história faz sentido, mas sinto que há algo de errado nisso tudo. Não acredito que Roland seja um assassino. Lamento, mas não acredito.

— Preciso voltar para Londres para conversar com o Sr. Sullivan — disse Louisa. — Manterei contato para informar o que está acontecendo. Imagino que nos veremos de novo em dois dias.

Nancy se levantou e estendeu a mão para Louisa. Ela a pegou, agradecida, e sorriu para a amiga que havia reencontrado.

— Obrigada, dona Nancy. Sei que foi difícil vir até aqui. Não deixarei que se arrependa disso.

— Eu sei — respondeu a garota com a postura de uma adulta experiente. — Confio em você, Lou-Lou.

CAPÍTULO SESSENTA E UM

No correio, Louisa mandou um telegrama para a casa de Guy:

Lorde R concorda em ajudar PT Voltando para Londres PT Encontro no Regency hoje 3 da tarde PT Louisa Cannon

Quando ela entrou na cafeteria pouco antes da hora marcada, sentiu o céu se abrir ao ver que Guy já estava à sua espera. Então sentou-se na cadeira do lado oposto ao dele à mesa, e o rapaz ergueu o olhar, surpreso. Ele estava examinando a fotografia, tentando entender o que ela significava, embora, é claro, não conhecesse nenhum dos homens na imagem.

— Estou tão contente em ver você — falou Guy. — Tanta coisa aconteceu.
— Eu sei. Para mim também.

Ela pediu uma xícara de chá e um sanduíche de bacon, sentindo-se subitamente faminta depois da viagem.

Guy lhe entregou a fotografia, explicando como a tinha obtido.

— É Roland mesmo — afirmou Louisa —, embora seja uma foto antiga. Ele parece mais jovem. E mais feliz também, acho. Deve ter sido tirada antes da guerra.

— Qual deles você disse que é Roland? — perguntou Guy.
— Esse aqui — respondeu Louisa, apontando. — O da direita.

— Não — replicou Guy — A Sra. Temperley disse que o afilhado dela era o da esquerda. O homem de bigode. Tem certeza?

Louisa olhou de novo.

— Absoluta.

— Talvez ele tenha tirado o bigode e agora se pareça com o amigo — sugeriu Guy.

— Não. Sei que os dois são muito parecidos, mas esse com certeza é Roland. Ela disse quem era o outro homem?

— Xander Waring. Quer dizer, ela foi meio vaga, mas falou que o homem que a visitou foi o da direita. E que não via Roland desde antes da guerra. Na verdade, ela achava que ele ainda estava na França, em combate.

— Espere aí, você não disse que o nome que constava no livro de visitantes era o de Roland Lucknor?

Guy assentiu com a cabeça.

— Mas ela é uma velhinha confusa. Talvez tenha confundido Xander com Roland.

— Não acredito que seja isso — disse Louisa, olhando de novo para a foto.

Havia uma placa de rua atrás deles indicando a Rue Ravignon. Os dois estavam usando plastrão em vez de gravata, e os colarinhos das camisas estavam abertos. Pareciam não ter nenhuma preocupação na vida. Louisa tinha certeza: o homem da direita era o que ela conhecia — e o que Nancy conhecia e lorde Redesdale também — como Roland Lucknor. Mas, se a velhinha estivesse correta, ele não era Roland Lucknor, e sim Xander Waring. E por que ela não estaria?

O sanduíche foi colocado diante de Louisa, mas seu apetite havia sumido. A jovem empurrou o prato para o lado.

— Escute — disse ela —, e se Xander matou Roland e roubou sua identidade? E se o homem que julgamos ser Roland Lucknor é, na verdade, Xander Waring? E se Florence Shore descobriu isso quando foi ao apartamento dele e os dois brigaram? Talvez ele a tenha matado por causa disso.

Os olhos de Guy se arregalaram. Ele pensou a respeito.

— Mas por que Xander faria isso? Por que se dar a tanto trabalho?

— Não sei — admitiu Louisa. — Mas é a única resposta que faz sentido para mim.

— Nós não sabemos — disse Guy. — Mas conheço um homem que talvez saiba.

Menos de uma hora depois, Guy e Louisa tocavam a campainha de Timothy Malone. Ele veio à porta e pareceu contente em ver Guy.

— Olá! A que devo a honra? Estou vendo que trouxe uma amiga. — Timothy olhou para trás. — Lamento pela bagunça, mas...

— Por favor, não se preocupe com isso — disse Louisa.

Ela gostou dele na hora, com seu ar de sofisticação e gentileza decadentes. Devido ao período em que vivera com os Mitford, agora ela sabia reconhecer camisas bem-feitas, mesmo que aquela tivesse o colarinho puído após tantos anos sendo lavada.

— Então, quanto mais, melhor. Por favor, entrem.

Os dois foram conduzidos ao interior. Louisa observou a cama de solteiro, os cantos úmidos e as xícaras sujas na pia. Havia um jornal em cima da mesa, a página dobrada nas palavras cruzadas. Timothy captou seu olhar.

— Estou tentando completá-la a manhã inteira — explicou ele, sorridente. — A senhorita é boa nisso? Podia me ajudar com o 11 vertical.

Louisa balançou a cabeça.

— Infelizmente, não — respondeu ela, e se arrependeu na mesma hora.

Teria gostado de passar tempo com aquele homem, fazendo-lhe companhia por uma ou duas horas.

— Não podemos demorar muito, lamento — explicou Guy quando Timothy lhes ofereceu chá. — Precisamos de sua ajuda. Podemos nos sentar?

Os três foram até a mesa perto da janela, onde a luz era melhor. Guy passou a fotografia para Timothy.

— Poderia me dizer quem são esses homens, se os reconhece?

Timothy segurou a foto com as duas mãos e a analisou, empurrando um copo vazio para o lado.

— Claro. Faz alguns anos essa foto, eu diria, mas são Roland Lucknor e Xander Waring. Em Paris, pelo visto.

Guy e Louisa se entreolharam.

— Podia nos indicar quem é quem? — pediu Guy, quase incapaz de falar de tanta ansiedade.

— Sim, esse é Roland, à esquerda, de bigode. Xander está à direita.

Poucos minutos depois, Guy e Louisa estavam na rua.

— O que fazemos agora? — perguntou ela.

— Precisamos identificá-lo como o assassino de Florence Shore — disse Guy.

— Mabel Rogers saberia se ele é o homem do terno marrom.

— Precisamos de pelo menos mais uma testemunha, se conseguirmos. Caso contrário, é apenas a palavra dela contra a dele.

— E quanto a Stuart Hobkirk? Ele disse que alguém o procurou, e sabemos que não foi um policial. Alguém que fez perguntas invasivas e tal. Se era Roland, ou Xander, isso ajudaria?

Guy quase lhe deu um tapa nas costas.

— Sim, é isso. Mas vamos precisar da ajuda de Harry. Venha comigo.

Harry passou as mãos na cabeça e assobiou baixo. Os três estavam na estação Victoria, parados junto à banca de jornal. Louisa fora buscá-lo na delegacia da polícia ferroviária, e sua curiosidade o forçara a acompanhá-la. Guy estava à espera, tentando se passar por anônimo e fingindo inspecionar as manchetes dos jornais. O dono da banca havia acabado de lhe pedir que comprasse algo ou que fosse embora, quando Harry e Louisa chegaram.

O policial deu um cutucão em Guy e sussurrou:

— Agora entendo sua quedinha.

Guy mandou que ele calasse a boca e contou ao amigo a sequência dos acontecimentos, mostrando a ele a foto incriminadora.

— O que vocês estão pensando em fazer? — perguntou Harry. — Quer dizer, tudo faz sentido, mas o chefe vai explodir ao ver esse monte de provas roubadas. Vocês vão ter que pensar em uma história bem convincente ou fazer com que esse cara confesse.

— Eu sei — disse Guy. — Bom, mas se você pudesse mandar a foto por malote para Stuart Hobkirk na Cornualha, ele poderia nos enviar um telegrama dizendo se reconhece o homem na foto como o que foi procurá-lo para fazer um monte de perguntas e tal. Porque acreditamos que deve ter sido o assassino.

— E como chegaram a essa conclusão? — perguntou Harry.

— Porque a pessoa não era policial, mas queria saber sobre o caso Florence Shore. Quem mais faria uma coisa dessas? Se Hobkirk identificar o homem na fotografia como o sujeito que chamamos de Roland, então isso nos dá uma testemunha conectando Roland ao assassinato. E não é só isso: vamos ao baile de aniversário de Nancy no sábado. Roland Lucknor...

— Ou Xander — interrompeu-o Louisa.

— Ou Xander — disse Guy, com um olhar de agradecimento para ela —, qualquer que seja o nome dele, estará lá.

Louisa se virou para Harry.

— Vamos convidar Mabel Rogers também. Assim ela poderá observá-lo sem que ele perceba, e nos dizer se é o homem de terno marrom que embarcou no trem.

Harry notou o dono da banca de jornais apurando as orelhas e conduziu os três para mais adiante.

— E depois?

— Bem... eu pensei que você poderia estar lá — disse Guy —, para prendê-lo. Teríamos o suficiente para acusá-lo.

Harry pareceu em dúvida.

— Eu precisaria da permissão de Jarvis para tudo isso.

— Eu sei — disse Guy —, mas você tem motivos suficientes para isso. Só precisamos de você, outro oficial da polícia e um carro.

— Mas você não entregou a carta à polícia metropolitana? — indagou Harry.

— Sim, e Haigh disse que eu precisava de mais provas. Agora eu tenho a fotografia. Tudo de que precisamos é que Stuart Hobkirk e Mabel Rogers digam que ele é o homem que os dois viram antes, e nós o pegaremos. Pegaremos o assassino de Florence Shore.

CAPÍTULO SESSENTA E DOIS

Faltava pouco mais de 24 horas para o baile de 18 anos de Nancy. A jornada de volta ao quarto que Louisa alugara no vilarejo parecera levar mil quilômetros. Ela não sabia exatamente o que fazer. Ainda não podia voltar à mansão Asthall, apesar das promessas de lorde Redesdale de que ajudaria, porque não sabia se lady Redesdale já havia sido informada sobre os acontecimentos. Os outros empregados, de qualquer forma, não poderiam saber dos detalhes. Mas ela precisava contar a Nancy sobre o plano, por isso pediu a um garoto que trabalhava com o ferreiro para levar uma mensagem de bicicleta a ela, perguntando se poderiam se encontrar. Só anoiteceria dali a uma hora.

Enquanto esperava, Louisa caminhou de um lado para o outro do quarto, inquieta, até decidir descer e perguntar à mãe de Jonny se podia ajudar a preparar o jantar ou algo assim. Porém, enquanto descia a escada, escutou uma batida à porta. Nancy.

— Céus, vim correndo na minha bicicleta — disse a garota, agitada, esquecendo-se de ser educada e cumprimentá-la. — Blor não parava de reclamar dizendo que eu precisava de uma boa noite de sono para me preparar para amanhã e perguntando o que eu ia fazer na rua a uma hora dessas, e, bem, você consegue imaginar o resto.

— Desculpe — disse Louisa.

— Não se preocupe! — exclamou Nancy. — Já sou quase uma adulta. Blor não manda mais em mim. — Ela espiou a escuridão do corredor e a sala de estar empoeirada. — Vamos dar um passeio pelo vilarejo?

Louisa pegou seu casaco e chapéu, e as duas jovens saíram de braços dados, ligeiramente encolhidas contra o frio. Havia muita coisa para contar a Nancy.

— Você está dizendo que Roland não é Roland, e sim Xander Waring? — perguntou Nancy depois, devagar e em choque.

— Sei que é muita coisa para absorver — respondeu Louisa.

Então ela explicou que a fotografia havia sido enviada a Stuart Hobkirk e que esperavam que ele confirmasse que o homem que todos conheciam como Roland era o mesmo que fora procurá-lo. E, com o máximo de delicadeza possível, explicou que Guy Sullivan pediria a Mabel Rogers que viesse ao baile a fim de identificar "Roland" como o "homem de terno marrom".

— Como explicaremos a presença dela a Sra. Windsor? — perguntou Nancy.

— Vamos ter que pedir à babá Blor que diga que a convidou como amiga de sua irmã gêmea. Não consegui pensar em uma solução melhor.

— Essa parece a melhor alternativa. Além disso, papai e eu pensamos em dizer à Sra. Windsor que você foi recrutada como uma camareira extra para mim e algumas das convidadas que ficarão hospedadas lá em casa.

— Obrigada. Sei que isso tudo deve estar sendo difícil para você e seus pais.

— Acontece nas melhores famílias. Tive outra ideia: podemos mandar um telegrama para o Sr. Johnsen e convidá-lo para o baile.

— O Sr. Johnsen?

— Está lembrada? Aquele advogado engraçado que fomos visitar. Como mamãe está procurando homens para o baile, ela não acharia muito estranho se eu sugerisse um convidado. Posso pedir a ele que analise de novo o testamento de Florence Shore para ver se encontra algo interessante. Poderia ajudar.

— Toda ajuda é bem-vinda — concordou Louisa.

As ruas estavam praticamente vazias, exceto por um carro ou outro, seus faróis iluminando-as. Louisa viu luzes se acendendo nas janelas dos chalés do vilarejo e imaginou as lareiras aconchegantes reluzindo, as refeições quentes servidas na mesa. Nancy caminhou em silêncio por um tempo, absorvendo tudo. Louisa a achou diferente da garota de apenas alguns meses atrás, que descontaria seu nervosismo na tagarelice.

— Devo dizer — falou a garota por fim, aprumando os ombros — que eu esperava certo drama no meu baile, mas não achava que seria nesse nível.

— Guy quer que tudo seja feito com o menor transtorno possível. Não queremos estragar sua festa. Acontece que não conseguimos pensar em outra ocasião para juntar todo mundo. Além do mais, não sabemos onde Roland está; nossa única certeza é que ele virá ao baile amanhã à noite.

— Sim, eu sei. Você vai perguntar a ele sobre seu tio para tentar descobrir o que aconteceu?

Nos últimos dias, essa ideia se passara pela cabeça de Louisa várias vezes. Ela vinha pensando em Stephen, talvez com mais simpatia agora que sabia que poderia estar morto. Não seria ele um homem levado ao desespero pelos outros? E ela, afinal de contas, não conhecia tão bem aquele sentimento? O tio certamente não merecia o fim que ela lhe reservara por meio de Roland, ainda que aquela não tivesse sido sua intenção.

— Imagino que a verdade acabará aparecendo, no fim — respondeu Louisa. — Mas não gosto de pensar sobre isso.

As duas passaram diante de uma janela. Havia luzes acesas, mas as cortinas não tinham sido fechadas, e Louisa viu a beleza feminina de Nancy pelo que parecia ser a primeira vez. Seus cabelos escuros estavam presos atrás das orelhas, parecendo mais curtos, e o rosto pálido contrastava com os olhos escuros e os cílios longos. Seus lábios rosados pareciam amuados mesmo quando ela estava alegre. O corte solto do casaco era mais formal também, com elegantes botões de pérola e punhos bordados. Louisa sentia-se desarrumada em comparação à jovem, como se seu casaco surrado tivesse o poder de recolocá-las na posição de assistente de babá e filha mais velha. No entanto, Louisa entendia aquela nova mulher, que tivera de digerir acontecimentos inesperados em poucos dias e os enfrentara com bom humor.

— É melhor eu voltar — disse Nancy. — Blor ficará irritada se achar que estou andando de bicicleta no escuro. — Ela viu o olhar de preocupação de Louisa e riu. — Tenho uma lanterna, não se preocupe.

— Não vou ficar preocupada. Sei que você já é capaz de se cuidar sozinha.

Nancy parou diante dela, o rosto se suavizando.

— É engraçado, eu queria tanto que esse dia chegasse. Queria tanto me tornar adulta. E, agora, fico me perguntando o que vou fazer sem você. Nós nos divertimos bastante, não?

Louisa sentiu uma pontada de tristeza. O que *ela* faria sem Nancy e suas irmãs? Mas sorriu e respondeu:

— Sim, dona Nancy, nós nos divertimos bastante.

CAPÍTULO SESSENTA E TRÊS

Louisa se levantou da cama quando ainda estava escuro, após uma noite maldormida; Roland, Stephen e Guy haviam povoado seus sonhos. Ela se vestiu, se serviu de pão com manteiga na cozinha, sem acender nenhuma luz, pois não queria incomodar os pais de Jonny, e saiu para a rua. Quando chegou ao familiar muro de pedra, o dia já havia amanhecido; uma névoa cobria os campos além dos jardins e isolava a mansão Asthall como se fosse uma ilha.

Louisa se aprumou e entrou na cozinha pela porta dos fundos, surpreendendo, como já esperava, a Sra. Stobie e Ada. A primeira declarou que quase havia derrubado uma enorme panela com água fervente, enquanto a outra correu para lhe dar um abraço.

— O que você está fazendo aqui? — perguntou a criada. — A Sra. Windsor vai chegar a qualquer momento. Hoje é o dia da festa, sabe? São os 18 anos de Nancy.

— Eu sei. Fui chamada para ajudar como camareira. Vou atender algumas das convidadas — explicou-se Louisa, esperando que o tremor em sua voz não dedurasse a mentira. — Acho que a Sra. Windsor foi avisada.

De fato, a Sra. Windsor entrou na cozinha naquele momento, viu Louisa e nada disse, mas a cumprimentou com um breve aceno de cabeça antes de dar instruções à Sra. Stobie e sair. As três trocaram olhares, e então a cozinheira falou que não podia ficar parada o dia inteiro, afinal havia uma festa para preparar. Como ainda levaria certo tempo para que ela de fato pudesse desempenhar a função para a qual havia sido convocada, Louisa pediu para ajudar em algumas tarefas e logo se viu na biblioteca com um espanador, à procura de cantos e brechas que tivessem sido esquecidos nos dias anteriores de preparação.

Ela estava justamente se esticando para espanar uma das estantes superiores — homens altos poderiam notar a poeira ali — quando ouviu um suspiro e, ao se virar, viu Pamela parada em pé, seus cabelos castanho--escuros caindo em cachos densos e bagunçados até os ombros, um vestido caseiro surrado esticado sobre o corpo que começava a tomar formas. Talvez ninguém nunca houvesse falado que ela era bonita, mas a menina irradiava doçura.

— Louisa! — exclamou a garota, feliz e surpresa. — Quando foi que chegou? Ninguém me disse que você voltaria. Você *está* de volta?

— Só por hoje, para ajudar com os convidados e algumas coisas. Acharam mais fácil chamar alguém que já conhecesse um pouco a casa.

— Sim, faz sentido — concordou Pamela. — Mas a casa parece abarrotada de gente. Faz semanas que estamos nessa afobação.

— Você vai gostar quando chegar sua vez.

Louisa sorriu, mas Pamela fez uma cara de sofrimento.

Dois homens apareceram trazendo uma enorme pilha de cadeiras cada um, que bloqueava completamente a visão da cabeça deles, deixando somente suas pernas à mostra. Eles as colocaram no chão com grunhidos e saíram, mas logo foram substituídos por outros dois que traziam uma mesa estreita.

— De onde vieram todas essas pessoas? — perguntou Louisa.

— Dos vizinhos — respondeu Pamela. — Todos nos cederam seus jardineiros e lacaios; temos até dois mordomos, o que quase desconjuntou o nariz da Sra. Windsor de tanto fazer cara feia. Em troca, eles receberam um convite para a *festa do ano*.

As últimas palavras foram ditas em um tom nitidamente sarcástico, mas Pamela era incapaz de qualquer maldade e, ao pronunciá-las, franziu o nariz, fazendo Louisa rir.

343

— Sabe onde Nancy está? — perguntou Louisa.

— Sim. No quarto, se emperiquitando. Devo ir buscá-la?

— Poderia só avisar a ela que estou aqui? — pediu Louisa, e Pamela saiu correndo.

Ao meio-dia, a Sra. Stobie estava suando na cozinha, enchendo bandejas e mais bandejas de minúsculas massas de *vol-au-vent* que criadas cedidas recheavam com camarões com maionese. Louisa polia nervosamente colheres de chá, e até Ada ralhara duas vezes com o ajudante da Sra. Farley por derrubar carvão na sala de estar. A movimentação de pessoas andando em todas as direções dava à casa um clima da estação Victoria. Os convidados tinham começado a chegar e eram conduzidos a seus quartos, mas alguns poucos haviam descido e estavam reunidos no salão matinal. A campainha havia soado várias vezes com pedidos de xícaras de chá e pratos de sanduíche, por isso Louisa se instalou na cozinha para ajudar com essas demandas imprevistas. A Sra. Stobie já estava a ponto de explodir, e a moça se perguntava se ela sobreviveria à noite.

Em meio a toda aquela algazarra, foi incrível que Louisa tivesse conseguido ouvir a batida tímida à porta dos fundos. Como ninguém foi atender, ela mesma a abriu, então encontrou Guy parado do lado de fora, tremendo um pouco. O sol estava alto e a cerração havia se dissolvido, mas o ar continuava gélido.

— Ah, graças a Deus — disse ele ao ver Louisa.

— É melhor entrar. A casa está cheia, então não vão notar sua presença.

Guy assentiu com a cabeça. Louisa nunca o vira tão sério assim. Ela pegou o casaco dele e o pendurou na entrada, depois lhe entregou um espanador.

— É melhor que pareça ocupado — disse ela —, para que ninguém faça perguntas.

— Fico pensando em todas as coisas que podem dar errado — sussurrou ele.

— Eu também.

Os dois haviam acabado de entrar na cozinha quando viram uma jovem criada à porta perguntando se alguém tinha visto Louisa Cannon.

— Sou eu — disse Louisa.

— Lorde Redesdale pediu para que vá ao escritório dele — falou a criada, fazendo uma pequena reverência e então corando ao ver que tinha feito a coisa errada.

Então saiu a passos rápidos.

Louisa gesticulou para Guy, indicando que a seguisse. Quando abriram a pesada porta do escritório, encontraram lorde Redesdale e Nancy lá dentro.

— O senhor mandou me chamar? — perguntou ela. — Guy Sullivan está aqui. Achei que ele deveria vir também.

Lorde Redesdale respondeu com um grunhido. Ele estava parado ao lado da mesa em sua roupa de caminhada — polainas longas e um terno de tweed surrado. Sentada no sofá, Nancy usava culotes de montaria e um velho suéter, suas roupas mais confortáveis e que raramente recebia permissão de usar fora dos estábulos, como Louisa bem sabia.

— Precisamos saber qual é o plano — disse lorde Redesdale.

Guy adiantou-se.

— É claro, milorde. Queira me desculpar, acabei de chegar.

— Vamos logo com isso.

Nancy murmurou "desculpe" para Guy, mas ele balançou a cabeça; não importava.

— Conseguimos permissão do superintendente da polícia ferroviária de Londres, Brighton e Costa Sul para efetuarmos a prisão, e ele também convocou o detetive-inspetor Haigh, da polícia metropolitana. Acreditamos que ele mandará viaturas e mais homens para cá essa noite — começou Guy.

Lorde Redesdale bateu com a mão sobre a mesa.

— Achei que a questão fosse ser resolvida de forma discreta. Não estamos na porcaria da Scotland Yard!

— Ninguém vai entrar na festa — garantiu Guy, aliviado por sua voz soar calma e autoritária. Bem mais calma e autoritária do que ele se sentia, na verdade. — Irei ao encontro deles e os orientarei para ficarem fora do caminho e não serem vistos pelos convidados.

Lorde Redesdale grunhiu de novo.

— Antes disso, no entanto, receberemos Mabel Rogers, que deve chegar no trem das seis horas. Louisa irá com o chofer apanhá-la na estação. Pediremos a ela que identifique Roland Lucknor.

— Pois bem — disse lorde Redesdale —, mas onde estará Roland Lucknor? Como ficaremos de olho nele? De acordo com suas informações, ele poderia começar a atirar em nós como um assassino maluco!

— Não acredito nessa possibilidade, milorde, mas precisamos vigiá-lo. Posso sugerir que essa seja a função de dona Nancy? Ele não suspeitaria de nada.

Guy fitou Nancy no sofá.

— Sim — concordou a garota. — Vou mantê-lo ao meu lado.

— Aja como se tudo estivesse bem, mas não fique sozinha com ele em momento algum — orientou-a Guy.

Louisa não pôde deixar de sentir uma onda de admiração pela maneira como ele estava conduzindo tudo.

— Entendo — disse Nancy.

Então a porta foi aberta de repente. Tom apareceu, boquiaberto.

— Ora, Louisa! — exclamou o menino. — Ninguém me contou que você estava aqui.

Ele correu e abraçou sua cintura.

Louisa afagou a cabeça do menino e se desvencilhou dele com delicadeza.

— Vou subir para falar com vocês — disse ela baixinho. — É melhor voltar lá para cima.

Tom deu uma olhada ao redor e pareceu sentir a seriedade que pairava no ar.

— Olá, senhor — disse ao pai. — Acabei de voltar da escola. Fui liberado para a festa.

— Sim, meu rapaz. Eu sei. Vamos sair daqui a pouquinho para dar uma olhada nas armadilhas...

E então se calou ao ouvir a voz da esposa chamando o nome do filho. De repente, ela entrou no escritório. E parou quando viu quem estava ali.

— Alguém poderia me explicar o que está acontecendo?

Nancy se levantou.

— Desculpe, mamãe, eu pretendia lhe contar. Chamei Louisa para ajudar a mim e algumas amigas — disse ela. — E esse é Guy Sullivan, foi cedido pela Sra. Farley para o dia. Papai estava acabando de lhe dar instruções.

Lady Redesdale parecia prestes a protestar com firmeza, mas entendeu que teria outras batalhas a enfrentar naquele dia.

— Pois bem — disse ela, fuzilando Louisa com os olhos. — Apenas por hoje.

E saiu do escritório arrastando Tom.

— Não há nada mais a dizer — concluiu lorde Redesdale. — É melhor vocês irem logo e fazerem o que precisa ser feito.

CAPÍTULO
SESSENTA E QUATRO

Às sete horas, os convidados começaram a se reunir na sala de estar; os homens, de gravata branca, as mulheres, de vestidos longos e luvas compridas, todos ansiosos para iniciarem as festividades da noite. Lacaios carregavam bandejas com taças cheias de champanhe. Velas haviam sido acesas, colocando todos sob uma luz suave e agradável. Hera fora pendurada sobre as molduras dos quadros, e vasos com rosas das estufas tinham sido arrumados sobre todas as superfícies planas disponíveis. A conversa corria baixinho, mas a animação era alta.

Em um vestido de seda cinza, lady Redesdale havia se juntado ao grupo e estava no sofá junto à lareira, de olho no marido. Ela ainda parecia nervosa pelo que vira no escritório mais cedo.

Louisa dera uma espiada pela porta, procurando Nancy. Então voltou para o saguão, onde as duas lareiras estavam acesas, destacando o brilho dos painéis de madeira, que haviam sido exaustivamente polidos para o evento, e a viu descendo as escadas. A aniversariante usava um vestido longo e reto de cetim branco-prateado, revelando sua silhueta esbelta. Seus cabelos estavam lustrosos, e os lábios pareciam levemente tingidos de vermelho.

A babá Blor, de pé no saguão, tentava acalmar Diana e Decca, que estavam agitadas com toda aquela comoção e corriam em círculos ao redor de suas pernas, enquanto ela emitia resmungos exasperados. Unity, quieta, encarava o fogo, seus cabelos curtos e louros refletindo a luz das chamas. Quando Nancy surgiu, parando no meio do saguão para um efeito dramático, a babá a fitou e, em uma voz carregada de preocupação, disse:

— Dona Nancy, não vai sentir frio nesse vestido?

Isso fez Nancy e Louisa rirem, e então a babá também caiu na risada, assim como Pamela, até que as quatro foram dominadas pelas gargalhadas, lágrimas escorrendo pelo rosto da aniversariante.

— Vamos, parem com isso! — disse ela. — Ou eu vou começar a rir de novo.

Louisa gostou de sentir um alívio da tensão, mas seu coração logo recomeçou a martelar como um pica-pau. Ninguém sabia quando Roland chegaria, e o suspense a deixava inquieta. Ela deu um pulo quando a porta se abriu, mas então viu sua velha amiga Jennie entrar, de braços dados com um homem que ostentava a confiança de alguém que tivera sorte e beleza desde a infância. Louisa permaneceu nos fundos do saguão, junto à babá Blor, mas Jennie a viu e veio correndo em sua direção.

— Louisa! — exclamou a outra moça, e a agarrou pelo braço, antes de se inclinar e sussurrar: — Que bom que você está aqui. Ainda acho essas coisas aterrorizantes.

Você não sabe o quanto, pensou Louisa, mas apenas sorriu para a amiga.

— Você está linda — disse ela. E era verdade. Os cabelos dourados de Nancy e sua pele sedosa destacados perfeitamente pelo chiffon cor-de-rosa com longas luvas cinza e uma tiara — o privilégio de mulheres casadas.

— Venha conhecer Richard — chamou-a Jennie, e a puxou até o marido, que falava com Nancy, desejando-lhe um feliz aniversário.

Nancy quase parecia ter esquecido que havia qualquer outra coisa a pensar além da festa naquela noite, e ria alegremente com o convidado. Ela pegou uma taça de champanhe da bandeja de um garçom e ergueu uma sobrancelha, em triunfo, para a assistente de babá ao fazê-lo. Louisa trocou algumas palavras com Richard, embora tivesse consciência de que estava ali como uma criada, não como convidada, interrompendo a conversa educadamente na primeira oportunidade, dizendo que tinha tarefas a cumprir.

Nancy seguiu em frente, acompanhada por Jennie e Richard, cada um de um lado, e os três foram para a sala de estar, os fios prateados do vestido da aniversariante refletindo a luz enquanto ela caminhava.

CAPÍTULO SESSENTA E CINCO

Enquanto observava Nancy e Jennie deixarem o saguão, Louisa se sobressaltou com um toque suave em seu ombro. Guy.

— É hora de ir até a estação — sussurrou ele.

— Sim, claro — gaguejou ela. — O carro já está pronto?

— Nos fundos — disse ele. E deu uma piscadela na tentativa de aliviar a tensão. — Você está muito chique.

Louisa tentou retribuir o elogio com um sorriso, mas estava com os nervos à flor da pele. Tudo começaria a acontecer agora; não havia como voltar atrás.

— Até logo — disse ela. — Boa sorte.

Após pegar seu casaco e chapéu, Louisa saiu da casa e encontrou um chofer de libré parado em frente ao carro de lorde Redesdale. Quando lady Redesdale ia de carro para Londres, geralmente pagava a um homem do vilarejo para fazer o serviço de motorista, mas aquele não era ele.

— A senhorita vai esperar o trem das sete e meia? — perguntou o chofer.

— Sim. Acho melhor irmos logo.

O homem a cumprimentou tirando o quepe, e Louisa teve a sensação fugaz de como seria ser rica e ter motoristas. Não era a pior coisa do mundo.

Enquanto isso, Guy teve de se segurar para não sair correndo atrás dela. A verdade era que alguma coisa o incomodava. Por mais que tudo estivesse saindo conforme o planejado, algo parecia estranho. Ele deixou o saguão e procurou um canto mais quieto, mas era impossível. Embora a festa ainda não tivesse de fato começado, não havia como não ignorar o clima de animação no ar. Da cozinha, vinha um burburinho de panelas batendo e calor, e ainda havia criados contratados marchando rapidamente pelos corredores, cada um carregando alguma coisa, ou parecendo atarefado. No fim das contas, ele encontrou o que devia ser a saleta da Sra. Stobie, um cômodo um pouco maior do que a mesa e a cadeira que abrigava. Havia livros de culinária empilhados em cima da mesa e pedaços de papel que pareciam sugestões de cardápio. Guy se certificou de que ninguém estava olhando e entrou. Com a porta fechada, quase não ouvia os barulhos da casa.

Guy tirou a carta que Florence havia mandado para Mabel do bolso e a colocou em cima da mesa. Então a leu de novo, tentando ver se encontrava algum detalhe que tivesse deixado passar.

Acho que Roland matou Xander.

Por que ela não escrevera que Xander matara Roland? Com certeza vira que o homem saindo do galpão não era Roland, não? A não ser que Xander tivesse começado a se passar pelo amigo imediatamente, vestindo o uniforme dele e o quepe de oficial, e a escuridão e as sombras a tivessem confundido. Na fotografia, os dois homens tinham certas semelhanças; sem o bigode de Roland, seria difícil apontar a diferença.

Se Florence tivesse ido ao apartamento de Roland para confrontá-lo, teria ousado fazer isso sozinha se suspeitava que ele fosse um assassino? Será que quando ela o viu percebeu imediatamente que ele não era Roland, e sim Xander. Será que suspeitara disso antes?

Guy tirou as duas cadernetas bancárias do bolso e também as colocou sobre a mesa. Por que a caderneta de Xander apresentava depósitos para o asilo da madrinha de Roland? E então havia as grandes retiradas em dinheiro da conta de Roland. Algumas daquelas quantias eram de valores parecidos com os pagamentos feitos ao Asilo e Hospital Britânico para

Incuráveis, e Guy imaginava que Xander estivesse usando o dinheiro dado por lorde Redesdale para quitar essas contas. Por si só, essa não parecia a atitude de um assassino insensível. E ainda havia aqueles outros cheques emitidos, destinados a um endereço de caixa postal. Quem os recebia? Florence Shore? Será que ele pagava pelo silêncio da enfermeira?

Alguma coisa ainda não fazia sentido naquela história, e o tempo de Guy para encontrar uma solução estava quase no fim.

CAPÍTULO SESSENTA E SEIS

Às sete e quinze, Guy estava de volta ao saguão, observando, tentando chamar o mínimo de atenção possível enquanto atiçava o fogo da lareira. Tinha a sensação de estar em seu próprio espaço de calmaria, ao passo que a balbúrdia ao redor aumentava, com as luzes ficando mais intensas na medida em que a noite do lado de fora se tornava mais escura. Os convidados haviam saído da sala de estar e se dirigiam à biblioteca — o espaço principal da festa —, mas, com convidados chegando o tempo todo ao saguão, tudo se tornara uma massa fervilhante de gritinhos e rodopios, enquanto as moças exibiam seus vestidos e exclamavam ao encontrarem umas às outras, animadas. Havia também muitos homens e mulheres mais velhos — vizinhos, pelo visto. E pouquíssimos rapazes. Dois senhores chegaram, apoiados em bengalas, revelando cabelos brancos amassados ao tirarem a cartola. Louisa lhe contara que lorde Redesdale fora instruído a convidar homens da Câmara dos Lordes para tentar aumentar o número de presentes. Não parecia o tipo de coisa que povoava os sonhos de uma garota de 18 anos, pensou Guy.

Lorde e lady Redesdale agora estavam perto da entrada, cumprimentando os convidados que chegavam assim que a Sra. Windsor anunciava seus nomes. E então um homem esbelto e bem-vestido surgiu na porta,

e Guy imediatamente o reconheceu da fotografia: o rapaz da direita —
Xander Waring.

Lorde Redesdale se aproximou e apertou sua mão.

— Meu caro rapaz, é um prazer revê-lo.

Guy notou que o recém-chegado foi menos caloroso em sua resposta,
seus olhos analisando os outros convidados. Embora tivesse ciência de
que Roland — não poderia chamá-lo de Xander — não sabia quem ele
era, Guy permaneceu no canto, certificando-se de não chamar atenção.

Nancy ouviu o pai e desvencilhou-se de um bando de garotas que pareciam filhotes de ganso ao redor da mãe. Guy observou-a caminhar até
Roland, com o rosto erguido, cumprimentando-o efusivamente.

— Sr. Lucknor — disse ela —, agora podemos começar a festa. — A
garota abriu um sorriso enorme, e Roland a fitou como se ela lhe oferecesse
o paraíso. — Pode me acompanhar até a biblioteca? Temos que dar a volta
por fora para chegar até lá, mas papai foi esperto e colocou aquecedores
pelo caminho para amenizar o frio.

Assim que Roland entregou seu casaco e chapéu a uma criada, Nancy
aceitou seu braço e saiu pela porta, convidando as amigas para que a
seguissem.

Lorde Redesdale virou-se para Guy pouco antes de seguir o grupo. Seu
olhar não foi amistoso.

Então agora Roland estava ali. Onde, pensou Guy, estariam Harry e o
restante da polícia? E quando Mabel e Louisa chegariam?

CAPÍTULO SESSENTA E SETE

Na estação, Louisa permaneceu ao lado do carro com o motorista, esperando a convidada. Além das palavras que trocaram na casa, os dois não haviam conversado mais. O homem dirigira rápido, e eles chegaram à estação quase ao mesmo tempo que o trem parava na plataforma. Cerca de alguns minutos depois, os passageiros começaram a desembarcar. Louisa se deu conta de que, embora Guy tivesse lhe dado uma breve descrição de Mabel, ela não tinha certeza de que a reconheceria. Quando uma senhora saltou do trem, e Louisa se preparou, mas outra pessoa a recebeu, e as duas se afastaram. Então veio outra mulher, quase uma das últimas a sair, não idosa, mas também não no auge da vida. Antes que Louisa fosse em sua direção, o motorista abriu a porta do carro.

— Srta. Rogers? — disse Louisa enquanto a mulher se aproximava.

— Sim. A senhorita veio da mansão Asthall? — perguntou Mabel, com voz tímida.

Ela parecia engolida pelo casaco de pele que vestia.

— Vim — respondeu Louisa. — Por favor, entre no carro. Está frio aqui fora.

Mabel deu alguns passos nervosos até eles. Então trocou um olhar com o motorista e lhe entregou seu guarda-chuva sem dizer nenhuma palavra antes de entrar no carro, um tanto desajeitada, segurando a bolsa com firmeza. Louisa entrou do outro lado, esquecendo-se de esperar que o motorista viesse abrir a porta. Não estava acostumada a motoristas sendo gentis com ela. Não estava sequer acostumada a carros. Sentada ao lado de Mabel no banco de trás, sentiu que as duas compartilhavam o mesmo desconforto.

Depois de trocarem comentários educados sobre a viagem, o motivo de estarem juntas no mesmo carro veio à tona.

— O homem chegou? — perguntou Mabel.

— Não sei. Ele ainda não tinha aparecido quando eu saí, mas era esperado a qualquer momento, e deverá estar lá quando chegarmos à festa. Não levaremos mais que meia hora.

— Entendo — disse Mabel, sua boca uma linha reta, quase invisível.

— Não fique nervosa — falou Louisa em um tom gentil. — Ele não poderá fazer nada à senhora. Haverá muitos policiais lá e lorde Redesdale. Todos estarão de olho em tudo.

Mabel assentiu com a cabeça, mas seu rosto não pareceu menos atormentado. Louisa tinha consciência do que haviam pedido àquela pobre mulher: fazer uma viagem de trem de Londres até uma casa no campo e ser submetida a uma situação muito intimidante, além de confrontar o homem que assassinara sua velha amiga e companheira. O homem que tirara sua oportunidade de ter uma velhice feliz e a deixara na penúria e solidão.

— Lamento muito — disse Louisa, esperando que Mabel entendesse a que estava se referindo. — Se houvesse outra maneira de resolver essa situação, nós teríamos feito diferente. No final dessa noite, tudo estará esclarecido, e a justiça será feita para sua amiga.

Mabel não disse nada, apenas olhou para o lado. Louisa viu os olhos do motorista pelo retrovisor, observando as duas. Se estivesse prestando atenção, deveria ter achado aquilo tudo muito estranho.

Só mais vinte minutos e estariam na festa. Ela torceu para que Guy estivesse pronto, à espera das duas.

CAPÍTULO SESSENTA E OITO

Guy saiu para ver se havia algum sinal de Harry. Muitos carros ainda chegavam, trazendo jovens com vestidos que pareciam carregar a própria luz, mas a correria tinha passado. Um cheiro delicioso vinha da cozinha, e Guy ouviu seu estômago roncar; não tinha comido muito durante o dia. A fumaça de cigarros e as notas musicais rápidas e agudas que vinham pelo ar o deixavam nervoso, fazendo-o se sentir vazio por dentro. A Sra. Windsor conduzia todos pelos Claustros até a biblioteca, e os convidados se moviam como em uma parada de circo pela cidade, com muito barulho e animação, plumas e gritos triunfais. Houvesse alguém sacado um trompete e uma bandeira, não pareceria estranho.

Guy viu os aquecedores soltando uma fumaça grossa que, a julgar pela tosse de alguns convidados, soprava na direção errada. Houve uma calmaria, e então ele viu Harry contornar o grande carvalho na entrada de carros, parecendo especialmente diminuto ao liderar três oficiais com farda da polícia metropolitana e, para espanto de Guy, o detetive-inspetor Haigh.

Lorde Redesdale também saíra da biblioteca e caminhava na direção de Guy.

— Ora, é preciso mesmo ter todo mundo aqui? — perguntou ele. — Não quero ser alvo de comentários.

Haigh estendeu-lhe a mão.

— Boa noite, lorde Redesdale. Apreciamos tudo que o senhor está fazendo para nos ajudar.

— Sim, bem... — replicou o anfitrião, pego de surpresa. — Vou levá-los até o meu escritório. Podem esperar lá, embora eu ainda não saiba exatamente o que estamos *esperando*.

Os homens estavam parados ao lado da entrada da casa, parecendo desconfortáveis, quando um menino chegou de bicicleta.

— Telegrama para o sargento Conlon — anunciou ele. — Imagino que seja um dos senhores — acrescentou com atrevimento ao ver as fardas.

Harry pegou o telegrama da mão do menino, que partiu tão rápido quanto havia chegado.

— Deve ser de Stuart Hobkirk — disse Harry. — Pedi a ele que mandasse sua resposta para cá.

— Quem é Stuart Hobkirk e por que ele está mandando telegramas para outros homens na minha casa? — exigiu saber lorde Redesdale, em uma voz que ameaçava se transformar em berros a qualquer momento.

— É o primo de Florence Shore — explicou Guy. — Ele avisou à polícia que alguém foi procurá-lo fazendo todo tipo de perguntas sobre o caso, e sabemos que não foi um policial, porque nenhum de nós foi mandado até lá. Mandamos a fotografia para a casa dele para que identificasse Roland. Isso nos dará outra testemunha ligando-o ao assassinato.

— Querem que eu abra, ou não? — perguntou Harry.

— Passe para cá — disse Haigh, e pegou o envelope.

Quando ele leu a mensagem, sua expressão murchou.

— O quê? — perguntou Guy. — O que diz? — Ele rezou para que Haigh não lhe passasse a mensagem para ler; jamais conseguiria enxergar naquela luz precária.

— O Sr. Hobkirk não reconhece nenhum dos homens na fotografia.

Houve uma pausa terrível.

— E então, o que isso significa? — perguntou lorde Redesdale. — Roland *não é* o homem que vocês procuram?

— Esperem um momento — disse Harry. — Talvez Roland não estivesse agindo sozinho. Sabíamos que o ataque pode ter sido cometido por duas pessoas. Quem quer que estivesse trabalhando com ele pode ter ido atrás de Hobkirk.

— Talvez — ponderou Guy —, mas algo não está certo. Preciso me aproximar de Roland, ver se ele faz algum comentário estranho essa noite.

Haigh concordou com a cabeça.

— Boa ideia.

— Lorde Redesdale, tenho sua permissão para tomar emprestado um uniforme de lacaio? — perguntou Guy, virando-se para o barão atônito.

— Tudo o que eu queria era uma vida tranquila — resmungou lorde Redesdale.

Sem responder à pergunta, ele seguiu de volta pelos Claustros.

— Vamos. Não temos um segundo a perder — orientou Guy, maravilhado com sua capacidade de assumir o controle da situação diante de um detetive-inspetor e se perguntando se aquilo algum dia voltaria a acontecer. Ah, se seus irmãos o vissem agora. — Mabel Rogers chegará a qualquer minuto.

CAPÍTULO SESSENTA E NOVE

O motorista, notou Louisa, não dirigia na mesma velocidade alucinante com que foram à estação. Mas como não precisavam chegar no horário de nenhum trem, talvez aquilo fizesse sentido. De qualquer forma, era mais seguro ir devagar.

Quando estavam ainda a uns bons dez minutos da casa, Mabel virou-se levemente para a jovem, como se estivesse com torcicolo.

— Eu estava pensando — disse a mulher —, talvez fosse melhor se vocês pedissem a Roland Lucknor que viesse até mim, no carro. Em vez de eu ir até a festa.

— Não se preocupe com as pessoas na festa — rebateu Louisa. — São todas muito amigáveis.

Ela não tinha tanta certeza do que estava afirmando, mas sentia que Mabel precisava ser tranquilizada.

— Eu me sentiria mais segura no carro — disse a senhora —, além disso, se o pegássemos sozinho, ele não poderia fugir, não é? Talvez devêssemos parar o carro antes de chegarmos a casa, um pouco mais afastado da propriedade, e poderiam trazê-lo até mim...

— Não tenho certeza... — começou Louisa, mas viu a preocupação estampada no rosto de Mabel. — Vamos ver. Vou perguntar a G... ao policial encarregado, para ver o que ele pode fazer. Mas garanto que a senhora está totalmente segura e que nada vai lhe acontecer.

— Obrigada — disse Mabel, e virou o rosto para a frente de novo.

Ao fazer esse movimento, seu casaco se abriu ligeiramente, e Louisa viu um belo colar refletir a luz. Era uma corrente de ouro com dois pingentes de ametista. Ansiosa para distrair Mabel do confronto que a esperava, Louisa a cumprimentou pela peça.

— Que colar bonito. É bem diferente, não? Duas ametistas?

Ao dizer isso, ela se deteve. Havia se lembrado de algo.

Algo muito importante.

Na mansão dos Mitford, Guy estava em um quartinho perto da cozinha — uma velha área de serviço, imaginava — tentando vestir uma calça de lacaio. Como de costume, eram muito curtas, e ele tentou puxar as meias para cima a fim de disfarçar o comprimento.

Um rapaz entrou.

— Você por acaso viu uma libré de chofer por aqui? — perguntou ele.

— O quê? — perguntou Guy.

— Uma libré de chofer. Geralmente eu a guardo aqui. De vez em quando, dirijo o carro para lady Redesdale, e me pediram que ajudasse com alguns convidados hoje à noite, mas não consigo achar o danado do uniforme. Eu o pendurei aqui para fumar um cigarro. Tenho que pegar mais convidados, e meu paletó e meu quepe desapareceram!

CAPÍTULO SETENTA

Desconfortável, porém vestido em uma roupa de lacaio — não aceitava chamar aquilo de uniforme —, Guy entrou na biblioteca, que agora estava lotada de convidados. Uma orquestra de três instrumentos tocava músicas alegres a um canto, a fumaça pairando sobre eles como uma nuvem azul. A sensação predominante era de cor e barulho desenfreados. Ninguém parecia falar ou escutar, apenas gritavam quase incessantemente para a pessoa ao seu lado. As mulheres mais velhas usavam tiaras e vestidos discretos, porém as mais novas ostentavam plumas, gargantilhas e lantejoulas, borlas que pendiam de seus quadris e meias das mais variadas cores. Elas dançavam girando nos calcanhares e mexiam em seus colares de pérolas, exibindo o brilho de dentes brancos e diamantes nas orelhas.

Guy sentiu pena de Harry por perder aquela cena. Ele parou em um canto, perto de Nancy, que havia deixado Roland com seu vizinho, um sujeito velho e confiável, conhecido por suas anedotas sobre a Guerra dos Bôeres.

— Você imaginaria que se trata de um anagrama pela maneira como ele segue contando — disse Nancy para uma amiga, que riu da piada com um entusiasmo um pouco exagerado.

Guy segurava uma bandeja de prata vazia. Pretendia fingir que recolhia taças, mas logo se deu conta de que não confiava na própria capacidade de não as derrubar.

Um rapaz que passava apontou para ele e gritou para o amigo:

— Olhe só esse garçom inútil com a bandeja vazia. Você já viu lentes mais grossas que essas?

— Ele não deve ter percebido que não está carregando nada! — berrou o outro em resposta, e Guy corou de fúria, mas não disse nada.

Sua atenção logo foi desviada ao ver Nancy ser cumprimentada por um homem muito mais velho com a barriga avantajada.

— Sr. Johnsen — disse a garota em um tom educado —, que bom que veio.

— Foi muita bondade sua ter me convidado — respondeu o Sr. Johnsen. — Que champanhe magnífico.

— Pois é — concordou Nancy, piscando para uma amiga, que pôs as costas da mão na boca para esconder um risinho.

— Estive pensando naquele caso sobre o qual a senhorita me consultou.

A atenção de Nancy foi capturada. Ela virou as costas para a amiga com um sorriso de desculpas e inclinou-se ligeiramente na direção do advogado.

— E o que foi que o senhor concluiu?

— Bem, é só que... achei estranho a senhorita mencionar que o irmão da vítima, Offley Shore, sabe, tenha ficado irritado em relação ao testamento, porque ele nunca foi o beneficiário original dos bens da Srta. Shore.

Ele parou e tomou mais um longo gole de champanhe.

Nancy olhou para Guy, e ele assentiu com a cabeça. Ela precisava descobrir mais.

CAPÍTULO SETENTA E UM

O motorista parou o carro no acostamento da estrada, a uma pequena distância dos portões da mansão Asthall. Louisa viu a chuva caindo à luz dos faróis, bastante pesada agora.

— Chegamos — anunciou ela a Mabel, um pouco despropositadamente.

— Traga o homem para cá — disse a mulher —, sem ninguém mais. Por favor.

O motorista entregou a Louisa o guarda-chuva que pertencia a Mabel.

— Vai precisar disso, senhorita — disse ele. — Lamento, mas é melhor eu esperar aqui. Não posso deixar o carro e a Srta. Rogers sozinhos.

— Sim, é claro — respondeu Louisa.

Ela pegou o guarda-chuva, que tinha um cabo comprido e reto de madeira, completamente liso exceto por uma estranha marca escura. A ideia de que aquilo parecia sangue passou rapidamente por sua cabeça.

Nancy aproximou-se um pouco mais do Sr. Johnsen.

— Quem era o beneficiário original? — perguntou ela.

— A amiga dela, Mabel Rogers. Ela foi a beneficiária por anos, e então o testamento foi alterado de repente. Verifiquei os papéis mais uma vez antes de vir para cá. Acho que eu tinha me esquecido disso porque o curioso é que ela nunca ia ao escritório pessoalmente. Sempre mandava um amigo, um homem chamado Jim Badgett. Nunca entendi por que, mas ele apenas repassava as mensagens entre nós, até onde eu sabia.

Nancy virou-se para Guy, que também havia se aproximado.

— Entendeu? — perguntou ela, incapaz de se conter. — Não importa quem *entrou* no testamento. O importante é quem *saiu*.

CAPÍTULO SETENTA E DOIS

Louisa olhou para o cabo do guarda-chuva e entendeu. O casaco de pele. O colar. A janela fechada da porta do trem. Tudo acontecera na estação Victoria.

— Foi você, não foi? — disse ela. — Você matou sua amiga.

Mabel ficou quieta.

— Roland teve algum envolvimento nisso?

Não se ouvia nenhum som além do pá-pá dos limpadores do para-brisa. Nenhuma visão além do escuro total fora das janelas do carro.

Guy e Nancy abriram caminho por entre os convidados, alguns gritando pela atenção da aniversariante, intrigados ao vê-la deixando a própria festa. Os dois correram da biblioteca até os Claustros, a fumaça dos aquecedores ainda densa e fedida.

— Onde Louisa está? — perguntou Nancy. — Por que ela ainda não chegou?

— Ela está com Mabel — respondeu Guy, sua cabeça um turbilhão de pensamentos sombrios. — Agora eu entendi: Mabel veio até aqui para incriminar Roland, não para identificá-lo. — Ele fez uma pausa e ficou paralisado. — O motorista.

Ao perceber o perigo em que colocara Louisa seu coração parou.

— O quê? — questionou Nancy. — Explique-se, pelo amor de Deus.

— O motorista — começou Guy, tentando não tropeçar nas próprias palavras. — Quer dizer, o motorista habitual perdeu seu uniforme essa noite... Alguém o pegou.

— Você acha que Mabel tem um cúmplice? Alguém que estava aqui?

— Claro. Ela não agiu sozinha. Havia um homem com ela. Duas pessoas, está lembrada? — Guy passou as mãos pelos cabelos e seus olhos se arregalaram. — Aquele homem, o porteiro. Jim. Como pude ser tão burro?

— O que está acontecendo? — perguntou uma voz masculina. Nancy pulou de susto. — Eu vi você sair. Está tudo bem?

— Ah, Roland — disse ela ao se virar na direção dele. — Não foi você, não foi *você*. — E ela se jogou em seus braços.

— Não fui eu o quê? — perguntou Roland, sem entender o que estava acontecendo.

Guy hesitou. Aquele sujeito podia não ter matado Florence Shore, mas não estava totalmente livre de suspeita.

— Mabel Rogers está vindo para cá com Louisa, e nós temos motivos para acreditar que ela é responsável pelo assassinato de Florence Shore.

Imediatamente, Guy viu o choque se estampar no rosto de Roland.

— Onde elas estão? — perguntou ele.

— Achamos que perto daqui — respondeu Guy. — As duas estavam vindo de carro da estação.

— Precisamos arranjar um carro e encontrá-las — disse Roland. — *Agora*.

CAPÍTULO SETENTA E TRÊS

O sangue zumbia nos ouvidos de Louisa, bloqueando momentaneamente todo som. A escuridão da noite fora do carro a fazia se sentir cega, como uma toupeira. Ela abriu a pesada porta do carro e saltou, imediatamente atacada pela chuva torrencial, que a purificou. Embora segurasse o guarda-chuva, não pensou em abri-lo. Uma corrente de poder a assaltou, como se o medo e o conhecimento que carregava dentro de si lhe dessem força suficiente para atravessar a nado o Canal da Mancha. Ela se sentia invencível, mas, quando se virou e viu o brilho de uma faca, percebeu que estava enganada.

Louisa seguiu para a frente do carro, seu motor zumbindo, as luzes parecendo um farol iluminando o oceano. Tudo acontecia no ritmo das batidas de seu coração, rápido, porém ritmado. Mabel e o motorista vieram pelo outro lado do carro e pararam diante dela, seus rostos como luas satélites de seu sol flamejante, de sua raiva. Ela pensou em Florence Shore, naquela mulher corajosa e firme que havia ajudado tanta gente, que tivera um fim horrendo, violento e injusto em um trem. Abandonada sem dignidade em algum lugar entre Victoria e Lewes, os óculos quebrados no chão, as roupas íntimas rasgadas, joias com valor sentimental arrancadas de seus dedos. Deixada para ser descoberta por três trabalhadores lerdos em Polegate. Ela merecia algo melhor; qualquer um merecia coisa melhor.

Aquilo enfureceu Louisa, a raiva e a coragem começaram a engolfá-la como chamas lambendo o telhado de um edifício alto.

— Foi você — afirmou ela. — Você matou Florence Shore.

Mabel permaneceu em silêncio, seus olhos mais escuros que o céu.

— Imagino que ele a matou a seu pedido. — Louisa gesticulou para o motorista, que segurava a faca. Ele parecia velho, pensou ela, velho demais para fazer algo assim. Então notou uma cicatriz no queixo dele. — Aquela carta, você sabia que o ordenança foi assassinado pelo oficial, que não foi suicídio. Não foi Florence que discutiu com ele no apartamento. A mulher de casaco de pele... era você.

Louisa estava quase falando consigo mesma àquela altura, ousando dizer tudo em voz alta. Quando as coisas eram postas em palavras, tornavam-se verdade.

Em um piscar de olhos, como um raio em uma tempestade, o motorista correu e agarrou Louisa, segurando a faca contra sua garganta.

— Cuidado, Jim! — gritou Mabel, e Louisa detectou o medo em sua voz. — Não sabemos quem está aqui.

O vento os cercava; algo se moveu em algum lugar, Louisa não sabia onde. Não conseguia mais distinguir o que era ela mesma, o que era água, o que era outro corpo. Então Mabel gritou, e Louisa viu Roland. Ele saiu da escuridão e caminhou na direção da luz dos faróis como um dançarino subindo no palco. Então correu até Mabel, segurou-a pelos ombros, posicionando-a na frente dele, movendo a mulher como uma boneca de pano.

— Leve-me — disse ele, olhando para Jim. — Se está em busca de vingança, seu problema é comigo, não com Louisa. Solte-a.

Louisa sentiu a faca, fria, firme sob seu queixo. Jim continuou segurando-a com firmeza, mas ela o sentiu hesitar, um movimento involuntário. A chuva caía quase horizontalmente, cegando-a; era impossível enxugar os olhos, então ela os fechou, esperando enxergar quando os abrisse de novo. As formas das pessoas ao seu redor estavam borradas, mas ela ouvia suas vozes.

— Você sabe demais — falou Mabel, com um tremor na voz.

— Desista, Mabel — ordenou Roland. — A polícia já está vindo; você não vai escapar.

Deve ter havido um sinal, pois os braços enlaçados ao seu redor a soltaram, e Louisa se viu tremendo ao ser libertada. Ela cambaleou para trás e foi apanhada por outro par de braços, mais macios, que envolveram seus ombros. Ouviu um murmúrio em seu ouvido e soube que era Nancy. Elas estavam fora dos faróis, acobertadas pela noite e pela chuva. Louisa não conseguia tirar os olhos do que acontecia à sua frente. Roland havia soltado Mabel e erguia as mãos no ar enquanto caminhava na direção de Jim. Mabel parecia menor, seu chapéu esmorecido, seu casaco de pele murcho. A mulher parecia assustada e solitária.

Roland mantinha as mãos para cima, sua boca formando uma linha reta. Jim segurava a faca à sua frente como Excalibur, mas seus movimentos eram lentos, traindo medo e indecisão. O que quer que ele tivesse feito, não pretendia chegar àquele ponto, pensou Louisa. Enquanto observava, sentiu-se puxada mais para trás, e então houve outro movimento ao seu lado. Ela ouviu o som de osso batendo contra osso, juntas dos dedos contra mandíbula. Estalidos como galhos antigos arrancados por uma tempestade.

Com a visão se adaptando para enxergar as silhuetas contra o foco de luz, Louisa viu que era Guy lutando com Jim — a faca agora caída no chão, jazendo em uma poça perto da roda do carro, inutilizada. Os dois lutaram, dando socos e grunhindo, seus rostos já cobertos de lama e então de sangue. Roland circulou em torno deles, esperando para investir quando houvesse uma brecha. Antes que tivesse a oportunidade, a luta esmoreceu, o som das respirações mais alto que o dos socos, as pernas cambaleando, os pés escorregando.

Enquanto a briga perdia ímpeto, ouviu-se um rugido de motores, o ruído de freios e de portas se abrindo. Os refletores sobre o grupo se ampliaram com os novos faróis, e então vários policiais fardados vieram correndo, e os dois homens foram separados. Guy apoiava as mãos nos joelhos e se esforçava para recobrar o fôlego. Roland se ocultara na escuridão. Louisa viu um policial pegar a faca no chão e colocá-la no bolso.

Louisa e Nancy permaneceram juntas, abraçadas. O vestido fino de Nancy estava colado ao corpo, mas o casaco de Louisa pesava em seus ombros; seu chapéu tinha caído longe havia muito tempo. A cena tinha levado apenas alguns minutos, mas as duas tremiam como se tivessem ficado horas ao relento.

Louisa procurou Mabel e a viu dar um passo para o lado, olhando para Jim, que agora estava subjugado, com os braços às costas, ofegante, a boca distorcida de dor. Ela estava prestes a gritar que segurassem a mulher, quando outro homem se adiantou e a deteve. O detetive-inspetor Haigh havia chegado enquanto a chuva amainava, no fim da tempestade.

— Mabel Rogers, você está presa sob suspeita de ter assassinado Florence Nightingale Shore.

CAPÍTULO SETENTA E QUATRO

Enquanto a polícia levava Mabel e Jim embora, Nancy e Louisa corriam de volta para a mansão. Roland estava com elas, seu braço dando suporte a ambas, a preocupação estampada no rosto.

— Rápido — disse Nancy —, vamos para a ala das crianças. Preciso trocar de roupa.

Não havia ninguém no saguão, e eles subiram as escadas sem serem vistos, apesar de deixarem pegadas molhadas atrás de si. A lareira ainda estava acesa, e Roland se postou ao lado dela, tremendo, enquanto Louisa ia até a despensa a fim de pegar toalhas quentes. O local estava vazio, já que as crianças haviam recebido permissão para dar uma olhadinha na festa.

Os três ainda estavam em choque com os últimos acontecimentos, e Louisa sabia que a história ainda não havia terminado. Roland se sentou na poltrona da babá, usando uma toalha para tentar se secar o máximo possível.

Nancy saiu do cômodo por um instante e voltou com um roupão, então deu uma risadinha.

— Parece um pouco com o dia em que nos conhecemos — comentou ela.

— Como assim? — perguntou Roland

— Aquele baile no Savoy... estava chovendo naquela noite também. Lou-Lou e eu achamos que parecíamos duas ratas afogadas! Mas nada comparado a isso.

Roland tentou esboçar um sorriso, mas não conseguiu.

Nancy se ajoelhou diante dele.

— Sinto muito, mas preciso descer o mais rápido possível. — Seu rosto estava corado pelo calor depois do frio da noite. — Creio que não nos veremos de novo, não é?

Roland balançou a cabeça, triste.

Nancy segurou a mão dele.

— Você pode me mandar uma carta para dar notícias. Saiba que eu lhe desejo toda a sorte do mundo.

Roland apertou ligeiramente a mão dela e a soltou.

— Obrigado. Agora vá para sua festa. As pessoas devem estar curiosas se perguntando onde você está.

Nancy abriu um breve sorriso, mas sua agitação era palpável. Como se a festa não fosse o bastante, agora havia um grande drama em meio à comemoração. A garota o fitou com um último olhar afetuoso e saiu do quarto, correndo para se vestir e voltar às amigas.

Com a ausência de Nancy, o clima mudou. Louisa sabia que Guy estaria ocupado com Mabel e Jim. Ela certamente não voltaria à festa, muito menos o homem sentado à sua frente, olhando preocupado para o fogo. Chegara a hora de descobrir a verdade. Ela decidiu que, diante de tudo que havia acontecido naquela noite, era melhor ser totalmente direta.

— Quem é você? Roland Lucknor ou Xander Waring?

— Eu sou Xander — admitiu ele, e o simples ato de dizer aquilo pareceu fazer sua expressão mudar, como um camaleão se movendo de um galho para uma folha, indo do medo ao alívio. Louisa esperou que ele falasse mais. — Eu não matei Roland. Quer dizer, matei... — ele suspirou, como se tivesse passado anos prendendo a respiração — ... mas não como você imagina. Ele não queria viver. Se você estivesse lá, em Ypres, teria entendido. Roland vivia em constante dor; acordava gritando todas

374

as noites. Ele recebera ordens de voltar à Inglaterra, mas não via sentido em continuar vivendo.

— E você tentou dissuadi-lo da ideia?

— É claro. Todas as noites, nós conversávamos o tempo inteiro. Mas ele acabou ficando obcecado com a ideia. Sabíamos que não poderíamos voltar à nossa vida de antes da guerra em Paris; aquilo não existia mais, e a França estava arruinada para nós. Mas não havia perspectivas para Roland na Inglaterra. Ele não era como os outros homens; não era forte. Seu único medo era a reação do pai. Havia anos que os dois não se viam. O pai dele era missionário na África. Roland tinha certeza de que ele sofreria muito se o filho tirasse a própria vida. A vergonha e o estigma nunca o deixariam.

Louisa sabia que aquilo era verdade. Não descobrira isso com a morte de Bill no verão?

— Discuti com ele. Disse que o pai dele merecia sofrer... Afinal, o homem não havia feito nada pelo filho. Nem quando a mãe de Roland morreu o pai foi procurá-lo. Por que aquele homem não deveria ficar sabendo da infelicidade de seu único filho? Roland não quis me ouvir e sugeriu que trocássemos de identidade.

— Por quê?

— Ele sabia que ninguém sentiria minha falta se minha morte fosse anunciada. Não seria vergonha para ninguém se eu me suicidasse. Fui criado em um orfanato, e certamente não há ninguém lá que ainda se lembre de mim. Eu nunca soube quem eram meus pais. Ele disse que ficaria feliz por saber que eu desfrutaria do status de oficial e da possibilidade de receber uma herança quando o pai dele falecesse. Eu lhe disse que não me importava com nada daquilo, que só queria que ele vivesse. — Louisa podia ver a tristeza emanando dele, como o luar por trás das nuvens. — Quando soubemos que eu seria mandado de volta para a linha de frente, e ele, novamente para a Inglaterra, aquilo o levou à decisão.

— Como assim?

— Nós não só seríamos separados, como eu estaria de volta às trincheiras, na linha de fogo. Roland disse que só estaríamos antecipando algo que aconteceria de qualquer maneira. Você precisa acreditar em mim quando digo que tentei impedi-lo, mas ele insistiu que se mataria de qualquer forma, ou com a própria identidade, ou seguindo o plano, fingindo ser eu. Não consegui convencê-lo a mudar de ideia. Então foi isto que aconteceu: era nossa última noite antes de eu voltar ao front e de ele embarcar em um trem para a Inglaterra. Trocamos de roupa um com o outro e trocamos também nossas placas de identificação. Roland até raspou o bigode. Ainda achei que poderia convencê-lo a desistir daquilo, mas ele segurou a arma e se despediu de mim...

Os olhos dele estavam cheios de lágrimas agora, e a voz tremia.

— Continue — incentivou-o Louisa com delicadeza.

— Ele se despediu e apontou a arma para si, mas suas mãos tremiam. A mira de Roland sempre foi péssima; ele mal conseguia disparar a arma quando os alemães apontavam em sua direção. Seria incapaz de matar a porcaria de um rato em uma trincheira... — As palavras saíam graves e rápidas agora, as lágrimas escorrendo pelo seu rosto. — Ele errou e começou a chorar, falando que não conseguia nem fazer aquilo direito, e... e entregou a arma para mim, disse que eu devia fazer aquilo por ele. Tentei falar que não, mas Roland estava histérico e colocou a arma em minhas mãos e a enfiou na boca, então eu atirei. Eu atirei, eu o matei, mas não... eu não queria, entende? Você compreende? Eu o amava. Roland foi a única pessoa na vida que se importou comigo, e eu o amava.

Ele desabou no chão de joelhos, segurando a cabeça, e Louisa não se conteve; aproximou-se dele e o abraçou, embalando-o até que o choro diminuísse.

— Eu entendo agora — disse ela. — Eu entendo.

Ele a fitou, um homem despido de tudo, e implorou por seu perdão, como se Louisa fosse o anjo que pudesse absolvê-lo.

— Não há nada a ser perdoado, mesmo que isso coubesse a mim — disse a moça. A dor do coração dele parecia ter passado para o peito dela. — Mas é melhor você ir embora agora, e rápido. Guy pode voltar para nos procurar.

Os dois desceram em silêncio pelas escadas dos fundos. Ainda havia empregadas e lacaios correndo de um lado para o outro entre a cozinha e a biblioteca, com bandejas de taças cheias e vazias.

Na porta dos fundos, Louisa hesitou.

— Espere. Antes de você ir embora, ainda tenho uma pergunta.

— Seu tio.

Louisa assentiu com a cabeça.

— Não fiz nada que você deva temer — afirmou ele.

— Você não o matou?

— Não.

Louisa sentiu-se aliviada. Havia tirado um peso das costas.

— O que vai fazer agora?

— Acho que não há nada mais para mim aqui. Vou voltar para a França, ou talvez eu vá para a Itália. Quem sabe tentar construir uma vida nova. Seria bom poder retomar minha antiga vida em Paris, a que eu levava antes da guerra. Gostaria de tentar escrever um romance. Havia começado um, antes.

— Você deveria fazer isso. Parece uma boa ideia.

— Só há uma pessoa que me causa preocupação. É a madrinha de Roland, Violet Temperley. Ela está em um asilo e recebe poucas visitas. Garantirei que as contas sejam pagas sempre, mas você poderia visitá-la por mim?

— Claro que sim. Tenho certeza de que o Sr. Sullivan também irá — disse Louisa.

O fato de que saber que podia contar com a bondade de Guy a fazia se sentir segura.

Então Xander Waring desceu as escadas e saiu da vida de todos eles.

CAPÍTULO SETENTA E CINCO

Já era madrugada daquela noite quando os últimos festeiros foram embarcados em um carro e a música parou de tocar. Louisa e Guy foram convocados à sala de estar, onde encontraram Nancy com lorde e lady Redesdale.

Louisa entrou no aposento hesitante, sem saber se estava prestes a levar outro sermão. Guy e ela haviam conversado bastante sobre sua situação depois que a polícia foi embora. Haigh e Harry voltaram para Londres com Mabel e Jim, porém, antes de partirem, Guy e Haigh tomaram o depoimento inicial de Mabel. Depois, o rapaz resolveu permanecer na mansão Asthall com Louisa, os dois concordando que não seria correto dar o fora após trazerem tanto drama para a casa. Assim, ambos haviam se aconchegado na sala de estar da Sra. Windsor, esperando a festa terminar. Guy tentara tranquilizar Louisa argumentando que seus ex-patrões ficariam felizes por ela ter salvado a filha deles de um destino incerto nas mãos de Roland Lucknor.

— Creio que eles não vão enxergar a situação dessa forma — dissera Louisa, mais de uma vez. Então ela contara a Guy sobre a confissão de Roland e tivera de admitir que o deixara partir para escapar da prisão. — Sei que o que ele fez foi errado, mas entendo seus motivos. O desespero nos leva a fazer coisas de que normalmente nos julgaríamos incapazes.

E aquilo só fizera Guy amá-la ainda mais.

Nancy correu até os dois assim que eles entraram na sala. Seus cabelos estavam ligeiramente desalinhados, o batom há muito tempo apagado, e os olhos traíam as duas ou três taças de vinho que bebera. A jovem parecia empolgada e madura, embora seu prazer pela festa ter sido um sucesso ainda ser deliciosamente juvenil.

— Por favor, venham se sentar conosco — convidou Nancy, indicando os sofás onde lorde e lady Redesdale estavam acomodados, o fogo ardendo na lareira, as velas baixas. — Queremos saber de *tudo*.

Louisa não queria se sentar diante deles, mas não podia recusar o convite, por isso decidiu sentar-se no braço do sofá oposto ao casal, e Guy ficou de pé ao seu lado. Uma bandeja havia sido deixada na sala com chocolate quente para as mulheres e vinho do Porto para os homens, além de um prato de petiscos.

Lady Redesdale foi a primeira a falar, e Louisa prendeu a respiração até que ela terminasse.

— Imagino que houve certa comoção no início da noite da qual não tomei conhecimento — disse ela secamente.

Louisa não sabia como interpretar aquela declaração.

— Lamento, milady, eu... — começou ela.

— Não precisa se desculpar — interrompeu-a lady Redesdale. — Felizmente, os convidados também não perceberam nenhuma movimentação estranha, e como a situação foi resolvida da melhor forma, só podemos agradecer a vocês dois a eficiência.

Louisa ficou comovida.

— Obrigada, milady. Houve uma pausa constrangida. Eu gostaria de explicar por que me envolvi, se puder.

Lady Redesdale virou a cabeça em sua direção, seu porte tão frio como um copo de água gelada.

— Eu acabei me afeiçoando muito à dona Nancy — começou Louisa, ousando olhar diretamente para lady Redesdale. — Bem, a todas as crianças. Quando percebi que o Sr. Lucknor representava um perigo para a família, soube que precisava fazer tudo que estivesse ao meu alcance para afastá-lo daqui. — Ela viu uma película espessa se formando em sua bebida leitosa. — Lamento o fato de termos usado sua casa para resolver esse problema, mas não parecia haver outro jeito.

— Obrigada, Louisa — agradeceu-lhe lady Redesdale. — Não entendo como ou por que tudo isso aconteceu, mas vejo que suas intenções eram sinceras.

Louisa se perguntou se deveria dizer mais alguma coisa, mas Nancy, sentada no tapete ao lado da lareira, interrompeu a mãe com impaciência.

— Então, conte para nós, Sr. Sullivan, por que ela fez aquilo?

Não havia dúvida sobre quem ou o que a garota se referia.

Guy não estava acostumado a ser o centro de tanta atenção, mas, com Louisa ao seu lado, viu-se encorajado a falar:

— Parece que, depois da guerra, Mabel por acaso ouviu Roland Lucknor se apresentar a alguém. Ela sabia que ele não era quem dizia ser, mas, em vez de contar isso a Florence, que ainda estava na França, e entregá-lo à polícia pelo crime de falsa identidade e assassinato, começou a chantageá-lo, tendo como cúmplice o porteiro, Jim.

— É um gesto fora do comum para alguém como ela. Estamos falando de uma pessoa que serviu como enfermeira de guerra — comentou lady Redesdale, seu vestido de seda tão imaculado no fim da noite como estivera no início. — Geralmente se trata de pessoas maravilhosas.

— Sem dúvida — reconheceu Guy —, mas creio que Mabel estava desesperada. Ela contou que voltou para casa após muitos anos de guerra, arrasada pela experiência e sem nada. Sem dinheiro, sem um lar, tinha apenas um quarto em uma instituição de caridade em Hammersmith. Eu estive lá e posso lhes garantir que ninguém escolheria passar seus últimos anos de vida naquele lugar. Ela viu a oportunidade de ganhar dinheiro fácil.

— E quanto a Florence? — perguntou Louisa. — As duas não passariam o resto da vida juntas?

— Acho que as duas tiveram algumas desavenças depois da guerra — explicou Guy.

— A guerra fez coisas horrendas às pessoas — comentou lorde Redesdale. — Quem não esteve lá é incapaz de imaginar.

— É verdade — concordou Guy, embora agora se sentisse menos envergonhado com esse tipo de comentário despretensioso que os ex-combatentes geralmente faziam. Havia aprendido que a guerra não era a única maneira de servir ao país. — Enfim, parece que Florence descobriu que Mabel e Jim estavam chantageando o rapaz e pediu aos dois que parassem com aquilo e que o entregassem à polícia. Mabel se recusou a fazer isso, e as duas tiveram uma briga horrível. Era aniversário de Florence, e ela havia comprado um casaco de pele. Mabel disse que ficou furiosa com aquilo. Ela não tinha onde cair morta, enquanto Florence saía esbanjando por aí, em suas palavras. Florence então contou a Mabel que a tirara de seu testamento e que iria passar um tempo no litoral, onde pretendia comprar um chalé para desfrutar de sua aposentadoria, e que Mabel não fazia mais parte desse plano.

— Coitada — disse Louisa. — Ela deve ter ficado com o coração partido.

— E quanto ao homem que foi visto saltando do trem em Lewes? — perguntou Nancy.

— Aquilo foi um golpe de sorte para Mabel — respondeu Guy. — Era uma pista falsa e acabou levando a polícia para a direção errada.

— O senhor perguntou se foi ela quem brigou com Roland no apartamento? Se ela era a mulher de casaco de pele? — pressionou-o Nancy.

— Sim — respondeu Guy. — Ela foi até lá pedir mais dinheiro, e ele disse que não tinha. Explicou que não tinha mais nada, que lorde Redesdale não queria lhe dar mais dinheiro e que ele precisava arcar com as despesas do asilo da madrinha de Roland. Mabel disse que, se não recebesse o dinheiro, iria contar à polícia que ele tinha matado Florence Shore e que, além disso, poderia usar a carta de Florence para provar que ele era capaz de cometer assassinato. Ele sabia, é claro, que, independentemente de seus motivos, era culpado de matar o verdadeiro Roland Lucknor e por ter assumido sua identidade, ganhando acesso à sua conta bancária e ao seu apartamento. Foi por isso que fugiu.

Lorde Redesdale pareceu ligeiramente envergonhado; sua esposa o encarava com a sobrancelha erguida.

— A proposta de negócio dele, um campo de golfe, parecia boa. — O barão deu de ombros. — Além disso, entendo esses soldados e sei o que eles sofreram. Já que podia, eu quis ajudar. Mas, depois que Bill morreu, me senti culpado por não ter emprestado dinheiro a ele. Quando Roland veio nos visitar na França, eu lhe pedi mais detalhes, pois não tinha visto nenhum documento sequer ou sinal de que o campo de golfe estava sendo construído, e ele reagiu com tanta raiva que eu soube na hora que estava certo: nada daquilo existia. Então tive que parar de ajudá-lo.

O olhar de sua esposa indicava que os dois discutiriam a questão mais a fundo quando estivessem a sós.

Guy continuou:

— Quando Roland parou de repassar dinheiro a Mabel, ela ficou furiosa. Então, quando mencionei o nome dele, ela entrou em pânico, pois corria o risco de eu encontrá-lo primeiro e descobrir sobre a chantagem. Os dois decidiram incriminá-lo pelo assassinato, para nos despistar. Jim foi à procura de Stuart Hobkirk para descobrir o que ele sabia sobre o caso e o que a polícia estava investigando. Quando sugerimos que Mabel viesse à festa, ela viu uma oportunidade para identificá-lo como o assassino de Florence Shore. Mas, antes que isso pudesse acontecer, Louisa — e nesse momento Guy olhou para ela com orgulho — se deu conta de que Mabel estava por trás de tudo e a encurralou.

— Não acredito no que quase aconteceu — soltou Nancy.

Louisa tomou o último gole de seu chocolate, agora morno.

— É melhor nós irmos — disse ela a Guy. — Já está tarde. Milady, acha que ainda há um motorista que possa nos levar à estação? Podemos esperar lá até que o primeiro trem chegue; não deve demorar muito.

Lady Redesdale se levantou e gesticulou para que Louisa fizesse o mesmo.

— Louisa — disse ela. — Você demonstrou grande lealdade para conosco, sem mencionar a determinação e a coragem que eu me orgulharia de ver em qualquer uma de minhas filhas. Será que nos daria a honra de continuar aqui e voltar a trabalhar para nós?

Louisa teve de se controlar para não agarrar as mãos de lady Redesdale, mas se contentou em lhe dar apenas um sorriso.

— Milady, não há nada que eu queira mais do que isso. Obrigada.

— Sr. Sullivan — disse lady Redesdale —, o senhor é bem-vindo para passar a noite aqui. Tenho certeza de que podemos arrumar uma cama em algum lugar.

— Muito obrigado, milady — disse Guy, se levantando. — Fico muito grato, mas tenho uma reunião em Londres amanhã cedo, então preciso voltar o mais rápido possível.

— Eu vou com você — decidiu Louisa —, isso é, se eu puder. Estarei de volta amanhã à noite. Preciso visitar uma pessoa primeiro.

CAPÍTULO SETENTA E SEIS

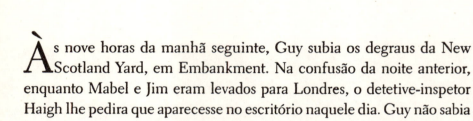

Às nove horas da manhã seguinte, Guy subia os degraus da New Scotland Yard, em Embankment. Na confusão da noite anterior, enquanto Mabel e Jim eram levados para Londres, o detetive-inspetor Haigh lhe pedira que aparecesse no escritório naquele dia. Guy não sabia ao certo se seria elogiado ou criticado pelos acontecimentos. Embora a noite tivesse terminado com duas detenções bem-sucedidas, as coisas não haviam acontecido conforme o esperado. Além do mais, Xander Waring era culpado de assassinato e fugira. Louisa tivera seus motivos para deixá-lo ir embora, mas Guy imaginava que Haigh não seria tão compreensivo.

Daquela vez, Guy foi levado imediatamente à sala do detetive-inspetor por um jovem sargento que estava na recepção, que parecia estar esperando por ele. Quando entrou, encontrou Haigh sentado à sua mesa, acompanhado do superintendente Jarvis. Ambos exibiam uma expressão severa, e Guy se preparou para o pior. Pelo menos não tinha mais nenhum emprego a perder.

Haigh lhe pediu que se sentasse, e ele se empoleirou quase na beirada da cadeira.

— Certo, Sullivan — começou Haigh, que felizmente ainda não havia acendido seu primeiro charuto do dia, embora Guy pudesse ver um já a postos no cinzeiro. — Roland Lucknor, que nós agora acreditamos ser Alexander Waring, desapareceu.

— Sim, senhor.

— No fim das contas, ele não era o responsável pela morte de Florence Nightingale Shore, como você suspeitava.

— Não, senhor. — Seria ele censurado por cada um de seus erros? Era o que parecia.

— Sem mandado ou autorização oficial, você visitou Violet Temperley em seu asilo sob disfarce policial e pegou uma fotografia que pertencia a ela. Além disso, entrou em contato com dois homens para que verificassem a identidade das pessoas na fotografia, um dos quais estava extremamente relacionado ao caso.

Guy só podia assentir com a cabeça. A cada frase de Haigh, seu coração se apertava mais.

— E o mais grave, você visitou Mabel Rogers depois que ela deu queixa do assalto, saiu de lá com uma carta que era uma prova crucial no caso e não comunicou isso a seu antigo superior direto, o Sr. Jarvis aqui, como deveria ter feito, mas veio até mim.

— Sim, senhor — disse Guy, praticamente sussurrando.

— Em vez de declarar seu próprio interesse extraoficial, você pediu a seu ex-colega, o sargento Conlon, que assumisse a responsabilidade de requisitar viaturas e homens para uma casa fora de Londres, propriedade de um de nossos estimados membros da Câmara dos Lordes. — Haigh olhou para Jarvis e disse: — Bem, meu caro. O que vamos fazer com ele? Conforme discutimos?

— Sim, acho que sim — concordou Jarvis.

Haigh cruzou os braços sobre a mesa e inclinou-se na direção de Guy.

— Você reconhece os graves erros de ação policial que cometeu?

— Sim, senhor. Eu reconheço.

— Acredito, então, que seja melhor termos você sob o nosso controle. Seria mais apropriado, não acha, que trabalhasse a *nosso* favor no futuro?

A esperança se acendeu dentro de Guy.

— Ah, sim, senhor!

— Então eu o convido a se juntar à polícia metropolitana, Sr. Sullivan, como policial-assistente. Você começará imediatamente, já que precisamos da sua ajuda para preparar os casos do tribunal contra Mabel Rogers e Jim Badgett.

Guy se levantou. Parecia que seu coração ia explodir no peito.

— Obrigado, senhor. Eu não o decepcionarei.

Haigh grunhiu.

— Pode ir agora, Sullivan.

CAPÍTULO SETENTA E SETE

— Mamãe! — gritou Louisa. — A senhora está em casa? Sou eu.
— Na cozinha — respondeu Winnie. — É você, de verdade?
Louisa entrou correndo, viu a mãe e lhe deu um abraço apertado.
— Desculpe por eu ter passado tanto tempo sem aparecer.
— Não se preocupe, querida — disse Winnie. — Eu sabia que você estava trabalhando.
Louisa se afastou.
— A senhora parece bem. Já está de pé.
— Sim, me sinto muito melhor.
No cômodo, havia três ou quatro caixas abertas, e Louisa reparou que os livros não estavam mais nas estantes e a foto emoldurada dos pais no dia do casamento não estava sobre a cornija da lareira.
— A senhora está indo embora?
— Sim, dentro de alguns dias — respondeu Winnie. — Eu ia mandar uma carta para você. Foi Jennie quem me ajudou. Quando ela vinha ler suas cartas para mim e escrever as minhas para você, nós conversávamos. Perguntei a ela se podia escrever para minha irmã, Gertie, em Suffolk.
— Em Hadleigh? — perguntou Louisa.
— Sim, isso mesmo. Gertie vive sozinha, como você sabe, desde que o marido morreu, há dez anos, então chegamos à conclusão de que era uma

bobagem nós duas morarmos sozinhas quando poderíamos estar juntas, felizes da vida e dividindo o custo das coisas. Ela cria galinhas e vende os ovos. Eu posso lavar roupa para fora e costurar por lá, se for o caso, mas não vamos precisar de muito dinheiro.

— Ah, que ideia maravilhosa, mãe! — exclamou Louisa.

— Isso significa que tenho que abrir mão do apartamento, mas fiquei na dúvida se você iria querer morar aqui mesmo. Você quer? — Winnie olhou com timidez para a filha. — Acho que você está subindo na vida.

— Acho que nem tanto. — Louisa riu. — Mas tenho trabalho, estou bem. A senhora não precisa se preocupar comigo.

— Você ainda não tem um marido.

— Deixe isso para lá, mãe — disse Louisa, mas o clima era feliz. Ela sentiu algo em sua perna, então olhou para baixo e viu Socks lambendo seus pés. A moça se agachou para ver de perto se eram mesmo aquelas orelhas sedosas e o familiar rabo branco. Sim, com certeza era Socks, o cachorro de Stephen. — O que ele está fazendo aqui? — perguntou ela. — Stephen voltou?

— Não. Ele apareceu há um tempo, pediu desculpas por tudo, disse que ia entrar para o Exército e endireitar a vida dele.

— O quê? — replicou Louisa. — Isso não parece coisa dele.

— Eu sei. Foi bem estranho. Eu não o via fazia semanas, e ele apareceu de repente. Quase morri de susto, porque era de noite, e eu estava indo para a cama. Ele estava com os dois olhos roxos, em um estado deplorável. Achei que ia me pedir bifes.

— Bifes?

— Para colocar nos olhos. — Winnie deu uma risadinha. — Enfim, mas não foi isso que aconteceu; em vez disso, começou a pedir desculpas por tudo que tinha feito conosco e disse que precisava tomar um rumo na vida e ia se alistar na manhã seguinte.

— Como assim?

Louisa não tinha certeza se acreditava naquilo, e sua desconfiança deve ter transparecido em sua voz, porque a mãe assentiu com a cabeça.

— Eu sei, a primeira coisa em que pensei foi que ele devia estar devendo muito dinheiro para alguém e que se esconder no Exército era a saída mais segura. E talvez seja esse o caso, mas ele jurou para mim que tinha conhecido um homem que lhe explicou o que podia acontecer se continuasse seguindo aquele caminho, que não duraria muito e acabaria morto em uma vala, mas que poderia ser salvo se melhorasse de vida.

— Nossa — disse Louisa, boquiaberta. Se aquele fora Roland, era verdade, ele sabia o que poderia acontecer. — Mas por que o Exército?

— Stephen disse que havia pensado bastante no assunto e concluiu que o Exército o acolheria e lhe daria cama e comida, além de um salário, e o manteria protegido de seus velhos comparsas que poderiam tentar persuadi-lo a mudar de ideia. Ele gosta de viajar e, com sorte, talvez ganhasse logo um posto no estrangeiro. Foi impressionante, devo dizer. Eu o vi sorrir pela primeira vez.

Louisa balançou a cabeça, mal conseguindo acreditar no que ouvia e abaixou-se de novo para afagar a cabecinha macia de Socks.

— Mas não sei o que fazer com o cachorro — disse Winnie. — Por mais que eu goste dele, Gertie não o quer lá. Ela diz que cães a fazem espirrar. Eu ia tentar o Lar Battersea para Cães, mas quem sabe você pode levá-lo para seu trabalho? Eles não têm um quintal grande e bonito lá? Talvez nem notassem a presença de Socks.

— Não, não posso fazer isso. Mas acho que conheço alguém que poderia cuidar dele.

CAPÍTULO SETENTA E OITO

Guy olhou no relógio. Dez para as seis. Havia chegado à sua casa a tempo para o chá, e sabia que toda a família estaria lá. Até Walter estava de volta por algumas noites, enquanto sua esposa visitava a mãe em Manchester.

Na sala, a lenha na lareira crepitava com a chama baixa de um fogo que ardia havia horas. Geralmente a mãe só a acendia ao meio-dia no Natal, para que a casa toda ficasse aquecida. Ele absorveu a visão dos irmãos e do pai sentados em várias cadeiras, ao que parecia à sua espera. A mãe veio correndo em sua direção.

— Ah, Guy! Você conseguiu seu antigo emprego de volta!

— Não exatamente — respondeu ele, embora não conseguisse se aguentar; a vontade de sorrir era grande demais.

— Que uniforme é esse, então? — perguntou Ernest, provocando-o.
— Alugou em uma loja de fantasias?

— Repare no símbolo do capacete — disse Guy. — Não é o mesmo de antes.

O pai de Guy se levantou e deu uma espiada no seu capacete alto de policial.

— Puxa, meu filho, polícia metropolitana?

— Vocês estão olhando para o mais novo policial-assistente da força metropolitana de Londres — revelou Guy, fazendo a sala irromper em gritos de alegria.

A mãe começou a chorar, os irmãos lhe davam tapinhas nas costas. A certa altura, seus óculos quase caíram no chão, o que ensejou uma provocação boba, desta vez por parte de Bertie, mas Guy não se importou. Podia ver, pela primeira vez na vida, que estavam orgulhosos dele.

A família foi interrompida por uma batida à porta.

— É melhor abrir, filho — disse o pai. — Vai impressionar os vizinhos, que tal?

Guy sorriu e, endireitando o capacete, foi até a porta.

— Puxa vida! — exclamou Louisa. — Eu não esperava por essa!

Guy riu, corando ligeiramente. Agora se sentia meio bobo com o capacete, então o retirou.

— Você conseguiu seu emprego de volta? — perguntou ela.

— Quase — respondeu ele, incapaz de apagar o sorriso do rosto. — Estou trabalhando para a polícia metropolitana.

Louisa assobiou.

— Caramba — disse ela. — Agora vou ter que prestar atenção no que eu digo perto de você.

— Você, não. — Guy riu, aliviado que ela o tratasse com tanto bom humor. Ele tinha concluído que sua obsessão com o caso acabara custando o emprego de Louisa, sem mencionar o fato de ter levado Mabel Rogers até a mansão Asthall. Estava prestes a implorar seu perdão de novo quando reparou em Socks. — Olá! Quem é esse? — Guy se abaixou para fazer carinho no cachorro preto e branco, que abanava freneticamente o rabo e saltava sobre suas pernas. O cão imediatamente começou a tentar lamber seu rosto, o que o fez rir de novo. — Que cachorro bonzinho.

— Ele se chama Socks, e parece que foi amor à primeira vista, na minha opinião. É seu, se você puder ficar com ele.

Guy se empertigou e a encarou.

— Sim — disse ele —, acho que foi amor à primeira vista. — E Louisa sorriu. — Mas de onde ele veio?

— Ele era do meu tio. Ele o deixou com minha mãe e disse que ia se alistar no Exército. Acho que está torcendo para ser mandado para fora do país, onde ninguém irá lhe cobrar as dívidas.

— Então Xander...?

— Parece que houve uma briga. Isso explicaria o sangue que vi, e minha mãe disse que meu tio apareceu com os dois olhos roxos lá em casa. Independentemente do que Xander falou para Stephen, ele fez apenas o que lhe pedi e nada mais.

Aquilo era a cereja do bolo. O que quer que Xander Waring tivesse feito a Roland Lucknor podia ser perdoado, mesmo aos olhos da lei, pensou Guy, e ele nada fizera a Stephen Cannon. Era a última prisão que Guy deixara de fazer, e aquilo o incomodara, mas, agora, poderia esquecer o assunto. E o melhor de tudo era que Louisa estava totalmente isenta de culpa.

Só havia mais uma coisa. Guy olhou para ela, parada no degrau à sua frente. Sua pele de porcelana era iluminada pelos lampiões de rua, e seus olhos pareciam quase pretos. Ele a viu estremecer ligeiramente de frio. Quando estava prestes a dizer algo, sentiu alguém atrás de si e, ao se virar, viu os irmãos sorrindo descaradamente, a cabeça deles espiando pelo vestíbulo. Guy fechou a porta da casa.

— Posso visitar você na mansão Asthall?

— Sim — respondeu Louisa, baixinho —, por favor, venha. Não é só a família que vai gostar de ver você.

E, nas sombras da soleira da porta, com Socks sentado e olhando para os dois e abanando o rabo, Guy e Louisa se abraçaram.

CAPÍTULO SETENTA E NOVE

Algumas noites depois, quando os calendários do Advento foram pendurados na ala das crianças, todas as meninas exclamaram diante das imagens graciosas de tordos e ramos de azevinho que começavam a aparecer atrás das portas de papelão. Nancy e Louisa estavam sentadas ao lado da lareira acesa, sobre o tapete áspero, a babá Blor em sua poltrona, lendo e cochilando no ar abafado da pequena sala de estar.

Nancy escrevia em um caderno de exercício escolar que parecia ter sido desenterrado do fundo de um armário. Suas anotações eram rápidas, de vez em quando ela riscava palavras e as substituía por outras. A caneta não exatamente voava sobre a página, mas mergulhava como em um bombardeio. Muito ocasionalmente, ela erguia o olhar, a mão no ar, pronta para reiniciar a escrita assim que a inspiração voltasse, e então sua cabeça se curvava de novo. Não havia nenhum som além do tique-taque do relógio de mesa e o farfalhar da saia de crepe da babá enquanto ela se remexia, colocando a almofada atrás das costas, tentando ficar um pouco mais confortável ao fechar os olhos.

Louisa não conseguia se concentrar em seu livro. Ela se esforçava para ler o tomo sobre a história de Henrique VIII, porque decidira que precisava aprimorar sua educação, e lady Redesdale lhe dera uma lista para começar.

— O que você está escrevendo? — perguntou ela. — Alguma daquelas histórias de terror?

Nancy parou e olhou para Louisa. Depois, fitou algo às suas costas, como se observasse outra coisa ao longe.

— Não — respondeu a garota. — Estou pensando em escrever um romance. Um romance adulto.

— O que isso quer dizer?

— Quer dizer que não fala de coisas imaginárias, e sim de pessoas reais. De coisas que pessoas reais fazem umas com as outras.

— Eu gostaria muito de ler — confessou Louisa.

— Você será uma das primeiras, prometo — garantiu-lhe Nancy. Então largou o caderno e esticou as pernas, alongando a ponta dos pés como um cachorro depois de uma longa caminhada. — No ano que vem, terei minha temporada em Londres. Tudo vai mudar... para mim, pelo menos.

Ela riu.

— Acho que você está certíssima — concordou Louisa. — Talvez as coisas mudem até para mim, sabe?

A babá Blor ergueu o olhar ao ouvir aquilo, espantada.

— Não me diga que está planejando ir embora de novo.

Louisa se levantou e balançou a cabeça.

— Não, babá, não vou a lugar nenhum.

Ela atravessou a sala e entrou em um dos quartos, onde as outras meninas deveriam estar se preparando para dormir.

Diana usava sua camisola de flanela comprida com pequeninos botões de pérola que iam da gola até a bainha. Estava sentada à penteadeira, olhando-se no espelho, com Pamela parada às suas costas, escovando seus cabelos e contando cada passada. Os cachos escuros da própria Pamela estavam atados na nuca, e seu pijama começava a parecer um tanto curto. Louisa considerou descer um pouco a bainha.

Unity e Decca, em pijaminhas de algodão fofos, cercavam o berço de Debo, provocando-a com suas mãos espalmadas enquanto a bebê gorgolejava para as duas. Nenhuma delas ergueu o olhar para Louisa na soleira da porta, desfrutando o prazer da presença das meninas. Ela notou, como se fosse pela primeira vez, a delicada estampa de flores no papel de parede, as três ilustrações emolduradas de uma caçada, a maciez do tapete sob seus pés. Alguns brinquedos estavam espalhados de uma maneira desordenada porém ainda assim familiar: um vestido de boneca amarelo sobre a cama, alguns soldados de madeira caídos, um tambor sem as baquetas. Não importava; ela sabia onde cada coisa tinha de ser guardada.

— ... noventa e nove, cem — disse Pamela em um tom triunfal, e subitamente ergueu o olhar para Louisa, mantendo a escova suspensa no ar, como um troféu.

Pamela era a mais velha da ala agora que Nancy usava cinta-liga, planejava festas em Londres e ameaçava cortar os cabelos. Lorde Redesdale havia rugido diante da sugestão, e a filha mais velha dos Mitford nunca parecera tão empolgada.

Em breve, Tom chegaria para passar as férias de inverno em casa, e a árvore de Natal estaria montada no saguão, resplandecente com sua decoração de pisca-piscas e bugigangas caseiras que balançavam cada vez que uma criança passava correndo por elas. Antes da Missa do Galo, toda a família e os criados se reuniriam diante da lareira para entoar cânticos de Natal que anunciavam os anjos e os próximos anos à frente.

Louisa Cannon não tinha certeza do que aqueles anos trariam, mas sabia que, finalmente, ansiava por descobrir o que seria.

Dunquerque, 15 de outubro de 1919

Meu amor,

Estou escrevendo com a feliz notícia de que minha guerra acabou. Recebi minhas ordens de dispensa esta manhã. Os homens que vínhamos tratando aqui foram declarados plenamente reabilitados ou serão transferidos para hospitais que cuidarão deles durante os anos que lhe restam. É um momento estranho e triste, de certa forma, deixar para trás esse trabalho e as pessoas que passei a admirar e respeitar como minhas colegas. Depois de duas guerras e quase quarenta anos de enfermagem, nada tenho à minha frente senão uma velhice tranquila.

No entanto, é também uma ocasião feliz. Você e eu estaremos juntas na hospedagem Carnforth, mas não por muito tempo. Vamos achar um chalé à beira-mar, onde poderemos plantar rosas amarelas em volta da porta e colocar cadeiras de balanço junto à janela, para observarmos o mar calmo e sereno.

Deram-nos o prazo de uma semana para fazermos as malas e desocupar o hospital de campanha. Mandarei um telegrama avisando a data da minha chegada a Londres, provavelmente na estação Waterloo.

Espere só um pouquinho mais por mim. Estou voltando para você finalmente, minha querida.

Com muito amor e ternura,

Flo

28 de dezembro de 1919

Meu amor,

Escrevo-lhe agora porque você está tornando impossível que conversemos como as pessoas civilizadas que eu sei que somos. Apesar de tudo o que você disse para mim, com muita crueldade, considero meu dever colocá-la a par de meus planos.

Falei sério quando lhe disse que, se você não parar com a chantagem, não tenho outra escolha senão ir à polícia.

Acredite em mim quando digo que não quero fazer isso. Nós duas somos amigas há muito tempo, mas me preocupo quando sua raiva explode. Acho que ficamos separadas por tempo demais na guerra e acabamos perdendo nossa conexão. Parece que você só busca o pior em mim, e estou achando difícil encontrar o melhor de você, a quem sempre fui muito afeiçoada.

Mudei meu testamento e deixei o dinheiro destinado a cuidar de você, caso eu venha a morrer antes, para meu primo Stuart. Como sabe, sou admiradora do trabalho dele, e o dinheiro será o incentivo de que ele precisa para levar sua arte adiante. Não posso, em sã consciência, arriscar ter você reconhecida por minha família como alguém próxima a mim. Você está se engajando em um ato de duplicidade que não passa de uma perversão distorcida da bondade que nós duas tanto nos esforçamos por demonstrar em nosso trabalho. Quando o ano-novo chegar, vou passar uma semana com Rosa para procurar um chalé à beira-mar por lá, onde espero viver minha aposentadoria. Ela acabou vindo mais cedo do que eu imaginava, mas só almejo paz e quietude. Quero cuidar de um jardim e ouvir as ondas do mar. Sua raiva, sua ira e sua inveja são cargas opressivas que não posso mais carregar. Prefiro ficar sozinha a permanecer ao seu lado. Como é triste concluir isso.

Flo

NOTA HISTÓRICA

Florence Nightingale Shore foi atacada na linha de Brighton, no dia 12 de janeiro de 1920, uma segunda-feira, e faleceu poucos dias depois, no hospital. Sua morte deixou a sociedade indignada, e fundos foram angariados para a construção do Florence Nightingale Shore Memorial Hospital (destruído por bombardeios na Segunda Guerra Mundial), do qual sua amiga de longa data, Mabel Rogers, se tornou superintendente. Mabel Rogers nunca foi suspeita do assassinato de Florence Shore ou acusada pelo crime, e todas as situações com participação dela fora dos inquéritos foram cem por cento inventadas por mim.

Entrevistas com testemunhas reais foram retiradas de reportagens de jornais da época da investigação. O culpado pelo assassinato jamais foi capturado.

Enquanto as irmãs Mitford e seus pais são, é claro, uma família de verdade, minhas cenas com eles neste livro são completamente fictícias. Outros membros da família e seus empregados também são baseados em pessoas reais, mas, para o desenvolvimento da história, tive de mudar algumas datas (Nancy Mitford completou 18 anos em 1922, e não em 1921).

Antes de tudo e em primeiro lugar, este livro é um romance. É minha esperança, porém, que, ao mesclar fatos com ficção, sejamos capazes não só de compreender melhor as pessoas do passado, como também de nos lembrar delas e celebrar suas vidas.

AGRADECIMENTOS

Este livro é dedicado a Florence Nightingale Shore e a todas as enfermeiras de guerra, daquela época e de agora, ao redor do mundo. Florence foi, como sua madrinha e homônima, uma mulher que trabalhou de forma incansável e corajosa em condições extremas na Guerra dos Bôeres e na Grande Guerra. Ela se recusava a se abrigar sem os homens de quem cuidava e sempre permanecia no hospital com seus pacientes, apesar das ameaças de bombardeios. E merecia um desfecho melhor do que o que teve. Espero que este livro a ajude a obter o respeito e o reconhecimento que merecia.

Este livro foi criado com a ajuda de muita gente. Obrigada, Ed Wood, por seu encorajamento e paciência, desde aquele primeiro passo até a linha de chegada. Meus agradecimentos, também, a Cath Burke, Andy Hine e Kate Hibbert, e a todas as equipes da Sphere e Little, Brown, que ajudaram a trazer este livro à vida.

Hope Dellon, da St. Martin's Press, é a maior torcedora do mundo — obrigada.

Agradeço à minha brilhante agente, Caroline Michel, da PFD.

Pela consultoria e orientação especializadas, sou muito grata a Nicky Bird e Celestria Hales. Quaisquer erros que ainda tenham ficado são, naturalmente, meus.

Obrigada a John Goodall e Melanie Bryan, da revista *Country Life*, por me deixarem dar uma espiada na mansão Asthall.

Obrigada à minha família e aos amigos que sempre me deram alegria e me garantiram boas risadas, especialmente a Rory Fellowes, Lyn Fellowes, Cordelia Fellowes, Julian Fellowes, Emma Kitchener-Fellowes, Annette Jacot de Boinod, Celia Walden, Anna Cusden, Emma Wood, Damian Barr e Clare Peake. (Sempre lembrando a gloriosa Georgina Fellowes.)

E obrigada à minha família, que amo mais que tudo. Eu não poderia ter feito nada disso sem vocês, meus queridos Simon, Beatrix, Louis e George.

BIBLIOGRAFIA

Para minha pesquisa sobre a vida da família Mitford e o assassinato de Florence Nightingale Shore, tirei inspiração de inúmeros livros, artigos e material na internet. Devo muito aos vívidos relatos que as irmãs fizeram das próprias vidas — como autobiografia ou romance autobiográfico —, bem como às muitas biografias e coletâneas de suas longas cartas. Tudo que acontece nesse romance é inteiramente ficcional, mas os leitores interessados no assunto poderão ter o prazer de descobrir fragmentos de detalhes autênticos incluídos aqui.

Para aqueles interessados em saber mais, eu recomendo: *The Mitford Girls: The Biography of an Extraordinary Family*, de Mary S. Lovell; *Nancy Mitford*, por Selina Hastings; *Hons and Rebels*, por Jessica Mitford; *The Mitfords: Letters Between Six Sisters*, editado por Charlotte Mosley; e *Decca: The Letters of Jessica Mitford*, editadas por Peter Y. Sussman.

Quanto a romances que parecem baseados nos anos mais tenros de Nancy Mitford, recomendo com entusiasmo *Love in a Cold Climate*, *The Pursuit of Love* e *The Blessing*.

Este livro foi composto na tipografia
Electra LT Std, em corpo 11,5/16, e impresso
em papel off-white no Sistema Cameron da
Divisão Gráfica da Distribuidora Record.